U0030879

念君歡
卷四
窺紅注目作家
村口的沙包——著

金石錄

1 傅淵來了

傅梨華心中想的是，傅念君為長，她為幼，她嫁了周毓琛，傅念君難道還能嫁周毓白嗎？

她心中早就不服已久，他們傅家的女兒，本就堪配皇子。以前若不是傅念君拖累，她何至於沒有機會？反正都是傅念君的錯！

如今爹爹越發受官家器重，可是她沾到什麼光了嗎？他還是要把自己嫁給那些窮學子！

憑什麼？

一定都是傅念君挑唆的。

她早就聽到了風聞，傅念君自己怕是還想高攀壽春郡王呢。

可是她又害怕，怕傅琨因為太喜歡傅念君，傾盡家族之力也要送她做上王妃之位而不管自己，這太不公平了！

在傅梨華的觀念裡，傅琨就是想犧牲自己，來為傅念君鋪更好的路。

所以她要爭取！她不能讓傅念君這個小賤人得逞！

她也是傅家的女兒，一樣有資格嫁皇子。當這樣的機會來臨時，她怎麼可能錯過呢？

傅念君見她如此冥頑不靈，也懶得和她廢話，將她一人留在屋內，自己站在門口嘆氣。

芳竹湊過來跟傅念君說：「錢小娘子來見您。」

傅念君心中一驚。

從適才上點心時，傅念君就沒再見過錢婧華了。

連夫人要對傅念君下手，自然會支開錢婧華，此時錢婧華主動來見自己，恐怕多少也知道些內情了。

而錢婧華的臉色果然不太好看。

她朝傅念君點點頭，「進去喝杯茶？」

傅念君也應了。

兩人等丫頭們上了茶，就單獨說話。傅梨華在隔壁的動靜還能聽得很清楚，與這裡安靜的兩人對比鮮明。還沒有過半日，兩人之間就瀰漫了這樣淡淡的尷尬。

錢婧華攥著拳頭，仰頭喝了一大口茶，才終於開口道：「念君，我、我真的……不想嫁給他……」

傅念君猛地抬頭，見到的就是錢婧華泫然欲泣的臉。

「這樣的話，在這裡，妳不能說。」傅念君十分嚴肅地警告她。

錢婧華的年紀還比她大一些，可是此時，傅念君知道，她是把自己當作可以倚靠的姊姊了。

錢婧華的性子熱烈開朗，純真明亮，卻不是我行我素到底，她有主張，卻同樣習慣於依賴。在外她永遠可以替別人出頭，可是內心裡，她的惶惑和不安，往往只能透過別人得到安撫。

她對盧拂柔何嘗不是這樣，只是盧拂柔，終究選擇了盧家和她母親，與錢婧華背道而馳。

傅念君意識到，錢婧華與自己是不一樣的，她從來都不怵於孤獨和磨礪，而錢婧華雖聰慧伶俐，卻終究是一個情感脆弱的小姑娘，受規矩教養長大。當她發現身後空無一人時，她會沒有勇氣再轉回頭，冷靜自若地面對一切。

她來尋自己，並不是與傅念君商議方法，只是……慌亂了。發現自己的婚姻將比自己想像的更糟，發現自己倚仗的家族和世交，比她想像的對自己更殘忍。

傅念君站起身，走到她身邊，輕輕攏住她的肩膀拍了拍。

錢婧華輕輕靠著她的手臂，說道：「這真可笑，不是麼？」

傅念君明白她的苦楚，「如果妳再笨一點，或許就不會有這些苦惱了。」

就像傅梨華一樣，什麼都不管，自私自利地往前衝就好了。

錢婧華抬頭，望向傅念君，「我在東京城裡待了這麼久，只有妳，能夠理解我一些，但是我知道，這並不能說明我的程度有多高，而是念君妳比很多人都明白事理罷了。」

所以張淑妃和連夫人在她看來何其蠢呢？

傅念君和傅家，遠比自己和錢家更有價值，她們卻想用這樣下三濫的法子算計傅念君給周毓琛做小，最後被傅梨華鑽了空子。

張淑妃原本還指望她們兩個一同進門，能夠互相牽制掣肘，達到她平衡兩家勢力，兩者皆利用的目的。

在這偌大的東京城中，唯有傅念君和她算是惺惺相惜，她們都認為彼此是難得一見的女子，張淑妃卻想將她們擺布成無知蠢物。

錢婧華心灰意冷，幾乎無法想像婚後的生活。傅念君今日逃脫了，是因為有個愚蠢的妹妹上趕著替她擋劫，可是她想到自己，她能有什麼辦法呢？

傅念君伸手握住了她的手，對她說：「妳放心，會有辦法的，妳不會嫁給他。」

錢婧華愕然，對於這話顯然抱有懷疑。

傅念君也是一時忍不住了才說出來。

她實在不忍心。

今日這事就像吃了蒼蠅一樣叫人噁心，錢婧華這樣好的人，不應該被這麼對待。誰能在親都還沒定下的時候，就容忍婆家先找好了側室，還是個身分不低，擺明了會挫她日後主母風頭的側室。

更何況，皇子的側妃是能夠上玉牒領俸祿的，並不是尋常姬妾。攪黃錢婧華的婚事，傅念君從先前就琢磨過了，可憑她現在的能力，根本不夠格和張淑妃、錢家硬碰硬去鬥，這事又不像魏氏那回可以在暗裡算計籌謀，畢竟這是錢婧華的終身大事。

但周毓白既已允諾，她就相信他一定會有辦法。

「妳何必安慰我……」錢婧華眼中閃過一絲愴然。

傅念君篤定，反問：「妳何時見我安慰過妳？我說的，每一句都是真的。」

錢婧華微微張開了嘴，一時竟無法反駁。

傅念君笑了笑，抬手整了整她的髮髻，溫和道：「妳現在冷靜地告訴我，剛才連夫人支開妳去哪裡了？她到底還有什麼想法？現在同東平郡王在說什麼？」

錢婧華似乎也被她這樣的氣勢所感染。或許……她還是能保留一絲奢望？

她簡單地將自己的情況說了一下：傅梨華出事的時候，她正與裴四娘和盧七娘幾個人在一處，那兩位自然是不可能出來看熱鬧的，或者說即便看到熱鬧也會主動躲避。

而連夫人去見周毓琛，也是因為有些慌亂了，根本顧不得安撫其他人。她現在最在乎的，是張淑妃是否會因此勃然大怒。

傅念君早就讓儀蘭偷偷去傳信給郭達，要他趕回府去尋傅琨。

傅琨必須儘快做出決定。

傅念君和錢婧華並未說多久的話，盧拂柔就攙著連夫人過來了。

連夫人的臉色很不好看，看著傅念君的眼神更是十分不善，其中的怨恨難以隱藏。

傅念君假裝看不懂，向她行了禮，決定先發制人：

「夫人，我妹妹遇到這樣的事，不知貴府有沒有什麼交代？她畢竟是個清清白白的大姑娘，在貴府鬧得要輕生，這也確實是有些……說不過去吧。」

連夫人冷笑，盯著傅念君，心道她倒是一點都不理虧，原來真是個滑不留手的狐狸。

外人都錯估了這位傅二娘子，扮豬吃虎十幾年啊。

她回道：「傅四娘子午宴上飲多了酒，府裡也沒派人請個大夫來看看，是我們的疏忽，已經派人去請了，傅二娘子放心。」連夫人顯然是已經打定主意要將這件事輕描淡寫地揭過去。

說是請大夫，說不定想順水推舟說傅梨華是神智不清胡鬧。

她是早做好了狡辯的打算。

傅念君也在心底冷笑，傅梨華雖然噁心，但是連夫人與張淑妃也不遑多讓，她們因為沒算計成自己，就想當沒發生一樣，毀了傅梨華也和她們無關……世上哪有這樣的道理？

周毓琛全身而退了，傅梨華肯定就只剩死路一條。

傅念君並不顧惜她的生死，可是她自己、傅淵、傅琨會從此抬不起頭，甚至這件事也會成為有心人日後的把柄。要讓傅家也吃下這個啞巴虧，沒那麼容易。

傅念君微笑，「是嗎？那就有勞夫人了。」

連夫人心底的一口氣稍微有些放鬆。

她不過是個十幾歲的小姑娘，能有多厲害，張淑妃的名頭抬出來，說不定就能把她嚇死了。

只是連夫人這顆心卻放得太早了。

她還沒來得及等來大夫，芳竹就匆匆地跑進來，用不低的聲音對傅念君稟告：

「娘子，東平郡王想走呢，筵席還未散，郎君們也都未散，咱們聽您的話，先請郡王止步……」

東平郡王怎麼就想走了呢？

傅念君望著連夫人陡變的臉色，不懷好意地笑道：「夫人，這是怎麼回事？您可知道？」

連夫人拍案而起，卻是衝著芳竹，「什麼樣的奴婢下人，也敢妄議郡王去留，當真是不知規矩！」芳竹嚇得臉色慘白。盧拂柔和錢婧華皆是一臉焦灼。

連夫人此舉十分不智，她是什麼身分，怎麼能同奴婢一般計較，可她下意識地就衝著芳竹撒火，正是因為理虧。

安排周毓琛先走，也不算什麼精妙的一步，她卻沒想到傅念君會早有準備。

連夫人確實有些慌了，讓一個後輩壓得無還手之力。

傅念君淡然道：「奴婢是我的奴婢，不勞夫人費心教訓。不過東平郡王現在可不能走，我妹妹口裡所言是真是假，東平郡王是否輕薄了她，夫人您又到底是否心存偏袒，這不是一面之詞能斷定的，總要讓東平郡王也留下個說法，您說是不是？」

連夫人嗤了一聲：「傅二娘子對長輩就是這樣說話的？我的決定還要向妳稟告？東平郡王不勝酒力，又有些染了風寒，他是千尊萬貴之軀，耽誤不得，妳一個小娘子還管得了他？當真是可笑。」

傅念君盯著連夫人，心道這女人真是冥頑不靈。

傅念君冷道：「我今日是對夫人僭越了，但是傅家也不能白讓人打臉。我管得管不得不用夫人來指教，我們姊妹今日過府，是代表了傅家的臉面，夫人一味討好貴人而折辱我們，這口氣我嚥不下，我爹爹也嚥不下，總之，東平郡王不能走！」

「妳！」連夫人的手指快抵到傅念君的面前了，她目眥欲裂，表情十分猙獰。

這會兒一個婢女卻匆匆忙忙來向連夫人耳語，用只有她二人聽得到的聲音。

連夫人聽完之後怒火更是翻了一番，咬牙切齒地盯著傅念君：「妳……」

又是這個字。

「是，我。」傅念君輕輕地笑了一聲。

她當然知道是什麼事。

剛才連夫人來到前她已經和錢婧華串通好了，由傅家和錢家的家僕帶頭堵人，周毓琛是別想從側門離開的。

連夫人都能這樣不顧臉皮地耍無賴了，她也可以。

在比誰無賴這件事上，她還未逢敗績。

連氏怕的是張淑妃，所以她一味覺得只要此時抗住了自己，就可以把這件事用一種對她們傷害最小的方法揭過去。

但是傅念君會讓她知道，就是張淑妃親自來了，自己也不會退讓半步。

在父兄還未到來的此刻，傅家，由她撐著。

連夫人無法可解，一個眼神掃過身邊的下僕，傅念君心中也一跳，莫非這女人真的已經這麼不怕死，敢向自己動手了？

「夫人！」錢婧華大喊一聲，吸引了連夫人的視線。

私下裡，其實她多會叫連夫人做姑姑，以顯親密。可是如今，這一聲是再也叫不出口了。

「您……清醒點。」錢婧華的神色中含著悲戚。

連夫人心裡卻是再也沒有清明的頭緒。

她到底該怎麼辦？

但是很快的，她就沒有選擇了。

「夫人，傅家郎君來訪……」有婢女的聲音響起，十分急促，看來是小跑而來。

傅淵竟來得這麼快！

連夫人覺得一陣天旋地轉，而傅念君也有微微的驚訝，這個時辰，傅淵應當在昭文館才是……

傅念君很快整理神色，朝連夫人道：「家兄已至，我姊妹二人之事當遵從兄長之示，夫人，您可還要執意送東平郡王出府？」

連夫人咬牙，只得對下僕道：「去請！」

傅家能說話的人來了，她既壓不住傅念君，就必須面對接下來的傅琨傅淵父子，不可能再像她盤算的那樣來個「死無對證」。

這位新科探花郎有多受官家器重，有多年輕有為，連夫人心裡也很清楚。

她不可能在一個在朝官員面前囂張。

或許……真的只有周毓琛納了傅梨華這一條路了。

她現在只能期望張淑妃能夠接受傅梨華，不會因此對她大發雷霆。

姊姊不成，妹妹也是可以的啊。

§§§

傅念君親自去領傅梨華，她已經稍微整修過儀容，只是臉上的巴掌印還很明顯，一雙眼睛正刻毒地盯著傅念君。

傅念君如今看她就和看個瘋子無異，懶得搭理她，只對她說：

「三哥來了，一會兒妳說話注意些，他自然會為妳討個公道。」

傅梨華啐了她一口：「貓哭耗子。」

「對，我是貓哭耗子，所以妳最好現在就去跳湖再死一次，看我拉不拉妳，看三哥拉不拉妳。」

傅梨華被她噎了噎。

傅念君轉身就走。如果傅梨華不是傅家人，她真想現在就弄死她。

連夫人去見傅淵，錢婧華和盧拂柔偷偷躲在簾子後看，連夫人不是不想管她們，而是顧不過來。

傅淵穿著青色的公服，已脫去襆頭，立在堂中如挺直的松柏，氣韻卓然，姿態端正。

他真不愧是官家親自誇讚的好風儀，猶勝當年的傅相，連夫人也不由在心底感嘆。

錢婧華在簾後偷偷地揪住了眼前的簾子，心中有一絲期待他能稍微轉過些身來，不至於只瞧見一個冷峻的背影。

傅淵向連夫人行了禮，連夫人在這年輕人如冰霜一般冷冽的眼神之下，不免有些發怵。

對付傅念君和傅淵自然不能用同樣的辦法，她沒有這個資格來威脅他。

為今之計，連夫人已經打算好了，只能盡量地把自己摘乾淨，傅家的態度總歸也不是她說了算的。

傅念君帶著傅梨華過來，傅梨華見到了傅淵，便又擺出了一副楚楚可憐的樣子，先不做正事，只捂著被傅念君打腫的臉期期艾艾地喚了一聲：「三哥……」

她自然知道傅淵是傅念君的親哥哥，一定不會偏幫自己，可是她就不信，在人前，傅淵會絲毫不顧及她的顏面。

傅淵自然明白她這小心思。

「臉怎麼了？」他的問話與他的人一樣沒有溫度。

傅梨華見有戲，立刻指著傅念君，「二姊她打我，當著那麼多人的面……」

傅淵卻對她的可憐模樣視而不見，反而點點頭說：「事情我都聽說了，她制止妳的方式粗暴了些，妳不怪她就好。」

傅梨華：「……」她這是不怪傅念君的意思嗎？

錢婧華躲在簾後都不由彎了彎嘴角。

在這劍拔弩張的氛圍下，他還是這樣從容地把不懂事的妹妹輕描淡寫一句話頂回去。

傅念君懶得理傅梨華不分場合的作妖，與傅淵交換了一個眼神。

傅淵朝連夫人道：「適才似乎貴府有些喧鬧，您要送東平郡王出府？事情還未說清楚，夫人這樣做，是否有些不合適呢？」

連夫人只能硬著頭皮把剛剛對傅念君說的話又依樣畫葫蘆說了一遍。解釋就是東平郡王身體不適云云。

傅淵道：「我已經去拜會過郡王，夫人放心，郡王說了，這件事他會給傅家滿意的交代。」他看了看門口，「想必他略做休整就會過來。」

他果真已經先截住了東平郡王！

連夫人一時語塞：「這、這怕是不妥當吧……」

傅淵依然保持著謙謙君子的風度，語調平靜卻不容置疑：「沒有什麼不妥當的，涉及到女兒家名節的事，一五一十說清楚就是，一筆糊塗帳帶過去，對誰都不好，夫人說是不是？畢竟是在貴府上發生的事，傳出去對武烈侯和夫人的聲譽也有所影響，那就是傅家的罪過了。」

他的話無可厚非，有理有據，連夫人也挑不出錯處來，更何況傅淵有官職在身，又是傅琨的嫡長子，如今聖上面前的紅人，她有什麼資格撒潑耍賴、以勢壓人？

傅梨華在旁邊卻聽得心中忐忑，一聽到傅淵說要把事情一五一十說清楚，心下就有些慌。畢竟真相怎麼樣她自己清楚，周毓琛和她根本也沒什麼肌膚之親，她唯一能倚仗的就是傅家把事情鬧大，讓周毓琛不得不吃下這個啞巴虧。

現在聽傅淵要請周毓琛當面說清楚，她豈不是勝算小了很多？

她自然不能理解傅淵和傅念君的戰術，也從心底憎恨著他們兄妹，因此不會相信傅淵和傅念君所為確實是為了她好。

如今的局面，就兩個選擇，傅梨華要麼死，要麼入東平郡王府。

而怎麼入王府，還有待商榷。若在事情還能有轉圜的餘地下，死並非上策。

張淑妃是個市儈而現實的人，先明白對方的意圖和條件總是沒有錯的。

但是傅梨華不懂，她又開始自作主張地為自己「爭取」。

她陡然就又大聲哭出來，捂著臉叫道：「是我給爹爹丟臉，給傅家丟臉了！三哥，不要為我覺得為難，我這就死了乾淨，不為你們添堵，爹爹和阿娘的生養之恩，我來世再報……」

說著又要去撞柱。

幸好傅念君早有防備，兩、三個僕婦衝上前去制住了她，將她拖回原地。

傅淵臉色鐵青。

傅念君無奈地向他投去一個眼神，好像在說：「看吧，我也是控制不住才出手打她的。」

傅淵閉了閉眼，這蠢貨，他覺得傅念君再搧她幾巴掌也是可以的。這一輩子，他還沒有這麼丟臉過。

連夫人見傅梨華此般，倒是心頭一鬆，忙道：「傅郎君，四娘子這樣鬧騰了半日，先找大夫看看吧，旁的事情，也不急在一時，若是她在我們府上出個好歹，倒真是我的罪過了。」

傅梨華被人捂著嘴巴，還在嗚嗚地掙扎，抗議著不想看大夫。

傅淵蹙眉。成事不足敗事有餘。她的表現如此癲狂，怎能讓旁人相信她說的話是真的？

傅念君湊到傅梨華耳邊輕道：「妳若還想活命，最好聽話一點。」

傅梨華停止了掙扎，一雙眼睛瞪得又大又圓。

「我知道妳不信我們，妳就信妳自己，妳還一意孤行，我現在就放手，妳就算不想死，我今天也會讓妳命殞武烈侯府。」

傅梨華被這話嚇得渾身一怔。

「聽話一點，我和三哥看在爹爹的面上，還能幫妳一把，否則……妳以為爹爹會因為妳捨棄我們？」傅念君說完話，就吩咐人放開傅梨華的嘴，立時扮作一個好姊姊，還體貼地親自動手替她整了整髮髻。

傅梨華果真不敢鬧了，一雙眼睛忐忑地望向傅淵，傅淵的眼神十分犀利，讓她不由從腳底心往上冒寒氣。

連夫人見這兄妹三人之間暗流洶湧，一時也不知該如何搭話。

主要是這個傅三郎君，著實不好對付。

好在東平郡王周毓琛終於出現了。

周毓琛依然是一貫謙和有禮、彬彬如玉，只是似乎有些刻意隱藏的怒氣。

傅念君想到他先前處理肅王與和氏璧一事時的計謀，可以想見他也不是個愚笨之人。

即便不如周毓白這樣渾身上下全是心眼兒，卻也不可能對這樣的計謀完全不設防。

陰溝裡翻船。

傅念君只能認為周毓琛是太過信任自己的母親，張淑妃並未將這件事與他商量就自作主張決定了，否則她覺得這樣的計策周毓琛即便不反對，也不至於會完全遵從。

畢竟這種招數其實一點高明都看不出來。

周毓琛與傅淵互相見了禮。他們二人自然是見過的，只是稱不上熟。

傅淵面對周毓琛依舊不卑不亢，對於傅梨華這件事，周毓琛也並未有推脫，只是實話實說。但是這樣的情況，他與傅梨華又是這般身分，僅僅是實話實說也沒有用，傅家要一個交代，周毓琛也希望張淑妃能給自己一個交代。

兩人言談之間並未多有贅述，只是周毓琛約定了時間，自會親自上傅家拜訪。

傅梨華心中的石頭落定。他親口承諾了這樣的話，還在這麼多人的見證之下，意思已經很明確了。

這是要去傅家過明路了。

傅梨華頓時心花怒放，已經不斷地幻想到自己風風光光嫁入王府的一天。她將尊崇無比，誰見了自己都要行大禮，而傅念君這個小賤人在自己面前再也抬不起頭，想想就暢快！

傅淵也拱手與周毓琛道：

「郡王放心，傅家並非不識禮數，蠻不講理，待您見過我爹爹，一切自有分曉。」

傅梨華陡然從美夢中驚醒，這是什麼意思？

周毓琛也嘆道：「傅相與傅東閣，當為真君子。」

傅淵的意思，傅家是不可能縱容傅梨華這樣無恥的行為得逞，她想風風光光靠著家族之力嫁給東平郡王做正室。

不可能。

而側室……也都要再看傅琨的意思。

周毓琛自然心中稍定。畢竟被強按著頭喝水，還是這麼一個作風行事的小娘子，就是讓她成為自己的側室，他都不願意。

臨離去前，周毓琛倒是向傅念君掃去了一眼，目光中帶著審視。

傅念君微微朝他點了點頭。她和東平郡王也有過幾面之緣，不能說相熟，也沒有過節。這次的事，傅念君十分怨恨張淑妃和連夫人，但是對周毓琛的態度依然有所保留。

而傅梨華一直緊緊盯著周毓琛，自然就注意到了他和傅念君的目光交會，當下氣得差點發作出來。她僅存的理智告訴她現在要忍著，可還是忍不住湊到了傅念君耳邊罵道：

「妳真不要臉！誰都想勾引！傅念君，妳這個賤人……」

傅念君回頭，居高臨下地冷冷睨著她，用一種只有兩人能聽到的聲音警告她：「嘴巴再不乾不淨，我會教教妳怎麼好好說話。」

傅梨華卻冷笑，毫不在意，「妳還以為自己能用長姊名頭壓我？我日後將會是什麼身分，妳呢？傅念君，妳還能得意多久？」

傅梨華見傅念君無言以對，以為她終於知道怕了，啐了一口，心情很好地轉身就走了。

她要收拾好儀容回家去見爹爹。

傅念君是真的有點同情她，蠢到這個地步也沒誰能比了。

她還真以為自己能成為東平郡王的王妃，然後不可一世把自己踩在腳下，拚命地踐踏，讓自己哭著喊著求饒？她這個夢真是美好地讓人不忍拆穿。

她忍不住嘀咕一句：「這腦子究竟是怎麼長的……」

誰知卻好巧不巧被傅淵聽見了，他微微偏過頭，說道：「不可妄議長者是非。」

傅念君一愣，她哪裡就妄議長者了？隨即又明白過來，微微彎了彎嘴角。

傅淵其實和她一樣的想法，都被傅梨華的蠢打敗了吧。

他們兄妹都是傅琨的孩子，而傅梨華與他們同父異母，傅念君說她腦子不好，不就是說姚氏……所以是妄議長者是非。

傅淵這人，忍不住編派別人都要用這種方式。可真是「君子」呢。

周毓琛離開後，傅家兄妹三人自然也要告辭。

傅念君去與錢婧華道別。

「東平郡王可有來見妳？」傅念君問她。錢婧華搖搖頭，整個人很恍惚，似乎在想別的事情。

傅念君在心裡嘆氣，不僅是錢婧華對周毓琛沒意思，原來周毓琛對錢婧華的意思，也一樣沒她以為的那麼重。

傅念君喚來了郭達，問他：「你家主子可離去了？」

郭達耿直道：「您就是我主子。」

傅念君瞪了他一眼，郭達才齜牙笑了一下，「郎君沒走呢。」

傅念君以為他是擔心自己這裡的事，正在糾結要不要讓郭達帶個信兒讓他放心，卻又聽郭達繼續說：「二娘子，小的覺得有件事，您最好還是知道一下。」

畢竟傅念君也算是他的主子，他知道了，就不能不說。

傅念君頓了頓，道：「什麼事？」

郭達搔搔頭，神祕兮兮地說：「適才小的溜空兒去前院探了探，遇到我哥哥，他似乎說是今天……有個裴家娘子給郎君遞信呢，請郎君去相見。」

裴家……裴四娘裴如煙？

西眷裴這樣的出身，竟然會在這樣的日子給前院郎君遞信？

傅念君想到了錢婧華和自己說的事，裴家有意於周毓白。

她笑了一下，看在郭達眼裡卻是毛骨悚然。

「我知道了。」只有這四個字。

郭達卻覺得是山雨欲來風滿樓的氣勢。

他默默地為郎君在心裡禱告了一下，請郎君自求多福吧。

傅念君並不想追問周毓白到底有沒有去見裴四娘，心中只是忍不住默默想，原來他不離去，倒不只是為了看熱鬧，會佳人也忙，會完一個又一個的。

芳竹和儀蘭私下裡也偷偷抱怨郭達哪壺不開提哪壺。

「娘子，妳不要生氣，這事兒……一定不會的，壽春郡王他……」儀蘭斟酌著字句，在馬車上也不忘記勸傅念君。

傅念君打斷她：「我沒有生氣。」頓了頓又道：「我為什麼要生氣？」

儀蘭：這不就是生氣？

傅念君覺得和她們說不通，心裡一陣煩悶，索性懶得再理會，她先要想的是回去與傅琨如何商議。回到傅家，傅梨華被傅淵作主鎖回了房間，連傅琨的面兒都沒讓她見到。

而姚氏的院子也一併鎖了起來，根本不給任何機會讓這對母女倆有話說。

傅淵也是徹底受夠了。

傅琨的反應倒是讓兄妹倆有些意外。他平靜地出奇。哀莫大於心死，他對傅梨華是徹底絕望了。

傅念君知道，讓傅琨徹底割開與傅梨華的父女親情太過殘忍，自己的前身、從前的傅饒華如此荒唐，傅琨都未放棄她，放在現在的傅梨華身上也一樣。

作為父親，他一直都不是一個能狠心叫女兒去死的人。

傅念君的記憶裡的傅饒華，依舊是荒唐了半生，直到傅家倒臺、傅琨失勢，才被夫家浸了豬籠。可見傅琨護她，一直是護到了他力所能及的最後一刻。

所以現在，傅念君也不會逼他割捨傅梨華。

「爹爹，為今之計，必得讓四姊兒入東平郡王府，才能全了這事。」傅念君說著。

傅琨抬頭，眼中神情晦澀難言。

傅淵卻接口：「此次張淑妃做計，本是想拿下二姊兒，誰知被四姊兒誤打誤撞頂上。我見連夫人的態度，張淑妃對於四姊兒怕是不滿意。」

因為張淑妃早就知道傅家不看重傅梨華，而她雖然是嫡女，卻又是繼妻姚氏所生，姚氏和方老夫人是什麼人，憑張淑妃手下的皇城司，她能不一清二楚？

擺明了是只想著沾光貪便宜的主兒。

其實某種程度上來說，張淑妃和姚氏母女就是一類人，比較典型的市井小民心態，只能她們佔別人便宜，不想自己被佔便宜。

所以擺在傅家眼前的路就很明顯了。

要讓張淑妃首肯，就得抬高傅梨華的價值，傅琨就必須付出一些代價，為東平郡王出一些力。若傅琨不願意受人擺布，傅梨華就進尼姑庵了此殘生，或者現在就一條白綾死在祖宗靈位前。要說傅琨的秉性，其實並不難琢磨，而張淑妃跟在聖上旁邊這麼多年，稍微在枕邊探幾句，大概也能知道傅琨是個怎麼樣的人。

他是個寧折不彎忠君愛國的直臣。

所以連夫人適才的態度也表明了，其實張淑妃對於第一條路並不太抱有希望，她覺得這件事肯定只能往第二條路發展。

讓傅梨華去死好了，反正她沒有損失。

傅琨閉了閉眼，無奈地嘆了一口氣，說道：「我又如何能想到，會因為一個孽子落到這左右為難的境地……」

傅念君立刻警醒，見到傅琨此時神態，知道他或許有所鬆動。

「爹爹，您……該不會真的想放棄原本支持壽春郡王的立場，改為東平郡王吧？」

傅淵聽了這話先皺眉，沒有等父親說話，先直接呵斥她：「軍國大事，千秋基業，怎麼能因為這樣的小事而隨意改變？」

他們這樣一對話，倒反而像是唱雙簧在逼著傅琨做決定犧牲傅梨華一般。

傅琨默了默，卻終於首肯長子的看法。

「三哥兒說得不錯。張淑妃野心太大，一旦東平郡王被立為太子，張氏為了太后之位，也勢必容不下舒娘娘母子。何況近些年來她攬權獨斷，認親投奔的『張氏族人』不計其數，這幫蛀蟲等她得勢，必然腐敗朝政，將朝廷攪得天翻地覆。」傅琨是絕對不會坐視這樣的事發生。

聖上幾次在他面前透底，他的意思，本來就是偏向張氏母子的，否則不會拖了這麼多年。

而傅琨是如今為數不多的幾個，他還算能聽得進去話的人。

他若是再向張氏一倒戈，局勢或許就定下了。這件事，他決計不能做。

傅念君見傅琨這般難受，實在忍不住，提議道：「爹爹，我有一個想法，不知可行不可行。」

傅琨見她眸中放光，聰慧靈敏，不由又想到亡妻。不知何時開始，傅念君已被他放到了與長子傅淵同樣的地位，她說的話，再也不是小姑娘胡鬧。

「妳說來聽聽。」

傅念君踟躕了一下，稍微整理了一下思路，說道：

「這件事或能尋個折衷的法子，四姊兒若不想這輩子都毀了，必得入東平郡王府，但是爹爹也清楚，即便此時傅家鼎力護她，依照她這不著調胡鬧的性子，嫁過去只會捅越來越大的漏子，而到了那時候，我們就是不認也得認。她若端著身分，又有張淑妃加持，您和哥哥即便不至於無還手之力，也肯定在朝政上會受她們影響。」

傅琨點了點頭。

「所以與其這樣，不如就與她一刀兩斷，絕了她那念頭，不要想著以後再讓你們替她收拾爛攤子。」這種爛攤子，收一次就是傅琨對得起這輩子的父女情誼了，收一輩子？那才真是要被她拖累死。

傅淵先聽明白了，果斷道：「將她從宗族除名，嫁與東平郡王做妾，從此無名無分，再不能同家裡往來。」做了妾的嫡女，自然不能視作正經親戚，否則家族裡其他小娘子該如何自處。

這法子乍一聽有些狠毒，可卻是最好的辦法，也是對傅梨華該有的懲罰。

她仗著的，不就是傅氏嫡女的身分？

傅琨摸了摸鬍子，沉默了半晌，卻也在心中首肯了。

他也明白，傅梨華就像個癰疽，今日不捅破，他日就必危害家族。

既不忍心她毀了，又不想如了張淑妃的意，別無他法。

「即便如此，張淑妃那裡恐怕也不好說。」

傅淵蹙眉。「她看重的本來就非是四姊兒這個人，而是她背後爹爹的勢力，若只將四姊兒當作個妾納入東平郡王身邊……她要這麼一個妾做什麼？東平郡王還會缺一個妾嗎？」

張淑妃是絕對不肯答應的，所以這個法子也不能解決問題。

傅念君卻駁道：「這卻也未必。」

其實傅琨傅淵父子對於張淑妃的瞭解並不算十分透徹，包括她，也不能自信靠揣度就能給一個素未謀面的人下定論。

今日她敢提出這個建議，是從周毓白上回算計張淑妃那件事得到的啟發。

張淑妃為人頗歹毒，為達目的不擇手段，為了逼邠國長公主做他們母子的後盾，不惜在幕後之人刻意引誘之下，陷齊昭若於牢獄，用一個兒子的生死來威脅他的母親，後來周毓白破了局，引導邠國長公主用錢家親事這個條件撫平了張淑妃，而她也順勢答應了。

可見張淑妃在利益面前的心態很好，若是不能從長遠計，那就實實在在地抓眼前之利。

邠國長公主替她辦成了一件事，她也就願意讓步。從這件事上來看，傅家如今也可以如法炮製。

「爹爹可以同張淑妃將話說明白，東平郡王府中只是多一個妾，他們母子若是想眼不見心不煩，自然可以不予理會，不過是多養一個人，而您卻可以允諾幫她一個忙，只是與傅梨華進東平郡王府做交換，完成交易，自然兩不相干。」

傅淵也略微思索了一下，對於張淑妃是否會接受這個條件，沒有傅念君這樣篤定。

「她若是不肯接受呢？不接受她反而能夠隔岸觀火，以爹爹的身分地位，這件事對名譽的中傷，遠非一個宮妃可比。」

「她會答應的。」傅念君說道。因為這件事涉及到她的寶貝兒子，張淑妃對於周毓琛的疼惜和保護，是一個母親所能夠做到的極致。

而恰巧，周毓琛又並非是個寡廉鮮恥之人。

這件事，錯在他母親，也就是錯在他。他既然已與傅淵相約，擇日就會登傅家之門請罪，說明他的態度是端正的，想要好好地解決這件事。

而張淑妃為了兒子，一定會好好考慮傅念君的這個提議。

她不在乎名譽，但她兒子在乎，她也要為兒子想想。

這確實是個值得一試的法子。

傅淵的眼神望向傅琨，說到底，怎麼處置，還是要傅琨拿主意。

傅琨輕輕抬手扣了扣桌案，只道：「先等東平郡王拜訪後……再議。」

這多少是採納了傅念君的法子。她在心裡悄悄鬆了口氣。

這裡剛說完話，傅淵和傅念君正要退下，卻聽到門外雜亂的腳步聲響起。

傅琨的書房裡外伺候的人都是老僕，不可能這點規矩都不懂。

一定是有什麼大事。傅家現在能說話的主子都在這兒了。

「進來。」傅淵朗聲道。

跌跌撞撞地進來一個老僕，抖著嗓子道：「相、相公……夫人、夫人……在院子裡尋短見了……這會兒才救下來！」

傅琨倏然站起身，因為起得太急，一時有些暈眩，差點往旁邊栽去。

「爹爹！」傅念君眼疾手快，忙要上去攙扶，但她這樣的小娘子，傅琨怎麼可能真的讓她扶，很快就手撐著桌案，自己穩住了身形。

傅念君能夠聽到傅琨的呼吸明顯比剛才更重了一些，她真怕他急怒攻心，傷了身體。

跪在地上的老僕也瑟瑟發抖。

可真要命了！夫人上吊尋短見，這事兒要是傳出去，傅琨還怎麼做人？

這是要把自己的妻子逼到什麼地步，才能讓她去尋死啊……

外頭的人才不會管你是非黑白，一張嘴上下閉閉合合，髒水就給你潑出去了。

傅念君心裡也氣得咬牙，姚氏和傅梨華真不愧是母女，就不會別的路數了！一哭二鬧三上吊，只顧達成她們自己的目的，絲毫不顧及旁人，這母女倆是都瘋了。

說來說去，姚氏就是不信他們會為傅梨華妥善解決這件事，以死相逼想要讓傅琨選擇犧牲自己去成全傅梨華的高門婚姻。

傅淵沉著臉，先一步發號施令：「院子都鎖起來，知道這件事的人都帶到我面前來說話，誰敢多說出去一句，立刻伺候板子。我現在就過去，第一個發現的人是誰？」

老僕趕忙從地上爬起來，為傅淵引路。

傅琨由傅念君扶著重新坐回椅子上。傅念君倒了一杯茶，親自遞到傅琨嘴邊。

「爹爹，先順順氣。」

傅琨搖搖頭，嘆了口氣，「念君，妳爹爹這一生，實在是失敗……」

傅念君心中一酸，其實姚氏母女成了今日這樣，她又何嘗沒有責任呢？若她還是傅饒華，姚氏和傅梨華是不會走到這一步的。

是她沒有做好。

傅琨固然有錯，可是錯的根源在於十幾年前，早就無法改變。十多年前，誰也沒有想到他會至此高位，也沒有人能想到姚氏會越來越瘋狂。千金難買早知道。姚氏母女會成了如今這樣，誰都有錯。

傅琨有錯，傅念君有錯，傅淵有錯……

傅念君矮下身，握住傅琨的手，安慰他：「爹爹，不是的，您是個好父親。往後都會好的……過了這一陣子，一切都會平息的。」

傅琨嘆道：「可我不是一個好丈夫。念君，以後妳……不要嫁爹爹這樣的人。」

他是第一次和她說這樣的話，傅念君心中有不小的震撼。

傅琨的手覆在她的頭頂上，摸了摸她額前的碎髮，輕聲說著：

「嫁一個能夠對妳好，願意為妳承擔一切的人，重要的是，你們一定要心意相通。」

不能如他和姚氏一樣，越走越遠，最後到了這樣的地步，她逼迫自己，更逼迫他，至死方休。

連生下的兒女也都成了錯誤的延續。

傅琨早就知道他不可能像疼愛傅念君一樣疼愛傅梨華，他教養傅溶也不可能像對傅淵一樣傾盡心血。其實這對他們，又是多麼無辜而殘忍的一件事。

只是錯誤已經鑄成了，傅梨華和傅溶終究是他的孩子，姚氏也終究是他的妻子。

傅琨拍了拍傅念君的手，說著：「妳放心，爹爹明白怎麼做。」

他是自己的長輩，是父親，有些勸說的話，傅念君也實在沒有立場。

§§§

傅淵到了姚氏的青蕪院，已經跪了一地的下人，個個都不敢抬頭。

傅淵沉著臉，把情況都一一盤問清楚了，才進裡屋去見姚氏。

姚氏正靠在美人榻上，背後用軟墊墊著，脖子後仰，能看到上頭一道青紫的痕跡。

做戲就要做得逼真，她上吊那一下確實夠嗆。

旁邊一個僕婦正默默流著淚替姚氏上傷藥，姚氏的眼睛空洞無神地望著前方，似乎完全不在意傅淵已經走到了自己榻邊。傅淵負手看著姚氏，抬手讓她身邊的僕婦離遠一些。

那僕婦哀道：「三郎君，先給夫人請個郎中吧，萬一出點什麼事……」

傅淵一個冷冰冰的眼神過去。出點什麼事不正是姚氏想要的？

「下去。」他不耐煩地重申了一遍。僕婦不敢再說話了，這三郎君實在是讓人害怕。郎中自然要請，但是他要先確保姚氏不會亂說話。

「姨母。」傅淵突然開口道，用了十幾年都沒有再叫過的這個稱呼。「我叫您姨母，是因為還礙著我阿娘；我不會稱呼妳為母親，是因為妳再也不配做我爹爹的妻子。」

姚氏的瞳孔有些微的收縮，卻還是保持著不配合的狀態，完全不回應傅淵的話。

傅淵也不在乎她和自己裝模作樣。

「妳從來沒有把自己當成過傅家的夫人、爹爹的妻子，還有我和念君，我們不僅僅是妳的繼子繼女，也是妳的外甥和外甥女。」他淡淡地勾了勾唇。「只是妳忘了這件事，已經很多年了。」

傅淵還小的時候，姚氏只是一個活潑驕縱的少女，見到小小年紀就會板著臉的傅淵還會來逗他。兩人雖然不親密，但是她記得這是她長姊的孩子，他也記得這是她母親的妹妹。

隨著她嫁入傅家，這樣的親戚關係卻逐漸被尷尬的繼母繼子關係所取代，尤其當姚氏有了自己的孩子以後……

傅淵從小失去母親，又早慧，自然明白這是人之常情。為母之人，恨不得將全天下最好的東西都捧到自己的孩子面前。

固然在傅家，他傅淵根本稱不上擋了弟弟傅溶的道，但是他依然很識時務地與姚氏保持著距離，他尊重她是這個家的女主人，僅此而已。

可是如今，她要的卻遠遠不是如此了。

說到底，姚氏扭曲的恨意，是來自於永遠活在大姚氏的陰影下，是因為永遠得不到丈夫的喜愛和尊重。她用這樣的方式逼傅琨低頭，讓傅梨華嫁進東平郡王府，是她憋了十幾年的一口氣。

「或許在妳心裡，四姊兒和妳都受了極大的委屈，妳要為她謀前程無可厚非，但是這樣的爛攤子甩在爹爹肩上……」他頓了一下，冷笑道：「皮之不存，毛將焉附。妳覺得值得不值得？」

姚氏終於有了反應，依然是仰躺在榻上，用沙啞的嗓音道：「就算他得勢，我的四姊兒和六哥兒又能得到什麼？什麼都是你們兄妹的！」隨即她竟尖叫出來：「這是你們欠我們的！是你們姓傅的欠我的！」

保養得宜的十個指甲都被她狠狠地攥緊在手中，姚氏的臉上有一種鐵青的猙獰。

傅淵也覺得她是瘋了。

傅家欠她們？

當初方老夫人不擇手段要把獨養女兒嫁給傅琨做填房，是傅家逼他們的？

所以她們沒有從傅家得到她們想要的，就是傅家欠她們的？

傅淵懶得和她再說下去，和這樣的人說道理，本來就是妄想。

他平靜地說：「這一回，我們本來就不打算犧牲四姊兒，妳大可不必尋死覓活地要脅爹爹。」

姚氏眼中的狂亂平靜下來，終於有了一絲生氣，「可……當真？」

傅淵無意與她保證什麼。

「妳若不信，便繼續尋死，看看會不會管用，喪母就要服孝，妳若肯拖累四姊兒，便試試吧。」

他的話冷硬刺骨，再無半點姨甥情分。

前十幾年，姚氏與他沒有母子之情。如今，兩人之間因為大姚氏那一點血緣的聯繫，也終將不復存在。這次的事過後，傅淵知道，姚氏若有再犯，他是再也不會手下留情。

姚氏手心裡的指甲彷彿攥得更深了幾分。

她明白傅淵的一諾千金。

門外的僕婦扣了扣格扇，忐忑道：「夫人，相公和二娘子過來了。」

姚氏躺在榻上，有氣無力地說：「讓我見四姊兒。」

傅淵只說：「妳想清楚後，我自然讓妳見她。」

他的話已經說完了，接下來的事，就是傅琨和她之間的私事，他做兒子的，應當避嫌。

傅念君陪著傅琨調整好心緒，才來到青蕪院。

傅琨其實已經做好決定了。姚氏今日的尋死舉動，已經徹底將他們的夫妻情分斷送。

若說讓傅梨華做妾，最不光彩的不是傅琨，而是姚氏。

但是這一切，都是她們母女自己的選擇。

此時他已無意爭論是非對錯，因為他後宅中的煩擾，甚至可能影響到他朝堂上的決策。

這樣的事，他不可能坐視其發生。

姚氏和傅梨華這癰疽，一併去了才是最佳。

傅琨獨自進了內室，傅淵和傅念君兄妹並肩站在門口。

傅念君望著院子裡鬱鬱蔥蔥的樹木，耳邊是蟬鳴陣陣，突然間有些怔忡。

「三哥。」她問：「爹爹會在裡面很久嗎？」

「不會。因為他們……已經無話可說。」

夫妻之間，走到今日，其實已經算是一個了結。

傅念君不想去猜測傅琨和姚氏說了什麼，傅琨是她的父親，他也知道該怎麼做。

「我先……回去了。三哥，這裡就交給你了。」她的心緒不大好。

傅淵點點頭，頓了一頓還是誇了她一句：「在盧家，妳……做得很好。」

傅念君轉頭朝他笑了笑。「畢竟我也是傅家人。」

§§§

傅念君回到自己的屋子裡，芳竹和儀蘭跪在她身邊替她捏腿。

又是個讓人難熬的一天。傅念君腦子裡想的卻是傅琨在書房裡和自己說的那些話。

她的情緒確實不太好，她以前不會想這樣的問題。

一對夫妻，經過了十幾年甚至二十幾年的磨合相處，日夜相對，兩人之間卻還是會有厚厚的壁壘，不但沒有消除，甚至歷久彌堅？

始終無法體諒對方，漸漸地在揣度和猜疑中成為一對怨偶，原來是這麼輕易的一件事。

傅念君嘆了口氣。她不由重新審視起自己從前的願望。

成親嫁人，不問情愛。

她有信心能夠將對方的後宅料理妥當，再為他的仕途添一二助力。但是今日，她卻第一次對這個念頭產生動搖。若她選中的那個寒門士子像傅琨一樣，心中早已有不可替代的人存在？又或者他對自己始終無法抱有溫情和愛意，在日復一日歲月的消磨中，她是否還能像現在這樣坦蕩？

她如今還只有十六歲。若是過三十年姚氏那樣的生活，其實她也沒有信心。

她想到了嫁人的那一世。

她成為了太子妃，還沒有過新婚之夜就死了，並未確切地體會到嫁為人婦是什麼滋味。

但是她有預想，一定不會是段快樂的日子。

或許年輕的時候還能憑美貌稍微籠絡住一陣子丈夫的心，但是依照太子那種性格，恐怕那「一陣子」，也是得往短了算。她和太子，若活著到最後，可能也是一對怨偶。

所以看吧，還是她的夢想太天真。她又是長長地嘆了一口氣。

儀蘭在替她捶腿，芳竹端來了燕窩，兩個人被這聲嘆息給震了一下，交換了個眼神。

「娘子。」芳竹忍不住說：「柳姑姑從前經常說，不能這麼頻繁地嘆氣，不然福氣會被嘆走的。」

「我今日頻繁地嘆氣了？」

兩個丫頭忙不迭點頭。傅念君只能給她們一個無奈的表情。其實她也不想想那麼多，只是怎麼說呢，莫非一個小娘子情竇初開之後，就會容易這樣想東想西？

「不是……」

芳竹和儀蘭開始自作聰明，「娘子，您是不是想到了壽春郡王才這樣難受？」

「您是否介意他去見了別的小娘子？娘子放心，我們問過郭達了，其實他也不知道壽春郡王到底有沒有去見她。」

「真不是……」傅念君覺得在她們心中，自己已經到了可以為周毓白要死要活的地步，做什麼都離不開他的影響。

但是她也無從辯駁。

畢竟今日她還同他說了那樣久的話，兩個人可以說得上是鬼鬼祟祟。

依這倆丫頭的功力，怕早已經想像得很遠了。

儀蘭咬著唇，因為今天的事，她早就想提醒傅念君了。

「娘子，我覺得，您與壽春郡王之間，還是……還是……」

芳竹看不慣她支支吾吾，直爽道：「她想說，娘子還是該注意分寸！」

儀蘭從以前就愛操心，這關於「分寸」的問題，她也常向傅饒華提起，所以自然不被她所喜歡。而如今的傅念君，儀蘭當然知道她和從前是不一樣了，可是今天傅念君沒有帶她們，就一個人和周毓白躲在小林子裡這麼久。實在是無法讓她不擔心。

儀蘭比芳竹懂人事，因此自然就會想多一點。

傅念君差點咬了舌頭，「我和他……沒什麼。」

他們說的一直都是正事，雖然過程中他偶爾會動手動腳，但確實主要還是談正事。今天他告訴了自己關於錢家最大的祕密。

兩個丫頭一副不肯相信的樣子，傅念君覺得有哪裡不對……

周毓白今天確實拉著自己說了很久，他不像是這麼沒分寸的人，以前見面，他都會控制好時間，可是今天，她問了，他就告訴了她錢家的事，還十分仔細。

在盧家的地盤上？

這事兒有這麼重要，非得那會兒說不可嗎？

傅念君的腦中閃過一絲亮光，當下氣得攥緊了拳頭。

他是故意的！

他早就知道了！

知道了張淑妃和連夫人會在今日向她下手，也知道傅梨華多半會見縫插針，抓住這個機會纏住周毓琛，而他要讓這件事順利完成，就要拖住自己。

因為傅念君對傅梨華早有提防，只有他才能拉住她說這麼久的話，讓她沒工夫去管傅梨華。

這傢伙！那些什麼「為了私會」的花言巧語，根本就是說來騙她的。

「娘子？」芳竹和儀蘭見傅念君臉上陡然間怒氣凜凜，不自覺嚇得往後退了一點。

傅念君冷哼了一聲。

他答應自己會攪黃錢家和周毓琛的婚事，就是用這種方式？

他們兩個還真是像啊。

她學他那一招去制張淑妃。他就學自己當初用林小娘子膈應崔家那一招來對付錢家。

她氣的是他一丁點都不向自己透露。

這麼一想她又有點頹然，自己知道了一定是不肯的。傅梨華再不濟，也是傅琨的女兒，她下不了這個決心。所以周毓白索性沒有告訴她。而現在，傅梨華入了東平郡王府做側妃也好，做妾也罷，對錢家來說，都是一種不尊重，錢家即便不敢當即與張淑妃翻臉，也肯定有極大的不滿。

而周毓白只要再添一把柴……

錢家的祕密，不止張淑妃知道。他和張淑妃都知道的事情，就不能是祕密了。

錢家或許真的會有新的選擇也未可知。

但是周毓白能從這件事裡得到的好處是什麼呢？

他真的是想將錢婧華搶做自己的妻子？

不可能。形勢比人強，他沒那麼傻。

他的謀算，傅念君真的看不懂了。

偶爾能明白一二，還這樣後知後覺，等人家把一切都準備好了她才發現。

「這個可惡的傢伙！我要去找他！」

她也是一時意氣，赤著腳踏在地上，嚇得芳竹和儀蘭一把抱住她。

「娘子、娘子，這都多晚了，您要幹什麼啊……」

「讓郭達來見我，他們主僕，都是一丘之貉。」傅念君冷笑。

反正郭達也不是第一次平白無故替他家郎君背鍋了。

有備無患

芳竹和儀蘭卻只覺得傅念君這是「由愛生恨」、「由妒生恨」，剛才還說著不氣，突然間氣得恨不得要提刀殺人一樣，心中不由感慨情事果然是一個女人的軟肋，讓她的情緒起伏有如波濤洶湧，完全看不到預兆。

傅念君自然也不會真的在這個時候傳郭達來問話。

「明天吧，娘子……再怎麼樣，也得明天……」儀蘭一本正經地勸她。

傅念君微微嘆了一口氣，拉開她們。

「我知道。」

芳竹在旁邊憋了半晌，才壯起膽子問她：「娘子，今日妳同壽春郡王才分開的，妳又想他了？」

儀蘭趕緊拉了她一把。傅念君倒是見她們這副樣子有點好笑。

想他？她是想好好問問他到底要做什麼。

「行了，都早點下去歇了吧。」

兩個丫頭對視了一眼，只能用古怪的眼神服侍了傅念君歇息，才敢退下。

第二天，傅念君清醒了許多，再把郭達叫來眼前時，也沒了昨夜駭人的氣勢。

郭達覺得她其實就是關心周毓白的桃花。

昨天還在他跟前裝呢，女人果然都是口是心非的。

傅念君管不了他怎麼樣，還是如從前一樣，提出要去見周毓白一面。

想到這一點，她心裡就不太舒服。他們兩人之間，一直都是她處於被動。周毓白要見她，自然可以設計各種各樣的方式，讓她自己走到他面前。

可是她呢，有什麼話要問，也還是只能通過他的人。

郭達領了命就回去想辦法，邊想邊覺得自己做了件大錯事，看二娘子那個樣子，不止是有點生氣，而是前所未有地生了大氣啊。

他現在終於有點擔心了，要是他大哥知道是他把裴家娘子邀約郎君的事告訴了二娘子，不知道會不會把斗大的拳頭往自己身上招呼啊……

真是好可怕。

§§§

姚氏的事總算沒有鬧大，傅念君和傅淵的態度強硬，下人們也都不敢放肆，就連姚氏的傷，都是傅琨用自己的名帖請了太醫院的太醫來瞧的。

太醫們都是見多識廣，世家大宅裡什麼陰私事沒有見過，不需要傅琨的囑咐就知道要裝聾作啞。

而姚氏為了傅梨華，終究是忍了下來，不敢再尋死覓活，只是母女依舊也沒有見上面。傅梨華身邊的人換了一茬又一茬，都是傅念君親自盤查過的新人。

「淺玉姨娘近來如何？」回話的管事和僕婦對傅念君此問有些奇怪，淺玉姨娘還能如何？

「姨娘很好，府裡上下也沒有敢對她不敬的，二娘子請放心。」管事頓了頓，又道：「十三娘子近來似乎想請先生開蒙，二娘子，這事兒……」

傅念君挑眉，她倒是沒想到會從下人口中聽到十三娘漫漫要開蒙的事。

她的年紀確實也到了，不能成日跟在親娘身邊，養成小貓一樣的性子。

只是淺玉姨娘這人，一貫地不分輕重。

即便如今府裡事多，漫漫到底是傅琨的女兒，她開蒙請老師是大事，也應該先向傅琨、傅淵知會，可是她卻一聲不響、自作主張地吩咐給下人。她只是一個妾室，又能有多少見識能給傅相的女兒找個好老師。

傅念君嘆氣，這件事若換了以往，她一定不願意多加插手，因為這個家裡，淺玉母女並不是她想交心的人，而淺玉顯然對她的想法也不少，既然如此，保持距離就好。

但是經過姚氏和傅梨華母女的事，傅念君生怕再放任下去，淺玉也教女兒鑽了牛角尖，讓傅琨的晚年也過得不安穩。

防範於未然總是好的。

她吩咐管事幾個：「這件事你們不用管了，我今日知道了，便不會不理。」

他們幾人是知道傅念君手段的，光看她這些日子以來下達的命令、做出的決定，他們也都明白，傅念君比起姚氏、淺玉等人自然是睿智聰慧不少。

這幾個積年的老人，多少都是受過大姚氏教導和恩惠的，見到傅念君如今的樣子，也都很慶幸她有了她母親當年的風範。

管事們退下以後，傅念君就琢磨著去一趟陸氏那裡。

給漫漫尋一個開蒙老師，她覺得沒有人能比陸氏更適合了。

傅瀾和傅七娘子的老師都是陸氏親自把關，不說傅瀾，傅七娘子之後能夠成為各家貴女爭相邀請還要看她面子的傅大家，就可見她從小受的教育十分成功。

知道傅念君要替漫漫找老師，芳竹和儀蘭兩個丫頭十分不解。

尤其是芳竹，嘟著嘴抱怨：「娘子，您做這麼多也不落人家一句好啊，又何必呢……」

傅念君搖頭，「我不是為她們，是為了傅家。」

芳竹聽不明白，儀蘭卻懂，「娘子是希望淺玉姨娘安安分分的，其餘的事，您能做，也會幫她的忙，不會像夫人那樣……」

傅念君微微笑了笑。其實還有一個原因，傅念君沒有告訴她們。

從之前開始，她就覺得傅梨華的舉動有些反常，她的性格並沒有變化，依然囂張，依然跋扈，可是卻彷彿多學了幾招手段，學會壓制脾氣，學會先示弱……她一定是受了人指點，姚氏離開了那個淨出餿主意的張氏，恐怕很難這麼心平氣和地改變行事作風。

但幫傅梨華的這個人是誰，傅念君覺得總不會出了傅家。

她笑嘆著搖搖頭。

或許是她想多了，這些天太過疑神疑鬼。

淺玉那個樣子，怎麼也不可能能夠指點傅梨華，也更不可能讓傅梨華聽她的。

她的疑心來得沒有根據……

§§§

去了二房那裡，陸氏倒是也沒有一口答應下來，反而叫來了陸婉容，竟是讓陸婉容替傅念君出出主意。陸婉容提議了一個人選。

「……洛陽人氏，姓楊，楊先生年輕時所嫁非人，毅然決然和離了，後來自己修書立傳，鑽研詩文，在詩文見解方面很有見地，雖稱不上大家，卻也是學識淵博。」

傅念君看著她笑，笑得陸婉容十分不好意思，她當然知道傅念君這笑中的意味。

陸婉容是要嫁給傅瀾做妻子的，這些事，陸氏從現在就開始教她。

漫漫也是她未來的小姑子。

陸婉容要嫁進傅家，這些事即便不可能如今就讓她來做決定，但是總要先學會考慮這些事情。

她在傅念君認真的注視下不自覺紅了臉，只道：

「其實我也未曾得過楊先生的教導，只是一個閨中友人提過……若、若是念君覺得不合適……」

傅念君微笑，「我也不知道洛陽有何名師，妳推薦的，卻是值得試一試。」

陸婉容露出一個笑容，是受了肯定後欣慰放鬆的笑容。

「不妥。」陸氏卻出口打斷。

陸婉容有些忐忑地望了陸氏一眼，似乎在等待她的指點。

陸氏轉向陸婉容，說道：「楊先生雖好，卻終究是大歸和離之身，雖才高清傲，此生卻福祿難全。妳仔細想想淺玉姨娘此人，結合她的脾性考量，妳尋了楊先生來，她會如何想？」

淺玉這人心思敏感，愛鑽牛角尖，成日活得戰戰兢兢又拎不清眼前狀況，口頭上肯定千恩萬謝，心裡卻千回百轉都是小心思。

是啊，陸婉容推薦這麼一個人過去，她會怎麼想？

漫漫是庶女，並非嫡女，何必非要才華過人，詩畫雙絕？

陸氏親自給出了一個人選：「我看，沒有妳堂伯家中李先生的夫人合適。」

「李師娘？」陸婉容想了想。李先生夫妻是汴京人，雖名聲不算太響亮，但李師娘是有名的全福人，為人和善，雍容大氣，結交過的人家沒有不說她好的。

要說才華，真的不能說有多少，只是跟著做西席的丈夫耳濡目染之下，當一個小丫頭的開蒙老師還是足夠的。

傅念君聽陸氏將這位元李師娘的情況一說，便也覺得不錯。

淺玉多半會同意。她自己是做妾的，所希望的，肯定是女兒漫漫被教養得穩重端莊，日後風風光光地被人相中去做正室夫人，而有一個體面的老師，也能為她的少女閨閣時期添一筆籌碼。為人母者的私心，以陸婉容如今的境界，還很難體會。

看人這樣的事，她要跟陸氏學的，還是長路迢迢。

傅念君心裡定下了這個人，便謝過陸氏，想先打聽過這位李先生和他夫人的情況後，稟明給傅琨。

陸婉容親自送傅念君出院門。傅念君以為陸婉容適才沒有完成陸氏的「題目」，心情會不佳，卻沒想到是她自己多想了，陸婉容看來心情十分鬆快。

「這麼快……就要回去？」

傅念君有點驚訝。陸婉容笑道：「也不急，只是姑母說，早點定下來好籌備。」

她說的是她和傅瀾的婚事。

她總不能待在傅家備嫁。

傅念君心裡也有點道不清說不明。自己一直希望母親走上另一條路，可當母親的人生真踏上另一條她無法預知、截然不同的路時，她又有些說不出來的惆悵。

除了遙遙相祝，道一聲安好，她再也無法插手她的人生……

陸婉容見她的神色，以為她是捨不得自己，心裡一暖，也執起傅念君的手道：

「妳不用擔心我什麼，我會好好的，妳也是，念君……」

傅念君微笑著點點頭。兩人便說起最近陸成遙的事，陸氏也在替他相看小娘子。

畢竟陸婉容要出嫁，他這個做大哥的，也不能把娶妻之事無限期地往後拖延。

具體的人選陸婉容也不知道，但是照陸氏的看法，一定是要好好結這門親，這畢竟關係到陸成遙日後自立門戶所能得到的助力。

傅念君不由在心底也悄悄同情了一下這位曾經的舅舅。這世上女子固然頗多無奈，男子卻也有不少困頓，娶什麼妻子、結什麼岳家，最終還要看形勢。

不過好在陸氏並不是他父母，不會完全罔顧他的想法。想來陸成遙此生即便不能大放異彩，也不至於淪落到她記憶中的那個模樣。

§§§

傅家這裡正等著周毓琛的登門拜訪，宮裡張淑妃卻早已經氣得砸了好些個官窯的上好瓷器。再砸下去怕是太后就要責罰了，好不容易她才被勸住。

這個連氏到底是怎麼辦差的，怎麼會讓傅四娘子……

傅四娘子是什麼人，張淑妃可是印象深刻。姚氏在端午時御前失儀的種種醜態她都記在腦中。何況她早有耳聞，傅相這個繼妻和這個繼妻所生的女兒有多荒唐，和杜家退過親，又想攀高枝，都能不顧臉面求到官家面前來，可見恨嫁到什麼地步。

這樣噁心的人沾上了自己的兒子，張淑妃如何能不恨！

就是傅念君，她內心也是一千個一萬個看不上，但是因著傅相的關係，只覺得她勉強還能被娶做側室，身分抬得高一些也就是了。可這傅梨華是個什麼東西？

簡直是倒過來拖後腿。

張淑妃其實不太想承認，她之所以想算計傅念君，也是為了有備無患。

周毓白和傅念君之間的事真真假假，宗室裡總有人在傳，卻也沒有實證。

張淑妃覺得周毓白若真要在這個當口求娶傅念君，必然是朝著傅相而去的，這對她來說自然是個嚴重的示警。

但是周毓白這一陣子倒是很低調，連傅家的門都沒登過，似乎又不像是有意要求娶傅家女的意思。即便他沒有很明確的表示，皇后那裡探的口風也是對這個傅二娘子一無所知。但張淑妃還是不能放心，想多留一個心眼。

將傅念君娶做周毓琛的側妃，也能斷了周毓白的念頭。但是好死不死，卻被個傅梨華賴上了。

「想得倒美！那對母女是什麼東西，憑什麼要難為我兒，她自己不要臉面，誰能給她臉面，誰耐煩管她死活！」張淑妃即便面對著自己兒子，也依然說出了這樣的話。

周毓琛來見親娘的次數並不頻繁。

他也知道要避嫌，而且張淑妃每次拉著他說的話，多半都是他不愛聽的。

周毓琛一向溫和穩重的臉上很少有這樣的表情。

「阿娘，您到底為什麼要做這樣的事！莽撞而行，您又將傅家和錢家置於何地？」

張淑妃只道：「我這就是為了你的未來！六哥兒，阿娘還會害你不成？」

周毓琛微微嘆了口氣，緩了聲音，語重心長地勸她：「您自然不會害我，可是手段卻太不光彩，做這樣的事太容易讓人詬病……」

周毓琛雖然不至於像周毓白那樣有主意，卻也不至於像肅王那樣沒有定見。

而張淑妃呢，如此盛寵多年，也不是一個只憑一時意氣就縱著脾性的人，更不會像邠國長公主那樣強摁著兒子的頭屈從。因此母子二人總還算是有商有量。

這一次出了這樣的事，確實張淑妃是自作主張了，就是因為她知道周毓琛一定不會同意配合她的計畫。周毓琛細細地對張淑妃曉以利弊，分析情勢，張淑妃也總算願意選擇平靜妥善的方式來解決這件事了。

「你既然決定去傅家，那我也不會制止你。六哥兒，阿娘只擔心一件事，傅相在朝堂浸潤多年，他若有意拿話繞你，你怕是躲不開。」

周毓琛無奈道：「阿娘，您雖然受爹爹看重，可是您想過沒有，您不能拿自己去和傅相做賭注，讓爹爹選其一。」

張淑妃愣了一愣。

周毓琛卻比她明白事理很多，「傅家能夠給我這個登門的機會，說明他們也想知道我們的態度。這樣和氣的情況下，也許真有轉圜局面，我總要試一試不是？但若是您想放任傅家自己處置了傅四娘子，誰又能說傅相一定不會懷恨在心，直接參我一本？這是家醜，雙方都丟臉的事，爹爹也一定會不開心，您仗著的，可不就是這一點？但是您別忘了，傅相身後是百官，這個朝廷雖是爹爹的，也是滿朝文武的。在事情能夠以平和方式善後的情況下，咱們又為什麼非要去走到那一步，去冒這個險？」

去賭傅琨和皇帝的態度。

張淑妃聽了他的話，心裡也定了定，只道：「你說得有道理，如今你在朝中，正是半點錯處都不能有的時候，是阿娘氣昏了頭，咱們不能去賭傅相的脾氣。」說著，她還喚來了自己的親信內監，對周毓琛道：「讓安淮陪你去，我不能隨意出宮，你帶著他，我也放心些。」

安淮是張淑妃的親信，是會寧殿積年的老人了，人也十分聰明，通曉詩書，還得到過聖上的誇獎。

周毓琛與張淑妃談妥了，出了會寧殿，卻正好遇到周毓白與肅王並肩而行。

他們兩個幾時有這麼多話說了？

周毓琛上前打了招呼。

「哦，是六哥兒啊。」肅王還是保持著他一貫陰陽怪氣的語調。

周毓琛溫和地笑了笑，「大哥、七哥兒，可是要出宮回府？」

周毓白道：「正打算去喝一杯，六哥一起吧。」

周毓琛倒不急著拒絕，因為肅王一定會先他一步開口。

自從上回和氏璧的事後，肅王見張淑妃和周毓琛時已經連明面上的客氣都不留了，怎麼還能同他兄弟情長地喝酒聊天？

不過這一回，周毓琛卻是吃驚不小。

肅王竟說：「這也好，算來我們兄弟三人也很久沒有聚過了。」

皇子五人，崇王和滕王都是有疾之人，平日裡皇帝都懶怠見他們，也不用他們進宮請安，真正會在宮中走動的也就他們三人而已。

周毓白笑著拉過周毓琛的袖子，拍拍他的肩膀，「走吧，六哥。」

周毓琛一向便不是特別態度強硬的人，肅王既然先示好，他也想看看大哥這葫蘆裡賣的到底是什麼藥。

三人真的出了宮，尋了一間正店喝酒。

「老六，今日你進宮，所為何事啊？」

肅王飲了一杯酒，先聲奪人。

周毓琛淡淡地笑了笑，與當今聖上如出一轍的俊秀眉眼舒展開來，有一種圓融和諧的慵懶和文氣。「也沒有什麼大事，同阿娘說說話。」

肅王唔了一聲，顯然是不太滿意這回答。

「聽說你前兩天在武烈侯府上做客，鬧出了不小的事來，不如和大哥說說，我幫你出出主意？」

周毓琛自然不會往他套裡鑽，只應承著：「多謝大哥了，都是一些下人胡傳，也沒有什麼麻煩。」

周毓白也幫腔：「那日我也在，大哥，六哥不過是碰到了一些誤會，很快就能解決了。」

肅王給了他一個不悅的眼神，好像是周毓白不懂事一樣。

「話不是這麼說，有誤會說清楚，但是錢家那裡總要有個交代吧？老六，大哥比你長十幾歲，很多事比你清楚，你和老七都是仗著自己生得好看，在這東京城裡前後左右地惹了不少小娘子。你們也都不小了，多少也該顧及點……老七，你咳嗽什麼，我說錯了嗎？」

周毓白被嗆了一下，擺擺手，只好說：「大哥沒說錯。」

肅王今天到底是什麼意思？來為了錢家說話的？他有什麼資格？

他還真不知道，原來肅王是這樣喜歡給人家調解感情之事。

周毓琛的臉色也有點不好看。

「大哥不必操心了，既然是誤會，就當用解決誤會的方法，我與錢小娘子尚未過禮，請大哥慎言。」

肅王倒是冷笑了幾聲，「張淑妃好本事，瞧中了錢家要傳家，還把旁人都當傻子看。老六，你齊人之福還沒有享到，這就擺起譜兒來了？」

怎麼聽都像是在酸，肅王果然還是那個肅王。

周毓琛修養很好地舉杯敬了肅王一杯酒，依然好脾氣地道：

「多謝大哥指點，我還有事，喝完此杯，就先告辭了，請大哥不要怪罪。」

明天還有一場硬仗要打，他實在沒有心情待在這忍受肅王的脾氣。

肅王只能黑著臉喝完了酒，由著周毓琛先行離開。

等他一走，他卻立刻換了一副表情，拍了拍周毓白的肩膀道：「老七！怎麼樣！大哥夠意思吧？我既然答應了還你人情，就不會忘。你中意錢小娘子，我看這件事現在好辦多了，這張氏和老六兩人自己得隴望蜀，還容不得人說，他們這是自己挖坑跳。」肅王連連冷笑。

周毓白聽了肅王這話卻在心底發笑。

「多謝大哥了，只是錢家怕是還不會因為這樣的事就反悔婚盟，恐怕……」他依然表現出幾分惋惜之意。

肅王大手一揮，卻很是成竹在胸，「大哥自然還有辦法。」

周毓白倒是第一次見到肅王有這樣一面。

當然周毓白不能指望肅王這人能想什麼好辦法出來，他每回琢磨出來的都是些餿主意。

原本將肅王拖下水，就是出於幾方面的考量。

要讓錢家斷了和張淑妃母子的盟約，並不是一件易事，這潭水需要攪得越來越渾才好。

肅王用手指摩挲著酒杯，喃喃道：「我就不信錢家這般沒種。」

張淑妃握著錢家那樣的把柄，他們確實不敢造次。

「大哥打算怎麼做？」周毓白問道。

肅王卻還要賣個關子。

「很快……你就知道了。」

周毓白點點頭，心中卻已經有七、八分猜到了他的打算。

和肅王說了幾句，周毓白便與他告辭，只是還未上自己馬車，就先被請到了周毓琛的車上。

原來周毓琛一直都未離開。

「酒很好喝？」周毓琛輕笑著問他。

周毓白爬上車坐定，抬手揉了揉脖子，早知他會來問自己，只道：「你也喝了，怎麼反過來問我？」周毓琛頓了頓，「大哥他……到底是怎麼了？」

「可能是……唯恐天下不亂吧。」周毓白坦白說。

「莫非他還想著打錢家主意？」

「這就不清楚了，想必不會了，爹爹那一關也過不去。」

不是肅王不想爭取錢婧華，而是無法爭取。他目前就周紹雍一個嫡子，比錢婧華年紀還小些，即便錢婧華不嫁周毓琛，還能嫁周紹雍麼？她可是差著輩分差點成了他嬸娘的。皇帝怎麼可能容忍這樣的事。這天下又不是沒有女人了。

周毓琛想了想，也只能覺得肅王此番就是幸災樂禍而已。

他輕輕地嘆了口氣，擺擺手，「那不說這個，我還想問你，你最近和齊昭若怎麼了？」

周毓白不太想聽到這個名字。

自那日從他的別院將傅念君帶出來以後，得知了一些驚人的事情，他就沒有再見過齊昭若。不止是他，齊昭若似乎也同樣避見自己。

「還能怎麼？」周毓白反問。

周毓琛道：「想瞞我？他先前三天兩頭往你府上跑，近來卻是一步都不敢逾越，你們還是小孩子嗎？還玩鬧脾氣這一套？」

周毓白承認，他一直都不想去深挖齊昭若這個人存在的意義，也不知該用什麼態度去面對他。能夠讓周毓白這輩子有這樣舉棋不定態度的人，他還真是第一個。

解決好眼前的事情，與齊昭若保持這樣的距離，是周毓白覺得目前唯一能做，也是最適合的事。

周毓琛見他不說話，更加起疑。他們之間果然有事，只是什麼事情，周毓白卻打算對自己守口如瓶。

周毓白笑著岔開話題：「六哥這麼關心他，何不替他解決解決煩惱？聽說姑母要給他說親，是孫計相家中小娘子，你也是知道的……」

齊昭若的親事周毓琛管不著，可周毓白閃避的態度實在是讓他太過在意。

「姑母逼迫他太緊，聽說這兩天他躲到西京去了，許是……他有意中人了。」

齊昭若又去西京了？

周毓白微微擰眉，他當然不會覺得齊昭若只是躲避親事，肯定有別的目的……

周毓白可以不管他這個人，但是他做的事，周毓白不能不在意。

畢竟他和傅念君一樣，是帶著未來的記憶回來，他做的每一件反常的事，都值得思慮。

周毓白抬手扶額。是他大意了。他如今先顧著的是自己眼前的麻煩，一時就疏忽了。

畢竟周毓琛和錢婧華的親事，自己和傅念君的事，不能無限期地耽擱下去。

等到聖上的聖旨一下，很多事情，就再也沒有他施展的餘地了。

說完齊昭若，周毓琛接著便提了明日之事，讓周毓白同他一道去傅家。

周毓白那日也在場，便點頭應承了。

「就不怕裴四娘子多想？」周毓琛用手肘推了推周毓白，笑意中多了一絲看好戲的味道。

周毓白頗為無奈。裴四娘的事，其實也算是個小小的意外。

「六哥別說笑了，西眷裴的名聲，我可不敢玷辱。」

那樣世家出身的裴四娘，能做到那一步，確實讓人始料未及。

周毓琛只說：「家族和規矩是一回事，倒是擋不住心悅你的小娘子的熱情。」

周毓白閉口不言。對於他來說，這時候出現一個裴四娘吸引眾人視線，未嘗不是一件好事。

連周毓琛也覺得，他娶裴家的女兒很合適。

想必張淑妃若知道了也會大肆撮合。畢竟裴家這樣只剩名頭的空架子世家，並不可能如錢家一樣給周毓白爭儲帶來任何實質性的幫助。

周毓白不能在周毓琛面前明確地表達對裴四娘的不喜，只能模稜兩可地敷衍下去。

只是傅念君也知道了……恐怕是已經與他生氣了的。

這話還得他親自去和她說個明白。

§§§

第二天，傅家就迎來了罕見的貴客。

兩位皇子同時登門，可是千載難逢的場面。

何況這二人的風姿在民間多有傳頌，芝蘭玉樹，各有千秋，當真不愧是集天地靈氣的龍子鳳孫。若非傅念君早就敲過警鐘，約束下人，傅家今日怕是廚房裡的人都要跑光，偷偷去前院見見這兩位郎君。

「娘子，壽春郡王也來了呢……」儀蘭在給傅念君梳頭時，在她耳邊小小聲地提醒。

傅念君橫了她一眼，「所以呢？我應該齋戒沐浴親自迎接？」

儀蘭無奈，娘子這到底是賭哪門子的氣呢？

傅念君確實覺得心煩。氣惱她想不通周毓白的打算，也氣惱自己為什麼這麼沉不住氣。

近來發生的事都是圍繞著傅家內宅，幕後之人的動作似乎越來越少，可是她心中總有一些不好的預感。

這種不安，來源於隨著日子推移，很多事再也無法與她記憶中重合，給她預示和提醒……

4 貴客兩位

傅淵和兩位皇子見過禮，三人落座。傅淵先讓下人上了茶。

雖然周毓琛此行目的並不是來喝茶的，但是走個過場總是需要的。

傅淵也一樣，見到張淑妃身邊的內監安淮今日伴周毓琛一道出現，也大約能明白他們母子的意圖。

周毓白只是陪客，自然安守本分，不用多言，只需要將那日他所知曉的情況告訴傅家即可。

但其實那日的真相怎麼樣已經不重要了，周毓琛和傅淵都知道這一點，因此這次見面，他們都不是為了替己方申辯，只是要商議出一個合適的、雙方都能接受的處置方式。

傅淵對周毓琛也是一如那日一般神色淡淡，直到傅琨那裡來人通知，他才起身與周毓琛一同去往傅琨書房。

而周毓白在這件事中牽連不多，因此沒有同行，由傅淵指派的下人領著去散步。

傅淵臨去前，對周毓白投來的目光不能說很友善。

周毓白覺得這位未來舅兄對自己的偏見甚深，即使在這樣的當口還不忘提防他。

好在今日吸引了傅淵不悅的人是周毓琛，不是他。否則依照以往，周毓白上門拜訪，怕是更得不到好臉色。

周毓白來傅家的次數雖然不多，對這裡卻相當熟悉。

尤其是……梅林。

眼前這個小廝是傅淵的人，臉上有從主子那裡學來的嚴肅和謹慎。周毓白看在眼裡，不由輕笑了一聲。

「郡王，走梅林這裡會遇到後宅女眷，多有不便，可否請您移步？」

周毓白挑了挑眉，傅淵還真是……

「好。」他答應得很果斷。

那小廝鬆了口氣，看見周毓白似乎已經不是第一次做了一個抬手的動作，他有些奇怪：

「郡王可是有什麼事要吩咐小的？」

周毓白眼波微動，輕笑，「沒有，帶路吧。」

只是還沒有走出幾步，就衝過來一個莽撞的僕婦，向周毓白行了禮，焦急地把那小廝揪走說了幾句話，那小廝回頭了兩、三下，終究還是跪到周毓白面前告罪。

周毓白在心底笑，那丫頭的法子還真是……不怎麼高明。

傅淵的人被支開，頂上的小廝自然不會再是他的親信。

周毓白被人引著到了一處僻靜之處。

這裡就是上回傅梨華想算計錢豫的溝渠邊，避開了陽光和人煙，很適合說話。

傅念君正出神地盯著水裡流動的落葉，手裡俏皮地甩著一根柳枝。

周毓白走近，她身邊那兩個看起來還算機靈的丫頭立刻回頭，臉上竟是露出了幾分激動的神色，目光灼熱，朝他行禮就走開了幾步。

周毓白緩步走到與傅念君並肩的位置，話語中帶了些遺憾的味道：

「差點就讓單昀動手了，妳哥哥的小廝和他一樣不好打發……」

傅念君聽出了他話裡的笑意，心裡有些憋悶，指著眼前這溝渠道：「當日錢家兄妹來我家中做客，傅梨華想算計錢郎君，就是想以輕生之名跳進這裡，引他出手相救……」她並沒有側頭看周毓白，只是用一種平淡的口吻敘述：「幸而我發現得早，及時制止了她這種愚蠢的行為。可是我防得了一時，防不了一世，第二次，她就賴上了東平郡王……」

周毓白嗯了一聲，表示認可：「只有千年做賊的，哪有千年防賊的。」

傅念君聽到他這樣的語氣，更生氣惱，轉頭瞪著他，一雙眼睛裡光芒閃爍，熠熠生輝。

「壽春郡王就是這樣的看法？我這人其實並不聰明，所倚仗的不過是一點先機和平日的細心，但是在盧家，您就是這樣利用我的信任？」

她確實對他有怨氣。她對他已經毫無保留，她連她最大的祕密都未隱藏，她是真心實意信任他的。

他可以輕而易舉地毀了自己，但是她呢，彷彿和別人沒有兩樣，在他股掌之間難以掙扎。

他藉著自己對他這樣的信任，絆住她說話，方便傅梨華做那樣的醜事。

哪怕他同她說一句，她也不至於會這樣在意……

周毓白看著她的眼神卻很溫和，其中有淡淡的暖意和包容，好像她只是個撒氣不懂事的孩子。

「利用？妳是這麼認為的？」他側頭看著那水渠，竟轉開話頭道：「我覺得妳妹妹的法子不錯……我若現在跳進去，妳會救我麼？」

傅念君愣了愣，他怎麼會說這個？好好的他幹嘛要學傅梨華跳水渠？

「看吧，不會。」他笑道。如果他用自己輕生的法子逼迫她算計她，她是不會就範的。這種帶著脅迫意味的手段，對她只會適得其反。這點覺悟，周毓白一直銘記在心。

他抬手輕輕幫她拂去頭髮沾上的一片小葉子。

「妳不會算計我，而我也不捨得算計妳，明明有更省力的法子，但是因為妳不喜歡，我會選擇一條妳能接受的路，哪怕更艱辛，困難有很多，但是都可以解決。妳說我瞞著妳，這些事，如果妳問，我就會說。我若真要隱瞞妳有千百種方法，會這麼明顯地讓妳察覺？」

其實傅念君也明白這個道理。只是有時候，女子面對心上人時，難免會鑽了牛角尖。

這兩天她眼睜睜看著傅琨與姚氏這樣失敗的夫妻關係，不能說不影響她產生了一些對婚姻的恐懼和對未來的不確定。

兩個人若在心理上就是不平等的關係，便很難做到心意相通。

他繼續說著：「妳剛才也說了，妳那個妹妹，不可能防她一世，她早晚會鬧出這樣一場，與其日後為妳和妳父兄添大麻煩，不如在還能夠掌控的範圍內將傷害降到最小。還有，妳也不要太小看了我六哥和張淑妃……」

傅念君嘆氣，「我知道，你所做的，都是為了讓錢家和你六哥解除婚約……但你僅僅只是為了這個麼？」

周毓白笑著反問她：「妳覺得還能為了什麼？」

他現在所做的事，選擇了最難的一條路，為的是誰，她還想不明白，要來這樣問自己。

傅念君有些賭氣道：「我問，你就會說，郡王這話這麼快便忘了？」

周毓白輕輕嘖了一聲，感慨道：「很多事告訴妳，是平添妳的困惑，如果妳不知道，就不必糾結做出選擇，也不用背負罪惡感。就像這次的事，我先做了，妳就不用多想，若我先告訴妳，妳肯定便會躊躇一陣，畢竟這對傅家和妳爹爹有傷害，妳心裡明明也曉得把傅梨華除族，嫁給人做妾，只有我六哥這樣的人有資格，這就是最好的辦法……但是因為親情的羈絆，妳就是會多想，是不是這樣？」

巧言令色。傅念君暗自嘀咕著，同時卻無力反駁他。
望著她越瞪越圓的眼睛，他搖頭嘆息。
「妳還是個小娘子呢，這麼喜歡裝得鎮定自若……」
他的眼底彷彿浸潤了暖融融的桃花色。
「妳只要往我走一步，往後的路，我會自己走過來的……」
他望著這眼前的水渠，竟又提起了跳水渠的話題。
「……如果我跳下去，妳也不用來救我，我自己爬上來吧。」
傅念君沒忍住，「噗哧」一聲笑出來。
這是什麼話？他這樣的形容，傅念君還是第一次聽說。
周毓白見她笑了，終於說：「今日妳對我這一副苦大仇深的模樣，總算是還肯笑一笑。」
傅念君收了神色，嗔道：「是你欺瞞在先。」
「是，所以是我的錯。」他坦誠地承認。
脾氣好得讓人無所適從，傅念君相反倒是生出點愧疚來了。
她輕輕嘆了一口氣，「好吧，很多事情我確實沒有資格過問，只要不傷害到我爹爹和傅家，我自然也不會多管閒事。但是……」她微微蹙著眉，「我總有一些不好的預感說不出所以然來，關於幕後之人，接來的事，究竟會怎樣……」
周毓白勾了勾嘴角，將臉轉向她。
「妳是擔心我？」
傅念君冷不防被他戳中了心事，只是瞪著眼睛，矢口否認：
「不是！」

周毓白的笑意蔓延到眼底。

這是個彆扭的傢伙，而他不算是個多麼包容的性子。

只是人和人之間的緣分就是這樣奇妙，傅念君只要對他說一句「喜歡」，他就願意籌畫這麼複雜的局，只為了娶她。

她只要願意表現出對他的一點擔心，他就不會給自己留任何後悔的餘地。

想起那些戲曲話本裡那些動不動便是粉身碎骨的愛情故事，周毓白從來不覺得自己會有這樣一天。他的情大概永遠不可能熱烈如火，卻如山間潺潺的流水，細密纏綿，從無斷絕。

「不是就不是吧。」他說著。

傅念君蹙了蹙眉，覺得自己的表現實在是糟糕。

「妳放心，我知道顧全我自己，我也沒有那麼粗心……」毓白明白她的擔憂，「何況，妳要明白一件事……」

什麼事呢？

「如今不再是妳和齊昭若不知道未來的走向，幕後之人同樣不再能肯定，他已經沒有能力可以隨心所欲地掌控全局了。」

他嘴角的笑容清淺，卻充滿信心。

傅念君驟然明白過來，或許從一開始，她自己就不是這三十年前最大的變數，而齊昭若同樣也不是。

周毓白才是。

當他猜到了他們的祕密開始，一切都已經和幕後之人所知的情況往截然不同的情況發展……

傅念君不再能預測幕後之人的動向，而同樣的，對方也不再能預測周毓白的動向。

一切，都又回到了公平的起點……

「有信心麼？」他突然問她：「因為未知的以後。」

傅念君搖搖頭，反而放鬆了心情，「不會，反而覺得安心。」

未來，本來就應該是掌握在自己手中，不能夠預測，不能夠確定，注定悲劇的宿命，本來就應該走向煙消雲散……

能為自己而活，能為自己爭取，才是一件令人開心和安心的事。

「所以還有什麼好怕的？試一試吧。」周毓白抬手寵溺地摸了摸她的頭。

在他眼裡，她不是那個太子妃傅念君，也不是荒唐的傅饒華，她就是她。

她的未來裡，會有他。

她眼裡，他也不是記憶中的周毓白，不是她所以為的周毓白，只是站在她眼前的這個人。

傅念君點頭笑了笑。

或許……就像他說的，她也可以……

試一試。

未必兩人之間就是沒有結果。

周毓白其實沒有想做什麼親密的舉動，畢竟這裡是傅家，他也知道注意場合。

但是芳竹和儀蘭很緊張，聽不清他們說什麼，兩個丫頭卻能看見他的動作，慢慢地就往他們挪過來。她們又怕被人發現，樣子十分可笑。

「妳那兩個丫頭……還真是……」周毓白失笑，規矩地把手收回來。

傅念君無語，「她們啊，恨不得去做你的丫頭。」

成日有完沒完地念叨壽春郡王。

「我該走了，我六哥那裡也該差不多了。」

傅念君問他：「你能猜到我爹爹會許以什麼條件給東平郡王和張淑妃麼？」

周毓白道：「大約是日後入主樞密院的部分軍權。張淑妃惦記的，不就是這個。」

傅念君蹙眉思索。

「不必擔心，妳爹爹有他的分寸。」周毓白又在心裡補充，何況傅琨並不可能如朝臣期盼的一樣入主樞密院了，他答應張淑妃的條件，將會成為一紙空談。

張淑妃最後將自作自受，落個竹籃打水一場空的下場。

不過這話他還不能和傅念君說。

兩人分別後，傅念君在水渠邊站了一會兒想心事。

還未覺得周毓白離開多久，就見一個小廝匆匆忙忙地尋了過來。

「二娘子，二娘子，不好了，不好了……」

傅念君回身詰問：「怎麼回事？」

今天府裡有貴客來訪，也不會接待別的客人，後院裡傅梨華和姚氏那邊更是加派了人手防她們作妖，這會兒會有什麼事？

那小廝哭喪著臉，「不是府裡的事，是咱們門外……唉，您快去瞧瞧吧！」

「帶路。」傅念君冷靜地吩咐，提著裙襬就跟他往前院走。

如今傅家的事除了傅琨傅淵，就是她說了算，今天他們父子倆肯定是無暇管這些瑣事的，府裡其他事自然只能是她去解決。

§§§

但這樣的場面是傅念君沒有想到的。

傅家門口此時聚集了很多孩童。而他們嘴裡正吟唱著新編的童謠。

童聲脆脆，十分嘹亮，傅念君站在門內都能清楚地聽到。

「二戈金，四兩心，賠了夫人又折兵；衣頻寬，軟語溫，哪有少年郎不愛聽……」

傅念君去的時候，正好聽唱到這一句。

管家帶了人在門口驅趕，可是那一波接一波的，都是小孩子，護衛們也不能動手打，散了一波，嬉笑著又來了一波，不斷來來回回地唱著童謠和打油詩，引了許多路人來看熱鬧。

還有調皮的孩童和半大少年，覺得有意思就跟著唱。

街頭巷尾的，就數傅家今日最熱鬧。

「二娘子，這可怎麼辦啊……」下人們抓耳撓腮地擠在傅念君身邊問她拿主意。

他們或許聽不懂這童謠裡的意思，但是傅念君一聽就明白了。外頭若有稍微有些文學底子的郎君和娘子，其實都能聽明白。

二戈金，就是個「錢」字，四兩心，也很好理解，傅梨華排行第四，後面兩句也淺顯易懂，錢家賠了夫人又折兵，而且還涉及溫言軟語寬衣解帶地去倒貼少年郎，這就很明擺了。是指傅家四娘子，去搶錢家小娘子的男人。

只要東京稍微有些身分的人，都能明白這是怎麼回事。

外面又繼續了，脆生生的孩童們拔高了嗓音：「詩聖為人十分好，美玉偏砸黃金窯……」

「這是什麼意思啊？」芳竹迷糊地問著：「是謎語嗎？」

前朝杜甫被人稱為詩聖，甫，加一個人字，十分即為一寸，加起來就是個「傅」字。傅琨單名為琨，正是美玉之意，黃金窯就更好理解了，不就是指那坐擁金山銀山的吳越錢家。

這一句是在說傅琨為了自家女兒，去同錢家作對……

傅念君有點頭疼。

這都是誰編出來的？

顯然對方肯定是有些才華的，不可能是隨意編派，一定早有預謀。這些童謠裡也並沒有一句話直指傅家和錢家，更沒有點明是什麼事，顯然是唱給能聽懂的人聽。

但是只要這些朗朗上口的童謠被散播出去，漸漸地有些話就會越傳越開，傅家和錢家肯定都會成為東京城世家裡的笑柄。

「二娘子，二娘子……」

下人們只知道外頭看笑話的人越來越多，而且時不時爆發出幾聲笑聲。

做為一朝宰輔，傅琨對百姓需要時常保持謙和有禮的形象，也不可能讓護衛們把這些孩子全打一頓。

傅念君凜眉，側頭吩咐了幾句。管事的一聽，立刻眉開眼笑，誇讚道：「還是二娘子有急智！」

不多時，傅家的大門敞開。

外頭的人都熱熱鬧鬧地哄笑起來，孩童們也尖叫著竄來跑去，老管家身後還拖著兩個不聽話的，「哎呀，小祖宗們，快走吧，這裡不是你們該來的地方……」

他急得滿頭大汗。

「吳伯，鬆開他們吧。」

一道小娘子輕柔的聲音的響起，眾人只看見門內邁出來一個雍容大氣、美麗嬌豔的少女。

她帶著和氣的笑容，氣質高貴，只看一眼就叫人移不開雙目，卻不敢稍有褻瀆。

她身後正跟了好些人，畢恭畢敬地不敢造次。

「二娘子，二娘子……」管家吳伯好像看見了救命稻草一樣，急急朝她揮著手。

傅念君微微笑著，看熱鬧圍觀的眾人都以為這是傅家要驅趕這幫孩子了，卻只見傅念君蓮步輕揚，走到那群髒兮兮的孩子面前。

「你們唱得累了嗎？想不想吃糖？到姊姊這裡來領糖吃吧。」

她轉身從身後僕婦那裡拿過一個盛滿了精美糖食果脯的笸籮，看得那些孩子眼珠都快掉出來了，哪裡還記得繼續唱。

沒有孩子是不喜歡吃糖的。

「來吧。」她笑著朝他們招招手。

立刻，那些剛剛還都像猴子一樣纏得傅家眾人脫不開身的調皮鬼們，就全部一股腦擁到了傅念君身邊去。

傅念君身後的僕婦丫頭手裡都拿著不少分給他們的零嘴和食物。

「別搶別搶，都有。」傅念君拍了拍眼前一個小光頭，一點都不嫌棄他的髒腦門。

小孩子原本就沒有大人這麼重的貴賤之分，哪裡曉得傅念君是什麼身分，是什麼了不起的貴人。他們只知道她生得像仙女一樣好看，又對他們這麼客氣，給他們吃的，當然只有歡喜，一口一個叫著「仙女姊姊」，嘻嘻哈哈地笑鬧。

管家吳伯也得到了啟發，立刻將剛才還負責驅散孩童的護衛們分散在四周，做出護衛之狀，嘴裡嚷著：

「咱們府裡二娘子是菩薩心腸，今日出來給孩子們送些東西，小兒們都可來取，不要爭搶……」

人群裡原本兩、三個啜著大拇指的孩子聽了這話，也立刻鑽出來領吃的，甚至混水摸魚的乞兒也沒有得到阻攔，一視同仁。

場面雖然還亂，但是看起來就像是傅家敞開了大門做善事。

人群裡自然而然風向就變了，有人開始誇讚：「要說傅家是詩禮傳家，傅相是難得一見的好官、清官呢，瞧瞧人家，才是真正地愛民如子啊！」

「是啊，這位傅二娘子看起來雍容大度，氣質出塵，真不愧是傅相千金！」

偶爾有人想起來提出一、兩句，說傅二娘子不就是曾經名揚京城的那個花癡小娘子，卻遭到了不同程度的質疑。

畢竟在東京城裡，每天都有新的傳聞和消息，實在沒有人有那麼多工夫來記得你的曾經。

「不過剛才他們唱的都是什麼意思啊？」

「管他們什麼意思呢，哎，可惜我家小崽子沒來，不然見了這麼些好東西，肯定挪不動道……」

漸漸地，人們也就不糾結於那些他們聽得懵懵懂懂的童謠了。

同時間，人群裡也有人抓耳撓腮，「這怎麼辦？讓傅家囫圇過去了，怎麼和殿下交代？」

他的同伴回答：「不急，殿下的命令，是讓這些童謠三天之內傳遍東京城，咱們還有時間……」

§§§

傅念君覺得腰上被一股力氣拉了拉，低頭一看，是一個梳著兩條羊角小辮的女童，模樣雖普通，一雙眼睛卻生得討喜，小動物一樣望著她。

傅念君對她笑了笑，見她揪著自己腰間的荷包不肯鬆手，便親自動手把荷包解了下來遞給她。

女童眨眨眼，似乎有點不敢接，在傅念君和荷包之間來回打量，神情忐忑。

傅念君也不催她，只耐心地問：「姊姊把這個給妳，妳告訴姊姊一些事好嗎？」

那女童想了想，點點頭，才把荷包接過來。

「是誰教你們唱這些的？」

那女童小聲道：「是兩個叔叔……」

「他們讓你們來這裡？」

她又點點頭。傅念君依次問了幾句，女童也乖乖答了。

管家吳伯拖著一副風燭殘年的身體，仰著脖子在喊：「沒有了沒有了，小兒們，快快歸家去吧，家中爹娘要來尋了！」

小孩子們也不是真的不懂事，他們得到了吃食，嘴裡正忙不過來，也不會再想著唱童謠的事，還有些懂事的想著將分來的好東西快快帶回家給弟妹，一時間嬉笑的孩童們做鳥獸狀散去了。

傅念君也透過那個孩子知道了一些有限的東西。

有人刻意針對傅家，專門挑了今天。那兩個教他們唱童謠的人應該是某位大人物的家僕，且對方地位不低，他們也不止教了這一群孩童，也就是說，對方的目的不只是讓傅家眾人聽到這些童謠，更要讓它們短時間內傳遍東京城。

「去見爹爹和哥哥。」她對芳竹和儀蘭吩咐了一句，又對著一群被孩子們纏得暈頭轉向的下人道：「今日辛苦大家了，一會兒都有賞。」

吳伯朝著傅念君離去的背影比了個大拇指，由衷讚嘆：

「咱們二娘子啊，不一般……」

這樣聰明有手段。

當然這些孩童嘴裡的歌謠很快就傳到了傅家後宅。

周毓白立刻就明白過來了。

肅王說讓自己等著他的後招。

原來是這個！

他這人，還真像是做這種事的……

手法真是連高明的邊兒都沾不上。

傅念君去見傅琨等人，有這件事要稟告，儘管有兩位郡王在場，她也不避諱了，她相信周毓琛一定知道誰才是傳童謠的人。

他們在書房裡談了什麼，傅念君不知道，但是單看現在他們的神色，就知道應當是如周毓白所料一樣，談妥了。

「是大哥……」周毓琛蹙了蹙眉，目光卻是望向了傅琨。

傅琨負手而立，微微闔目。

堂中雖有兩個年輕人貴為皇子，卻都是他的晚輩。所有的人，都等著他的決定。

傅琨張開眼，輕輕看了一眼周毓琛，點頭道：「為今之計，請東平郡王同我一道進宮面聖吧。」

周毓琛頓了一頓，卻立刻會意，「願聽傅相之意。」

傅念君朝傅淵望過去，傅淵朝她輕輕地點了點頭。她心中一鬆，明白了此中意思。

肅王是來攪局的，而他又是周毓琛的長兄，他還能怎麼辦？

雖然只是一些似是而非的童謠，但是傳開去將給傅家、錢家和周毓琛的名譽帶來不小的傷害，通常面對這樣難以捕捉的流言，誰都會頭疼，只有一個方法最管用，用事實說話。

因此傅琨和周毓琛需要儘快確立陣線，將這件事向皇帝交代清楚。

固然傅相的嫡女給皇子做妾這樣的事怎麼說都不風光，但是將其除族，也算是傅琨對犯錯的女兒的懲罰。

傅琨果斷堅定地拿出了他的態度，就不會像童謠中所說那樣，為了女兒爭夫，去向錢家下手。

這就是回擊流言最好的方法。

傅琨和周毓琛立刻決定進宮，肅王這一招反倒促使他們加快了動作。

傅念君覺得很奇怪，肅王做這件事，想從中得到什麼呢？

她下意識地轉頭用視線去尋周毓白。

事態的每一步發展，即便沒有他的引導，恐怕他也能夠瞭解一二。

還沒有尋到那個身影，就被一人擋住了視線。

一抬頭，就覺得好似被人抓住了小辮子。

傅淵黑著臉正睇著她，「妳在看誰？」

傅念君聽了他的話，沒來由覺得大夏天裡一陣寒風拂過皮膚。

「當然是看哥哥你。」她笑了一下，有點心虛。

傅淵冷笑了一聲，「先等著，我還有話問妳，我先去送壽春郡王。」

周毓白沒有進宮的打算，依照傅淵看，他是很想在傅家多賴一會兒，可是傅淵的送客之意就差直接寫在了臉上。

「看來今日是沒有機會和傅東閣把臂言歡了。」

周毓白走得很慢，覺得有些可惜。

傅淵卻還是一張冷臉，好像周毓白倒欠了他多少錢一樣。

他停下腳步，皮笑肉不笑地問：「郡王可是腿腳有些不適？是否需要喚頂小轎過來？」

這是明擺著嫌他走得慢……也不用嚴防死守到這個程度吧？

周毓白覺得這位未來大舅子不好伺候的程度，真是比自己想像的要高很多。

「不用了。我看傅東閣行色匆匆，一會兒還有事？」

「無。」

「既然如此，如此美景，緩下腳步來欣賞，也是應當的。」

周毓白倒是好說話的模樣，根本不在意他的失禮。

傅淵很想說他這是醉翁之意不在酒，是傅家的美景好，還是美人好？

其實他對周毓白的印象並沒有那麼壞。

臨上馬車前，周毓白卻是再一次提出邀約。

「後日巳時，不知傅東閣可有時間賞臉？」

傅淵微微蹙眉，似乎在思量周毓白到底想做什麼。

只是剛才見傅念君與他又有眉來眼去的嫌疑，而且他派去給周毓白領路的小廝向他稟告，為周毓白帶路時被傅念君的人支開了。

他氣的是這個。

這是傅家，在他眼皮子底下，他們兩個人就敢……

傅淵一向以君子之道嚴格要求自己，自然就有些看不慣他們。

哪怕他也知道兩人不可能發生什麼。

何況他自從下定決心做個合格的兄長，就很怕傅念君有朝一日又變回了從前那副模樣。

看著眼前周毓白這張俊朗出凡的臉，他不由從喉嚨裡輕輕發出一聲冷哼。

周毓白無語望天，想想自己這樣被人嫌棄，這還是頭一回吧？

傅淵也是一點都不怕得罪自己。

而且讓人唏噓的是，傅淵這樣待他，他卻琢磨著替傅淵娶位好妻子，也不知日後他會不會念著自己這個妹夫的半分好處。

周毓白輕輕笑了笑，見傅淵仍猶豫，便肅容道：「為了傅家，我想你也應該應承下來。」算起來，兩人也並未有真正面對面說話的時候。

「好。」傅淵拱手施禮，「如此就多謝郡王了。」

周毓白點點頭，便進了馬車。

傅淵想來想去，覺得周毓白約自己見面吃飯，只能是為了傅念君。

可是即便他真的心悅傅念君，也不應該同他來說什麼……

傅家的女兒，難道都是能由他們這般作踐麼?!這麼想著，傅淵不由有點生氣。

回到傅念君等他的花廳，她果真還乖乖坐著等他回來。

認錯態度還算良好。

傅念君見他回來，倒是立刻站起來迎了過去。

她在意的不是周毓白，而是傅琨答應了周毓琛的什麼條件。

滿腦子正事，卻架不住傅淵劈頭一句：「妳現在膽子倒是大了，在府裡也敢這樣見他？」

傅念君有一瞬的失神，支支吾吾地回道：「沒、沒有啊……」

傅淵卻已經定下了她的死罪，「明天開始，繼續禁足。」

傅念君覺得傅淵在昭文館修史真是委屈他了，這麼剛正不阿，他應該去斷案啊。

明明她見周毓白為的是傅家的事，私事她都沒有問……

關於那個什麼裴四娘的，她都沒有問一句。

傅淵看著她那委屈模樣微微嘆了口氣，不自覺放軟了態度。

「多事之秋，還是少出門為妙。」

傅念君問他：「三哥，爹爹答應了張淑妃和東平郡王什麼？是樞密院的軍權？」

傅淵點點頭，告訴她：「近來風聞文樞相上奏，為蜀中置安撫使，這件事……張淑妃早有耳聞。她屬意她的堂弟，宣徽使張任的兒子張繼陽，若爹爹權知樞密院，這個名額便可為他們保下。」

傅念君微微擰眉問：「為什麼是蜀中？」她以為張淑妃會要一個更顯眼的位置。

傅淵提醒她：「國朝重文輕武，獨攬地方軍權乃是大忌，出則為將入則為相的事情斷不可能發生在如今，二府三台的官員本就少武官，上面沒有人，下面如何經營？樞密院對於地方將領的挾制和管轄從來嚴苛。妳看看我們舅舅，他雖為地方節度使，若進了京，怕是還不如諫院御史台那些大人有面子，何況舅舅還是能力卓越的，又是爹爹的舅兄，換了旁人呢，又當如何？所以張淑妃要一個節度使有什麼用？」他嘲諷地勾了勾嘴角，「張宣徽的兒子張繼陽不過是個鬥雞走馬的紈綺，送他到地方上，除了被抓小辮子給張家拖後腿，還能有什麼作用？」

傅念君恍然大悟，「但是蜀中就不一樣了。蜀道艱難，本來除官授職就不容易，不可能輕易調動，如此張家在蜀地可以培養一些親信勢力。」

「不止。」傅淵道：「蜀中如今的置制使江老大人是前朝舊將，年事已高，實在說不好能撐多久。蜀中置制使被稱為『蜀帥』，身負六十州安危，妳可明白這代表什麼？」

傅念君驚愕，「六十州……我知道，邊防偏遠之地的將領一旦缺員，很可能就地除授，因為路途遙遠根本等不到朝廷的指派，因此同族同宗提拔，親友相護的情況時有發生……如今張家想要蜀中安撫使這個位置，根本是衝著那制置使的實權而去，或者說，是衝著六十州而去的……」

傅淵點點頭，「不錯，蜀中即便不夠繁華富庶，如今卻也太平安康，這一個安撫使，可以為張家帶來多少銀錢和權力，可想而知。」

她忍不住道：「張家的胃口也太大了！」

張繼陽既然是個沒有本事的紈綺，想要個沒用的肥差也就罷了，竟是要將他放到這樣的位置，他們的野心膨脹得也未免太過了。

不過看傅淵的神情，傅念君知道傅琨一定不可能就這樣與張淑妃妥協。

「爹爹打算怎麼處置？」

傅淵搖搖頭，「現在說這些還太早，何況爹爹有自己的主意，張淑妃不過是後宮嬪妃，她想拿捏爹爹，也太自信了。」不是他囂張，而是事實確實如此。

即便給了張繼陽這個安撫使，他們也不可能那麼隻手遮天。

等傅琨統攬二府之權之後，讓這個安撫使成為一個空名頭，是輕而易舉的事。

傅念君輕輕嘆了口氣。傅淵見她這一副愁眉苦臉的樣子，說道：

「爹爹的事暫且不用妳操心，妳且管好自己。」

傅念君疑惑，「我怎麼管不好自己了？」

傅淵給了她一個「妳自己體會」的眼神，也不多說什麼，便轉身離開了，臨去前還不忘了再重申一遍傅念君的禁足令。

傅念君搖頭嘆息，也實在沒有辦法，她已經不是未及笄的時候了，不出門就不出門吧。

而另一邊，知道東平郡王今日登門的傅梨華興沖沖地打扮了一新，卻也沒等到父兄喚人來找她，想出房門卻發現自己現在根本寸步難行。

猶豫了一會兒，她終於忍不住問守門的高大婆子。

「媒人來了嗎？」

那婆子板著臉，「沒聽說有媒人來，請四娘子回屋吧。」

怎麼可能沒有呢？

「那宮裡呢？宮裡也沒來人嗎？」皇子娶親，宮裡肯定是要派人過來的。

那婆子和對面的一個矮胖婆子對視了一眼，似乎都不是很清楚外頭的事。

傅梨華纏得緊，最後那矮胖婆子才道：

「聽說來了位內監，不知真假，四娘子請回屋吧。」

還是來了的！

傅梨華又換上了得意鬆快的表情，笑著轉回屋裡坐到梳妝檯前去。

鏡子裡的小娘子容顏如花，傅梨華滿意地用小指輕輕撫了撫自己上了口脂的嘴唇。

她就知道，她的選擇從來沒有錯過。

§§§

與傅梨華一樣，姚氏同樣也做著女兒成為王妃的美夢，並且這夢在她看來已經近在眼前，即將成真。

她心中，傅梨華即便是做東平郡王的側妃，也好過做那些窮學生的夫人。

若東平郡王能夠順利登基，他的側妃就不只是側妃了啊，若是命好，做皇后也是可能的。

傅家一門的榮辱，便都維繫在傅梨華的身上了。

可是，他到底能不能立儲成為太子呢？

姚氏不懂這些，而傅琨那裡，也不是她能夠試探出來的。

從清晨到日暮，她一直等著傅琨派人來通傳消息。

東平郡王到府，她這個做主母的，卻連出去招待的資格都沒有。

多諷刺。

夜裡上燈的時候，翹首企盼的姚氏終於等來了傅琨的傳召。她強撐起精神，由僕婦扶著去了正堂。

傅琨一向節儉，府裡的燈都不會點得太亮，可是今夜卻不同。燈火通明，亮如白晝。

傅家下人都知道，今天肯定是有大事發生。

姚氏到了正堂，卻發現傅家的小輩們幾乎都到齊了，服裝整齊，畢恭畢敬地站立在旁，等著一家之主傅琨發話。

傅梨華也來了，有些戰戰兢兢地站在傅琨跟前，兩隻手侷促地不知往哪裡擺。

大房裡傅淵、傅念君、懵懵懂懂的傅溶，甚至膽小羞怯，一隻手正握著身邊奶娘衣角的漫漫，也過來了。

其他幾房的小輩也都悉數到齊。

上一次見到這樣的場面，姚氏已經不大記得是什麼時候了。

傅琨身上的公服還沒有換下來，依然是他去見皇帝從宮裡回來時的裝束。

姚氏見到他投過來的視線，心裡陡然咯噔了一下，一種難以言說的緊張情緒瀰漫在心底。

今夜的氣氛似乎不大對。

姚氏在僕婦的攙扶下走到了傅琨的身邊，與他並肩而立。

傅琨掃了一眼堂下，點點頭。

「既然都到齊了，我有些事也要和大家說。」

傅家的小輩們都垂著頭，無一人敢應答，只有傅梨華縮在袖子裡的拳頭微微顫抖。

為什麼會是這樣的陣仗？似乎有哪裡不太對勁……

難道不該是宮裡風風光光地下旨意，然後是流水一樣的御賜之物往府裡抬？或者賜下衣飾讓她進宮去見張淑妃？然後她就只要笑著接受別人羨慕的視線就好了啊。

怎麼會是爹爹用這樣嚴肅的語氣把大家叫來這裡呢？

她給自己打氣安慰，或許是傅琨有旁的事要交代吧。

可傅琨的下一句話，卻立刻將她推入了深淵。

「不肖女傅梨華，跪下！」

「老爺！」姚氏忍不住驚叫出聲。

傅琨卻根本不理會她。

「爹爹……我……」傅梨華出口的聲音都有些顫抖。

「跪下！」傅琨沉眉冷喝，根本不給她說話的機會。

傅梨華只得撲通一聲跪到了地上。

身後落針可聞，每個人都眼觀鼻鼻觀心，不敢發出任何聲響。

其實那幾首童謠早就流傳到了府裡，如傅允華、傅秋華都能明白那童謠中所指之事。

傅梨華的性子她們也多少是知道的，這回這樣大的事，一定不可能無聲無息地揭過去了。

只是她們想不到，傅琨會這麼快就發作傅梨華……

兩人心中都是懼怕，尤其是傅允華，想到自己往日那些歪心思，不由得渾身打顫，開始慶幸起自己的婚事來。若當日她也像傅梨華這麼大膽不服輸，現在跪在那裡的就是她了吧……還好還好，現在想想嫁給陳留縣的徐信也很不錯了，起碼以她傅氏女的身分，斷不可能被婆家看輕。

「老爺，為、為什麼……」姚氏神情恍惚，若沒人攙扶，怕是要跌到地上去了。

傅琨吝嗇給她一個眼神，只是對著堂中眾人道：「明日一早，我便會請來傅家族中幾位叔伯，開祠堂，將傅梨華出族除名。從此以後，傅家再無傅四娘，我傅琨也沒有這個女兒……」

他話還沒說完，傅梨華驚叫一聲，身子一軟，就倒在了地上，而姚氏因為幾天來的焦慮和擔憂，本就精神不濟，這句話一出來，她立刻就暈倒在了身後的僕婦懷裡。

那婆子眼疾手快地掐她人中，似乎也無濟於事。

傅家大夫人昏倒了，可是堂中沒有人動，也沒有人嚷嚷著去請郎中。

沒有人敢。

傅琨臉上的凝重，是他們從未見過的。

他只是繼續著他的話：「都記住了沒有！」

「記住了……」稀稀落落的回聲響起。

傅梨華早就眼淚淌了滿臉，顫抖著用手去抓傅琨的公服下襬。傅琨微微退開一步，冷冷地說：

「髮膚之恩，和十幾年的養育之情，我不用妳還了。妳欠妳母親的，等她醒來後妳們自行了斷，從今往後，妳不再姓傅，我與妳，也再無半點瓜葛。」

絕情至此，讓她以為這只是一場夢。

「爹……爹……」傅梨華哽咽著哀求，爹爹怎麼會突然成了這樣？

為什麼？

她還沒有做王妃，她的夢還沒有實現啊！

就破滅地這樣徹底……

被自己的父親開祠堂親自除名出族的女兒，她還有什麼臉面活在世上！

「爹爹！」

傅溶見到親姊姊這樣狼狽，也顫抖著跪到傅琨的跟前，吸著鼻子小聲哀求：

「爹爹，不要趕姊姊走，爹爹，不要啊……」

傅梨華像見到救命稻草一樣，立刻爬起來摟住了弟弟，哀哀哭著：「六哥兒，我可憐的六哥兒，姊姊不能離開你，姊姊也離不開你啊……」

姚氏不頂用，她們母女的苦肉計施展不開，還好有個傅溶。

傅念君側眼看著這對姊弟。到了最後，傅梨華想的，還是讓爹爹難堪。

傅琨在下定決心後，就不會再有半點優柔寡斷，他只是睇著傅溶說：

「你要認作她的弟弟，就別再叫我爹爹。兩條路，你自己選。」

傅溶徹底呆住了。

這是什麼意思？

替姊姊求情，就連他也不認嗎？爹爹怎麼會變成這樣？

傅溶跪在地上，將頭仰起，這個角度，他甚至無法清晰辨認出自己父親的面貌。在燭影幢幢中，他只感到父親陌生又攝人的氣勢壓迫著自己，通體冰寒。

傅琨說道：

「此女寡廉鮮恥，有辱門楣，不敬長輩，不悌手足，實難再擔傅氏嫡女盛名。傅溶，你若願認這樣的人做姊姊，明日開祠堂，你便一併出府跟她去了吧，免得說我斷了你們姊弟情義！」

傅溶漲紅了一張小臉，害怕地不敢再說一句話。

他從小就怕傅琨，何況現在他又是這樣雷霆萬鈞的氣勢。

自己若真被趕出去了怎麼辦？他還怎麼念書怎麼求取功名怎麼一人之下萬人之上？

正在猶豫彷徨間，傅溶就感到手臂上一股力將自己提了起來。

正是他長兄傅淵。

傅梨華的手臂幾乎扣在了傅溶的脖子上，牢牢鎖著不肯鬆開。

她知道，弟弟都不救她，就真的沒有人能救她了。

傅念君嗎？傅允華和傅秋華嗎？

這幫賤人想看她笑話已久，何人會再來救她啊！

弟弟是她唯一的救命稻草了！

她不肯鬆手，卻終究敵不過傅淵的力氣。

傅淵將傅溶一把拉起來，蹙眉沉聲：

「站好！在這樣的場面哭哭啼啼，有辱斯文！」

傅溶不自覺被他帶離了傅梨華，他滿臉是淚，卻不敢反抗傅淵。

傅念君在旁邊悄悄嘆氣。

傅淵終究是看不過眼了。

傅家毀了一個傅梨華，不能再讓傅溶被姚氏教歪，踏上與傅梨華一樣的路。

好在傅溶年紀不大，還來得及。

傅梨華見弟弟被拉走，也別無他法，只能撲在傅琨腳下苦苦哀求：

「爹爹，爹爹，我沒有……我是冤枉的……」

冤枉？她怎麼敢說出這兩個字？

傅琨已經看夠了她的表演。

當著眾人最後再丟一次臉，已經是他能夠忍耐的極限了。

他揮了揮手，立刻就有兩個五大三粗的僕婦站了出來，直接將傅梨華提了起來，捂嘴的捂嘴，擰胳膊的擰胳膊，將她抬了出去。

場面自然有些尷尬。

誰都沒有想到傅琨有一天會做這樣的事，那畢竟是他的女兒啊。

可是他們心裡又清楚，如果事情不是到了最難以收拾的地步，傅琨也不會用這種敗壞自己面子的方法來處置自己的親生女兒。

「都累了吧？回去休息吧……」傅琨揮了揮手，讓眾人退下。

無人再敢說一句話。

姚氏和傅梨華是眼睜睜在他們面前被人抬出去的，沒有什麼比這更刺激他們的觀感了。

傅允華這樣膽小的，更是怕得以為傅琨是在殺雞儆猴，早恨不得挖個地洞鑽下去。

傅念君和傅淵交換了一個眼神，傅淵朝她點點頭。

他要陪傅溶回他的屋裡。

傅溶雖然有姚氏那樣的母親和傅梨華那樣的姊姊，可他依然是傅琨的嫡子，他和傅念君的弟弟。傅淵負責傅溶，所以傅琨，就交給傅念君了。

眾人退下後，傅琨的神色終於露出了一種難言的疲憊和老態。

短短幾天時間，一直以來清俊儒雅、風度極佳的他，鬢邊似乎多了幾縷銀絲，從襆頭下鑽出來，這樣的脆弱讓傅念君看了心中很不是滋味。

「爹爹……」

傅琨對她嘆了口氣，有些無奈，「爹爹還是做到了這一步……」

「爹爹做的已經夠好了。」傅念君對他微微笑了笑，「以後的日子，四姊兒就要靠自己了。」

去給人做妾，也有善終的，注定她命運的從來不是她的出身和家世，而是她的脾氣和性格。世上給傅梨華的路，並未全部堵死。

傅念君覺得自己或許確實冷血，對傅梨華沒有半點同情。

可傅梨華若是知道前世的傅饒華是浸豬籠死的，怕是還要感謝傅琨和傅家留她一條性命了。

「我也……對不起妳外祖家。」傅琨嘆息。

傅梨華不僅僅是他的女兒，也是姚安信和方老夫人的外孫女。

若說老泰山一點都不怨他，那是絕對不可能的。

傅念君知道，養了十幾年的閨女，說扔就扔，是人都會有些難過，除了時間，沒有什麼能夠治癒。她輕聲說著：「爹爹，您還有我，還有三哥……六哥兒和漫漫，好好教也會懂事的，我們都會好的，傅家會一直好的。」

傅梨華，是她自己選擇了這條路。

傅琨在她烏溜溜的眼睛注視下，也終於點了點頭。

§§§

傅梨華出族的事鬧得並不小，族老們也都是正式請上門來的，甚至還有官衙的差役登門。

傅琨是真的鐵了心連傅梨華的戶籍都要一併清理乾淨。往後她再給誰做妾，都和傅家沒有關係了。

當姚氏醒來的時候，一切都已經塵埃落定。

丫頭們告訴她這個消息的時候，她還有一陣怔忡，隨即便有些恍惚，竟拉著左右道：「東平郡王今天過來了？老爺傳消息過來了沒？四娘子那裡叫她打扮好了嗎？」

丫頭們面面相覷。

「我還是要親自去看看……」姚氏不顧她們的阻攔就要下床出門，神色有點不對勁。

好像昨天夜裡和今天的事在她腦海裡就沒有發生過一樣。

她選擇忘了這件事。

丫頭們也害怕，以為她會哭，會鬧，會求著要去見傅琨，卻沒想到夫人會成了這樣。

「要不要先去請郎中啊？」

「還是先去告訴二娘子吧。」

傅念君不耐煩料理姚氏的事，可是她也不想傅琨再多去為她操心，為了這對母女，她和傅琨傅淵多花了多少精力和時間啊。

「瘋瘋癲癲？」

傅念君不信姚氏是真的瘋了，恐怕只是一時難以接受。

「先去請張太醫。」她吩咐下去，自己去了姚氏的青蕪院。

姚氏被人勸哄住了坐在桌邊喝燕窩粥，依然美麗，妝容齊整，只是那神情，卻隱隱透出一種呆滯。見到傅念君，她抬起頭，竟是微微笑了笑，「妳來幹什麼？」

「來看看夫人。」

傅念君也蹙眉，搞不清她這是故意的，還是真的病了。

「沒什麼好看的，我很好。」

姚氏用調羹撥弄著碗裡的粥，平靜地說：

「妳想看我的笑話？別得意了，等四姊兒嫁給東平郡王，她就是妳拍馬也趕不上的……」

她還真的好像把傅梨華出族這件事給忘了一樣。

傅念君默了默，也不和她多說，只是提醒她：

「妳不止她一個女兒，六哥兒還需要母親，言盡於此，請夫人珍重吧。」

她說完這句，便頭也不回地走了，留下姚氏一個人，緊握著調羹的素手指節泛白。

5 梨華離開

傅梨華的事情，姚氏已經指望不上任何用處，而傅溶本來就還是個孩子，在父兄面前沒有底氣，為姊姊說了那一回話，已經是他最有勇氣的時候了。

到第三天傅梨華出府的清晨，他所唯一能做的，只是讓小廝捎帶來了一些銀兩。

傅梨華至今都不敢相信她不是傅家人了，看著婆子們重重地鎖了院子門，她還不斷在心中安慰自己，過幾天，再過幾天，她就回來了……

傅四娘子，傅相的嫡女，出族之後，卻無一人來相送。

最後等在傅家門口的，是姚家的方老夫人，她的外祖母。

方老夫人還帶了傅梨華的親舅舅姚隃過來。

這樣的氣勢，說實話根本唬不住任何人。

傅淵早就親自去了一趟姚家，給外祖父姚安信交代了來龍去脈，同時也早就寫信通傳了姚家的實際掌舵人姚隨。

傅梨華做出了那樣的事，稍微有些廉恥的長輩都知道羞愧，姚隨本來就不喜歡方老夫人和她生的後輩，自然沒有任何異議。姚安信雖然有些微詞，可是他已年邁，實在架不住女婿和兒子的強勢，只能默默認下，同意傅梨華的出族。

只剩一個方老夫人繼續不服輸地鬧騰。

人爭一口氣，她不能眼睜睜看著自己的外孫女落到這樣的下場。

方老夫人站在傅家門口，傅家卻連半點關注都不肯留給她了。

「傅家欺人太甚！」

她站在傅家門口，義憤填膺地罵著，一手拉了傅梨華的手，中氣十足。

「他們傅家不認妳，我認！妳永遠是我的外孫女，有姚家在一天，就沒人敢欺負妳！」

「外祖母……」傅梨華眼淚汪汪地哭倒在方老夫人的懷裡，抽抽噎噎的。

傅家的大門在她們眼前轟然關上，沒有人理會方老夫人到底在說什麼。

傅梨華在心底對外祖母也有些微的埋怨，方老夫人雖然給她雪中送炭了，可是說到底她也只是一隻紙老虎，否則她為什麼不進去？否則姚家為什麼不派人來給自己撐腰？

方老夫人也確實不敢得罪傅琨。

坐在馬車上，她只能在傅梨華耳邊嘀咕：「四姊兒別怕，有外祖母在呢，我和妳阿娘通過信了，也就這幾天，妳放心，過幾天妳就能回家了。」

傅梨華點點頭，看了看窗外移動的街景，心不在焉地問：「外祖母，這裡不是去姚家的方向啊……」

方老夫人有一瞬間的尷尬。

「姚、姚家……這幾天妳外祖父身體不好，府裡事情又多，妳去了外祖母也不能盡心照顧妳，不如先在外頭住著……」

傅梨華死死咬住了下唇，從牙齒間擠出了一句問話：

「外祖母，您不用瞞我，是不是表姊和表妹她們……她們容不下我……」

方老夫人悄悄鬆了口氣，竟應承道：「是啊是啊，她們不懂事，妳不要和她們計較，等過幾日，外祖母馬上就接妳去姚家小住。這幾天妳先住在妳姨祖母那裡，正好同妳林表姊也做個伴……」

傅梨華就是再蠢也已經明白過來了。

姚家根本容不下她。方老夫人適才對她說的不過是場面話罷了。

其實有一點沒有說錯，方老夫人確實認她，可她卻不能代表姚家認她，只能代表她的娘家方家。

方家是個什麼東西？

方家認她是傅四娘子有什麼用？

傅梨華忍不住又埋頭哭了起來。

方老夫人給她安排的、如今的容身之所，竟然是當日那個與她大打出手的林小娘子的家。

那個一直苦苦等待著能夠給崔涵之做妾的林小娘子……

她竟寄人籬下到了這一步！

傅梨華眼淚流了滿臉，兩手在膝上緊緊攥握成拳，方老夫人能做的，卻也只能拍著她的肩膀聊做安慰。

§§§

傅梨華出族這一日，也是傅淵和周毓白約定之日。

周毓白並未約傅淵到城中有名的酒樓，而是派人引他到了一處僻靜的院落，似乎是一家隱於市井的私房菜。

傅淵見周毓白安排在這裡，就知道他要和自己說的話一定不能為外人所知。

下了馬，早就有機靈的小廝恭候，帶領傅淵去見周毓白。

院子裡沒有別的客人，只能聽見安靜的淙淙流水聲，隱隱夾雜著樹葉搖曳的摩挲和悅耳的鳥鳴。

傅淵與周毓白互相見了禮落座。

傅淵保持著對皇子的恭敬，「這裡確實是妙境，難為郡王費心了。」

周毓白笑了笑，很明白對方的疏離和淡漠。

「我也不常來，偶然發現的，也不知傅兄能否吃得慣。」

他自說自話地就稱呼傅淵為「傅兄」了。

「郡王今天要和在下說什麼？」

等酒菜都上齊了，傅淵也不繞彎子，直接和周毓白開門見山。

他不覺得和堂堂壽春郡王有到了把酒言歡的交情，私下見面，這是第一次，可能也是最後一次了。

周毓白依然保持著淡淡的微笑，似乎一點都不在意傅淵的冷漠。

某些方面來說，傅淵對於人情世故的處置方式是直接承襲自他的父親傅琨，只是他畢竟年少，一時又難以圓融地考慮好幾方關係。

就如面對他這樣。

傅家如今所處的情況很微妙，固然傅琨的目的是在於保持純臣的態度，但是以傅淵來說，就完全沒有必要了。

「傅兄，我這樣稱呼你，請勿見怪，其實你大可不必對我抱有這樣的戒心。」

「郡王言重了，在下不敢。」

「今天我確實有很重要的事要和你說，也希望你能認真考慮一下。」

「郡王請講。」

傅淵表現得很平靜，他以為周毓白能說的就只有自己的妹妹傅念君了。

周毓白對自己這樣的態度也不會是為了他，只能是為了傅念君。

可是周毓白再怎麼好，傅念君也不適合嫁給他。

這是傅淵心中無比堅定的一條信念。

即便沒有傅梨華這件事，出於朝政的考量，傅家也不想和皇家聯姻。

如今傅梨華又要去給周毓琛做妾了，他們就更不能和周毓白再扯上什麼關係。

傅家，從來就不是外戚人家。

周毓白立刻看穿了傅淵的心思，他只道：「我並不是為了求娶傅二娘子。」

傅淵微微擰眉，看周毓白的眼神又古怪了一些，好像對他的觀感又壞了幾分。

周毓白自嘲道：「就算我現在求娶，令尊也不會答應的，不是麼？」

傅淵只道：「郡王說這些沒有意義，傅家肯認，宮裡也不會同意的，二姊兒是退親之身，當不得皇子正妃。」

周毓白不和他說這個，當得當不得，也不是傅淵說了算的。

現在最主要的問題也不是宮裡的態度。

「我今天，實際上是想問問傅兄，你可有娶親意向？」

傅淵舉杯的手頓了頓，覺得自己是不是沒聽清楚。

周毓白為什麼要問這個？自己娶親不娶親和他有什麼關係？

這是屬於傅淵自己的私事。

他只能僵硬地回答：「現在還沒有此意。」

周毓白哦了一聲，十分意味深長地說：「其實我倒有個提議，覺得有位小娘子很適合傅兄。」

尋常人碰到這樣的情況，多少也會有點好奇心，到底是哪家人家這麼大本事，能說動人壽春郡王來給她說親。但傅淵不是一般人，他沒有任何好奇，只是靜靜地盯著周毓白，嚴肅道：「郡王覺得同我開這樣的玩笑很有意思麼？」

周毓白只說：「我從來不愛開玩笑，傅兄不如聽我把話說完。」他的手指點了點桌子，輕描淡寫地說著：「給你說親最重要的，是出於對傅家現狀的考量。傅家的態度我很明確，傅相並不想與任何一位皇子沾上甩不脫的姻親關係，否則傅四娘子就不會有出族一事，而你們早當順理成章地將她嫁給我六哥，但是最後，傅家依然想要擺出一個中立的姿態。」

他笑了笑，「有時候，你不會覺得傅相有些矯枉過正了嗎？」

傅淵沉眉，誰都不喜歡聽人批評自己的父親，可是周毓白的身分不同，而傅淵自認也不是剛愎自用之人，他保持禮貌，也該聽對方把話說完。

「我並非想妄議長輩，傅相是朝廷重臣，肱骨棟樑，也是一心為國為民的直臣，我也很欽佩他，更欣賞他的才學。但是，刻意在立儲位這件事上力求清清白白……」他頓了一頓，看向傅淵的目光意味深長，「也許會適得其反。」

傅淵勾了勾唇角，「郡王，說句老實話，在下真的想不通您竟會口出這樣的話。我們一直認為，您和東平郡王，都會努力爭取傅家的支持……可是沒想到，您會這樣毫不顧忌地把很可能徹底得罪傅家的話說出來。」

與聰明人說話不需要費太大的勁，傅淵也很快理解周毓白話中的意思。

「不錯。」周毓白坦然承認：「因為，我並不想要得到傅家的支持。」

不想得到傅家的支持？

傅淵無法否認，他確實因為這句話驚到了。

要知道，周毓白在立儲之爭中其實贏面是低於周毓琛的，他說不想爭取傅琨，實在是太不可思議。

除非他不想做皇帝。

但是這也絕不可能。

傅淵由此望向他的目光，多了幾分審視和無法言說的慎重。

周毓白挑眉，給自己斟了一杯酒，淺淺地啜了一口，說著：

「所以今天我要和傅兄把這些話都說清楚，免得你們也在誤解中揣度了我。那些人人都以為我會去爭的東西，其實爭來對我未必就是好的。」

因為傅琨這個靶子太明顯，明顯得誰都知道他可以被用來大做文章。

他細細地分析：「文樞相即將致仕，朝堂上很快就傳出傅相即將出任樞密院知院的事，這件事如今傳得沸沸揚揚，而傅相原本就領中書門下之重任，如今可說身上的籌碼又加重一層，當真是風頭無兩，誰都知道這時候傅家值得爭取的必要性。

「就是這人人都搶的必要性，令人生疑。」周毓白挑眉，「傅家也一直在找幕後之人的線索不是麼？

「我倒認為，這或許是幕後之人給我和大哥、六哥的誘餌，同時，傅家也一樣咬下了他的誘餌。傅相的選擇，就是那人所樂見的。」

這一點，傅淵其實也想過，但是權知樞密院這樣的事是皇帝的安排，要說是幕後之人的「捧殺」招數，未免有些牽強。

除了皇帝有資格做這樣的局，沒人有這麼大的權力。

「不對。」傅淵立刻出聲反駁：「這件事是官家的主意，我爹爹一心為民才願意攬此職責，與他人無關……」

「問題就在這裡！」周毓白打斷他，凜眉果決道：「對我們這些皇子來說，傅相的支持和權力是誘餌，可是對傅相來說，誘餌不是權力，也不是地位，更不是日後誰登基後能給他的保障。他的誘餌，只是他心中的那份責任和正義，是他那份『為國為民』的心。」

誰說人人都喜歡權勢金錢？有的人畢生追求，根本就不是這些世俗之物。

但是生而為人，在俗世掙扎，你做不到七情六欲斷絕，做不到五蘊皆空，你就總有好惡，總有夢想，總有喜惡的東西。

對症下藥，對付傅琨的招數，就是讓他有機會實現自己為國為民的抱負。

這才是傅琨真正渴望的，唯一能夠讓他一時迷惘的誘餌。

所以傅琨一定會選擇權知樞密院，一定會選擇中立，一定會選擇為皇帝忠心辦事。攪亂了後宮和皇子們的腳步，同時又能將傅琨推向風口浪尖……

至於幕後之人下一步會做什麼，周毓白其實也不敢肯定。

傅淵怔住了。

他從來沒有想過這些，畢竟這聽起來太過匪夷所思。

一手牽動權臣和皇子們的布局，誰可能做到？

幕後之人雖厲害，傅淵卻不覺得他有這樣的通天之能。

周毓白這猜測是不是只是他臆想出來的，其實別有目的？因為他不想讓傅琨領軍權？

那他今天何必來找自己坦白這番話！豈不是埋坑自己跳！

另一方面，若他相信周毓白的話，這一切都如周毓白所預料，那麼傅琨反而不能接樞密院之職。可他不接又有誰來接？傅琨一定不可能坐視與西夏的軍事繼續爛下去。

傅淵第一次這麼看不透一個人，第一次覺得這麼徬徨。

他到此時才真正認可了傅琨的話，周毓白確實是一個適合做皇帝的人，卻不是一個臣子們最喜歡的皇帝。他的心思太深，謀算太多，難以控制，年紀輕輕，就見識非凡，遠勝當今聖上。

大約是傳自他外祖父舒文謙的那份得天獨厚的聰慧吧。

「郡王為什麼這麼肯定……這是那幕後之人的安排？」傅淵還是問出了心中的疑惑。

在對付幕後之人這件事上，傅家和周毓白確實是統一陣線的。

這麼長時間以來，對方都沒有針對傅家再有動作。傅淵不會以為他放棄了傅家，周毓白說的話確實讓他生疑，只是下意識地，他不敢相信對方能夠做到這樣的地步。

「我不能肯定。」周毓白回答：「就像我不能肯定他的身分一樣。」

周雲詹到底是不是那個幕後之人，他一直都無法肯定。

但是現在看來，顯然不是的可能性較大。

「或許你妹妹沒有告訴你，前陣子我懷疑馮翊郡公的事。」

傅淵聽了他這話，臉色不太好看。

「郡王和舍妹之間……似乎有很多祕密。」

周毓白笑了笑，竟然坦然承認：「算是吧。」

傅淵默了默，頓了一會兒才說：

「郡王如果是特地來提醒在下，那就多謝您了。但是，這和在下的親事又有什麼關係？」

「大有關係。」周毓白挑了挑眉，神色有些不羈，「在說你的親事之前，有件事我想澄清一下……我覺得傅兄和令尊一直以來都誤會了一件事。」

誤會？他是指什麼事？

「其實我做這些事，並非是為了傅家，更不是為了得到傅相的支持，我只希望她開心而已。」

傅淵錯愕地微微啟唇，這個「她」指的是誰，他自然一清二楚。

「你、你……」他很少有這樣失語的時候。

「我自問已經坦誠相待，將傅家可能遇到的算計告訴你，也並不是期望傅家的感謝，更不是出於算計，我只是想表達我的誠意而已。」他頓了頓，笑道：「做為我迎娶傅二娘子的第一件聘禮。」

傅淵的目光停在周毓白的臉上。他真的沒有想過，周毓白會對自己說這樣的話。

這就是他說的誤會。

壽春郡王周毓白，聖上的嫡幼子，如今與東平郡王同樣是儲君的第一人選，拉攏朝臣，培植勢力，是他理所當然該做的事。

而傅琨的支持，是他們誰也不想失去的。

可是周毓白竟然說他可以不要傅家？

這樣的人，他竟然會耽溺於兒女私情？

傅淵確實不敢相信，下意識第一反應就是質疑他是否別有深意。

「壽春郡王是說，您所做的這一切，都是為了順利迎娶舍妹？」

「不錯。」

周毓白有些無奈，誰會想到他有朝一日，會先將自己的心意袒露給未來大舅兄。

但是他不得不這麼做。

他坦白：「我一直都不覺得我想娶她，和傅相的理想抱負有什麼必然的衝突矛盾。」

傅淵沉眉，總算聽明白了他的意思。

「郡王說了這麼多，其實表達的意思，是想讓我爹爹放棄樞密院放棄軍權？一來是可以避免他可能落入的陷阱，二來是被削弱了勢力的傅家，就不會妨礙您娶念君了，是不是這樣？」

周毓白微笑不答。

確實就是如此。

傅淵蹙眉，「但是這樣一來，我爹爹中立的地位就會被破壞，在官家面前，您可否想過他的處境？地位權勢是其次，您也說了，他放不開自己的責任。」

周毓白自然明白，若不是傅琨執念如此之深，他求娶傅念君的路也不會這麼艱難了。

他反問道：「傅兄，這天下難道是傅相一個人的天下？這朝廷難道是他一個人的朝廷？

「過猶不及，坦白說，傅相這樣只會將自己置於劣勢，而幕後之人卻佔盡優勢，有時冒進並非良策，退一步才能掌握先機。」

傅淵道：「便如郡王這般，傅家勢力消滅，您與傅家聯姻，並非是冒進，而是退守，便處於一個相對安全的位置，反而更利於日後布局。」

是同一個道理。

周毓白微笑。

傅淵不得不在心中感慨，這人從小學習的，大概就是帝王之術，揣度人心之能遠非自己所及。如傅琨之精通治國之策，而周毓白學的，卻是治人之策。

傅淵收起了先前對周毓白略微不馴的態度，舉杯敬了一杯酒，「郡王窮才大略，是大宋之幸。」

周毓白抬手打斷他的話，「大宋之幸可不敢當，如今是我有求於傅兄，你可否考慮一下我終身之幸？」

傅淵微微嘆了一口氣。從前他不怎麼喜歡周毓白，也有一部分原因是因為傅念君和周毓白的關係。

若是有擔當的男子，早該登門才是，不該同未婚小娘子私下來往。

他只當妹妹是年少輕狂，叫好皮相哄騙了，從來不覺得她和周毓白能有什麼未來。

而她自己，也一樣是認可了這點。

但是周毓白等到了今天，將一切都鋪陳好了，將自己的意圖直接攤到他眼前，步步為營。

他為了她能夠做到這樣的地步，兩人之間必然是有情的。

那麼，他也沒有資格替傅念君拒絕。如傅琨當日所言，有情又有緣的人，在這世間何其難找。

原本他二人或許是有情無緣，只是周毓白願意親手創造出這樣的緣分，這份心意，確實不容易。

「郡王言重了，只是您這些話，或許應當直接與我爹爹言明，念君的婚事，終究不是我作主。」

周毓白卻搖搖頭，「傅相不會聽的。讓他主動放棄樞密院，相當於讓他主動放棄與西夏的戰事，傅相割捨不下邊境的黎民百姓，這是不可能的事。」

「是啊，這件事確實……」傅淵沉眉。

「這件事你們不用擔心，我自有安排，但是傅相絕對不能去沾軍權。」周毓白收斂了適才「請傅淵考慮他終身之幸」時的輕鬆神情，嚴肅道：「我已經派人去西夏查探了，還有邊境的戰事情況，現在都不清楚，我不能輕易下判斷。我總有一種預感，幕後之人引傅相掌握二府，一定會有後招。」

傅淵自知論查探消息這方面，自己是遠不如周毓白的。

但他竟然已經為傅家做到了這種地步。

還有什麼是他想不到的？

傅淵只道：「爹爹不接手樞密院，就只能是參知政事王相公，恐怕又是以議和為結尾……」

周毓白卻說：「這仗是一定要打的，拖了幾年，總避不了一場廝殺。人選的問題我自然有考量，只是能否成事，也要看老天幫忙了。」

他這話說得也忒不負責。

傅淵側眼望過去，周毓白依然像個清傲高貴的少年，神態怡然，似乎一切都勝券在握的模樣，不像他說得沒有把握。

而傅淵在不知不覺中已被他說服了大半。

他自己也沒有想過，僅僅是一次會面，竟會讓他對周毓白的觀感發生這樣天翻地覆的變化。

周毓白這裡，倒是覺得很正常。

「郡王適才說……讓我娶誰？」傅淵總算提起了最早時的話題。

周毓白輕輕點了點桌案，輕輕嗯了一聲，好像才想起自己的媒人身分。

「錢家小娘子怎麼樣？吳越錢氏的嫡女，配你傅東閣也是相得益彰。」

傅淵微微被酒水嗆了一下，輕輕咳了一聲，用袖子稍微掩了掩口。

對於傅淵來說，這就已經屬於失態的範圍了。

「錢小娘子……是即將與東平郡王訂親的那位……」

傅淵開始覺得周毓白是故意想整人了。他自己哥哥的未婚妻子，卻說什麼讓他去娶。

憑什麼？為什麼？

「還未訂親。」周毓白強調，他眉眼間帶了一分笑意，「張淑妃如此算計令妹，傅家願意忍，我也不太願意。」這話說得囂張。

張淑妃一開始想算計的是傅念君。

所以他這是……

要讓張淑妃失去錢家這座靠山。

很強的報復心。

傅淵看著周毓白的眼神有點古怪。

這也能做到？難道他就沒有做不到的事？

他從前不覺得周毓白是這樣的人，今次談話過後，他發現這位壽春郡王果真是全身上下長滿了心眼。他對傅念君這樣勢在必得，也不知是傅家的幸事，還是不幸。

「這件事也由我來辦，只是到底要尊重傅兄的意見，你願意不願意娶錢小娘子，我總是要來問一問的。若你願意，這就當做……我送給傅家的第二件聘禮，如何？」

泰山大人和大舅兄總是要討好的。

傅淵無言以對。郡王用這樣彷彿是在市場上強制要推銷兩斤肉一般的口吻提問，他該如何回應？

傅淵自然對錢婧華是有些印象的，畢竟二人之間還因一支步搖有一段淵源。

他只記得那是個面貌靈動秀美，一雙眼睛格外神采照人的小娘子。

其餘的，也沒有什麼了。

傅淵一直以君子自居，要說早前會對人家有什麼非分之想，也是絕無可能的。

「我明白郡王的意思，傅家與錢家結親，官家必然忌諱。他讓爹爹權知樞密院的打算很可能就此改變，只是傅家就此與張淑妃、東平郡王母子徹底交惡……」

周毓白再言：「我相信傅兄不是短視之人，你也知道與他們交惡是早晚之事，何況你已經賠上了一個妹妹，還指望與他們關係親近？」

傅淵當然厭恨張淑妃，說到底，是她毀了傅梨華，讓傅家受此侮辱。

只是他如今忌諱的，除了傅琨在朝的處境之外，也是因為他自己。他只是一個昭文館修史的小官，不適合也沒資格在明面上與張氏翻臉。

但是今天過後，他心裡更加堅定了想法。

最後登基的，只會是周毓白。

張淑妃和周毓琛根本不是他的對手。

當然不管是從前和現在，傅琨也沒有想過要扶持有個張氏在背後作怪的周毓琛。

「我明白了。」傅淵似乎同意了周毓白的看法，「我並不認為爹爹稍避鋒芒有何不妥之處，只是郡王韜光養晦小心翼翼數年，為了結這樁親，您已經走了近乎完美的一條路，卻可能就此與張淑妃撕破臉皮、勢不兩立，您可覺得值得？」

周毓白的臉色很平靜，說的話卻有些尖銳：

「傅兄不必要再三試探我。我知道什麼值得什麼不值得，我比你更清楚令妹的為人和性情，即便你今日不同意與我合作，我也會有別的法子，在我眼裡，她和江山並非二者擇一的選擇。」

他們傅家人或許看事情都十分極端。就如傅琨，選擇為國盡忠就一定不能做外戚嗎？

做人何必給自己這麼重的枷鎖。

只要有足夠的手段和能力，自然能夠化解這樣的選擇困境。

傅淵微微勾了勾唇，深覺周毓白身上終究還是有一些少年意氣。

不過這真性情，也正好能體現他所言非虛。

「好，我答應你。」傅淵應承下來，答應配合周毓白的計畫娶錢婧華，讓傅琨退避三舍，放棄樞密院。

周毓白抬手揉了揉脖子，傅淵能看出他是真的鬆了一口氣。

「如此，就……多謝傅兄成全了。」

傅淵卻出乎他意料地搖搖頭。

「郡王不需要對在下言謝。我並不是一個好哥哥，從前念君與我和爹爹說不想嫁給你，其實那個時候，我就應該看明白，她已心屬郡王，她是為了爹爹和傅家，很理智地強迫自己走往最適合的一條路，而我也自私地認為那就是對她來說最好的一條路。」他輕輕嘆了一口氣，不復以往的寡言：「我做為長兄，從來也沒有成全過她什麼事，是郡王今日讓我見識到了真正的『選擇』。

「不是因為哪條路好走，就選擇那一條，而是自己選擇的路，就是正確的。

「所以我也希望，她能夠好好地遵從自己的心意。我、爹爹，和傅家，從來不需要她來相讓。」

她為什麼要主動為了傅家做到那樣的地步？

本來就該是他們護著她。

她一直都主動站在自己和爹爹面前，她不是把傅家當作依靠，她是讓傅家依靠著她。

傅淵承認自己不如周毓白甚遠，傅念君嫁給他，就不需要再這樣辛苦了。他這個做哥哥的，可能唯一能做的一件對得起亡母的事，就是把她交給一個合適的男人。

6 節外生枝

周毓白見傅淵首肯，也鬆了神色，說道：「傅兄是個明白人。」

傅淵回應：「郡王不必如此，在下做為我爹爹的長子、念君的哥哥，還遠遠不夠。」

周毓白也多少對傅淵這個人有些瞭解。

他是個端方正直之人，有時卻難免有些不知變通，拘泥於大義和規矩。在出於私人的情感上，他覺得這樣的人娶一位適合的妻子，也能從側面影響一下他的判斷，日後才能真正成為超過他父親的人才。

顯然一個知書達理，以夫為天的女子，並不是這個適合的人選，那位能帶著人在街頭打架的錢小娘子，或許倒是更好。

當然這只是他的一家之言，算計旁人姻緣，還是自己未來舅兄，這樣的事，私下不是不能做，只是難免不厚道，所以周毓白索性把自己的計畫坦白在傅淵面前，由他選擇。

傅淵有他自己的判斷和考量，但他們的考量和立場起碼如今都是一致的。

傅淵確實沒有必要拒絕他。

兩人談妥以後，傅淵先行離開了。

周毓白一個人獨自將酒喝完。

單昀卻能看出來，他這會兒心情很好。

「郎君終於要心想事成了。」

周毓白不置可否，只以自己才能聽到的聲音咕噥了一句：「還只有一半呢。」他仰頭喝完酒，側頭問單昀：「董先生可休息好了？」

單昀點頭，「董先生昨日進京，屬下已經聽您的吩咐安排好住處了。郎君打算何時與他相見？」

董長寧入京，非同小可，一路上要瞞過無數哨探，因此走得便慢了很多。

「不急。」周毓白說道：「先讓董先生好好休息兩天，讓張先生陪他喝喝酒，把和樂樓胡廣源的事細細說一說。」

單昀頓了頓，「郎君，這個胡廣源已經久不在京城露面了。」

「油滑。」

周毓白給了兩個字的評價。

「無妨，跑得了和尚跑不了廟，這人是個關鍵，一定要好好對付。」

自周雲詹出事，那幕後之人顯然就收了手腳，胡廣源這樣明晃晃的靶子自然不能再用，而肅王和齊昭若那裡折騰了這麼久，也沒找到和樂樓東家胡廣源和周雲詹有什麼聯繫。

這不能用來證明周雲詹的身分。

可是卻又同時能證明些什麼。

在周毓白的印象裡，對方做事很狡猾、很聰明。

說實話，路數和他自己有點像……

狡兔還有三窟，以己度人，周毓白換了個方式思考，如果是他自己會怎麼做？

仔細想過後，他得出了一個結論。

幕後之人很可能為了避免自己身分行跡的敗露，早就有所籌備，下手安排的人和事根本就是分開的。

甲替他做一件事，乙替他做另一件事，二者絕無相干，一方敗露，另一方也可以全身而退。

周雲詹或許就只是他的一個「窟」。

當然這是周毓白的猜測，他沒有任何線索，眼下唯一可以抓到的對方動作，確實只有針對傅家的陰謀。

「齊昭若呢？他還沒有回來？」他岔開話題，問齊昭若的行跡。

齊昭若上回在周雲詹府上失態，對其動手，這件事到底還是不少人知道了。後來大宗正司出面，宮裡也被驚動了，聽說太后親自將這個不成器的外孫好一頓罵。好在齊昭若有一貫的紈絝之名在外，成日不尋麻煩大家才覺得奇怪，因此倒也沒有什麼懲處。

後來周毓白便聽說他去了西京。

這個時候，他又去西京做什麼？

周毓白很明白他和齊昭若處於完全不同的兩種境地。

他自己是通過和幕後之人數次的交手，還有不斷鋪網收線來琢磨線索。

但是齊昭若卻不同，他現在的身分讓他沒有辦法培植自己的勢力和人手，所能倚靠的就只有他所知的「記憶」。

如果他真是自己未來的「兒子」的話……

雖然每次想到這一點，周毓白都十分地膈應，畢竟他現在才這個年紀，實在無法接受一個與自己同齡的「兒子」。

但是撇開這個不談，這是一切推斷的基礎，那麼齊昭若在周雲詹這件事陷入死局之後會做的事，就一定是他憑藉著「記憶」去繼續尋找的線索。

傅念君和他說過，她是後世的傅家人，因此她所知的線索多有關於傅家；而齊昭若是後世的周家人，他所做的事，就是關於他周毓白和周家……所以齊昭若的一舉一動，他都不能忽視。

這個時候他又去了西京洛陽……

「郎君，卑職不敢馬虎齊郎君的事，他去西京，似乎又回到了當時失憶時清修養病的道觀。」

「道觀？」

單昀點頭，「早前長公主因為齊郎君的病情將他送到西京，是因為聽說張天師在西京，只是後來似乎也未尋訪到他的蹤跡……」

張天師張承恩是正一派天師道嫡系傳承之人，年八十餘，道法高深，年輕時曾幾次入京與皇帝討教道法，得到太宗皇帝親自賜號，只是後來他喜歡上遊歷，便將教務交給徒子徒孫，從此在世間隱沒蹤跡，偶爾幾次露面，都是因為沿途給人治病。

張天師精通藥石，有傳聞是得過太上老君的指點，就是宮裡太醫民間神醫都遠不及他。當然這些傳聞真假摻半，但是這老道也確實有些道行，太宗皇帝在戰場上落下的積年舊傷就是被他治好的，當年太宗皇帝駕崩前，滿天下要找他出來，可也渺無音信。

這高人高人，就是你想找時找不到，即便是皇帝尋你，你也可以避而不見。

西京洛陽也有正一派的道觀，邠國長公主病急亂投醫，當日就是把齊昭若送去了那裡。

「他在洛陽都做了些什麼，再好好打聽一番。」周毓白吩咐。

他總不至於覺得齊昭若是突然迷上了道法，去聽道士們講道的。

單昀面露難色，知道郎君對齊昭若的事情上心，他們也早就打聽過的。齊昭若在洛陽待的時間也不算長，最常做的就是跟著那些道士們學些武藝，上山砍柴，強身健體，他回來以後武藝大進，不就是最好的寫照？

也許人家是又想去精進武藝了呢。

§§§

傅淵回到家中，細細想過了周毓白和他的對話，獨自在書房裡坐了許久。

這兩天因為傅梨華的事，府裡多少有些人心惶惶。

他漫步在後院中，發現也少了些小娘子們的嬉笑玩鬧聲。

等到回過神的時候，他已經走到傅念君的院門口。

「三郎君？」看門的小丫頭見了，也不顧行全禮，忙跳著腳急著去通報。

傅淵負手而立，站在這院門口，臉上的神色稱不上好看。

三郎君怎麼會這個時候來？臉色怎麼又那麼可怕？小丫頭們心中驚惶。

傅念君乖乖在屋中領受傅淵前兩天說的「禁足」之罰，聽說他來了，她也有一絲驚訝。

將人請進來，傅念君吩咐人去上茶，又聞到了傅淵身上淡淡的酒味，轉頭便叫儀蘭再去煮一壺醒酒茶。

她猜測或許是因為傅梨華的事，他心情不暢，才同人一起去喝了酒。

難道是想再來訓訓她？

「三哥怎麼會來我這裡？」傅念君奇怪。

傅淵抿了抿唇，他自然不能把和周毓白的話對傅念君全盤托出。

這件事他既要瞞著傅琨，也一樣要瞞著傅念君。

因為他太清楚，傅念君為傅家的心一點都不比他少，未必會接受這樣的安排。

「閒來無事，過來坐坐而已。」

傅念君更覺得他有事發生，閒來無事？最近這麼忙，會是閒來無事？

「三哥有話不妨直說，你我兄妹，總不至於說話這樣瞻前顧後。還是三哥想繼續提醒我壽春郡王之事？三哥放心，我不會再見他了。」

在傅家和周毓白見面這件事是她想得不妥當。讓傅淵發現了，以他那個性子，怎麼可能不生氣。

聽她主動提起了周毓白，傅淵倒是順坡探她的話：

「妳見他，是他的意思還是妳的意思？」

「……」傅念君有些語塞。

傅淵今天是怎麼了，他一向是不喜歡聽這些「細節」的。

「這其實……三哥，我們也沒有什麼，你放心，真的。」她加重了語氣。

聽她這樣急於否認，讓傅淵只是沉了臉色，傅念君以為他是生氣，其實他是尷尬，他實在不知道尋常人家的哥哥都是怎麼對這樣的事開口的。

他們到哪一步了？可有互訴衷情？

她是真的對壽春郡王絕了心思，還是面對自己時不得不這麼說？

傅淵攏拳輕咳了一聲，有點不自然地道：「其實妳可以對我說說……妳真實的想法……」

傅念君看他的眼神十分古怪，最後好像是不得已才憋了一句話出來：

「三哥，你真的沒喝醉？」

傅淵：「……」這樣硬生生地套話，他真是不擅長啊。

兩兄妹正在大眼瞪小眼，兩人各自心中一堆奇怪的疑問時，傅琨卻派人急召傅淵去書房。

讓下人都直接找到傅念君的院落裡來了，一定是不小的事。

但傅琨卻沒召傅念君。

「三哥先過去吧，爹爹或許是有急事。」

傅淵便一時收起了對傅念君情感問題的試探之意，匆匆往傅琨那裡去了。

傅念君等他走後，就有些不好的預感。這段時間以來，關於幕後之人、傅梨華種種事情，都是他們父子父女三人一起商量的，傅琨派人到她這裡來請傅淵，卻刻意避開自己。

難道說……是有關自己的事情？

§§§

而與此同時，肅王親自登門去了周毓白府上。

周毓白與傅淵喝了酒回府，沒有休息多久，就得打點起精神來應付肅王。

「真是倒楣透了！」肅王朝他抱怨：「本來還說要好好挫挫老六的銳氣，替你贏得美人歸。現在倒好，傅家將傅四娘出族，錢傅兩家的矛盾是挑不起來了。」

周毓白好笑道：「多謝大哥相助了，那幾首童謠我也聽說了。恕弟弟直言，大哥的招數也……並不是很高明。」

肅王不以為然，「黑貓白貓，抓到老鼠就是好貓。原本想著錢家不肯吃這啞巴虧，再挑唆了傅家，指不定老六那親事要吹。誰知道傅相這麼果斷，為了自家名聲和官途斷尾求生，親生的女兒說扔就扔了。」

肅王為人，從內心到長相，都像極了徐家人，簡單粗魯，從來就不喜歡舞文弄墨，也很看低文人，因此常被皇帝斥責為胸無點墨，不識之無。

所以他對於人人敬重的傅琨抱以如此輕蔑的態度，周毓白也可以理解。

何況從邠國長公主與傅家徹底交惡之後，肅王府和徐家對於拉攏傅家這事，也不再抱什麼大希望了。不像張淑妃，千方百計還要試一試。

「這件事挑不起來，倒是未必不能抱得美人歸。」周毓白說著。

肅王聽出點意思來，也道：「今天我從祖母那裡回來，倒是聽說傅四娘這事多少還是讓爹爹不高興的，本來馬上就要給你們封王，這麼一來老六你的封號，或許得再緩緩了。」

肅王露出了一個十分古怪的笑容。

周毓白有時真不知道該怎麼評價自己這個大哥，三十多歲的人了，還能表現得如此少年天真，也是不容易。

「說起來，那傅家的四娘子也真是夠蠢的，落到如此下場，原本好好的傅氏嫡女，只能等老六成親以後，去他府裡當個藏頭露尾的妾室。傅相啊，也算是沒有女兒命。」

肅王感慨了一句，好像又想起了什麼似的，「他的長女似乎也不怎麼樣，早前同齊昭若那混帳不清不楚的，如今及笄已久，更退了親，婚事也沒出路，倒是姑母啊，這樣都要去做壞人家的名聲……」他現在對著傅家，就像是隔岸看著一場好戲。

你方唱罷我方唱，一出比一出精彩。

周毓白耳中嗡的一聲響，肅王提到了傅念君，他怎能不刺耳，只是表面上，他需要保持冷靜。

他故作無意道：「怎麼了？傅二娘子又如何，大哥聽說了什麼？」

肅王想到了從前周毓白和傅念君的傳聞，不由調侃地笑道：

「倒是老七你，從前宗室裡都說你瞧中了那傅二娘子。她聽說生得確實漂亮，若是湊巧，你與老六一人一個，娶了她們姊妹做妾，也算是好福氣了……唉，就是傅相，兩個嫡女啊，真是可惜了……」

周毓白蹙眉，「大哥說的是何事？做妾？傅相的女兒如何可能兩個都做妾……」

肅王不以為然，「話是這麼說的，但是你可知道，傅二娘子啊，馬上就要有大麻煩了……」

肅王細細把這件事說了出來，周毓白這才算真的理解到了，什麼叫做世上總有事情是你意想不到的。

他可以對傅家籌謀布局，甚至利用肅王、張淑妃等人，只是為了順理成章地娶傅念君過門。但是任他再聰明，也永遠猜不到諸如邠國長公主這類人的想法。

齊昭若和傅念君的事情，邠國長公主一直對傅念君抱有著極大的惡意。

齊昭若不肯娶蘇計相家的二娘子，最近又出走西京，邠國長公主早就在府裡發作了幾回，更是按捺不住對傅念君的怨恨了。

當然誰都知道這只是遷怒。

但是在長公主看來，遷怒這樣一個名聲本來就一塌糊塗的小娘子，沒有任何問題。

她和當日隨隨便便就上傅家門尋釁的邠國長公主，還是同一個人，從來就沒有變過。

而邠國長公主遷怒的方法，就是為傅念君說親。

她早知與傅家已無修復關係的可能，她又是這樣驕傲的人，不屑於低頭去求傅家的原諒，索性破罐子破摔，覺得讓傅念君定了親，興許還能挽回齊昭若放在傅念君身上的心思。

有時一個過分將情感寄託在兒子身上的母親，面對兒子這樣的事就是會失去理智。

長公主為傅念君挑選的人家，不是旁人，就是齊駙馬的本宗

鎮寧軍節度使齊延的長子齊循，如今任了個左衛將軍的差職。

齊延是齊駙馬的堂兄，也是武將出身，如今雖然職權有限，但是門第也算不錯。

而關鍵在於，齊循這個人，並非是紈絝子弟、病鬼短命，相反生得挺拔英武，十分俊朗，人品也屬於上佳，從來沒有與哪家小娘子不正經的事傳出來，而且文武兼修，外祖父更是國子學博

士，母親知書達理，可以說是上乘人選。

這樣的大好人才，若是放在京中，一定是小娘子們爭相獻媚的對象，可惜他就是不在京中。

但是只要齊循成了親，調入京城也不是什麼難事。

所以說這人幾乎是沒有缺點。

邠國長公主還為這事找了徐德妃和徐太后說項，與傅琨親自提了這人。

徐德妃和徐太后如此支持，就是也覺得齊循十分合適，想趁機賣傅家個好。

邠國長公主和傅家交惡，可她們還是想挽回一下的，哪怕不能達成同盟，總不想開罪傅相。

以傅念君的身家來說，自然是低嫁齊循，但是以她的名聲來說，又是她高攀了。

肅王言道，邠國長公主的目的，只是為了讓齊昭若死心，所以找的這個齊循，不會是那種上不得檯面的人，相反條件其實相當不錯，而且她是根據傅念君以往的「口味」，特地挑了個相貌幾乎追平傅淵、周毓琛等人的俊俏郎君。

周毓白對於這個突然冒出來的齊循毫無瞭解，邠國長公主到底是否還懷有別的目的？

他這段時日把心思都放在傅家身上，誰能想到會有這一齣。

他強迫自己冷靜下來，把肅王的話聽完。

「那大哥為何說姑母要做壞傅二娘子的名聲？」

肅王見他的反應，不由勾唇笑了笑，「老七，看來你對傅二娘子也並非無意啊。我這麼說，是為你考量。姑母不知何處得來了傅二娘子的生辰八字，已經拿去齊循家裡要合了……」

周毓白心中震了一震。

生辰八字這東西極私密，是日後要寫在婚書庚帖上的，除了父母血親，誰都不可能知道。

已經拿去與齊循合八字了……

只有兩個可能，要麼從傅念君曾經定過親的崔家流出，但這樣得罪傅家的事他們不敢做，所以不太可能。

另一個可能，就是傅家有人與長公主裡應外合。

傅家夫人姚氏……周毓白閉了閉眼，是他疏忽了。

肅王繼續道：「原本是樁好事，只是傅相還沒首肯，就拿去合八字了，你說這不是胡鬧麼？你等著吧，也就兩、三天工夫，齊延家裡就會傳來消息了。若到時候若傅相不肯，傅二娘子算是徹底毀了。」

傅念君若不嫁齊循，那她恐怕再也嫁不了什麼好人家。

本來就是退過一次親的人，八字還這樣被人拿去合過，合八字都是要找人批命的，也就是說這事根本瞞不住，若是又沒成，誰家還要這樣晦氣的新婦？

固然肅王適才調侃傅相的兩個女兒都是妾室命是有些嚴重了，但是傅琨這次若不將傅念君嫁給齊循，傅念君的下場確實就有些難說了。

邠國長公主是想按牛頭喝水，肅王覺得傅家多半不肯同意，到時候鬧開來，傅念君的惡評可又要甚囂塵上了。

周毓白蹙眉，「姑母做這樣的事，難道就沒有考慮過傅相？」

肅王打量著他的神色，眼中閃過一絲明瞭，只輕咳了一聲道：「今早在宮裡，阿娘和祖母都在，已經好好地說了她一頓，只是有什麼辦法呢，現在傅二娘子的生辰八字已經到了齊延手裡，傅相也應該清楚來龍去脈了。」

先斬後奏這種事，也只有邠國長公主來做了，而且她也不算是完全沒有傅家授意，傅家夫人姚氏，是傅念君的母親，她完全有資格替女兒尋一個好夫婿。

周毓白沉著眉，面色不太好看，肅王見了反而淡淡地笑了笑，站起身捋捋袍子，說道：「七哥兒，話說完了，我還有事就先走了，下回再一起去喝酒吧。」

周毓白掃了眼前的肅王一眼，沒有挽留，眼神中不存溫度，臉上倒是還掛著笑意。

「大哥慢走，我叫人送送你。」

肅王等跨出了壽春郡王府門，才甩了甩馬鞭，回頭對著那王府牌匾嘲諷地笑了笑，低聲呢喃：「老七啊老七，還想瞞我，你同老六都想來個坐享齊人之福？傅氏女錢氏女盡收入囊中？也得看看有沒有那個能耐了……」說完便翻身上馬，疾奔而去。

屋裡的周毓白自然很明白肅王這是什麼意思。

肅王會反過來擺自己這一道，倒也算是他學聰明了。

肅王是早就可以來告知他這件事的，但是他沒有，到了此時才過來，顯然他是根本不相信周毓白所言與傅念君無事。所以長公主這次的事，肅王府和徐家反而在後面推波助瀾，將矛頭直指傅念君。

肅王今天來，就是為了試探他的反應。

周毓白當日說自己屬意錢家，心悅錢婧華，就是不想讓人把主意動到傅念君身上。

只是他怎麼也沒有想到，邠國長公主會有這一招，她為了兒子，真是什麼都做得出。

硬生生把傅念君強行捲入亂流之中。

她只是人蠢，可招數卻又不蠢。

依照周毓白所瞭解的邠國長公主一貫的作風，她肯定會找個不怎麼樣的人選去膈應傅家，傅琨和傅淵兩人也多半能擋下來這長公主的威壓，那麼這事也就是小事一樁。

可是邠國長公主卻挑了個這樣好的人選，周毓白甚至覺得去把齊循的祖宗八代翻個底朝天，他的背景和人品也多半是清清白白。

圈套最難解脫的就是這種半真半假的，齊循確實是個好人選，傅琨沒有很站得住的理由去拒絕，甚至他自己可能內心都會產生動搖，認真的考慮起這樁親事。

這就是高明的作法。

而肅王的反應也同樣很聰明。他反將了周毓白一軍，從與周毓白達成協議站同一陣線一起去破壞周毓琛的婚事，到現在也順便破壞周毓白的婚事。

但這也不像肅王的風格。

所以周毓白有理由相信，這是幕後之人對傅家動的第二刀。

對方一直想殺傅念君，直接派殺手刺殺已經行不通，就換思路想辦法用軟刀子殺人。

但是他是怎麼做到的？

能夠輕輕鬆鬆玩轉邠國長公主和肅王，又像上一次一樣……

固然這多半是個皇室中人，但是周雲詹現在在皇城司的監管之下，毫無自由可言，一定不可能是他做出這樣的決策，制定這樣的計畫。

周毓白抬手撫了撫額，覺得一陣心煩，但是現在不是心亂的時候，他必須要想出對策來。

喚來了單昀和張九承，他讓單昀趕緊去往鎮寧軍治所，直接想辦法找到傅念君的八字。

「這件事有很大的風險，我不能排除這是一個誘我入局的圈套，齊家也許什麼都沒有。」

周毓白蹙眉，這件事交給別人他都不放心，但是單昀的安危，他不能不顧。

單昀斂容，拱手道：「郎君放心，屬下一定會盡力完成任務。」

「必要時刻，單護衛還是應該先顧著自己的安危。」張九承在旁插嘴。

單昀很快領命退下了。

周毓白又吩咐張九承：「關於這個齊循的事，還是由張先生安排人手下去查吧，越詳盡越好。」

張九承點頭。

「還有齊昭若，讓陳進立刻帶一隊人去洛陽，一定要把他找回來，實在不行就用綁的！」

周毓白加重了語氣。

如果不是因為那小子對傅念君有些不可描述的感情，邠國長公主也不可能下這麼一步爛棋，讓幕後之人有可乘之機。齊昭若不能好好地與邠國長公主「修復」母子之情，依照邠國長公主那個性子，這樣的事還會發生第二次。

「郎君，現在傅家那裡，您打算……怎麼說？」張九承問周毓白。

傅家……

傅琨父子倆此時應該也正在商議，但周毓白現在無論如何是不能去傅家的。

肅王一定在盯著他，若是肅王坐實了自己想圖謀傅家勢力支持的話，他下一步針對的人可能不是周毓琛，而是自己。

傅家現在在眾人眼裡還是一個香餑餑，他要去傅家提親，必須是在確認傅琨無法執掌樞密院之後。

如今節外生枝，他就更要沉住氣。

「我手書一封，讓郭巡儘快交給郭達，立刻遞到傅二娘子手裡。」

傅念君八字外流的事情，和自己對於幕後之人的分析，周毓白全部都寫在了裡面。

傅家的姚夫人到底是怎麼和邠國長公主搭上線，傅家後宅是否有幕後之人的勢力滲入，這需要傅念君自己去找到答案。

§§

而傅淵和傅琨也確實如周毓白所料，正在討論齊循之事。
「徐德妃和太后親自保媒？我們就要應承麼？他們也欺人太甚。」傅淵冷笑道。
因為此時傅琨父子還不知道八字的事情，所以傅琨只是在揣摩這件事中徐家和邠國長公主的意圖。
「邠國長公主素來是心狹之人，她來說媒，實在沒有道理，但齊延這人我卻是知道，家風還不錯。」
傅淵額頭一跳，「爹爹有結親的意思？」
傅琨搖搖頭，「已經讓人迅速去打聽齊循的事了，等有結果，我會親自問一問念君的看法。」說到底，面對兒女婚事之時，他只是個普普通通的父親。
傅淵卻想到了周毓白對傅念君那勢在必得的決心，他心中有話，卻無法說出來的感覺實在不好。
他當然能夠理解傅琨的想法。傅琨一直想讓傅念君嫁入一戶平安而不顯貴的人家，夫婿相親，妯娌和睦，最好不是留在東京城內的。
何況以傅念君往日的名聲，當日都能許給崔涵之了，這個齊循，顯然比他高出不少。
而齊循的父親齊延，傅琨也是知道一二底細，顯然他對於滿足所有條件的齊家還算滿意。
邠國長公主竟真的挑了個好人物給他們。
無事獻殷勤，非奸即盜，傅淵當然不相信邠國長公主沒有目的。
「好，爹爹，我去打聽，明日……最遲後日，我一定將這個齊循打聽清楚，屆時我們讓念君自己考慮。」

傅琨微微擰著眉，最後頷首。他知道徐家是多少有點想用這件婚事來示好的意思。他之所以著急，是怕邊關戰事一起，沒有工夫再為傅念君仔細挑選夫婿、籌備婚事。

如今這府裡，就和沒有主母一樣。

傅念君已經十六歲了，若到了十七歲上還未訂親，她的終身大事便更艱難了。

他唯一不想的，就是女兒跟著自己，卻沒有得到幸福。

7 到底是誰

傅念君接到周毓白的信時，第一反應就是覺得可笑。

她不能明白姚氏竟然會做到這一步。難道姚氏對自己的恨已經深到可以不顧傅家的安危了嗎？她做出那樣的決定時，就完全沒有想過可能落入的圈套嗎？

她可還記得自己是傅家的夫人，她的兒子還是傅家的郎君？

「去青蕪院。」傅念君收了信紙，就立刻站起身，肅容吩咐兩邊的丫頭。

芳竹和儀蘭覺得她的神色只能用山雨欲來風滿樓來形容。

姚氏的青蕪院如今已經很安靜，連鳥鳴聲都少了。因她說頭疼，讓下人將院子裡的鳥都趕了去。

姚氏靜靜地坐著，妝容整齊，雍容華貴，一如傅念君同她第一次見面的時候那樣嬌美，甚至眉眼之間與傅念君自己還有五、六分相似。

傅念君靜靜地盯著她，沒有行禮沒有請安，只冷冰冰地吐出了兩個字：「是誰？」

姚氏沒有抬頭，彷彿覺得她的問話十分可笑。

「什麼是誰？」

「我是問妳，誰教妳這一招，將我的生辰八字遞出府，送到了齊家？」

姚氏冷笑，撇唇道：「我是妳的母親，難道我沒有資格決定妳的婚事嗎？」

她的神色十分狂亂，看起來真像瘋了一樣，陰烈而沉鬱的憤怒，似乎已經徹底將自己的清醒意識放棄。

姚氏根本不知道她在做什麼。

「妳當然有。但是前提是，妳最好記得妳還是傅家人。妳除了恨我，難道生活中的目標就不該有妳的兒子嗎？」這樣的問話將姚氏釘在原地。

她的眼神有一瞬間的迷茫，表示她根本不理解傅念君的話。

傅念君咬牙，她一直覺得傅家會有幕後之人安排的眼線。

但是這眼線，或許就是像已經消失的眉兒和時時受傅家控制的傅寧一樣，只是起到一個監視和打探消息的作用。她從來沒有想過，對方的安排已經能夠影響到傅家人。

還有……原來還有人。

甚至先前傅梨華反常的行為，都讓她心中有著若有似無的懷疑。到了今天，她才肯定，原來她心中的疑惑都是真的。

一定是有人在指導姚氏母女……是誰？到底是誰？

她從前覺得這事兒不可能，覺得即便對方手眼通天，也不可能將這府裡住著的傅家人發展為親信。同氣連枝，血緣羈絆，如同她自己和傅淵，怎麼可能會去害傅琨呢？

但是這世上真的是什麼都有可能發生。

幕後之人是什麼時候安排的呢？自己重生前，還是重生後？

她不知道，什麼都不知道。

傅念君這樣的念頭在往日幾乎是從來沒有出現過的，但她不得不承認，她確實有些怕。

此時她腦中最重要的問題不是與那個齊循所謂的親事。她怕的是這陰謀背後的陰謀，是接連不斷的真相。

傅家和她自己到底還要承受多少算計和陰謀呢？

她心中憤怒，甚至尤勝姚氏，全因為這個女人的愚蠢和無用，她已經徹底成為了對方算計傅家的漏洞。

她也氣自己，這個世界早就不是她所知道的世界了，因為「傅饒華」的改變，進而促成了姚氏母女的改變，發生了很多本來不會發生的事，也給傅家帶了一些新的危機。

沒有預先防備這一點，是她的錯。

所以這一次，她不會再給姚氏任何後路了。

姚氏卻仍然不覺得自己有錯，她狠狠地盯著傅念君說：

「妳還有臉提六哥兒！他也是妳的弟弟！你們……妳和傅淵，你們兄妹，何曾給過我們出路？四姊兒出族被棄，我的六哥兒難道以後會有更好的下場嗎？哈哈，我可不傻！」

「他的下場，取決於妳如今的態度。妳害我，是在害傅家，傅家倒了，妳的六哥兒該怪誰還用我來說嗎？現在呢，他還有兄長和父親，衣食不愁，前程似錦，他又受到了什麼傷害？」

傅念君也冷笑，「妳是根本不知道什麼才真正叫做慘，什麼叫做家破人亡！」

姚氏確實不知道。

她活了幾十年，姚家還是好好的，傅家也更是數一數二的清貴世家，她所以為的最大的痛苦，不過是這個家裡傅淵和傅念君的勢力太盛，她和自己的孩子不能隨心所欲。

而她不知道的是，若是沒有傅念君和周毓白，傅家最後的結局就是一敗塗地。傅琨、傅淵不提，她那個當寶貝一樣的兒子，根本連讓人記住的機會都沒有。

姚氏的面部表情扭曲，再也看不出一點美貌，她忍不住站起身，纖纖食指抵到傅念君眼前，「妳敢說這樣的話！傅念君，天地良心，妳配與齊循難道是低就嗎？妳嫁得不好，就要詛咒傅家家破人亡嗎？」

傅念君只道：「這婚事的好壞，不是由妳評判。」

姚氏聽了她這話，眼中卻不禁露出嘲諷之意，「妳還想嫁誰？壽春郡王？齊昭若？哈哈，妳不要做夢了，就憑妳的德性嗎？不知廉恥，羞辱門楣，妳才是個賤人，最應該被出族，被趕出去……」她張口就是謾罵，再也顧不得什麼繼母身分。

姚氏知道邠國長公主的意圖，不就是讓傅念君無法再與齊昭若有牽扯。能夠拆散傅念君與她的「情郎」，她自然千百個願意做。齊循條件太好，她甚至還十分不滿。

但是姚氏轉念一想，依她如今的地位，根本沒有資格主持傅念君的婚事，而傅琨如此疼愛傅念君，肯定事事要遂她的意，與其如此，還不如讓傅念君嫁給那個齊循。

說不定邠國長公主早有準備，不會讓這小賤人好過。

姚氏的頭腦簡單，但傅念君卻明白，這婚事，根本是對她下的殺招。

她嫁給齊循，不是死，就是生不如死。幕後之人想取她性命，早已不是一次兩次了。

她蹙眉回望著姚氏，氣勢逼人。

「我只再問妳一次，將我的八字遞出去，先斬後奏，這一招，是誰教妳的？」

姚氏陰著眸子盯著傅念君，不肯鬆口：「沒有人教我。」

「是麼？」傅念君聽她這麼回答，反而更加篤定自己的猜測：「妳不肯說，我總有辦法猜。府裡能夠和妳說上話的就那麼幾個，能做到這種程度的，一定不是原先妳身邊張氏那樣的奴僕。那就是傅家的主子，三房？四房？淺玉姨娘？妳可以不說，我自然一個個去找。妳以為就算留著對方，還能繼續算計我麼？」傅念君嗤笑一聲，「太可笑了，妳太高估對方，也低估我。我最後悔的事、犯的最大錯誤，就是對妳們母女太心慈手軟，沒有趕盡殺絕。」

覺得她們上一世相安無事，今生就沒有必要動她們。

其實從她醒來那一刻，這世界和這裡的人，都在變。

「……所以再來一次，在這個傅家，也沒有誰能讓我心慈手軟。」

聽她這樣說完，姚氏更是氣得牙關打顫，來回只有一句話重複：「妳怎麼敢、妳怎麼敢……」

「我怎麼敢？」傅念君挑了挑眉，「我告訴妳，還不止！妳在我眼皮子底下如何能做到這麼神不知鬼不覺，是透過那個人聯繫到妳娘家了對不對？妳放心，姚家，也一樣不能保妳……」

她說不能保，就是不能保。

「那也是妳外祖家！傅念君！」姚氏沒有反駁她，只是瘋狂地喊了出來。

聲音淒厲，連院門外的丫頭僕婦都聽得一清二楚。眾人心裡都只有一個念頭，從來沒有鬧過這麼嚴重的事啊……僕婦們兩股打戰，有一個只能說：「去、去請示相公和三郎君吧，這、這可怎麼好，動靜也太大了……」

「砰！」的一聲，瓷器落地碎裂的聲音響起，所有人都嚇了一跳。

傅念君只是靜靜看著自己腳邊的碎瓷和濺了滿地的茶水。可她沒有動，只任由裙子下襬被四濺的滾燙茶水打濕。

姚氏喘著粗氣，眼睛通紅，似乎還想從桌子上挑別的東西來砸。

傅念君卻冷靜地過分，只回答了她的上一句話：「我的外祖家，只是我母親的娘家，而不是妳的娘家。」

言下之意，姚家若是不站在她和她那個過世的親娘那邊，她就連這個外祖家都不認了。

「妳以為妳自己是誰？弄走了我的女兒，連我也不放過麼？傅念君，妳別太得意！妳還想對付姚家，就憑妳嗎？不是人人都是妳爹爹肯給妳撐腰的！我現在若一頭碰死在這裡，妳還能乾乾淨淨地走出去？」姚氏的笑容詭異又可怕，給人一種猙獰之色。

她一直覺得傅念君只是依靠著傅琨沒原則的寵愛。光憑她一個人，能幹什麼？

她什麼都不是！

「我不需要乾乾淨淨走出去，我根本無所謂。」傅念君依然很平靜，「我最不在乎的東西就是名聲了，妳知道麼……」她抬了抬眼睫，濃密的睫毛在眼下遮出一片陰影來，卻讓人感受到一種不合時宜的威壓。「我死過的……」

姚氏渾身一顫。

她是不是瘋了？

「死的感覺，可真是不好啊。」傅念君像是在追憶什麼一樣，最後一個字的尾音纏繞著壓在舌尖上吐出來，沒來由給人一種毛骨悚然的感覺，「我現在做的事，都是為了不想死。為了活，我願意拚盡一切。」

姚氏覺得傅念君的眼中有些異樣的光芒閃爍。

傅念君對著姚氏道：「所以真是抱歉啊，要比瘋，妳可能比不過我。妳盡可以試試看，我究竟能做到什麼地步。」

所以姚氏以死相逼是沒有用的。

她敢真的死嗎？

她沒有死過。

而傅念君太懂那種感受，她重活一次，不是為了要束手束腳地被世俗道德所牽絆。姚氏若以為能用名聲這樣的事來壓她，就太天真了。

她根本不在乎外人說她苛待妹妹、軟禁繼母。姚氏做的事，已經越過了她的底線。

「妳、妳……」姚氏發現自己似乎舌頭打結，要罵的話卻在腦中無序徘徊，不知該怎麼說。

傅念君轉回身，打算出門，最後微微偏過頭與姚氏道：「最後一次了。」

什麼意思呢？

這是姚氏害她的最後一次，也是她對付姚氏的最後一次。

姚氏渾身一顫，一遍遍在心底告訴自己，傅琨都不能把她怎麼樣，傅念君還是她的晚輩，她敢冒天下之大不韙對付她這個繼母兼姨母？

她不敢，她一定不敢的！

傅念君踏出門，卻是再一次冷著臉吩咐：「去前院調護衛過來，十人把守，讓大牛大虎輪班看守，每日除了送三餐茶水進去，不能讓她見任何人，吃食也要先查驗清楚。」

管事婆子和芳竹儀蘭聽到她這吩咐，瞬間就呆了。哪家的小娘子敢越俎代庖下這樣的命令軟禁母親？

她還想不想做人了？

幾人正想開口勸，傅念君冰涼涼的眼神就掃過來，把她們的話堵在了嘴裡。

傅淵聽到這裡的消息也過來了，正好見到傅念君重新布置人手，圍了青蕪院。

他問道：「怎麼了？」

傅念君向他點點頭，將他帶到樹蔭下，幾句話把生辰八字的事說了出來。

傅淵也沒有問她是哪裡得來的消息，不問也知道，一定是壽春郡王。

他的臉色很不好看，「這招數如此下作，我們去見爹爹，還是要讓他拿個主意。」

傅念君卻搖頭，「這事還不能鬧出來。」

若說傅家和齊家議親，那麼寫了她八字的假庚帖被齊家拿出去，基本就被人認定六禮已過大半，但是傅家這裡一點苗頭都沒有，若齊家自己跳出來說話，就有點不合時宜了。

「拖不了多久了，宮裡已經知道。」

傅淵蹙眉。

這親事是徐德妃和徐太后提的，一旦有個風吹草動，太后一張賜婚旨意下來，就算是塵埃落定了。如今太后還不敢妄動，也是不知傅琨的意向。

「再等幾日吧，我們家打聽齊循也得要點時間，宮裡應該還不會發難。我想，先去一次姚家……」

傅淵擰眉，「妳懷疑什麼？」

「長公主應該是透過姚家拿到了我的八字。」

傅淵額頭青筋直跳，方老夫人、姚氏、傅梨華，還真是代代傳承啊！

「先去告訴爹爹。」傅淵凜眉下決定，不給傅念君拒絕的機會，「我早就說過，上次魏氏的事，是最後一次，妳沒有必要把什麼事情都解決好了才想到告訴我們，爹爹自有主張。」他示意姚氏的院子，「這件事能瞞得住嗎？還要爹爹親自處理。」

由傅念君越俎代庖處置姚氏畢竟說不過去。

傅念君也只好點點頭，「明日我就去姚家。」

「我和妳一起去。」

傅淵能夠理解傅念君的意思，他們不能去齊家打聽是不是真的拿到了傅念君的八字，以及邠國長公主是否還有後續動作，現在只能從姚家入手。

傅念君想了想，點點頭。「好。」

「不必擔心。」傅淵突然說了一句根本不像是從他嘴裡能說出來的話：「我和爹爹不會罔顧妳的意願。那齊循若真是品行優良，也不可能會同意如此達成親事，所以他……我們是不考慮的。」

傅念君澀然一笑，「那就多謝三哥了。最壞的打算，我也還能進家廟去修行。」出家就是了。前朝時有好幾位公主就是去做女冠了此一生。

傅淵抿了抿唇，心中有些話，也一樣不能同傅念君說。

若非和周毓白那一番話，他怕是此時也會迷惘踟躕，不知傅念君的終身大事該何去何從。但從那次見面過後，他就篤信周毓白為了她能夠做到這樣的地步，一定不會輕易放棄她。

「妳還有父兄。」

他向她承諾。即便她命裡注定姻緣不順，也不是她的錯，傅琨和他，會永遠站在她這一邊。

傅念君是真的把他們當做血親，他又豈能輸她。

§§§

第二天，傅淵和傅念君就一起出發去姚家。

他們已經許久沒有去外祖家了。

二人的親舅舅姚隨和家人都不在京中，而對於方老夫人和她的子孫，他們也實在沒有什麼好感，尤其是當時方老夫人做了這麼多回妖，幾次三番想害傅念君之後。

對她，傅淵和傅念君已經連對長輩起碼的尊敬都不留了。

但是他們的外祖父姚安信還是很期盼他們過來的，早早就吩咐府裡準備了酒菜。

姚安信因為年輕時征戰沙場，舊傷很多，腿腳也不方便，因此鮮少出門，家裡的事也多給妻子、兒媳處置，外頭則事事由大兒子姚隨做主。

難得他這麼高興，叫府裡大擺了筵席，女眷們也隔著屏風一起喝酒。

「要喝酒，喝酒，哈哈！」姚安信花白的鬍子一顫一顫的，「女娃們今日也喝，好得很啊，上酒……」他為人豪爽，對傅淵這個爭氣的外孫又一向看重，自然是與他推杯換盞，喝個痛快。

「外祖父還在吃藥，還是少喝些酒吧。」傅淵作陪長輩的同時依然是平素的清冷調調，姚家幾個表哥素來就與他不親密，可以說除了姚安信，旁人也並不覺得有什麼開心的。

而女眷桌上的情況則更壞，方老夫人託病沒有出面，誰都知道她是不願意看見傅念君。

而傅念君和姚家幾個表姊妹更是沒有半句話好說，以前的傅饒華和她們就沒有一丁點情誼，更別說如今的她，將方老夫人和姚氏得罪到這個份上了。

不止是傅家，到了姚家也一樣壁壘分明。但是對傅念君態度最差的卻是姚三娘，倒不是說她和傅念君格外有過節，而是因為她是替傅梨華說話的那一個。

話說回來，傅梨華實在是與林小娘子鬧得那叫一個天翻地覆，方老夫人的姊姊大方氏上門來兩回，最後更是恨不得將傅梨華直接丟在姚家門口。

都不是傅家的千金了，誰還耐煩看她的臉色。

當然大方氏沒有丟成，因為傅梨華被姚家的二夫人李氏又給送了回去。

姚家如今管事的是姚險的妻子二夫人李氏，就是姚三娘的母親。

李氏當然不可能讓傅梨華住進姚家，她住進來，也只是帶壞姚家小娘子的名聲。

那麼姚三娘為什麼要替傅梨華說話來擠兌自己？傅念君知道這位三表妹，她和傅梨華從前的關係並不好，而且現在是姚家根本不待見傅梨華的情況下。

這就有些奇怪了。

傅念君選擇姑且先放下這個疑惑。

用完飯以後，傅淵兄妹倆自然沒有工夫和姚家眾人閒聊，他們開門見山地提出要請方老夫人出來說話。

姚安信見他們如此氣勢洶洶，就讓李氏帶他們去方老夫人那裡。

方老夫人還是躺在床上哼哼唧唧地不肯起來，嚷著頭疼腦子疼，哪裡都疼，就是不肯好好和傅淵兄妹說話。

傅淵不方便進內室，傅念君就自己進去。

屋裡確實有藥味，但是躺著的方老夫人臉上可沒有半點病氣。

傅念君冷笑，「老夫人何必在我們過來時就惺惺作態，把該說的話都說完，咱們兩邊也都輕鬆。」

方老夫人還是哼哼著，「妳這個喪良心、沒規矩的，妳可有將我當作長輩！妳害我女兒、外孫女，可真是個黑心肝爛肚腸的……」她越罵越不知收斂，旁邊服侍她的婆子都嚇得不敢說話。

傅念君也不在乎。對付這對無賴的母女倆便不能用正常的法子。

「妳怎麼和邠國長公主搭上線的可以不說，一會兒我讓外祖父親自來問妳，不論是裝病還是裝死，妳女兒都用過了，這幾招對關心妳們的人或許還有點用，對我，就真是可惜了。」

她眉目不動，只是打量了一圈屋內的陳設，「我今天會得到我想要的答案。」

說著她就轉身出去了，方老夫人身邊的僕婦都嚇出了一身汗。

方老夫人卻還躺著冷笑，「還以為這是傅家呢，給她作威作福，到了人家地盤也不知道看看人眼色，沒規矩的小畜生！」

「罵不得罵不得啊！」僕婦都勸她。

傅念君是小畜生，那姚安信算什麼？

方老夫人可不管這些，她調整了個姿勢，得意地哼哼，「我睡一會兒，沒事別吵我。」

她什麼都不會說的，自己是傅念君的長輩，也是傅琨的長輩，她都活了這麼多年了，還能事事被那兩個小畜生拿捏？他們那一套啊，對自己，沒用！

傅念君出門，與傅淵點點頭，兩人心知肚明。都是意料之中的情況，自然繼續走下一步。

傅念君去了姚家的祠堂。這裡有她素未謀面的外祖母的牌位。

大姚氏的生母，榮國夫人梅氏。

她跪在祠堂裡，一刻鐘，兩刻鐘，半個時辰……始終只是安靜地跪著。

旁人再怎麼勸也沒有用，連舅母李氏都親自過來了，她依然沒有動。

傅淵也如老僧入定一般，傅念君跪著，他就站著，兩兄妹盡皆無語，偌大的祠堂裡只有李氏苦口婆心勸說的聲音。

李氏急得額頭冒汗，「三郎，你勸勸二娘子，這、這……你們這是做什麼？有什麼話不能好好說呢？」

傅淵依然保持平靜，冷淡道：「二姊兒犯了錯，向長輩贖罪。我管教妹妹，不勞二舅母費心。」

贖罪？贖罪能這樣贖到姚家來？

這兄妹倆分明是在用苦肉計。

方老夫人躺在那兒裝死，這家裡還能請誰？

李氏沒有辦法，只能去請姚安信。

姚安信午歇剛起，被人抬來了祠堂。

在祠堂裡這樣說話，再怎麼樣都有些詭異。

縷縷青煙中，傅淵卻覺得這是個說話的好地方。

「你們、你們這是做什麼……有什麼事好好說，四姊兒的事，我不怪你們……」

姚安信以為他們兄妹倆是因為傅梨華的事過意不去。

可他也知道，傅梨華自己丟臉，傅家這樣的處置並不為過。

他不是只有那一個外孫女兒，自然不可能為了她就要與傅淵和傅念君斷絕關係、結成死仇。都是骨肉血親，和睦平安才是最重要。

「外祖父錯了。」傅淵淡淡地應答：「我們不是因為她。」

「那還能是因為什麼？」姚安信不解。

「因為我。」傅念君先一步開口回應。可依然身姿筆挺跪在牌位前。

「外祖父，對不起，因為這會是我最後一次來見外祖母了。」

姚安信擰眉，「妳說什麼？」

傅淵卻又接了妹妹開口：「因為今日過後，她將再也沒有面目來姚家。」

姚安信聽不得後輩說這樣大逆不道的話，年輕時的脾氣立刻上來，拍著大腿拔高聲音低吼：「胡說什麼！你們給我講明白，這裡是你們外祖家，你說這樣的話，將我放在何處！」

傅淵依然很平靜，望著姚安信說：「您確實是我們的外祖父，但首先，您是您夫人的丈夫。」

這話乍一聽有些繞口，但是細細一想就很好理解。

傅念君也不得不承認，傅淵這一招夠狠。

他直接將姚安信推入了一個矛盾的對立面，方老夫人的丈夫，就不是他們的外祖父。

他們並非不敬長輩，但是他們敬的是生母大姚氏的父親、外祖母梅氏的丈夫，而非方老夫人的丈夫。姚安信將是他們與方老夫人母女撕破臉皮時，注定不可避免的一個矛盾。

與其等方老夫人將傅念君的八字偷遞給邠國長公主這件事說出來，讓姚安信為保全臉面息事寧人，用血脈親情威脅他們，不如他們先下手為強，反過來用大姚氏和梅氏威脅他。

中庸的做法已經不適用了。

就像傅家後宅裡那無數次的算計和矛盾，從方老夫人、姚氏，到傅梨華，這祖孫三代人之間的恩怨糾纏，早就不可能以和平方式解決。

傅淵也是看明白了這一點，他們必須用這種激進的方法，毫無退路、步步緊逼，將這些惱人的癰疽徹底從傅琨和自己身上剝離。

姚安信瞪大了眼睛，愣了一些時候才明白過來。

他語氣不善、黑著臉叱問道：「她又做什麼了？」隨即對傅淵兄妹的不滿也傾巢而出，「即便她又做了什麼，你們難道還不能看在我的面子上不予理會？她一個老婆子，再鬧還能頂破天去嗎？阿妙嫁去給你爹爹做填房本來已是委屈，現在四姊兒又出了那樣的事。三哥兒，你捫心自問，這件事我可有多說一句？好，這都是你們傅家的事，我不能管，我也管不著！」他激動地揚起蒲扇般的大掌，「阿妙有時候也糊塗，我知道，她從小就沒有你阿娘聰明懂事，我也承認。人心都是偏的，我也一樣，我喜歡你阿娘和你們勝過她和四姊兒，我已經對不起她們了……」他說著說著竟是隱隱有些委屈，「但是你自己說說看，這麼長時間以來，方氏再怎麼哭鬧，我可有縱容她，讓她去插手傅家的家事？

「阿妙和四姊兒，她們確實有不對的地方，人是你們傅家的，你爹爹要下死手管教，我也沒有二話，可這會兒你是什麼意思？從傅家還要管到姚家來麼，難不成一把年紀還要叫我休妻？」

他的這些話，傅淵早就能夠預料。

在傅淵印象中，他從來沒有見過外祖父這樣臉頰漲紅、雙目暴瞠的模樣。

跪在地上的傅念君聽到了姚安信這番話，忍不住要站起身，卻被擋在身後的傅淵輕輕用手掌壓了壓肩膀，她只能跪回去。

傅淵將她擋地嚴嚴實實，用實際行動告訴她。

這一次，由他來。

傅淵其實很能理解姚安信的想法，手心手背都是肉，在姚安信看來，所有人都是他的親人。當他的親人之間反目成仇你死我活之時，最痛苦的人是他。

而現在，逼迫他的人是傅淵兄妹。他自然只能先把怒氣撒在他們身上。

傅淵也不得不承認，人心都是偏的，這句話是無上真理。

從小到大，姚安信也好，傅琨也罷，甚至是姚家的實際主事人姚隨，乃至被主家影響的管事、下人們……每個人心裡都有一桿秤，自有判斷。

他和傅念君確實得到了更多的疼愛和偏頗。

正是因為這種常年的不平衡，才讓方老夫人、姚氏等人生出了越來越扭曲的心思。嫉恨與貪念與日俱增，她們希望自己才是被眷顧偏愛的那個人，這種渴望敦促她們不要放棄。

只要將傅淵和傅念君踩在腳下，將榮國夫人梅氏和她的女兒姚氏踩在腳下，她們就能得到本該屬於她們的一切。

這種妄念，使矛盾激化到了如今的地步。

傅淵不想去探尋這因果關係中的本源錯誤，他能夠理解姚安信，卻不會因此心軟。

姚安信對他們的好是真，方老夫人對他們的惡也是真。

他和傅念君沒有理由一定要在接受姚安信的「好」時，同時忍受方老夫人對他們的「惡」。

這種強制的捆綁，即便是血親長輩的命令和哀求，他們也不接受。

在這世上，你想的必須先是：把自己活明白。

「外祖父應當先明白一件事，您的夫人做的錯事，並不能得到我們兄妹無條件的原諒。」

他的目光瞟向了傅念君，「當然如果是外祖父做了那樣的事，我們自然會原諒……」

姚安信還是黑著臉，怒道：「你說明白，究竟是什麼事！」

聽完了傅淵所言，姚安信還是有些不信，但是他到底還是對方老夫人的為人存疑，大手一揮，「去把她給我帶過來！」

下人戰戰兢兢地道：「老夫人還病著……」

「是要死了嗎？沒死不能抬過來嗎！我都在這裡坐著，就她躺得舒服！」

聽他這麼說，下人們也不敢耽擱，急忙去請方老夫人過來。

在祠堂裡這樣說話，是件稀罕的大事。

方老夫人依然厚著臉皮裝死，最後是兒媳李氏親自帶著人過來「請」，直說她若再不過去，公爹就要親自來了。

方老夫人這才穿戴妥當，不情不願地去了祠堂。

「妳說！當著姚家列祖列宗的面好好說，妳是不是私自把寫著二姊兒八字的庚帖，交給了邠國長公主！」姚安信粗著嗓子質問。

傅念君已經被扶起來，坐在了旁邊的一把圈椅上，眉目平靜地喝著茶水。

方老夫人有備而來，梗著脖子爭辯：「老爺在說什麼，我怎麼聽不懂，沒憑沒據的話聽來就來汙我，他們有憑證嗎？」人證、物證，都在長公主和齊循那裡，所以她才敢這麼有恃無恐。

姚安信拍得椅子扶手啪啪響，「糊塗東西！庚帖作假是可以去官府立案審查的，妳不經人父母同意就敢這樣，妳難道真想去吃牢飯嗎！」

姚安信所言不假，造假庚帖，確實觸犯大宋律法。

但是他的威脅聽在方老夫人耳朵裡卻是一點用處都沒有。

「老爺胡說什麼，什麼庚帖不庚帖的？再說了，即便我就是給二姊兒做了主，阿妙是她母親，怎麼能說是不經父母同意？何況我沒有做這樣的事，更是身正不怕影子歪。」

她打定主意要賴到底。

「不承認也沒有關係。」傅淵見她再三抵賴，也懶得再與她爭口舌，「那咱們就公事公辦吧。」

方老夫人卻並不害怕。這件事對誰損害大她心裡一清二楚，傅淵真有本事就去找邠國長公主對峙啊，他敢鬧上公堂，吃虧的不是自己，只是傅念君而已。

「我說的公事公辦可不是上公堂。」傅淵彷彿明白她的想法，頓了頓說道：「時辰也差不多了。」

什麼意思？

傅淵一個向旁邊一個侍從使了個眼色，那人點點頭便出去了。

很快他就重新回來了，拱手向傅淵道：「三郎君，傅娘子請到了。」

傅娘子是誰？

眾人都是一臉茫然，但是很快他們就看見傅梨華被兩個僕婦帶了進來。

方老夫人也抓不準傅淵這是要做什麼。

「四姊兒……」

方老夫人望著傅梨華有些狼狽的衣著首飾，短短幾日就黑瘦了的臉龐，一瞧心裡就發酸。多少年嬌養長大的孩子，如今就成了這樣。真真是作孽啊……

「四姊兒快到外祖母這兒來，快……」她向傅梨華招了招手，傅梨華卻不動，愣愣地盯著腳下。

傅淵卻打斷她，「老夫人，等一下，今日我『請』這位傅娘子來，是有些事要問她。」他的公事公辦，是再也不將傅梨華視為自己的妹妹，而只是「傅娘子」。

「什麼事又扯到她！」方老夫人怒道：「趕她出去的時候便沒有一點猶豫，現在又這樣召之即來，好沒有心肝，你這樣的人做了朝廷命官，簡直是……」

「住嘴！」姚安信忍不住喝斷她：「妳再胡說八道滿嘴惡言，就給我滾去尼姑庵裡好好清清心！」

傅淵現在是朝廷命官，皇帝欽點的探花郎，能由得她這樣罵？

方老夫人被當著這麼多人面罵，也不敢回嘴，她知道自己是失言了。

「聽三哥兒說完！」姚安信發話了。

但是被這樣請來的傅梨華，整個人的神態很不對，讓傅念君深深覺得其中有古怪。

在她和傅淵的猜測中，邠國長公主籌謀著將傅念君和齊循綁在一起，一定是件計畫了很久的事，也就是說，姚氏應該早就在做這件事，而非是傅梨華出族以後對她的報復。

所以傅梨華多半也是知道這件事的。

憑藉這兩母女做事素來的不謹慎，方老夫人背後有姚安信是塊硬骨頭啃不動，那麼他們就只能用傅梨華來探探底。但是傅梨華過分緊張的表現，讓傅念君覺得還有些什麼東西被自己忽略了。

傅淵正在問傅梨華話，而方老夫人在旁時不時插幾句酸話，所有人的視線都集中在這幾人身上。

傅念君仔細掃視了堂中眾人一圈。

她卻發現方老夫人的兒媳李氏臉上的神色十分慌亂，一雙眼睛鎖在傅梨華身上，腳步似乎還不自覺地微微向後挪動。

傅念君立刻側頭吩咐了芳竹，芳竹聽完後點點頭，轉身出去了。

而那邊，傅梨華腦中更是一片混沌，耳邊只有嗡嗡不斷的聲音交疊重複。

傅淵格外冷清的聲音鑽進她耳朵裡。

「已經到了這個時候，妳還不想說嗎？妳已經做錯了一次選擇，這一次，妳想想清楚。」

她已經錯了一次，所以她被趕出了傅家！

方老夫人把傅梨華一把攬在懷裡，「妳別嚇她，不許嚇她！」

傅梨華悶悶地在方老夫人懷中問道：「外祖母，什麼時候，接我……回來？」

方老夫人哽了一下，拍拍她的背說道：「乖，過幾日，過幾日就讓妳回來……」

一日復一日，那一日卻永遠不會到來，傅梨華心中一片冰涼。

她掙脫開方老夫人的懷抱，突然轉向了李氏的方向，盯著她結結巴巴地問道：

「舅母，我、我究竟什麼時候能……能回來？」

李氏的臉色瞬間就很五彩繽紛。

她為什麼會獨獨問李氏？不止是傅念君，傅淵也看出門道來了。

原本只是想透過傅梨華確認方老夫人、姚氏和邠國長公主達成了合作算計傅念君，但是從適才傅梨華恐懼的態度來看，顯然她知道的更多。

姚家這一趟，總算沒有白來。

「妳、妳這時候說這些做什麼……」李氏的腳步又有些不自覺地後退，神色惶惶，顯得很不自然。

傅淵在這時候笑了一聲，傅梨華轉過頭怯怯地看著他。他臉上的冰冷是她最熟悉也是最害怕的。一如之前的很多年，傅淵以長兄身分教訓自己的時候。

傅淵決心要詐一詐她，說著：「傅娘子，這件事妳交代清楚，事情就還有轉圜的餘地，我答應不追究妳的責任。若是妳不肯說……」他頓了頓，彷彿洞察人心的視線直直地射進傅梨華的眼睛，「到了此時，除了老實交代，妳也別無選擇了，看看這裡，還有誰能保妳。」

他眼角的余光瞟向了李氏。

傅梨華渾身一顫。

是啊，因為她已經不是傅家人了。

而此時還抱著她的方老夫人，要是讓她在自己的兒媳、孫女，和她傅梨華之間選擇，她會捨棄誰？她太明白結果了。

方老夫人聽傅淵說這樣的話，雖然不太懂，憑著一股怒氣還要捋袖子上陣，卻被傅梨華的叫聲打斷了。

傅梨華驚慌失措地叫了一聲，一雙眼睛如沙漠中渴水的旅人一樣鎖在傅淵身上，著急忙慌地開口解釋：「不是我，不是我，是三表姊！是她逼我把傅念君的庚帖換了，換成三表姊自己的，她、她想嫁給齊循……她說傅念君配不上，都是她說的！

「舅母、舅母也知道，都是舅母首肯的！我把這件事告訴她，她說了會很快接我進府，我不想住在林家了，那裡又髒又臭，有、有老鼠，還有好多螞蟻……三哥，三哥，對不起……

「我錯了我真的錯了，我什麼都說，你讓我回家吧，我想阿娘，想六哥兒，想爹爹，三哥……我要回家……」傅梨華嚎啕大哭，身子半軟地差點撲在地上，幸好有僕婦半抱著支撐著她，才不至於讓她直接躺在祠堂冷硬的地磚上。

傅梨華的話說得顛三倒四，到後面更是語不成句，只知道哭。

但是僅僅這幾句話，就足夠將所有人都釘在原地了。

姚安信和方老夫人雙雙愣住，而李氏更是面如死灰，額頭上的汗滴眼看著就滲了出來。

傅念君和傅淵是最快反應過來的。反應過來的同時，兩人心中是大大鬆了一口氣。

原來傅梨華和姚家背著他們還有這樣一樁事。

按照傅梨華這話裡的意思，送去齊家和齊循比配的八字或許根本不是傅念君的，寫著她生辰八字的庚帖被李氏扣下來，已經偷天換日改成了自己女兒姚三娘的。

因為是私下交換，所以這「庚帖」算不上嚴格意義的庚帖，並不會寫上傅念君祖輩父輩姓名，只有傅家印信和傅念君自己的生辰八字。

或許是因為那齊循條件太好，好到旁人開始眼紅傅念君，生了邪念。

長公主是怎麼也料不到一個香餑餑扔進了狼群，根本輪不到傅念君去咬啊。

對於姚氏和方老夫人來說，將傅念君嫁給齊循算是出了一口惡氣，讓她沒有機會嫁給如齊昭若這樣條件更好的人。

但是她們低估了旁人，低估了李氏的貪心。

這個李氏與婆母的關係並不好，而她一手管著姚家，顯然也是個厲害有主意的人。邰國長公主與方老夫人有聯繫，她一定早就知道了，但是具體的交易肯定不清楚，因為方老夫人恐怕沒這麼信任這個兒媳婦。

然後傅梨華，總算是做了一回好事。

傅梨華的想法本來就簡單，這一次更是與姚氏、方老夫人的計畫背道而馳。她多半覺得傅念君根本配不上齊循這樣的人，活該要配個垃圾堆裡最髒最臭的懶漢，所以在李氏有意試探之下，她立刻告密，說方老夫人牽線，要把傅念君嫁給齊延節度使的長子。

李氏一定用接傅梨華回姚家做承諾，私下裡與方老夫人鬥法，做出偷天換日之舉，等齊家那裡有消息了再和方老夫人攤牌，將齊循這個好夫婿搶到自己女兒手裡來。

畢竟有這樣好的人選，又是邰國長公主保媒，方老夫人憑什麼不先緊著自己孫女？

李氏看面相就不是什麼太聰明的人，哪裡會曉得邰國長公主根本不是要抬舉姚家和方老夫人，她千方百計要拿齊循這樣好的人才做餌，只是為了誘傅念君入套。

誰又知道，方老夫人竟然在眼皮子底下被自己的兒媳和孫女算計了。

所謂惡人自有惡人磨。

傅念君微微勾了勾唇，難掩嘴邊的笑意。

她想起來剛才吃飯時姚三娘對她的各種看不順眼，原來竟是為了那齊循。

一個她連面都沒見過的男人，這位姚三娘就以雷霆之勢要從自己手裡奪過去……

想想實在是可笑。

傅淵垂眼看著傅梨華捏著自己袍服下襬的手，沒有退開，只是繼續道：「庚帖的事，妳再說一遍，把誰的庚帖送去了齊家？」

傅梨華抽抽噎噎地哭，「原、原來該是傅念君的……其、其實是三表姊的……」

方老夫人勃然大怒，「妳！」她一隻手指顫抖地指向李氏。

李氏緊咬著下唇，堅持著不肯開口說話。

祠堂外面似乎又有人來了，芳竹重新回到傅念君身邊。傅念君微笑著踏出一步，對著已經被這一波接一波刺激打擊得毫無還手之力的姚安信說：「外祖父，外面大概是三表妹來了，一起請進來吧。剛才四……傅娘子進來的時候，我瞧著舅母一臉緊張，還立馬就讓人去通知三表妹了，看來這是因為三表妹也知情啊，既然知情，不如請進來一起說說？」

李氏驚恐的目光又落到傅念君臉上。傅念君卻是挑眉朝她笑了笑。

她當然要對著李氏笑。這對母女，這次可算是幫了她大忙了。

傅淵也側眼投過來一個眼神，兄妹兩人交換視線，輕輕點了點頭。

姚三娘被請了進來，卻沒想到會見到如此陣仗，她一時也有點心慌。

祖父祖母、母親、傅梨華、傅家兄妹……所有人的視線都集中在自己身上。

姚三娘不由自主地嚥了口唾沫，一點都沒了適才面對傅念君時擺起的架子。

姚安信大手一揮，朝李氏母女道：「當著姚家列祖列祖的面，妳們給我跪下！好好把話說清楚，如有欺瞞，祖宗也不會放過妳們。」

李氏母女的臉色是一樣的慘白。

然後姚安信的眼睛一剜身邊的方老夫人，「妳也給我跪下！」

方老夫人一噎，卻只能瞪著眼睛什麼都說不出口。

現在到底是怎麼回事？

這、這事兒怎麼就成了這樣……

「一個兩個！都給我說明白了！」姚安信氣得臉色發青，嗓子都有些啞了。

傅淵勸他：「外祖父，您要注意身體。」

姚安信想到傅淵剛才對自己的態度，只是冷冷地哼了他一聲，不予理會。

姚三娘和李氏抱頭嗚嗚地哭，哭得人心煩，姚安信怒吼：「再不肯老實交代，家法伺候！妳！」他手指點著李氏，「別以為我不敢讓姚險休了妳！禍亂家門的東西！」

「不要，不要……翁翁不要啊，我……」姚三娘繃不住了，嚶嚶哭著辯駁求饒：「都是她！是傅梨華挑唆的！她說不想待在林家，要住到姚家來，是她來求我和阿娘的，說知道有門好親事……我、我們是無辜的，她陷害我，翁翁……」

傅梨華聽她這麼說，立刻從僕婦懷裡半抬起身子，紅著眼睛頂回去：

「做人要有良心！姚芝蘭！妳勢在必得說齊循這樣的人傅念君配不上，妳要取而代之，風風光光地做將軍夫人，這些話妳都忘了嗎？妳怎麼敢說是我……妳自己不要臉恨嫁，還敢說我！」

姚三娘聽到傅梨華說自己不要臉，也忍不住回擊：「誰不要臉恨嫁誰心裡明白，大家都知道妳被傅家趕出來了，妳自己去勾引男人才落得這個下場，妳看看現在外頭有誰還肯娶妳做正經夫人？妳倒還想靠著姚家呢，妳就做夢吧！臭不要臉的！」

傅梨華像被人扼住了脖子一樣尖叫：「妳說誰不要臉！」

「就是妳不要臉，賤人！」

就在兩個人汙言穢語罵得眾人都愣神之際，傅梨華首先動作，她再也忍不住心中的怒意撲了過去，與姚三娘廝打在一起。姚三娘發出一聲尖叫，立馬不客氣地用指甲回擊，兩個人扭成一團，將吵架昇華成了打架，姿態要說多醜就有多醜。

方老夫人在旁急得跺腳，「拉開，快去把兩位娘子拉開，你們都愣著幹什麼！蠢貨！都是蠢貨！」僕人們立刻七手八腳地衝了上去，緊接著就是一聲又一聲的哀嚎。

「哎喲，娘子別掐奴婢！」

「娘子您先鬆手，頭皮，頭皮啊！」

滿場混亂，首飾鞋子亂飛，祠堂裡一向靜謐溫和的青煙，彷彿都被這場喧嘩沖散了。

一切都顯得那麼可笑。

傅淵朝傅念君看過來，彼此眼中都能看到無奈。

「你、你們都……你們……」姚安信突然顫抖著說了幾個字，隨即就像醉酒一般臉色通紅，腳步踉蹌。傅淵察覺不對，要去扶他，就看見他眼睛一翻，一頭就往地上磕下去。

「外祖父！」幸好傅淵就站在他身邊，忙眼疾手快地將他抱扶住。

老人家竟然活活被這幾個小輩氣昏了過去。

傅念君見狀，忙厲聲吩咐剩下的下人：「都還愣著幹什麼！快去請郎中！」

這姚家的下人比起傅家的可就差遠了。

一個個都如大夢初醒，跌跌撞撞的，有一個還踩了前一個的鞋跟，差點雙雙絆倒在門檻上。

傅梨華和姚三娘殺紅了眼，什麼都聽不進去，傷痕累累也顧不得，恨不得將對方撕碎了，哪裡有工夫注意姚安信的狀況。

「別吵了！」

隨著清脆瓷器的落地聲，傅淵第一次拔高了嗓音說話。有種不容忽視的怒意和威嚴。

他實在是忍無可忍，抬手砸了手邊的茶盅。

「老爺，老爺，您怎麼了……」

方老夫人也撲到姚安信身上痛哭起來，二夫人李氏終於想起來這裡還有個剛昏過去的公爹，忙紅著眼睛狼狽地吩咐剛才拉架的下人先去抬人。

§§§

傅念君站在庭院裡望著漸漸日暮的天空，望著逐漸瀰漫的灰暗顏色，突然間有些失神。

「人世間的事，本來就是這麼百轉千迴。」傅淵的聲音突然在她耳邊響起。

傅念君微微側過脖子，見到他也與自己一樣，抬首望著天空。

他的神情有些疲憊，一直一絲不苟的頭髮有些凌亂，還有一綹垂在臉側。

姚安信倒下後，姚府就徹底亂了。

他們兄妹無法離開，傅淵特地讓人回去傅家拿傅琨的名帖，去請太醫院的院判來給姚安信診斷。姚安信一直沒有醒來，直到剛剛院判何老太醫施針完畢，他才稍微清醒了半刻鐘。

目前姚安信的情況不太好，左邊的手腳都沒有知覺，何老太醫說還要吃藥將養，明日繼續施針，不知能否完全復原。他的子孫此時都拉著何老太醫一遍遍地問詢，連給他老人家預備晚膳都沒有人記得，這事還是傅念君吩咐下去的。

李氏等人，今日怕是已經嚇破膽了。她們怕自己遭難，更怕姚安信真的被氣死。

傅念君嘆了口氣，對傅淵道：「明日哥哥還要當值，今夜不能睡在姚家。」

傅淵卻說：「已經這個時辰了，外祖父又是這樣的情況，我不能走，何況……也不能留妳獨自在這裡。」

傅念君只是輕輕地搖搖頭，「外祖父這樣，我也有罪責。」

傅淵輕輕嗤了她一聲，挑眉問道：「妳可是真心說這話的？」

傅念君覺得他還真是傅淵，說話一向如此。

她老實說：「好吧，這不怪我們。誰都該怪，就不該怪我們。」

「這就對了。」傅淵突然伸出了手，似乎想碰碰傅念君的頭。

別人家的哥哥，對妹妹多會如此。

但是他的手在傅念君的頭頂劃了道弧線，又很快收了回去。

他還是不能習慣做這樣的事。算了，也不強求。

他只說：「我們沒有做錯，追本溯源，她們心裡一切的不公平都來自於不可抗的因素，我們的外祖母比方老夫人身分高，我們的母親又比姚氏聰明能幹、更得爹爹尊重，這是無法改變的事實。妳沒有害人，她們卻因為心中的妄念來害妳……這些事，妳不必承擔半點責任。」

傅念君笑了笑，她其實也不是個優柔寡斷的人，和姚安信也沒多深厚的感情。

「我當然明白，但是這話，聽別人說來，總是更痛快點。」

傅淵聞言也撇撇唇，「妳是將我想得多狹隘。」

傅念君長舒了心中的一口氣，好歹齊循那裡，她不用擔心了，姚家這裡，也算是徹底沒有還手之力。

當然，這還不是結束。

「方老夫人一定要處理了，留著日後又是禍害。」傅淵說著。

傅念君點頭，「我從前一直顧慮爹爹想法，對姚氏諸般忍讓，才讓她如今捅出這樣的漏子，這確實是我的錯。今次對方老夫人，不能手軟了。」

傅淵說：「其實妳做什麼，爹爹都不會怪妳，妳要記住這一點。」

他這麼說，傅念君心中就不由一酸。其實說到底，她和傅琨之間還是隔了些什麼。

那是十幾年無法追回的父女時光。

如果她從小到大都是傅琨的女兒的話，或許她早就寧願背著不孝的罪名，把姚氏處理乾淨了吧。到底……還是不一樣的。

「我知道了。」傅念君悶悶地應答。

傅淵其實也並不想怪她，她已經做得很好了，姚氏這個人，在他看來，已經與瘋子無異。

「罷了！」傅淵嘆了一聲，動了動胳膊，「總算是明白了一個道理……妻子還是要好好挑選的。」

傅念君覺得他話裡有話，在已經快看不清傅淵表情的夜色中，朝他望了過去。

「哥哥這是已經挑好了？」

傅淵不置可否，又重新尋回了哥哥的威嚴，「女兒家家，過問這些事做什麼。」

傅念君也知道他多半看不見自己的表情，於是放心吐舌頭扮了個鬼臉。

「把妳的鬼樣子收起來。」換來的是傅淵冷冷的警告和甩袖就走帶起的一陣風。

傅念君：「……」

十年寒窗，讀了這麼多書，眼神倒是真好。

§§§

窗外雞鳴才啼了第一聲，齊昭若就猛然從床上驚醒。

他摸了摸額頭上的汗。

又和前幾天一樣。

床頭的香爐之中青煙漸漸熄滅，屋裡有一種極淡雅的清新木竹香味。

齊昭若下床穿鞋，自己推開門。

洛陽老君山是道教聖地，山林蔥鬱，風景秀美。

只是這清晨的露水格外重，山風一裹，冷意就澈骨而來。

這裡條件並不優越，不同於邠國長公主上次讓齊昭若來靜養，帶了許多僕從和吃食。這一回，齊昭若只有自己孤身而來。他漫步在靜元觀中，與世隔絕的陌生感又重新回到他身上。

他有些不明白心底的這種感覺，覺得靜元觀對自己，就像是個既吸引又排斥的存在……

其實靜元觀倚岩而建，險峻奇絕，樓閣台榭俱全，修築得宛若福地洞天，真可稱得上是「丹牆翠瓦望玲瓏」。

「居士又已經起了？」一個小道童清晨打水而歸，正笑瞇瞇地和齊昭若打招呼。

齊昭若點點頭，問他：「祝真人可起了？」

小道童提議：「居士不如同師祖一道用早膳吧。」

齊昭若嘴裡的祝真人，也是小道童的師祖祝怡安。他是張天師的親傳弟子，雖然不是最親近的入室弟子，好歹也跟了他多年，也是個五十多近六十歲的老道了。

只是他看起來彷彿只有四十歲年紀，鬚髮皆黑。

「齊小友，昨夜睡得可好？」

老道士一大早就烹茶，恰好齊昭若也正想喝一碗釅茶來醒醒神。

「多謝真人，只是你給在下配的香，還是不燃的好。」他是個男人，哪裡有夜夜點著香入睡的。

也是祝怡安說那香凝神靜氣，讓他試試，誰知道根本是適得其反。

祝怡安倒是和齊昭若很投緣，稱呼他為小友。上一回他能夠那麼快回京，也是這老道幫了自己一把。齊昭若以前是不太相信鬼神的，但是自從身死，他就不得不信。

他能夠很快將前世的武藝尋回來，祝怡安功不可沒。

他曾是這樣對齊昭若說的：「有些東西生來便不會忘，若你想得回它，只要有機緣，自然是能尋回的。」

這句話齊昭若當時只以為是句普通的鼓勵之語。

要他說，機緣這東西太過玄妙，以他這具被酒色差點掏空的身子，能夠恢復到現在的水準，倒還不如說要感謝這老道平日怪力亂神騙財主們的「仙丹」和這座觀裡不錯的齋飯。

但是這一次來，齊昭若卻想多聽聽祝怡安說些「玄妙」之言。

因為他很迷茫，遠遠超過了剛醒來的時候。他覺得他的人生，似乎走進了一條看不見光明的死路。

祝怡安卻還是樂呵呵地和他談論那香。

「那種香叫做回夢香，我見師父常年帶在身邊，第一次學了配出來，無人可試，正好給小友用用。」

原來是叫他試香的。

齊昭若只道：「倒是不負其名，用了便夜夜做夢，太過難受，真人下次還是自己用吧。」

祝怡安卻搖搖頭，「修道之人，不會做夢。」

齊昭若覺得好笑，「莫非得道高人竟是連夢境都能控制了，還是元神太強，沒有夢魔邪祟能入侵？」

祝怡安給他沏茶，眉目淡然，不理會齊昭若對於道學的輕視，只是又說：

「小友可知，這回夢香，又叫做三生香……」

齊昭若只暗自嘀咕，一個香而已，竟也取了兩、三種名字，比閨閣裡的小娘子們還會拗名字。

祝怡安只是微笑，並不多解釋什麼。

得道之人，斬斷塵世，跳脫輪迴，自然就用不上回夢香，但是對於齊昭若，就不同了。

「怎麼就是三生香？難道真能夢到三生之事？有趣。」

齊昭若搖頭感嘆，端起茶碗來喝。

祝怡安只說：

「貧道道行不夠，自然這香作用有限，若是師父他老人家在此，或許還能勘破些天機。」

他頓了頓，「小友此來，不正是為前事所苦？或許夢境，能帶你找回些答案。」

齊昭若驚詫地望向祝怡安，「真人說……什麼？」

祝怡安卻淡淡地表示：「不如先說說你都夢到了些什麼。」

齊昭若擰眉，「夢到的東西，都不真實……」他之所以這麼不願意相信祝怡安這香，就是因為他看到的場景並非自己的前世，「我看到了很多血，殺戮……我站在人群之中，身上的銀甲被血染紅，手上，手上的感覺……」他露出極厭惡的表情。那種黏膩血腥的觸感，真是讓人想起來就噁心。

「然後呢？」

祝怡安的視線也落到了齊昭若臉上。

「然後……拉弓……」齊昭若說著，那把弓看著也很熟悉，是把良弓，在夢裡用著也很趁手。

只是他知道，自己確實從來沒有摸過它。

「好像射向了一個人，男人？女人？記不清了……不，是看不清了。」

因為眼前隨即是一片血霧瀰漫，耳邊的轟鳴和尖叫彷彿立時刺透了他的魂魄，讓人如同置身煉獄。

怎麼會有這種感覺呢？

他撇撇嘴，「然後就醒過來了。」

「三日來都是同一個夢？」

「差不多，場景來回重複，都是這幾幕。」

齊昭若到山上這幾天，用了回夢香的夜晚，做的夢無非就是來回這幾個片段。

前世今生？

或許吧。

但是他能記得的前世，是他死在宣德門門口的那一次。

至於人有多少個前世後世，多少次宿命輪迴，他真的不在乎。

他的前世和他的後世，都不會再是同一個人了。

所以他夢到的東西，根本毫無用處。

祝怡安也嘆了口氣，「看來貧道的回夢香，作用確實有限……」

「真人做此香，是否因為很多人向您問詢前世之事？」

齊昭若以為祝怡安是要像個神棍一般去騙人，畢竟俗世凡塵人就是奇怪得很，願意追尋前世，更願意期望後世，總在追尋已經逝去或渺茫無蹤的東西。

但齊昭若不一樣，他如今活著，只是為了報仇。

若這回夢香、三生香的真有用，何不讓他想起他作為周紹敏的那時，射殺他的幕後之人是誰。這才是最有用的。

祝怡安微微蹙眉，似乎也很在意齊昭若的使用回饋，到底是道行差了師父太多麼？

「罷了，只是個夢而已。」齊昭若見他神色古怪，反而勸說了祝怡安一句。

祝怡安嘆氣，望向齊昭若，一對眼睛如這老君山上的泉水，有著方外之人的明淨透徹。

「小友上次來靜元觀時，貧道就說過……很多東西是人永遠忘不掉的，那就一定能找回來，而你忘不掉的東西，就是最重要的。」

又是這句話。齊昭若愣然。

忘不掉的，就是最重要的。

祝怡安並不是指他的武藝。

「這、這怎麼可能……」

祝怡安搖搖頭，「貧道能幫小友的地方很有限。」

他不是張天師，沒有辦法準確地算到齊昭若的前塵過往。

但是回夢香不會騙人。

他又對齊昭若很肯定地點點頭，「那就是你要尋找的答案。」

他夢到的東西，是他內心深處最最無法忘懷，是他穿過生死，也要找尋的答案。

齊昭若陷入一陣沉默。

祝怡安這樣的道士，其實如同法華寺的三無老和尚一樣，他們能夠看出齊昭若、傅念君身上的不同尋常，可以看出他們的命格是不可預知。

但是不同的是，傅念君求未來，而齊昭若問過去。

三無老和尚曾指點過傅念君只能自己去「撥亂反正」，而祝怡安能幫齊昭若的，只有回夢香。

他們的路怎麼走，是天道都不能判斷的，更不是旁人能夠指引的。

祝怡安心中也多少有數，齊昭若是個帶有前世記憶的人。

但是回夢香帶他回去的過去，卻又為何不是他以為的過去？

恐怕只有齊昭若本人才明白了。

「真人。」齊昭若擺正了神色，說道：「今夜……能否再給在下一些回夢香？」

祝怡安淡淡地說：「已經無用了，它能幫你記起的，就只有那麼多。」

再燃下去，於他身體無益，反而只會讓他在白日越來越疲憊。

齊昭若心中煩悶，只說：「真人，實不相瞞，我只是……不明白該怎麼辦了，我不知道該做什麼，這一切，都太難看透。」

祝怡安微笑，「其實你知道，只是你不敢。」

齊昭若的臉色黑了黑，這些道士，說話難道不能簡單易懂一點？

「小友的樣子，倒不像是為記憶所困，卻像是……為情所困。」

祝怡安一下點出了齊昭若最怕聽到的話。

「沒有！」他果斷否認。

祝怡安卻一副了然的神情，對他道：「小友的命數很亂，想要理出個頭緒來，還要靠你自己抽絲剝繭，貧道雖為方外之人，卻並非立志滅情絕愛。」

道士不似佛門，娶妻生子也是正常。

「小友因為記憶之苦，刻意躲避這份情，是也不是？」

齊昭若細細一思量，卻是無法否認。

傅念君和自己、和自己的父親周毓白之間……他對這樣的關係實在無解。

到底怎麼才是正道，他真的不明白。

祝怡安又說：「情劫乃是人生最難勘破之劫，小友不應躲避，如果這是你命定劫難，你更應該從中去找到你想要的結果。」

齊昭若突然有些明白了祝怡安的意思。

他與傅念君一起身死，重新回到這三十年前，必然是有某種聯繫。

也許根本不是湊巧。

那麼他對傅念君的感覺，難道冥冥之中都是注定的？

所以既然脫不開關係，他就不該躲避，而是該從傅念君身上尋找答案。

她就像是這世上的，另一個他。

祝怡安見齊昭若神色變化，也微笑，「看來小友是想明白了。」

齊昭若默了默，只道：「若我將她帶來，真人可否為我們解惑？」

「這就要看機緣了。」

祝怡安沒有很快應承下來，也沒有拒絕，只將一切都推給機緣。

「好，多謝真人了。」齊昭若恭敬地向祝怡安行了個禮，不管這道士是否怪力亂神胡亂揣測，根本沒有真本事，還是他真的說對了一些什麼。

起碼現在齊昭若自己在心底肯定了一件事。

他不應該逃避傅念君。

如果她是自己的情劫，那麼前世今生，他們彼此之間的聯繫就不會僅限於此。

他該做的，確實是從她入手。

齊昭若告辭了，小道童進來替祝怡安收拾茶具。

「師祖今天還要去丹房嗎？」

祝怡安搖頭，「我要閉關一個月，觀中諸事，都交給你們這些孩子吧。」

小道童很是不解：「師祖替齊居士指點迷津，何至於要到如此地步？」

回夢香，並不是簡簡單單就能做出來的。

祝怡安的目光卻落向了窗外蒼翠的山林，「這是師父的囑託啊……」

小道童愣然。天師已經很多年沒有現身了，他是什麼時候囑咐了師祖這樣的話呢？

祝怡安輕輕甩了甩手裡的拂塵，慈祥地望向小道童，「你萬不可替我生什麼不平之心……齊居士，他亦是我道門中人。」

齊居士亦是道門中人？是說他和道家有淵源，還是說他有慧根？

小道童聽不太明白，祝怡安也不再多解釋。

一切，都交給時間驗證吧。

§§§

而在齊昭若準備下山的當口，老君山上卻迎來了一批不速之客。

靜元觀裡的小道士們從來沒有見過這麼多凶神惡煞的江湖漢子。

「齊、齊居士，有、人找你……」齊昭若的包袱還沒收拾停當，一個小道士就戰戰兢兢地來通知他。

來的自然是周毓白的人。

「齊郎君。」郭巡對齊昭若拱了拱手。

齊昭若也知道他，在壽春郡王府見過兩次，隸屬於周毓白的親信。

只是周毓白要找他做什麼呢？他們之間的關係，怕是兩個人都很難給出一個定位來。

「京中出事了。」郭巡言簡意賅地表示，神情十分凝重。

齊昭若擰眉，能夠讓周毓白派人到這裡將自己帶回去的事，一定不小。

「什麼意思？」

郭巡給了他一個眼神，兩人借一步說話。

聽完來龍去脈，齊昭若閉了閉眼睛。邠國長公主竟然能做出這樣的事……

因為自己不肯娶孫家二娘子，就將主意動到了傅念君頭上，還出了這樣一個主意。

「走吧。」他爽快地應了。

郭巡反而愣了愣，就這樣？

齊昭若卻淡淡地吩咐：「派個人收拾我的東西，我現在就走。」說罷二話不說，提步就出去了。

他沒有必要和一個屬下解釋什麼。

是傅念君的事……他就不能不管。

郭巡快步跟上他的步伐，心中卻有些暗暗替周毓白捏把汗。

瞧這位對傅二娘子的用心，怕是也不少……表兄弟成情敵，也是作孽了。

§§

傅淵兄妹在姚安信病情穩定之後就回到傅家，得到的第一件消息，便是傅琨對於姚氏的處置。

「何老太醫親自診斷的脈案，靈府有損，神智不清……」

傅念君聽傅淵說完，就明白了傅琨的意思，「是將她視作……瘋子了？」

傅淵點點頭，在他心裡，姚氏確實是已經瘋了。

「家裡和家廟都不能容她，送到城外惠濟庵靜養，帶髮修行。」

惠濟庵的住持靈泉師太是個前朝時的女官，後來出家做了尼姑，卻一樣得到了皇家的封授。

靈泉師太為人嚴謹，重視禮教，收了太宗皇帝一位犯錯的嬪妃做過弟子。此後皇家有犯錯嚴重的女眷，都會送到惠濟庵去接受教導。

可以說傅琨在這件事上，也算是用了他作為丞相的特權。

傅淵彷彿看出了傅念君的擔憂，「惠濟庵受皇家直屬管轄，山下有親兵守衛，沒有這麼容易出來。」

傅念君倒是覺得這麼處置有點太便宜姚氏了。「不過……何老太醫竟然是爹爹的人？」

傅淵點點頭，神色有些不豫，「有些人，只能用一次。」

太醫院是後宮最仰仗的地方，何老太醫為傅家做了這件事，多半徐德妃和張淑妃都會留個心眼，他和他的徒弟就很難再成為這二位的心腹了。

他又說：「無妨，妳不用操心這件事，我們自有分寸。」

傅念君點點頭，「我還是要去尋爹爹，有件事一定要辦……」

傅淵卻大概知道她擔心的事，「姚氏將妳的生辰八字遞出府，妳懷疑是有人在背後出主意吧。」

傅念君點點頭，「畢竟以她那樣的情況，很難做到……」

傅家竟然還有能為她出主意的人，一定要儘快揪出來。

「這也不難，尋個由頭，把人都叫到前廳來吧。」

「名目何在？」

「主母身邊有人手腳不乾淨。」傅念君微微笑了笑，對待姚氏，傅淵倒是比自己還絕情。

兄妹倆立刻把這件事布置下去，二房、三房、四房和淺玉姨娘等人都來了。

失竊之事，要查得這麼徹底，還是傅家的第一次。

誰都知道前兩日二娘子帶人圍了大夫人姚氏的青蕪院，多半不尋常。

今天就傳出來要查找竊賊和贓物。

「青蕪院的事，和咱們有什麼關係？」四夫人金氏嘀咕著。

她這些日子忙著幫女兒傅允華備嫁，哪裡有空來管姚氏的事。

「傅家是一體的，既然大夫人那裡出事，難保我們其他各房沒有貓膩，乾乾淨淨查查也好。」三房的老姨娘寧老夫人也來了，面對金氏的疑問，先給出了個答案。

金氏在喉嚨裡嘀咕：「就妳怕事。」

現在傅秋華那麼乖巧，還不是聽了寧老夫人的話，不敢去得罪傅念君。

傅允華和傅梨華的下場已經清清楚楚擺在她們眼前了。

傅允華好歹還算撈了門可以的親事，傅梨華呢？傅琨的嫡親女兒，說出族就出族了，根本不見他們猶豫，更別說傅秋華這種本來也就算不上什麼的侄女兒。

識時務者為俊傑。

各房都風風火火地清點私帳、庫房和人手，將近期有請假、告病、請辭紀錄的下人一一盤問，看似真的像在找府內竊賊，倒是真有一、兩個手腳不乾淨的在廚房裡撈過食材，或者砸壞了主家東西瞞著不上報的，都一一被發落了。

此時傅念君手裡看著的是一本近日來出入府內的往來紀錄。

「怎麼樣？能看出什麼嗎？」忙了一天半，傅淵才來了傅念君屋裡。

傅念君在傅家後宅忙，傅淵在宮裡忙，這兩天兩人都沒怎麼睡。

傅念君推了推眼前的糕點，「哥哥先吃點東西吧，剛才我也給爹爹送去了。」

傅淵老實不客氣地將奶香酥脆的糕點塞進嘴裡。

旁邊的儀蘭微笑著撥亮了桌上的燈，瞧著如今他們兄妹二人這樣親密的舉動，心裡也說不出的高興。

傅淵嚥下了嘴裡的糕點，說道：「爹爹準備彈壓齊延的摺子，好不容易追回來了。」

傅念君也道：「爹爹是太擔心我，幸好有姚三娘出來擋刀。」

「爹爹說再給一天，若是齊家還沒有動靜，他的摺子還會遞上去。」

傅琨對於齊家的不滿，並不會因為由李氏和姚三娘跳出來攪和了這樁事就不計前嫌。

啃不動長公主和齊駙馬，就從能動的開始。傅琨做官幾十年，衝動的時候真不多。

傅念君點點頭，「長公主那裡暫時沒有動靜，相信齊家也不可能輕舉妄動。」

「長公主那裡……大概是有人擋著吧。」傅念君翻書頁的手指頓了頓，覺得傅淵意有所指。

能擋住長公主的人還能有誰？

他是不是在說周毓白？他不是一向很反對自己和周毓白來往麼……

傅念君覺得傅淵這態度有點古怪。不過她來不及想這些，她把手上的簿子先放下。

「哥哥心裡可有懷疑的人？」

傅淵輕輕地喝了一口茶，「大約和妳想的差不多。」

傅念君也微微蹙眉，「我實在是……想不到那個理由。」

這樣沒頭沒腦的話，就算是一直在屋裡的伺候芳竹儀蘭也聽不懂，傅淵卻是聽得明白，回她：「妳不是她，自然不清楚她的立場。記住，不要輕易用妳的態度去評判別人，排除所有可能，最不可能的人，就是最有可能的。」

傅念君承認，男人在理性上，或許天生就是佔上風。

傅念君輕輕地嘆了口氣，望著格扇上正好投映出來的她和傅淵的影子。

她只是想到傅琨……

如果真是淺玉姨娘的話，傅琨這一輩子，在妻妾之事上，實在是太過於寂寥了。

難道臨老了，他身邊會連一個知冷熱的人都沒有嗎？

怎麼會是淺玉呢？

她這麼怕姚氏，這麼渴望在傅家佔據一席之地，好為女兒謀個前程，她怎麼會想著要幫姚氏？

她是大姚氏年幼時親自買回去的，由傅念君的外祖母梅氏一手栽培調教，怎麼可能是幕後之人的棋子？

而在她有限的記憶中，她也對這個人根本沒什麼印象。

還是或許只是她不知道、想不起來？

「三哥。」傅念君說著：「再去派人查查淺玉姨娘的事吧。」

傅淵點了點頭，「她在姚家待到了十七歲，這並不難查。」

是啊，並不難查。傅念君其實不指望能夠查到什麼有用的東西。

到底是哪裡出了問題？她覺得自己有什麼沒想到……

到底是什麼呢？

「那孩子。」傅淵說著，「我是指十三姊兒……」

「既然妳懷疑，就不能繼續留在她身邊了，尋個由頭挪出來吧。」

傅淵怕兩個小的，傅溶和漫漫，再次走上傅梨華的老路。

對於那麼小的孩子來說，離開生母無疑是件殘忍的事，但是淺玉這人確實是目前最值得懷疑的，漫漫畢竟是傅琨的骨肉，也不能留在她身邊了。

「好。」傅念君點頭，「布置在六哥兒旁邊吧，我明日就派人去收拾。」

傅淵嗯了一聲，「到時她要是鬧，妳看著些，別讓她又去驚動了爹爹。妳自己……處理。」

她們這樣將傅家後宅攪和地天翻地覆，在外人看來難免是傅琨的責任，就怕淺玉將姚氏那一哭二鬧三上吊的本事學過來，重頭再來一遍。

他們真是對這樣的折騰覺得疲累。

「我明白的，三哥。」傅念君的眼中有光芒閃了閃。

傅淵是在給她一種極隱晦的暗示。

她不可能每個時刻都對人保有一份同情，她也不能夠。

面對傅家的安危，她應該要知道取捨。

太祖皇帝再英明，也不可能一輩子沒有錯怪一個好人。

淺玉的一條命，是不值錢的一條命。即便找不到證據，也未必不能將她抹去。

傅念君會盡量地查清楚這些事。但是她也該有那樣的覺悟。

從姚氏的事上得到的教訓，不適宜的心軟才是給日後埋下最大的隱患。

第二天早上，芳竹就興沖沖地跑來給傅念君稟告：

「娘子，娘子！一大早府裡就來了位齊郎君，不是邠國長公主家那位，是、是齊節度使家中的那位。聽說昨天快馬進京的，今兒一大早就等在門口呢，看門的老陳伯還被嚇了一大跳……」

儀蘭輕聲嘀咕：「這有什麼好興奮的……」

那齊延一家可算是把傅家膈應壞了，那齊循怎麼還敢上門來？

傅念君點點頭，似乎對對方的來意再清楚不過。

「看來這個齊家……倒還不錯。」

儀蘭不解：「娘子怎麼還誇讚起他們來了？」

「如果我沒猜錯的話。」傅念君微笑，「他應該是來將那張『假庚帖』退還回來的。」

芳竹掩嘴驚呼了一聲：「真的嗎？」

「爹爹見他了嗎？」

「聽說招待客人去花廳用早膳了。齊郎居連早膳沒用就趕過來，娘子，看來這也是個莽撞人啊，幸虧相公今日不必去朝會。」傅琨說再給他們一天，今日應該是特意留在府中等齊家來人。

只是芳竹有一點沒有說錯。那齊循確實是個莽撞之人。

再怎麼樣，也不該由他自己走這一趟吧。

「去看看吧。」傅念君站起身，這個齊循，到底是個什麼人物，能否使她想起一些事，她也該去看看。

到了花廳，傅念君沒有親自站到齊循的面前，而是站在側邊的簾子後面。

傅琨似乎朝她這裡飛來了一個眼神，他是知道自己的女兒躲在這裡的。這個齊循就坐在他下首。

傅念君只能看到這位年輕的左衛將軍半張臉，僅僅以側顏判斷，他生得自然不錯，英挺有型，並不有很重的文人氣，也不似莽漢一般讓人覺得粗鄙。

或許也是因為他生了一張不大符合氣質的瓜子臉。

這臉型，粗粗看來倒是和齊昭若有幾分相似。

芳竹偷偷地在傅念君耳邊嘀咕：「這位齊小將軍生得不錯呢，娘子……」

儀蘭竟也跟著她評論：「但是比壽春郡王差遠了。」

芳竹很同意：「是很遠很遠……」

這兩個……傅念君只覺得頭疼，低聲道：「安靜一點。」

兩個丫頭對視一眼，都閉了嘴。

齊循其實在傅琨面前表現得相當無措，說的話顯然也是臨時組織，沒有章法。

「傅相，如此登門拜訪，是晚輩唐突，其、其實家中長輩並不知情……」

這倒是微微出乎傅琨的意料。

下人來報齊循昨夜是歇在旅店裡的，傅琨還揣測了一下，這小子是否拿腔作調給自己看的。

齊循健康的小麥色皮膚上很難看出紅暈來，但是他的緊張卻能透過手腳的侷促清晰地表現出來。若非身上還有些武人的颯爽磊落之氣中和，他這反應，應當要被歸類為很叫人看不上的拘謹和小家子氣了。

傅琨聽他這樣解釋，下意識便懷疑他說這話，是否只是齊家又一個招數。

齊循卻很真誠，緊接著簡單地解釋了一下自己的來意。

知道自己要同傅家說親，他一直以為是透過正正當當的方式，誰知道前幾日無意間聽到了父母的談話，說是傅家竟有「把柄」在自家手中，他們不可能不同意這親事。

就如邠國長公主說的一樣，傅相的嫡長女，一定會成為他們家的兒媳。

但是齊循心裡並不認同這種做法，當夜便偷了父母所說的寫了傅二娘子生辰八字的「庚帖」，私自入京，親自登門拜訪傅家，請求原諒。

不懂事的小孩子，也未曾顧及太多。

傅琨的眼神落在那張薄薄的紙上，當然他很清楚，這裡面寫的是姚三娘的八字。

「家父家母也覺得這樣做不妥當，但是一直騎虎難下。我做下這個決定，只是因為不想良心有所虧欠。」齊循這樣說著。

聽起來這說辭暫時很合理。

因為根據傅琨的調查，齊循為人確實正直磊落，品行優良。

一個真正的君子在得知父母親用這樣不光彩的手段為自己促成親事的時候，選擇這樣謙卑地上門解釋，也算是比較真誠的贖罪方式了。

但傅琨自然不可能輕信這樣的一面之詞。

不過信不信是一回事，這張東西能夠平安無險地要回來，也是好事。

他微笑頷首，並未完全承諾原諒齊家，也不曾說什麼怪責的話。

齊循一時有些吃不定他的態度。這位可是當朝權臣啊，他一個初出茅廬的年輕後輩，難免有些招架不住。嚥了口口水，齊循還是拱手恭敬道：「這次來，晚輩還有一些話一定要說給您聽……」

他說的事，竟是想要正式向傅家提親。堂堂正正的，光明正大的，向傅二娘子提親。

傅琨挑了挑眉毛，神色不見喜怒，「哦？你的意思，是要補償我女兒？還是覺得，她眼下只能嫁你們齊家了？」

齊循一慌，忙垂首道：「不敢不敢。」

說話這麼輕易就得罪人，他實在不是什麼混官場的料，傅念君在心裡暗忖。

傅琨見他如此惶恐緊張，額頭上還沁出薄薄的汗珠，反倒臉色稍霽。

位高權重的人總有一種心理，天衣無縫、對答如流的年輕後生，反倒讓人覺得存了刻意，而齊循這樣看起來不經過大腦的一番話，有時還能彰顯出些赤子之心來。

齊循磕磕巴巴地解釋著：「晚、晚輩並無輕浮之意，這、這是晚輩一時沒有思慮妥當，唐突了傅相。不敢奢求您的原諒，但是依然希望您和二娘子能夠接受晚輩的這份歉意。」

傅念君聽在耳朵裡，覺得這番話裡頭不對。大大的不對，卻又一時說不上來怎麼不對。

芳竹輕輕在她耳邊嘖了一聲：「娘子，到底不是京裡長大的，這位齊小將軍還挺實心眼呢。」

儀蘭作為周毓白的最鐵杆擁護者，覺得其他什麼人都是配不上傅念君的。她咕噥道：「也太傻了，齊家雖然不是始作俑者，但也算是『幫兇』，娘子怎麼還可能嫁他……就算親自來求娶又怎樣，誰稀罕嫁去鎮寧軍治所……」

芳竹微微地訝異，「儀蘭，妳幾時講話這麼刻薄了？」儀蘭不好意思地扭了扭衣角，只抬眼去看傅念君。

她憋著沒膽子說，心裡也是著急，怎麼娘子還不叫壽春郡王來登門求親啊？

壽春郡王要是也能拿出這樣夠分量的誠意來，相公和郎君一定不會反對的！

傅琨眼角瞟到那側簾微動，也凝神想了想女兒的反應。

他問齊循：「你想娶我的女兒，為的是什麼？」

這一句，不是作為傅相，而是作為一個父親替傅念君問的。

齊循有點茫然地搔搔頭，「啊」了兩聲，尷尬地說：「也、也沒想這麼多……」

其表現直追後廚大娘昨天剛殺的呆頭鵝。

傅琨擰眉，也是好多年沒見過這樣的年輕人了。

他的子侄學生，不說個個驚才絕豔人中龍鳳，也多是鐘靈毓秀之輩。

這個就……

齊循很老實地交代：「一來是覺得本身就與貴府議親，我、我其實已經接受了……」他說著說著就有點不好意思，「然後是覺得這件事我家做得不妥當，理所應當也要負一些責任的。」

他說的很實際，根本沒提半點虛的，什麼仰慕傅家家風之類一聽便是奉承的話，一句都沒有。

「我女兒清清白白，何需要你負什麼責。」傅琨冷冷地回應。

齊循聽得傅琨這樣的話，更是不敢抬頭了。

「是、是這樣沒錯……晚輩只是說，自己的內心，很過意不去……」他笨嘴拙舌，並不擅言辭。可是這幾句話，確實讓傅琨對他的印象好了一些。

傅念君也聽到了齊循的回答。這人是個不錯的人，應對傅琨的模樣也不似偽裝。

她和傅琨的眼神，不至於連旁人粗淺的別有用心都看不出來。

但是……人做事總要有理由的。

齊循為什麼要娶她呢？

僅僅是因為他心中覺得對自己和傅家有愧，還是他沒有把話說全，有所隱瞞。
傅念君想一個人慣常不會往好的地方去想。
她傅念君是什麼人？
這齊循這樣出眾赤誠的一個人，為何會來屈就自己？
她難免就又會往陰謀那方面去想。
在她的揣測裡，或許齊延這個節度使也是幕後之人的手下。那這齊循，當然也就是個危險人物，儘管他表現得只是像一個純真耿直的少年，她也不肯輕信。
她的防備心太重，一些查不出來問題的人，她卻總想要查到出問題為止。
她承認她對齊循這人已經沒有半點公正客觀的看法了。
「好，我知道了。」傅琨的聲音隔著簾子響起。
傅念君回過神來。
「這兩日，齊賢侄就先住在這裡吧。你們家中，該派人說一聲還是要說的，畢竟長輩總是會為你擔心……」
齊循彷彿因為這一番話受到了極大的鼓舞，起身朝傅琨恭敬地鞠了一躬。
「多謝傅相，但是住在府上晚輩實在不好意思，還是在外頭……」
傅念君和傅琨同時蹙起了眉頭。
傅琨當然不是覺得這齊循優秀到一定要做自己的女婿才款待他留在府中，而是因為他這樣莽撞登門，總要合理地圓過去。他住在傅家，因為他父親是齊延，這個說法還比較讓人信服，人家會覺得傅家與齊家是有些交情的。
當然傅琨也是對齊循不放心，想仔細再看看這個人，沒有比把人放在眼皮子底下更便捷的方式。不過他就這麼直截了當拒絕，倒像是傅琨在假客套。

「好吧。」傅琨也不勉強，「既然如此，我也不強留了，但是有些事，也不是你一個人說了算的……」他側眼看了看桌上薄薄的那張紙，「我也是做父親的，知道該怎麼做。」

齊循也不明白這是什麼意思，只點頭應了。

傅念君領著兩個丫頭回自己房裡，一路上有些悶悶不樂。

傅琨和傅淵會怎麼處置這件事呢？這個齊循又到底是個什麼人呢？

還有周毓白，第一時間通知自己的人是他，她也理應回個信兒給他。

這兩天太忙，忽略了這件事。

回到院子裡，管事的已經等了她有一陣子。

兩件事請她裁示：

第一，淺玉姨娘病了，十三娘子被從她身邊遷走，她倒是知道自己的身分地位，不敢哭鬧，卻是一病不起，湯藥茶水不斷。

傅念君嗯了一聲，吩咐道：「既然請過郎中了，那就好好用著藥，補品也不要落下，叫廚房不要小氣，銀錢儘管使。」她頓了頓，「原本我說五日讓漫漫見一次親娘的？既然姨娘病不好，就先不要讓漫漫過去了，再配個懂藥石的婆子給漫漫，免得她也病了。」

這安排……管事的擦擦汗。

二娘子這鈍刀子殺人可真是用得爐火純青。

淺玉姨娘知道她這番安排，保管不出三五天病就好了，畢竟用自己的身體來和旁人置氣，除了自損八百，對方還一點都傷不到，二娘子手裡可是攥著十三娘子呢。

管事說的第二件事，是姚家的方老夫人，繼姚安信之後，竟也跟著病倒了。

管事一臉尷尬，「最近也不知道是怎麼回事，這生病的人可真是多……」
傅念君眼皮一跳，想到了當日在姚家時傅淵那冷沉的神色。
他說，還沒有結束。
他說，她們總會知道教訓的。
她想到替姚安信看病的何老太醫……
她渾身一顫，將那些可怕的念頭趕出腦海。
方老夫人死也好，活也好，和她無關。
她現在病了，倒是一樁好事，自己暫時也不會下手對付她。
「好，我知道了，讓人送兩株老山參過去，挑庫房裡最好的。」
管事點頭應了。
「以德報怨」的架子還是要拿出來的。
傅念君嘆了口氣，但願邠國長公主那裡，可以就此罷休。

§§§

齊昭若從洛陽老君山靜元觀回來，第一個見的人，就是周毓白。
他們只在馬車中短短地會了一面。
周毓白面對他時，沒有他想像中的厭棄、迷惑、不耐種種情緒，只是如同他壽春郡王面對所有人時一貫的表情，清淡高遠，平靜無波。
他開口第一句話就是：「在觀中可還住得慣？」
齊昭若不相信經過上回的事，周毓白會一點都不懷疑自己的身分。

只是他不說，他也不能說。

二人之間既不是表兄弟，也不是父子，永遠隔著一道厚厚的圍牆。

「我知你一味爭強，不肯屈服於姑母，但她畢竟是你的母親。」

母親二字，周毓白咬得格外重，彷彿在提醒齊昭若。

「姑母的性情脾氣，疏勝於堵，而你，是唯一可以影響她的人。」

其實周毓白覺得，倒是現在這個「齊昭若」的脾性，更像邠國長公主。

齊昭若明白他的意思，「你也想讓我娶孫計相家的女兒？」

周毓白搖搖頭，「她不合適，但是不該由你來說。」

齊昭若蹙眉。

周毓白淡淡嘆了口氣，「她自然有更合適的人選要嫁。」

近來他可真是做了月老的弟子，人人的婚事都要操心，唯獨自己，一波三折。

齊昭若明白過來，周毓白會出面解決孫二娘子那個麻煩，婚姻大事，就算齊家答應了，可也難保孫家不出問題。

「好。」齊昭若答應下來，可又好似想到了什麼，頓了頓道：「我欠她的，我會自己還。」

留下這樣一句話，他便不再與周毓白多說什麼，回頭就離開了。

周毓白微微擰眉，這孩子的性子到底是……怎麼長成這樣的。

帶著齊昭若來見周毓白的郭巡忍不住咳了幾聲，周毓白的視線橫過去。

「嗓子不舒服？」

郭巡連連擺手，「不敢不敢，這、這個，郎君您放心啊，明眼人都能瞧得出來，您和齊郎君孰優孰劣，您完全不用擔心……」他說的這個「明眼人」，還不如直接點明是傅念君來得痛快。

周毓白臉色黑了黑，「我為何要同他比？」

「呃……」郭巡也不知該怎麼「安慰」自己的主子。

這種他喜歡我，我喜歡你，情情愛愛、糾纏不清的事，他是最不擅長解決的了。

「好了。」周毓白微微嘆了口氣，「駕車吧。」

郭巡這才安分了。

周毓白沒有忽略適才齊昭若眉眼間的勢在必得。

龍困淺灘。他沒來由想到這四個字。

齊昭若面對自己時，沒有了上一回的無措和頹敗，甚至有些微的挑釁。

傅念君真的說對了嗎，齊昭若身體裡的那個人，會是他周毓白的兒子？

他自嘲地搖搖頭，還計較這個做什麼呢，人總是只能活在當下，而不是過去和未來。

只不過，齊昭若到底在靜元觀領悟了什麼？

周毓白總覺得即便此時齊昭若仍然無力招架邠國長公主的威逼，但是一定不會再束手待斃。

他眉眼間的鎮定和決心，是從前不曾在他身上出現過的。

還是他有了新的目標，不再執著於他所以為的幕後之人周雲詹？

周毓白抬手按了按額際。

齊昭若暫且不是他的敵人，相反的，在今後，他有預感自己少不得要同他合作。

可他又不得不承認，如果齊昭若認真起來，他也要忌憚幾分。

他對傅念君，怕是沒那麼容易死心。

「去錢家。」

周毓白吐出三個字，硬生生讓郭巡轉了個彎兒。

「是……吳越錢氏……」

郭巡忐忑一下，還是吃不準，張口問了一句。

「嗯。」周毓白應了聲。

傅家的事，他要抓緊了，錢家的突破之處，只有在錢豫身上。

想來這幾天，因為邠國長公主橫插一腳，在這個齊循身上就又花了幾天工夫，不能再浪費了。錢家與傅家的聯姻，一定要儘快進行。

齊循的事，到這裡已經查無可查，能等待的，只有邠國長公主的態度。

§§§

齊府。

邠國長公主看著跪在自己跟前的兒子，臉上卻露出一抹古怪的笑容。

沒有以往的疼愛和憐惜，甚至隱隱含著幾分狠煞之氣。

自他墮馬醒來後失憶，他就再也沒有這樣過。

這樣跪在自己面前。

他在她這個母親面前，姿態往往比在外面還高。

他這是為了傅念君。

「你竟然為了她能夠到這樣的地步？」

邠國長公主覺得可笑，她那個玩世不恭了十幾年的兒子，竟然會對那樣一個女子癡心如此。

齊昭若淡淡道：「我不是為了她，是為了我自己，為了阿娘。」

他輕抬睫毛，那張和邠國長公主有六分相似，五官線條卻比她顯得更濃墨重彩的臉龐在背光之下，依然無比奪目。

「這樣開罪傅家，只是為了您心中一口不平之氣，值得不值得？」

邠國長公主冷哼一聲，「開罪？齊循的為人我還能不知？他配傅二娘子綽綽有餘，傅家何必記恨我。我做的，不過是為了讓你絕了這心思，你和她，是不可能的！」

齊昭若眉眼不動，「您做這件事，與齊循本人的條件無關，而是和態度有關。將刀架在人脖子上逼人家喝糖水，對方可會覺得甜？」

長公主是不會懂這個道理的。她不會將傅琨、傅念君，還有自己，乃至齊昭若的父親，這天下所有人……她都不會將他們放在一個尊重的位置上。

她沒有資格。

多年來的久居人上，讓她把自己當作「君」，但她只是皇帝的妹妹，並不是皇帝。

雷霆雨露皆是君恩。

「說來說去，你無非是不肯死心！」邠國長公主怒喝。

齊昭若卻反問：「您要的，是讓我娶孫家二娘子，還是只讓我聽話？」

長公主一時有些語塞。眼前這個親兒子，她太陌生了。

她只是想從一遍遍逼他低頭、向自己妥協之中，找回曾經做母親的感覺，找回那個自己熟悉、恨鐵不成鋼，卻總是與自己親密無間的兒子。

長公主厲聲詰問：「你當時下獄，我為了你做了多少事！甚至、甚至差一點，被張氏那個賤人玩弄於鼓掌，她說什麼我就去做什麼，為了你，我幾十年來的架子都丟了，你就是這麼回報我的？」確實，以一個母親來說，她對齊昭若的愛護和付出甚至超越了大多數人。

但是做她兒子的負擔，也一樣比常人重百倍千倍。

齊昭若忍不住在心裡暗罵這原身：你做的孽，為什麼要我來還債。

「好，我可以娶孫二娘子。」他冷靜地說。

邠國長公主眼睛一亮，「當真？」

「是。」齊昭若回答得很肯定。

當真是當真，當真只是權宜之計而已。

邠國長公主有些狐疑，「你不再駁斥我？」

「都聽您的吩咐。」齊昭若垂下頭，似乎徹底放棄了抵抗，腦中閃過的卻是適才周毓白說的話。

他也不能完全仰賴於周毓白，孫計相這位家小娘子，他也得去探探虛實……

但是歸根結底，癥結還是出在眼前這一位身上。

邠國長公主如願見到兒子向自己低頭，可不知為什麼就是覺得心中惴惴。

不行，傅念君一日不出嫁，她就一日不放心。邠國長公主在心中暗道。

「好了，既然這樣，你先下去吧，這些日子在外頭，想來也沒吃什麼好東西……」

邠國長公主又重新換上了慈母的顏色。

齊昭若逼迫自己要忍，「阿娘，還有一件事，我想向您請示，關於去軍中歷練的事……」

若放在以往，邠國長公主對兒子這麼上進定會欣喜若狂，可是如今，母子之間罅隙已起，說什麼做什麼，某些念頭就不可遏制地滋生出來。

她自然而然地就會想齊昭若是否別有目的。

「這件事，我先和你爹爹商量……」

齊昭若點頭應是，心中卻有了主意。

就是不肯，也得讓她肯。

10 不要客氣

齊循回到旅舍，只覺得昏頭昏腦的，睡了一夜，醒來就躺在床上望著頭頂的天花板，還是只能呆呆地愣神。

他昨天去過傅家了？

去見了傅相，然後說了一堆話。

說了什麼來著……

他覺得自己糊裡糊塗的，也不知有沒有給傅相留下不好的印象。

他嘆了口氣起身，讓夥計打水來洗漱，還沒有來得及用早飯，夥計就又去而復返，急急忙忙地來拍門了。「官人，官人，外頭有位生得好生俊俏的郎君來尋您……」

齊循疑惑地打開門，就聽見樓下有小廝護衛呵呵呼呼地在吵嚷，一聽便知是官家子弟的排場。

他探頭出去一看，就見人群中一個錦袍華服，豔麗無雙的少年正負手而立，氣度高貴，神情卻不耐。

似乎在等人。

這相貌……若是他沒有猜錯，便是那位邠國長公主的獨子、與他同宗的族弟齊昭若了。

齊昭若微微抬頭，見到了二樓的齊循，朝他微微點點頭。

齊循也不知道齊昭若特地來見他是做什麼。

其實他是沒有資格稱自己為齊昭若的堂兄的。

天家的規矩，公主下嫁，為了保持身分，舅姑會依次降輩，也就是說，邠國長公主嫁給齊駙馬後，與公婆是平輩的，因此齊駙馬和齊昭若也需要改族譜上的輩分。這種做法由太祖起始，曾經受御史多次詬病，但是太祖愛女，便還是留存下來了。

所以說，依照輩分齊循該叫齊昭若一聲叔叔，而非族弟。

兩人出了旅舍就尋了一家不錯的酒樓用早飯。

齊循鬧不清齊昭若這是什麼意思。

「守之這幾天還好嗎？聽說你來京，我也沒有好好招待一下。」

齊昭若比齊循年幼，還是選擇稱呼了齊循的字。

齊循道：「原本也是一時起意，不敢太過叨擾府上。」

主要是邠國長公主那個脾性，齊家族中之人多半也都受不了，何必去討嫌。

齊昭若上下打量了一番這個小子，一副懵懵懂懂的樣子，心道他也算是不知者無畏，逃過這樣一劫。若非齊循秉性正直，多走這一趟，晚一步，周毓白和傅琨都要對他父親齊延開刀了。

齊昭若叫他出來，主要卻不是問他這些。

「鎮寧軍一直受官家愛重，伯父也掌管鎮寧軍多年，如今軍中可還太平？」

齊循道：「不過就是那樣，年年都有新兵進來，今年河東一帶招募了不少，但是底子弱者多。碰到天災人禍，許多少年兒郎就去投軍，多半軍隊裡也會接收。」

冗軍一直都是無法解決的問題。

「是麼，所以軍費年年攀高啊……」

齊循眉目一跳，心想齊昭若怎麼會問這個。

「也是隨便一問。」齊昭若說：「我未來泰山是三司使孫計相，你也知道的，瞭解瞭解情況，或許今後還能為你們父子在他老人家面前說幾句話。」

齊循聞言嘆了口氣，感慨道：「年年都是如此，銀錢花不到刀刃上，問朝廷請款，也是諸多麻煩，撥下來的款子，要好好利用更不是我爹爹說了算，同樣置辦軍襖，明明是南方的又好又便宜，即便算上水運費用也是一樣，卻要層層請示，經略使、總管、都監，個個都有話說，芝麻大的小事都要報到三衙去……長此以往，誰耐煩折騰，他們想買哪裡的軍襖就買哪裡的，你說，這怎麼弄？」軍費還不就是這麼折騰沒的。

齊循顯然在這方面很有話說，一時又停不下來。

節度使統軍而無法治軍，身邊掣肘的官員比副將還多，個個還都只能當大佛供著，這種情況下，軍隊裡情況還能好就有鬼了。

「文人誤國，怪道不敢出兵西夏……」齊循是個直腸子，一說話就要說完為止，但是他意識到對方是齊昭若，忙收緊話頭，慚愧道：「是我妄言了。」

這天下是文人的天下，連當今聖上都自詡清雅之士，他敢說這話，是大不敬之罪。

齊昭若卻笑道：「守之是武人，不必要忌諱那麼多，我們都姓齊，我不會特地來誆你的話。」

起碼一點可以肯定，邠國長公主找的這個齊循確實不是什麼不三不四的人，是個身板兒正的年輕小將，有抱負有想法，直來直往，只是未來仕途，卻大概堪憂。

齊昭若當然是有私心的，他想擺脫邠國長公主，反過頭來制約她，只能從能夠憑藉的勢力中尋求突破，齊家的勢力，他當然要瞭解清楚。

兩人又談了一些軍中的話題，齊循倒有些微微吃驚，這一位不是個數一數二的紈綺嗎，怎麼似乎對於帶兵領兵這般瞭解？好像在軍營裡待過一般。

吃完了，齊昭若也不急著告辭，約齊循一起去城外賽賽馬。

齊循這幾天沒怎麼痛快地舒展筋骨，也正骨頭發癢，便一口答應了。

兩人就騎馬出城，這一去，到了下午才回來。

齊循第一次發現齊昭若的騎術和箭術竟都到了令人驚豔的地步，連他自己都不敢說能勝過齊昭若。

兩人進城尋了個齊昭若常去的茶坊解渴。

天熱不耐，齊昭若將兩袖高高挽起，露出了勻稱結實的小臂，袍服下襬直接繫在了腰上，由此更顯得腿長腰細，而他眉目又豔麗，此時臉上染著薄汗，更是有一種陰柔與陽剛之氣衝突而和諧的奇異美感。

下馬進店，引來了無數大姑娘小媳婦的側目。

齊循本來也是個周正挺拔之人，跟在齊昭若身後就顯得有些黯淡了。好在他生性灑脫，並不糾結於此，反而在心中肯定了對齊昭若的想法，覺得他這位族弟值得來往。

齊昭若大跨步上樓，卻一時不察與幾人撞了個滿懷。

齊昭若身手很好，一下便能感覺對方是有意朝自己撞過來的。

他單手就揪住那人衣領，提到自己的跟前，想看看是個什麼人。

對方是個年輕文弱的書生，穿著普通，甚至有幾分寒磣，眉目秀氣清朗，身量不算高，像是個南方人。這年輕人臉上表現出淡淡的慌張來，身體還不由往後退縮。但齊昭若盯著他的眼睛。

這雙眼睛裡，可沒有半點慌亂。

齊昭若還在思索到底在哪裡見過這人，對方身後就有同行的學子跳出來打圓場：

「這位郎君，請您放過蘇兄吧，他也不是故意的……」

姓蘇？齊昭若擰眉，手裡的力道卻沒鬆，是誰呢？

茶坊老闆見到齊昭若，也是冷汗涔涔，這位大爺又來鬧事了？

老闆擠開圍觀的人群，要去勸架：「齊郎君，齊郎君，這位是蘇學子，請您放過他吧，小的小本生意，經不起折騰啊……」

一副欲哭無淚的樣子。

畢竟齊昭若的紈絝之名頂著，這京裡被他鬧過的茶樓酒肆就是列個單子也數不清。

齊循咳了一聲，也勸道：「不如放開他吧，想來這位兄台也是無意。」

齊昭若暫且鬆開了手裡的領子，視線還沒從對方的臉上挪開，而這位「蘇學子」的眼神也讓人十分不舒服。

他還是能分得清什麼是挑釁，什麼是無意。

「在下湖州蘇選齋，失禮了。」

他就是蘇選齋。

齊昭若拂了拂領子，「知道，久聞大名。」

蘇選齋卻勾了勾唇角，卻道：「在下無名小卒，何來大名之說。」

蘇選齋是那個被寄予厚望，被稱讚為驚才絕豔的落第省元，也是那個寫了無數豔詞、名揚京城的風流人物。

齊昭若當然知道。

只是他出現在這裡，又是用這種口氣和他說話，齊昭若便明白，這不是什麼偶然。

他猛然回頭，居高臨下地掃視了一圈看熱鬧的眾人，還有緊張得額頭滴汗的茶坊老闆。

老闆不似與人串通的，被他這視線嚇得倒退一步，生怕引火上身。

這時候齊昭若卻聽見蘇選齋似乎在他耳邊淡淡地說：「齊郎君平日可愛聽詞？您如此相貌，不知在下可否有幸為您寫一首……」蘇選齋一直都是給秦樓楚館的妓女們寫詞，他說這句話，不就是在嘲諷齊昭若生得貌美，如同那些賣笑為生的妓女？

這人竟敢對他如此無禮！

前世今生，齊昭若哪裡受過這樣大的侮辱，當下兩隻手就揪住了蘇選齋的衣領，將他生生地提起來轉了個向，扔下了樓梯。

樓梯下一片譁然，好在底下人多，四手八腳地去接，蘇選齋不至於摔出什麼大傷來，可嘴裡的驚呼聲倒是不輕。

蘇選齋身後的兩個友人顯然也驚住了，連忙大喊道：「你為何出手傷人！」

齊循也是一頭冷汗，心道這個齊昭若能惹禍惹得捅破天的傳聞，還真是不假。

茶坊的老闆簡直快昏厥過去，就知道就知道，今天出門沒瞧黃曆，真是倒了血楣了！

蘇選齋四周圍了不少人，他的兩個友人也忙下樓梯去查看他的傷勢，只有齊昭若還是站在樓梯上，一言不發。

這教訓還算輕的。

只是人都有先入為主的思想，齊昭若常常惹禍，因此誰都覺得是他仗勢欺人。

而蘇選齋呢，是近來京城街知巷聞的人物，經歷不可謂不傳奇。

他科舉落第，人人都當他一蹶不振，從此就要銷聲匿跡了，可人家愣是靠著那筆詞，和落拓不羈的名士作風，得到了聖上的關注。

聽說他的詞，聖上很是喜歡，還召了他進宮。

當然這裡的真假就值得商榷了，畢竟大宋不是唐朝，唐明皇欣賞李太白的才華就可以傳召他進宮，封爵授官，予以重用。

到底對一個讀書人來說，科舉之道，才是正途。

但是蘇選齋的風頭又漸漸回來了不假，甚至還有江湖相士斷言他不過是一朝蟄伏，必然要在三年後的科舉中一舉奪魁，再放光芒。

這話也被傳得七、八分真，畢竟蘇選齋沒有回鄉，依然留在京城，就彷彿可以從側面印證些什麼了。

蘇選齋痛苦地歪在一位友人身上，捂著腰叫疼。

人群中不知有誰看不過眼，高喊了一聲：「即便是有私仇，也不能下這麼重的手吧！」

齊昭若擰眉，他能和蘇選齋有什麼私仇，顯然有人刻意為之。

他現在終於可以斷定，今天這事，是有人背後煽動的了。

竟然連他會出現在這裡都算到了？

人群中立刻就窸窸窣窣地討論起來：「什麼私仇？他能和蘇學子有什麼仇？」

「哎，多半是為了女人唄……齊郎愛美人，京中誰人不知。」

儘管這些美人多半都還沒有他自己美。

「能是什麼美人啊，大概是為了爭搶名妓或粉頭……」

畢竟齊昭若和蘇選齋當屬京中花娘們最喜歡接待的公子哥兒了。

一個靠權勢和臉，另一個靠才華。也算不分伯仲吧。

齊循見此場景，忍不住勸齊昭若：「先避避風頭吧，換一家茶坊就是。」

齊昭若卻斜靠在樓梯的欄杆上，不走了。他倒要看看這是準備鬧哪一齣。

「他就是齊……邠國長公主的獨子？」

蘇選齋身旁那位友人，同樣操著南方口音的學子，此時才做恍然大悟狀。

「就是啊，你不知道啊……」有人回應他。

「原來、原來……」那學子顫著嗓子，「閣下就是孫計相未來的東床快婿，領教了，領教了！」

他這樣一說，人群中立刻就有人想起來了。

「這蘇學子，不是曾經被孫計相看中要招為婿的麼？」

「哎，人孫計相喜歡的是狀元之才，家中長女和新科秦狀元已經成親啦！」

「喲，可是蘇學子又不是一般的落第之人，孫計相不至於如此短視吧？再說，他家三個女兒呢……」

「和齊家議親的不就是二娘子？」

原來癥結在這裡啊，齊循和圍觀眾人一起恍然大悟。

他心想，那位孫二娘子定然很是美貌，才引得孫選齋和齊昭若這麼不對付。

齊昭若勾了勾唇，看樣子是在笑。

「笑、笑啥啊……」茶坊老闆見他這神情，頓時毛骨悚然。

難道笑的是即將把他這小店砸個乾淨？這情敵動手，到底為何不能去外面挑塊空地啊？

齊昭若卻是因為心情很好。

原來如此。

周毓白說孫二娘子有更適合的人選要嫁，竟是這個意思。

這個蘇選齋，能有現在這樣的造化，原來是周毓白在後頭支持他。

現在派他出來的用場，是周毓白完成對自己的承諾。

齊家不會和孫家聯姻，孫二娘子要嫁的人，是蘇選齋。

他竟然現在才看出來，只能被迫配合表演。

他這位父親，真是一如既往心機深沉。

齊昭若一掌拍在樓梯扶手上，縱身一躍，在眾人驚呼之下，就跳下了樓梯，穩穩地站在地上，和蘇選齋剛才的狼狽形成鮮明的對比。

眾人還沒看清他的身影，他就又重新欺身上前，一把揪起蘇選齋，轉身抵在了紅漆木柱上。

蘇選齋的眼神依然清明冷靜，和臉上身上的狼狽不相符，他面對齊昭若狠厲的動作，竟是輕聲吐出一句：「請不要客氣。」

是邀請他打自己不要客氣。

蘇選齋也想不到自己有生之年，會對一個男人提出這麼賤的要求。

齊昭若勾了勾唇，也同樣低聲回答：「你跟了個好主子。」

說罷就提起右拳，狠狠地砸了下去……

齊循在最後關頭抬手捂住眼睛，實在不敢看這血腥殘暴的一幕。

等他拿開手的時候，蘇選齋已經被無數人圍繞在人群之中，他那兩個友人的聲音格外響亮，一聲一聲地呼喚著他。

大概是不省人事了。

人群中齊昭若安然地走出來，沒有人敢近他身，所有人盯著他的眼神都像看一隻野獸。

本來二樓的包廂裡還有一些女眷，有幾個小娘子剛才還咬著帕子偷偷瞧這美少年。

可在他結束對蘇選齋的一頓暴打之後，人家留下幾聲驚恐的尖叫，就全部消失了。

齊昭若的拳頭上甚至還沾有一點血跡。他對著齊循點點頭，很隨意地將血跡在自己身上抹乾淨。

「喝茶？」他問齊循。

畢竟這是他們的初衷。

「呃……」齊循突然不知道該如何回話了。

茶坊老板正高聲喊叫著：「讓讓，都讓讓，快去請郎中去請郎中，快快！再晚要出人命了。」

齊循道：「恐怕這裡……環境不大好，換個地方吧。」

「也好。」齊昭若表示認可，夥計都去抬蘇選齋了，怕是沒有人給他們上茶。

其實他下手有分寸，知道怎麼樣讓蘇選齋看起來最慘最可怕，卻不至於傷到要害。

齊循見他這一副雲淡風輕的樣子，心下也不由發寒。

他確定了兩點。

其一，他真是小看齊昭若了，而且不止是他，邠國長公主怕也是一樣。

其二，那位孫二娘子，可能真的是國色天香。

§

齊昭若對蘇選齋的那一頓好打，可以說是徹底名揚京城了，再加上有心人的刻意渲染，二人為了孫二娘子大打出手，險些鬧出人命這樣的消息，以不同版本卻相同速度快速流傳開來。

周毓白聽得直笑。

江埕一直負責著蘇選齋的事，他愁眉苦臉地向周毓白稟告：

「蘇選齋這小子一直躺著哼哼，說齊郎君下手重，吵得人頭疼，郎君您看……」

周毓白道：「不必慣著他，齊昭若下手知道分寸。」

這蘇選齋，也算是個不馴的人，如今漸漸風頭回來了，傲氣就重新生出來了，因此江埕也不敢放鬆，時時敲打著他。總算他也不是個小人，不敢忘記雪中送炭的恩情，也知道自己該為誰盡心做事。

周毓白為了籌謀蘇選齋這件事，也花了不小的力氣。

聖上欣賞蘇選齋的詩詞其實不假，雖然並沒有像傳聞說的那樣傳召他進宮，卻是八九不離十了。他是在身邊近臣桓盈的府邸中接見了蘇選齋。

桓盈與周毓白的關係不錯，而他也在皇帝身邊很說得上話，皇帝知道蘇選齋有如此才華之後，便隱隱可惜他殿試落選。

後來皇帝還特意讓人將他殿試之時的卷子找出，重新審了一遍，才發現自己當日多少有些被情緒左右。

蘇選齋的文章實在算是上乘之作。

只是，金口玉言下了決斷，再也不能更改。

周毓白一番斡旋說服桓盈，桓盈提了幾次，於是皇帝便微服出宮，在他府上見了蘇選齋，還命人謄錄了他的所有詩詞準備帶回宮去，並且親自發話，待他三年後再入選殿試。

周毓白知道，天子對他說出了這樣近似允諾的話，蘇選齋難免欣喜若狂，尾巴翹上了天。

對他而言，皇帝願意再給這樣一次機會，就已經是無上恩寵了。

而周毓白這裡，接下來準備的，就是蘇選齋的婚事。

周毓白一直按兵不動，便是一直在等時機成熟。

這時機，就是此刻。

滿京城的風言風語，即便不能造成實質性的傷害，輿論卻會毫無意外地偏幫弱勢的一方。

孫計相本就失德在先，言而無信，蘇選齋問他討回這個婚約，理所當然。

何況孫計相的大女婿，今科狀元郎秦正坤，很可能是幕後之人的安排。蘇選齋與他做了連襟，在爭取孫計相這方面勢力時，周毓白就不至於完全無招架之力，處於被動地位。

畢竟如今的局勢，幕後之人還沒本事將所有權臣籠絡在手。

「讓他養好傷，再過幾天，時機就差不多了，孫家那裡也可以籌畫了。他在家鄉只有一個寡母，讓董先生揑個富戶員外的遠親身分出來給他……」

江埕有些忐忑地問：「對於孫計相的決定，郎君可有把握？」

周毓白笑了笑，「出了這件事後，他當然會同意。」

孫秀也是要臉面的人，何況齊昭若如今給人一個如此暴戾的印象，孫秀不可能把女兒嫁給他。而周毓白料想得確實沒錯，隨著流言甚囂塵上，孫家也騎虎難下。

孫二娘子躲著不敢見人，孫計相也或多或少聽到了外頭對他不好的評價。

齊昭若和蘇選齋為了自己的女兒打起來……怎麼會發生這樣的事呢？

就連下朝之時，也有素來鐵口直諫的御史大人問他：「計相一個女兒，到底打算許幾家人？」

孫計相無言以對。傅琨恰好也在他身邊，孫計相不由苦著臉問他：「傅兄覺得我該怎麼辦，如今這事也太難辦了……」

傅琨請了孫秀一起去了平日經常相聚的茶樓。對於這件事上，傅琨少不得要勸他幾句。兩家為世交，從祖輩父輩起就交情不淺，傅琨不想看孫秀在兒女親事上犯這樣的糊塗。

傅琨的意思，一直都傾向於蘇選齋。

傅琨說：「邠國長公主為人跋扈，行事作風相當高調，在如今這個當口與他家聯姻，確實不是太妥當。」

孫秀難免氣短。他是知道傅家和長公主的過節的，他卻還想與長公主結親，對於這件事，他在傅琨面前一直都不敢多提。

傅琨倒是不介意。

「原本你將一個女兒嫁了秦狀元，再將一個女兒嫁入齊家，在外人看來難免有攀附權貴的嫌疑。」

孫秀嘆氣，「也是家中老妻凶悍，年輕時我便沒有在幾個女兒身上下過功夫，一直覺得對她們略有愧疚，親事上便想讓她們如意些。」

在這件事上，傅琨倒是稱得上感同身受。

兩人稍稍坐了會兒，便各自打道回府。傅琨知道，孫秀心中已經有了決議。

回到傅家，傅琨去書房坐了坐，下人卻來報，有客登門。

竟然是錢家郎君錢豫。

傅琨未當作一回事，吩咐下人：「三哥兒還未歸家，去二房請傅瀾過來，讓他招待吧。」

傅家和錢家的關係因為傅梨華和周毓琛的事，也有些微妙，傅琨更不適合出面。

誰知下人去而復返，只道：「錢家郎君說一定有要事要親自見您，請您百忙之中抽個空。」

傅琨放下手裡的筆，抬手按了按眉心。多事之秋，也不知又有什麼麻煩。

「請他來書房吧。」

到過他書房的年輕後生並不算多，除了自家人，也只有身分尊貴如周毓白周毓琛這樣的人物，曾有幸在傅相的書房裡同他下棋飲茶。

錢豫也算是被抬舉了。

錢豫第一次這麼正式地來見傅琨，心下未免有些忐忑。他這幾天不斷在想著周毓白同自己說過的話。能和錢家談條件的人，本身就擁有很大的籌碼。

周毓白說得沒錯，錢家現在已經進退兩難了，一面是自己膽小怕事的父親，一面是自己為親事所苦惱的妹妹。

錢家的目的，不過是要保住家族榮耀，當年雄踞一方的吳越國主，如今的後代卻只能掏出大筆銀錢來換回平安。

「錢家和我六哥結親，張淑妃便如永遠吃不飽的獅子，可以有恃無恐地不斷作踐錢家的金山銀山，你們要掏多少錢出來算過沒有？即便我六哥順利登基，張淑妃也一定會把持朝政，後宮前朝一把抓，兔死狗烹，她還會記得你們錢家幾分情誼？

「即便你妹妹成為皇后……怕是也難以擁有自己的血脈。」

一個曾經有過反心的家族，試問張淑妃這樣的人，怎麼可能養虎為患？

錢豫和錢婧華的母親永遠只是一個不能見光的把柄，只能被利用，卻絕不可能被放過。這就是殘忍的事實，一直都是錢家想得太天真。

錢豫不得不認可，周毓白把一切事情都看得太透徹。

他也第一次感到心驚，人都道壽春郡王聰穎過人，卻沒想到那其實已經是他不斷藏拙的結果了。

猛獸才剛剛露出爪牙……

錢豫以為周毓白說這些，是為了他自己能夠將錢家攥在手裡，誰知對方又一次出乎了他的意料。「我並不需要錢家在銀錢上的支援，你母親的身世，也並非我所關注的重點。我和你談的，是一樁對所有人都好的交易，各自退一步，局面才不會往不可遏制的方向發展……」

他是這麼說的。

和傅家結親。

這是周毓白提出的想法。

錢豫確實有一瞬間的驚愕，但是隨即腦海中想到的便是傅淵磊落如青松的姿態，還有傅相人人稱頌的名聲，萬人之上的權力……

「傅家怎麼可能同意？」錢豫忍不住反問。

「傅家當然會同意。」

周毓白比他更篤定，隨即便輕輕笑了笑，「你不如去問問令妹。」

等錢豫見到錢婧華在他提到傅淵時支支吾吾說不清楚話的姿態，心中就已經明白了七、八分。

什麼時候的事？妹妹心裡竟然有了人。

竟然還是傅淵。

他這個做哥哥的一點都不知道。

比驚訝更多的是憤怒，他還以為錢婧華同傅淵來往，被人抓住了把柄。

當然這是他自己的猜測。

二人之間確實清清白白。

周毓白倒像是看了一場免費的好戲。

他提醒錢豫：「家族與情義，一直都不是矛盾的選擇，錢兄主持家業幾年，相信也有自己的判斷。」錢豫早就到了擺脫家族的束縛，獨當一面的時候了。

恰好她妹妹又心屬傅淵，他其實沒有更好的選擇。

為了未來博一把，更為了妹妹的幸福博一把，他沒有理由不去試。

所以他站到了這裡。

站到了傅相書房的門口，錢豫確實是緊張的。

他微微偏過頭，囑咐身後侍從：「東西捧好了。」

身後的侍從也不敢稍有怠慢，彷彿手上匣子裡裝的是比傳國玉璽還寶貴的東西。

他也不知道這究竟是什麼。

傅琨對錢豫還算客氣，但也僅僅是客氣而已。他沒有必要對錢家未來的主事人有高看一眼的必要。

錢豫閉了閉眼，在心中命令自己鎮靜。

這是他的決定，但他更有信心，這是改變錢家固有宿命的決定。

永遠成為張淑妃的錢袋子，等待著兔死狗烹的那天，還是反客為主，真正成為這場爭鬥的勝利者。

這只是第一步而已。

「有件東西，出自傅家，晚輩希望傅相能夠看一看。」錢豫讓侍從打開那只描金漆的朱紅色木匣。

傅琨微微擰眉。

對於錢豫來說，這就是他來傅家的敲門磚。

一支光彩奪目的步搖。

傅琨微微擰眉，視線從那步搖落到了錢豫的臉上。

他的第一反應，便猜錢豫是朝傅念君而來。女兒家的首飾，男人多半是無法判斷出不同的。

錢豫道：「傅相大概不認識這東西，這是我妹妹的首飾。」他表明了這件東西並非出自傅念君。

傅琨在等著他繼續說下去。

錢豫索性心一橫，「將它送給晚輩妹妹的，正是令郎。」

11 錢家上門

傅琨有一瞬間的不可置信，但第一反應就是不可能。

傅家任何一個人都可能，唯獨傅淵不可能。

自己的兒子，這麼多年了，傅琨太瞭解他是個什麼人了。

但是轉念一想，若是空穴來風，錢豫怎麼可能這麼大陣仗上門來。

錢家有什麼資格敢誣到他和傅淵身上來？

對方必然是有備而來。

「錢世侄想要什麼？」傅琨微微睇著錢豫，試圖從他的眼中看出些什麼。

錢豫迎著這樣的目光，心下自然緊張，他甚至能夠感到後背沁出薄薄的汗意，沾濕了他的裡衣，不舒服地貼在身上。但是即便如此，他依然用最大的勇氣對上了傅琨的目光，毫無懼色。

周毓白說得沒錯，這是和傅家的合作，但也是交鋒。

錢家一直以來的表現都太過弱勢，擁有越多東西，家主往往就越怕失去太多，而實際上，他們的籌碼足以讓他們在任何一場交鋒中，都不會處於絕對劣勢。

所以前人們不敢的事，他無論如何都要試一試。

「傅相言重了。」錢豫恭敬地朝傅琨拱了拱手，以謙卑的姿態說：「晚輩只是想求一個說法。」

說法？傅琨覺得有點可笑。

這段時間以來，他的女兒，現在是兒子，給了多少人說法？

他的目光重新落在匣子中那支步搖之上，做工精緻，用料講究。

但是他很快想到，即便退一萬步講，這如果真是傅淵送的……

可真是什麼男女之間的定情之物的話，為何會是這樣一支步搖？

若不是定情之物，便一定有別的講究。

雖然錢豫這個後輩表現得有些出乎他意料的鎮定和自若，讓他一時不能篤定。但是傅琨在官場混了多年，也不會被區區這樣一個東西迷惑。

「說法不該由我來給錢世侄，等三哥兒回來，他自然會給你一個滿意的解釋。」

錢豫只是微微笑了笑，「傅相公，晚輩願意等候。」

傅琨倒是很久沒見過這麼有膽識的孩子了。他是認定了傅家一定會給他個說法，還是手中握有別的把柄，自己不得不妥協？

傅琨一輩子都不習慣同人怒目圓睜，自然也不會在這裡向一個小輩發脾氣，便直接讓下人請了錢豫去歇息，讓人快馬去尋傅淵回來。

傅淵原本正和同僚切磋詩詞，傅家很少有這樣著急慌忙來喚他回去的時候，同僚們因此還取笑他：「傅東閣尚未娶妻，家中竟還催得如此著急……」

「也不知哪位小娘子日後有福分，可以催促傅東閣歸家……」

在昭文館的同僚多半是今科或上科的學子，與傅淵年紀相差不大，也敢湊趣一兩句。

誰都知道傅淵也到了該說親的年齡。

只是面對這樣的話，傅淵一向是沒有什麼回應的。

但他的回答讓家丁覺得很是震驚。

他只是淡淡地應了聲：「終於來了……」

終於來了是什麼意思？家丁十分疑惑，是說三郎君早就等著錢家郎君了？

家丁一頭霧水，傅淵倒是有如釋重負之感。

該來的總是會來的。

§§§

傅淵沒有換衣裳就去見自己的父親。

傅琨手裡正端著一杯茶，卻只是端著，並沒有喝，顯然在想事情。

他面前不遠處還擺放著錢豫帶來的那只木匣。

傅淵瞥過去淡淡的一眼，又重新將視線放回到傅琨臉上。

「爹爹急喚我回來，是有什麼要事嗎？」

傅琨抬眸，像是第一次認識自己的兒子一般。他什麼時候開始會這樣明知故問。

傅琨淡淡地將手裡的茶杯放下，出口的話是：「我一直以為，你是最讓我放心的孩子。」

他指著桌上的匣子問：「你老實告訴我，這支步搖是怎麼回事？」

傅淵答道：「端午那日，一時不慎撞壞了錢小娘子的首飾，便賠了她一件，是我私下用念君的名義吩咐工匠趕製的。」

傅琨點點頭，「你做事一向謹慎，所以今日錢豫拿著這東西來，或許是因為……根本是你授意的。」

傅淵不親口說，這樣的事就是永遠查不到證據。

「是。」傅淵欣然承認。是他告訴周毓白的。

傅琨的臉色瞬間便沉了。

傅淵頓了一頓，反問傅琨：「爹爹也有過年少氣盛的時候麼？」

傅琨的一生都走在一條中規中矩的路上，家學淵源，作為傅家的長子嫡孫，從小接受的教育便是如此，而要他來說，他會覺得長子在沉穩和鎮定上尤甚自己當年。

起碼以一件事來說，傅淵在這個年紀上就勝過了他。

傅琨少年之時，與大姚氏情深愛篤，雖不至於耽誤仕途，但是對古板的傅老太公來說，總是對此略微不滿。而傅淵，生來就在七情六欲上表現得極淡漠。

傅琨如何可能相信他會突然迷上了錢家的小娘子到了是非不分的地步。

他冷冷地說：「你何必以己比我，你不是我少年時，錢小娘子也不是你母親。」

傅淵說：「爹爹想錯了，我指的並不是這個。我指的是……爹爹在少年時可有過那種，想要擘青天而飛去，以一己之力挽狂瀾的豪情與壯志？」

傅琨重重地將手掌拍在桌子上，終於明白了他的意思，「你有想法便同我說，你與念君，我幾時阻攔過你們？你們要做什麼，我何時不肯放手？我少時便受你祖父桎梏良多，如今便多成全你們兄妹各自的主張。若是你只為了一口氣要來違拗我這個父親，我也算是養到了個好兒子！」

傅琨從未對子女說過這樣嚴重的話。

如傅梨華那般不服管教之人，他懶得教誨，但是對傅淵和傅念君兄妹，確實像他說的一樣，多少大事，都是由他們自己拿的主意。

亡妻大姚氏是個很有想法的女子，傅琨一直記得她的囑託，對待兩個孩子，規矩和禮教一直都不是最重要的，他們覺得開心自在，就是最大的福氣。

傅琨從來沒有想到傅淵會對自己說出這樣的話。

他想要做什麼？不惜站到他這個父親的對立面，也要去做的是什麼？

不可能只是迎娶錢小娘子。傅淵不是這樣短視的人。

傅淵抿了抿唇，擲地有聲地道：「我要的是，爹爹不再插手樞密院。」

話音一落，屋裡只有沉默，氣氛十分難言。

在這麼多年之間，似乎在傅琨與傅淵父子之間，第一次有這樣難熬的沉默。

「理由。」傅琨只是淡淡地吐出這兩個字。

就像傅琨瞭解他一樣，傅淵一樣也瞭解他的父親。傅琨從來不會臉紅脖子粗地與人爭辯，他這樣平靜的語氣之下，傅淵卻能夠感受到其實他已經相當生氣了。

畢竟傅淵選擇了一種最直接最粗暴最讓人無法接受的方法，逼迫自己的父親接受這個選擇。

這是逼迫，也是威脅。

也許從今天以後，他們父子的關係會進入一個新的變化。

但是傅淵並不後悔。

「因為我瞭解爹爹，您拋不開黎民百姓，也拋不開江山社稷，更拋不開如今正在邊境掙扎的軍民，但是這戰局的複雜或許遠超我們的想像。對不起，爹爹，這是最好的方法。我只能這樣做。」

傅琨淡淡道：「你認為你已經有資格和我叫板了？」

傅淵勾了勾唇角，「您是一人之下萬人之上的丞相，您要做的事，我攔不住。我唯一賭的，就是您身上與別的父親不同的，對子女的愛護。」

曾經傅淵很不滿傅琨對於傅念君的寵護，甚至認為傅琨是在溺愛傅念君。

在她那樣荒唐的情況下，他都捨不得下狠手去管教，放任她一再給傅家丟臉。

可是傅淵現在有些明白了。

人性都有弱點，傅琨的弱點，很明顯就是他的亡妻和亡妻的子女。

就是傅念君，和他自己。

現在他能夠威脅傅琨的，只有自己了。

曾經覺得父親身上最沒有必要存在的東西，如今他卻覺得十分有必要。

這一點，其實周毓白很早就看明白了，所以他對自己提出了這個計畫，讓傅淵來做這件事。

而同樣的，周毓白也看明白了傅淵。

傅淵以為自己是和傅琨不同的，但其實只是因為他還沒有到這個地步，在他傅淵的骨子裡，他有和傅琨一樣的弱點——家人。

並且他發覺，這樣的弱點其實並不能稱為弱點。

周毓白一樣將他的弱點暴露在自己眼前——傅念君。

正是因為有了這樣的弱點，傅淵和周毓白才能同意互相合作。

對周毓白來說，有傅念君的存在，他就不會對傅家下手。

而對傅淵來說，有傅念君和傅琨的存在，他也一樣不會輕易踏上別的險途。

這是他們交鋒與合作的基礎，也是支撐他們在權勢路上鬥爭的理由，更是他們在做出一個極其危險選擇時的羈絆。

就像現在。

傅琨一旦接掌樞密院，或許戰局會往最壞的方向發展。

因為連周毓白都說，無法肯定幕後之人到底在其中滲透多深。

他不敢想像。唯一能做的，就是不想讓傅琨，一個人承擔起這個國家和萬千軍士的性命。

這太沉重了。

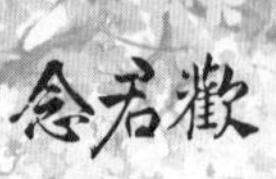

傅琨並不是不知道危險，只是他將宰相的職責、皇帝的信任，還有未完的抱負都看得太重。

或許也是因為他逐漸感受到，他在慢慢老去……

傅琨當然會老，並且意志已經不如當年了，就像聖上一樣，也如日暮西山，江山終究會落到他兒子的手上。

這個人，多半就是周毓白。

而傅淵，也將會在各個方面徹底取代他的父親，成為傅家和朝堂的中流砥柱。

如今這只是一個開端。

傅淵還年輕，閱歷還遠遠不夠，或許屬於他的磨難還未真正到來，但是在這件事上，他敢說自己看得比傅琨明白。

並非年輕人才是不顧一切、少年氣盛。該退的時候應當退，該慫的時候也應當慫。

傅琨站起身來，直視著兒子，憤怒漸漸退去的同時，這才切身感覺到兒子是真正長大了。

傅淵在不知不覺中已經超過了自己的個頭，也已經有了不同於往常的氣勢。

前十幾年，傅淵唯一的要務是讀書，而從讀書人轉變為朝官，有一個漫長的磨礪過程，就連傅琨自己，也是一步一步學著如何做官，千辛萬苦到了如今的權位。

傅琨一直擔心傅淵年少得意，甚至還讓他晚了三年參加科舉，就是怕他太過一帆風順而自負高傲，為今後埋下隱患。

但是近一年來，傅淵的成長讓人吃驚，褪去傅相之子和新科探花的風光，他還剩下什麼？

望著傅淵如汪洋大海一般表面平靜卻暗潮洶湧的眼眸，傅琨依然沒有否定自己的結論：傅淵，確實比自己少年時更加出色。

「你說吧，這是誰的主意？」傅琨突然問傅淵這樣一句。

傅淵只是停頓了一下，還未想好完美的答案，就聽傅琨繼續道：

「你是不會想到這些的，也不敢。是壽春郡王吧……他倒是，再一次出乎我的意料。」

傅淵淺淺地舒了一口氣，「是，一直以來，壽春郡王都被低估了。」

集天地之靈氣的人，也不過如此了。

「他想要什麼？他這樣的人，都能做到這一步了。傅家，一定有他想要的東西。」

傅琨的敏銳依舊還在，一眼就看破了周毓白有所企圖。而顯然，傅淵已經私下與他達成交易。傅淵也沒有想瞞過傅琨，畢竟要瞞住傅琨這些，或許二十年後的他可以，但眼下還沒有這個本事。

傅淵點頭道：「他想要……念君。」

他只是想要傅念君？

若是今天以前，傅琨怎麼也不肯相信。

一個對儲位虎視眈眈的皇子，怎麼可能做到這一步？

他算計傅琨的目的不是為了傅琨即將唾手可得的軍權，他竟然要的只是傅念君這個人。

可是現在傅琨終於明白了。

因為傅琨得到軍權就不能同皇家聯姻，所以周毓白就讓傅琨無法得到軍權。

這是多麼瘋狂和大膽的舉動。

「他是擁有極大的信心和魄力啊……」

若非如此，他怎麼敢呢？

一著不慎，滿盤皆輸，儲位之爭的號角尚未吹響，周毓白就如此費盡心機來謀算傅琨這個很可能是他背後最強支持者的當權者。

他的膽識，果真是遠遠超過他的年紀。

傅淵卻也多少明白了周毓白此人。

他敢這樣做，是因為他從來就不覺得他和周毓琛之間是勢均力敵，所以不想費心用婚事去拉攏勢力，不必要逼迫自己與不愛的女人共度一生。

他在別的事上費盡心機，就是為了換一段不摻任何利益的純粹婚姻。

「癡兒癡兒……到底還是年輕啊……」傅琨似在感嘆，又似是惋惜。

年輕的時候，這樣不顧一切，因為情愛做到這樣的地步，就如入了魔障，便是千百頭牛也拉不回來。

作為一個手握重權的宰相來說，未來的儲君有這樣的心計和謀略讓傅琨不喜，而囿於私情也同樣是帝王大忌。但是以一個父親來說，有一個這樣出色的青年，願意為了迎娶他的女兒如此費盡心思，他又覺得無比欣慰。

傅淵見傅琨的臉色稍有變化，心中也鬆了一鬆，勸道：「爹爹，家國大事，並非維繫於您一身。您不適合在這場局勢中太過出頭，卻一樣能退居幕後、運籌帷幄。」

傅琨沉了沉臉色，「我還不用你來替我做選擇。」

傅淵默了默，傅琨這樣的反應已經是他所能預見的最好結局了。

畢竟就像拿著一把刀架在自己的父親脖子上，逼他去做這樣一件大事。

傅淵知道，傅琨是不肯放下國家大事的。

「爹爹，您退避三舍，未必不是最合適的選擇。」

他不做這事，自然有旁人來做。

傅琨冷冷地掃了他一眼，「壽春郡王同你說的，你是都肯相信了。」

傅淵是絕不可能能夠接觸到這麼多國家機密和軍機要事，他也還沒有本事替他這個做爹的想條完美的退路出來。周毓白一定是把所有的方向都策畫好了。

「我雖承認他才能出眾，但是他才多大年紀？你知道不知道，一個錯誤的決定，可能會搭進去邊境多少軍民的性命?!」傅琨將手頭一本薄薄的奏疏甩在傅淵面前。

這是他將要疏給皇帝，辯駁王永澄主張的摺子。

傅琨可以不計較周毓白為了迎娶傅念君算計到傅淵和他自己頭上來，但是要他不接手樞密院，周毓白仍沒有足夠的理由說服他。

即便他現在一時妥協，今後也保不準會有什麼其他的舉措。

他如今的矛盾，只是不想將來徹底與自己的兒子和女婿針鋒相對。

現在他們在他看來，還只是兩個不自量力的孩子。

傅淵淡淡地掃了那奏疏一眼，冷靜道：「爹爹可知狄將軍馬上就要進京了？您可還記得他？」

狄？這個姓並不多見。

狄鳴就是一個。

傅琨很快就想起來了。

他愣了愣：「是他……」

周毓白要用的人，是他？

說起來，這個狄鳴的人生，也算稱得上一段傳奇。

他出身貧寒，十五、六歲時，因其兄與鄉人鬥毆，他代兄受過，被「逮罪入京，竄名赤籍」，開始了他的軍旅生涯，練就了一身騎馬射擊的好本事。

他早期不過是隸屬於御馬直的一名騎兵，後因朝廷下詔選擇衛士到邊疆，他才稍有機會出頭，被選做延州指使。

這樣出身的人，注定很難在這個時局有大出息，何況太祖起始就重文輕武，那些開國將帥的後人和武舉出身的正經軍士尚且並不見得多有重用，他這樣以罪犯身分一直在邊疆黃泥地裡打滾的人，說實話能到如今的位置，已經很不錯了。

狄鳴英勇無比，連傅琨都聽說過。他在邊疆立下過不少功勞，還得到過時任經略判官的尹舒賞識。尹舒與他談論軍事，覺得他乃百年一遇的良才，很欣賞他，便向朝廷連寫了好幾道奏疏推薦，但是尹舒本身就與當時的經略使、現在的樞相文博不對付。文博只對狄鳴下了這樣不客氣的判斷：「不知古今歷史，胸無點墨，徒有匹夫之勇爾，他若為良才，何為廢材耶？」

其實文博的判斷並沒有錯，狄鳴確實連大字都不識幾個。

如尹舒、文博，乃至齊循的父親齊延，雖為武官，卻也是要求有匹配的才能和素養。

而這件事，多少也影響到尹舒後來憤而辭官離京，他現如今不過是監一州酒水的小官罷了。

狄鳴也不願意再在文博手下，後來也自請調任去了西南平定蠻人，這些年也很有成績。

只是誰都知道，這是文樞相不看好的人，樞密院又怎麼可能好好地提拔他。

大宋從來不缺官員，文臣武將俯拾皆是，更不缺狄鳴這般無錢無勢，還不會鑽營的官。

官多人多，便有不可避免的吏治混亂，若要整頓，非一朝一夕的事，而這其中，有多少人曾被埋沒或正在被埋沒，傅琨真的數不清。

他終於緩下臉色道：「前兩年原本有個機會提拔他進樞密院，畢竟以他的軍功，綽綽有餘，但是聽聞當時他縱容部下殺了張淑妃的族人，晉升之事又被彈壓下來。」

這件事傅琨留意過，還曾向當今聖上提過幾句，這件事有內情，應該再細查。

但是皇帝的態度很無所謂，傅琨也忙於二府政事，實在不宜越權去管太多，便也不曾多言。

很快地，張淑妃的伯父就晉升了宣徽使。而狄鳴，依然請命留在了西南，他直言自己不適合京城。

皇帝不在乎，百官不在乎，從未有人把這當作一件大事。

「原來是他……」傅琨擰眉，「壽春郡王好大的膽子，他如何就能輕易認定狄鳴必然能力挽狂瀾？」但凡涉及到西夏戰事的，貶謫的官員一批接一批，誰也沒有本事說一定就能和西夏打出一個朝廷滿意的結果來。

周毓白怎麼敢，狄鳴又怎麼敢？

「讓我想想，讓我想想……」傅琨重新坐回椅子上。

此時在傅琨腦中，進不進樞密院，會不會與皇家聯姻，都不是最重要的了。

他想的都是狄鳴這個人，如果重用他，是否真是朝廷的一個轉機？

文博致仕，樞密院無主，從前與他有過節的人，也都能夠重新獲得機會。

這件事上，傅琨可以說，他來辦比周毓白辦，會更方便更加不著痕跡。

「爹爹，爹爹？」

傅淵並不是很懂軍事，但是他到底還有眼睛和耳朵，狄鳴的事他可以問，可以聽。

而周毓白更深一步的安排，也不會告訴他。

他需要的，只是來做這個傳聲筒。

傅琨肅容，「看來他的目的達到了，我要……親自見見他。」

傅淵愣了愣，「壽春郡王？」

傅淵冷笑，「他還真是一次又一次讓我吃驚。」

周毓白讓傅淵提的這一句：狄鳴已經快要進京。

這代表著什麼？

武官無召不得入京。

周毓白不止是破釜沉舟！他是篤定自己會被傅淵說服，會和他一起破釜沉舟！

那個孩子，實在是！

傅琨抬眼看著自己面前的兒子，怕是他還沒有想到這一層。

周毓白算計了傅家，用傅淵逼迫傅琨讓步，但是傅琨一旦讓步，就只能接受周毓白接下來的安排。一環套一環，要是說周毓白與其是算計，還不如說他在賭，賭他傅琨這個人。

周毓白賭輸了，或許徹底與儲位無緣。

賭贏了，他不但能夠娶到傅念君，更重要的是，他還能讓傅相親眼看到一個英明的未來君主。

「好，好得很啊……」傅琨撐著額頭長長地嘆息。看破卻無法說破……傅琨面前只有一條路。

傅淵也微微擰眉，只聽他的父親接著便用一種似無力又似欣慰的聲音道：「爹爹是老了……大宋的未來，是……你們的。」

傅淵愣了愣，有些張不開嘴。

同意了……沒有他想像中父子可能很長一段時間都無法和解的關係，也沒有憤怒和失望，他的爹爹，就這樣同意了……

「爹爹，您……」

傅琨朝他擺擺手，「錢家小郎君等了很久，你就親自去招待吧。」

傅淵在這個無法角度清楚地看到傅琨的表情。

但他知道傅琨的心情一定很複雜，或許自己一輩子都無法體會他的心情吧。

§§§

錢豫來府，傅念君也聽到了消息。

她等了很久，也猜了很久，實在想不到有什麼理由可以讓錢豫在傅家逗留那麼久。

她只是想起了曾經周毓白說過的話。

錢家的祕密他還沒有用，以他的性格，是絕對不可能放過的。

一定有事發生。

掌燈之後，傅淵卻到了傅念君這裡，帶著微微的酒氣。

是和錢豫喝成這樣的？

傅念君驚訝道：「三哥喝了酒，還是早點回屋去歇息吧。」

傅淵的眸色因為酒意而顯得沒有往常那麼冷清，他似乎有話要說，卻又一副難以啟齒的模樣。看來古怪又彆扭。

傅念君轉頭吩咐了儀蘭去小廚房熬點清粥。

「三哥要說什麼？」

傅淵頓了頓，吐出了一句讓傅念君差點將嘴裡的茶水噴出好遠的話。

「妳就要有嫂子了。」

「嫂子？」傅念君著重地反問了一下。

這麼突然？

傅淵看著她的神情似乎立刻就有些猙獰了。

「我還有別的哥哥吧？」她不確定地又問了一聲。

傅淵冷冷地哼了一聲，「我不知道妳是否還有別的哥哥。」

傅念君看他臉色不善，本來想開個玩笑也不敢說了。她還有沒有哥哥就只有傅琨知道了。

「對方……是誰？」她問出這句話的時候，其實心裡就已經有數，只是有點不敢相信。

「妳沒有猜錯。」傅淵沒有直接回答，但肯定了她心中的疑惑。

傅念君其實也沒有他所以為的那麼驚愕。

錢家、錢家……周毓白曾說過，他會幫自己那個忙，錢婧華本來就不可能嫁給周毓琛。

但是她沒有想到，不能嫁給周毓琛的原因，竟然是要嫁給她的哥哥傅淵。

她的視線在傅淵的臉上掃過。他和周毓白達成了什麼協定？

她當然知道傅淵不可能突然之間就喜歡上了錢婧華，他根本不是這樣的人，何況是奪人妻子。

她都快覺得傅淵是個滅情絕愛之人了，陸婉容雖然不及錢婧華嬌俏明媚，卻也稱得上貌美如花，但當初他連半點想法都不曾生起過。

那麼就一定是有什麼傅家和錢家必須要聯姻的理由。

「為什麼？」傅念君擰眉問他，神色再不復適才轉瞬即逝的不正經。

傅淵知道，她腦子轉得快，很快就想到了這件事的嚴重性。

「沒有為什麼。」傅淵倒是覺得好像贏了一籌，淡淡地道：「我只是來通知妳一聲。」

傅念君的手突然抓住了傅淵的袖子，他的目光垂下來，落在她那隻手上。

她很少會有和人這麼親近的時候。

「你喜歡她？」她索性直來直往地問。

「不清楚。」傅淵也很老實地回答。

傅念君終於有些看出來了，傅淵並不是來通知自己的，他只是下定決心之後，反而有些茫然無措了。他畢竟還是個少年，何況從小喪母，對於婚姻和妻子，或許沒有自己想的那麼有自信。

而傅淵心裡，確實是在想這件事。

他當然會對自己的妻子很好，因為對方是他的「妻子」，不是某個特定的人，而是因為這個身分。成親這件事真的擺在眼前時，依然讓人覺得十分恍惚，他無法理解傅琨對自己生母這麼多年的念念不忘，更無法理解周毓白為了傅念君可以做到如此地步。

他微微地嘆了口氣。

不知為何，他無人可說，唯一一點敢於外露的情緒，竟是被傅念君看見了。

「三哥，事情的經過到底如何，你何必瞞著我，我早晚會知道的。」

「那就等妳該知道的時候。」

傅淵依然是那副八風吹不動的神情。傅念君有點喪氣，她只能去問周毓白。

突然想想覺得有哪裡不對勁……傅淵一向是阻止她和周毓白見面的。

傅淵微微勾了勾唇，見她似乎明白了，也站起身道：「我先走了。」頓一頓，又補充一句：「妳也很久沒有出門了，不要總憋在家裡。」這可是傅念君這輩子都不指望從傅淵嘴裡聽到的一句話。

她愣了愣，傅淵已經轉身了。

外頭不知何時飄起了小雨。

馬上入秋了。

「哥哥。」

傅念君在傅淵背後道：「她嫁給你……你們會過得很好的，因為你們都是這樣好的人。」

傅淵沒有反應，提步走了。

以後如何，他真的不知道，也不敢想。

12 面目陌生

自蘇選齋被齊昭若在街頭揍了之後，邠國長公主就知道齊昭若根本還沒死心。

他說得好好的要聽自己的話娶孫二娘子，結果呢？他就是這麼攪黃了這親事。

而孫家那裡，也不知是不是怕邠國長公主對他們再有什麼動作，竟然火速與蘇選齋定了親。

這蘇選齋一個窮學生，竟不知什麼時候冒出了一個富戶表叔，體面地將三書六禮很快置辦齊全了。邠國長公主氣得咬牙切齒，齊昭若卻表現得很平靜。

「那姓蘇的辱我之言，我已經盡數告訴阿娘了，齊循也可以作證。若是這樣都不出手，我也枉為堂堂男兒了。」

邠國長公主也覺得這件事不能完全怪齊昭若，那蘇選齋到底是怎麼回事，她也覺得有點古怪。

彷彿是故意引齊昭若出手。

那窮學子分明是抱著攀高枝的意圖去的！

「既然孫家不行，再找另一個就是了。」

齊昭若又說著，並沒有完全拂逆邠國長公主的意思，相反還一副萬事好商量的口吻。

邠國長公主氣道：「哪裡有這麼容易就另找一個！」

對於孫家她當然氣恨，但是礙於孫計相的身分地位，她也不能再像之前去傅家一樣打上門去。

頭腦發昏一次也就夠了，就是她也不敢把所有權臣都得罪個遍。

朝中幾個權臣，本來就只剩孫秀還有爭取的價值，如今卻……

邠國長公主抬手就摔了手邊的茶杯。這兩日她手邊的茶杯已經換了好幾個了。

齊昭若只是靜靜地看著邠國長公主，再將視線轉到地上碎裂的瓷片上。

他知道她氣，最氣的就是自己，可她拿自己沒有辦法。

誰讓他們是母子。

齊昭若笑了笑，「還有件事要和阿娘稟告……齊守之進京這幾日，我與他覺得還頗為投契，此次有機會，我正好想跟他回去，也去鎮寧軍軍中見識見識……」

邠國長公主愣了愣，她怎麼也沒有想到齊昭若會自作主張，做出這樣的決定。

「……三衙那裡父親已經打了招呼，您就不用擔心了。」

齊昭若風輕雲淡地說完了自己的話，絲毫沒有顧及邠國長公主越來越沉的臉色。

將齊昭若放到軍營去歷練，在早幾年邠國長公主也不是沒有嘗試過，但是在條件優越的三衙之中，齊昭若還尚且受不了，撒嬌耍賴在家裡不肯去，心疼兒子的她也就沒有再逼迫過他。

如今時移事易，邠國長公主卻再沒有當初的心情。

齊昭若主動要去鎮寧軍中這件事……她只是覺得心慌。他越來越脫離自己的掌控了。

「好、好，你、你好得很……」

邠國長公主握緊的手能看到指節微微泛白，盯著面前少年那張貌似乖順，實則深藏不露的臉。

她對著這個從頭到尾只餘陌生感的兒子，潰不成軍。

齊昭若卻是收起來了先前的不馴和桀驁，像個孝順懂事的孩子，替她重新倒了一杯茶，恭敬地捧到她面前說：「孩兒不能承歡在您身邊，是我不孝。只要阿娘有命，或是再相中了哪家姑娘，我一定會趕回來的……在那裡也有堂叔和守之照應，您就不要擔心了。」

真誠地連他自己都快要相信了。

面對這個女人，他適時地改變了策略。

就像周毓白說的，唯一能夠牽制邠國長公主的人，只有他自己。只要明白這一點，降服長公主並不太難。若他們母子針鋒相對，寸步不讓，只會波及旁人，他只有用自己，才能讓邠國長公主有所顧及。

果真，邠國長公主瞪著眼睛，一時竟無話可說。她不能怪他不聽話，也不能怪他不上進。

可他就是不是自己的兒子！

甚至到了晚上，久不見面的公主夫妻之間，齊駙馬一樣不能理解妻子這樣沒來由的生氣。

「孩子終於開竅，要自己上進了，難道我們還能阻著他？妳從前心心念念他能懂事些，如今不就是了？他心裡也有愧疚，對著我說是因為把妳好好籌畫的一樁親事攪黃了，但是這件事也不能完全怪他，這孩子心氣高，被人侮辱了難道只能忍著？孫家是非不分，不結親也是好的，等他在軍中立些功勞，官家和太后娘娘聽了也開心，自然還能挑更好的女子，我不知妳在不忿些什麼……」他是真的不明白，兒子肯認錯，肯低頭，肯努力，邠國長公主還有什麼不滿意？

「不是，不是！你不懂！你不懂！」邠國長公主不斷強調，連嗓子都有些啞了，她盯著有些陌生的丈夫冷冷地笑道：「孩子不是你十月懷胎生下的，你自然不瞭解！你只知外頭那些小星兒的滋味，何曾管教過他，如今倒是來裝好父親了！」

礙於邠國長公主的身分，齊駙馬是不能納妾的，年輕時在外頭偶爾英雄難過美人關一下，邠國長公主就能把屋頂給掀翻了，折騰了這麼多年，眼看就是能抱孫子的年紀了，齊駙馬也自知力不從心，早就不念著什麼男色女色，她卻依然是這麼副脾氣，夫妻感情哪裡能好。

「不可理喻！」齊駙馬甩袖就走，覺得和她沒有必要再談下去。

齊昭若是她的兒子不假，可一樣也是他唯一的兒子。

孩子開竅了，想去鍛煉自己，他這做父親的，自然是會從旁協助。成親的事，連太后都開口了，緩一、兩年就一、兩年，男孩子年紀大些再成家也不是壞事。

邠國長公主平日一直糊塗，但是涉及到寶貝兒子時，腦子卻會偶爾突然清醒這麼一下。

她知道，他根本是在逼著自己不得不答應。

從前的齊昭若，紈絝油滑卻萬分仰賴自己這個母親，什麼事都要來求她，除了私煤那件事他不敢說，鬧出了後面這麼大的危機，其餘的，幾乎再大的麻煩邠國長公主都能去幫他擺平。

可是現在呢？

他反過來要算計的人是自己！

這樣的兒子，不再是讓她覺得憤怒、失望……

而是，可怕。

是從心底蔓延上來的冰冷寒意……

他到底是誰？

§§§

傅念君捧著茶杯靜靜地發呆，窗外是奔騰而去的汴水，河上往來船隻頻繁，吆喝聲不斷，生機勃勃。她是重生之後第一次來這家酒樓，因為很想吃這家的鰲魚膾和蟹黃饅頭。

算來好些日子沒有出門，在口腹之欲上，便不想委屈了自己。

格扇敲響，進來的人見到滿桌的美食，倒是先笑了笑。聲音悅耳，如珍珠擊玉，清雅至極。

芳竹和儀蘭比傅念君還要激動。「娘子，是壽春郡王來了……」

她當然知道是他。

約在這個地方，他不來還能誰來。

這兩個丫頭太沒有出息。

周毓白朝兩個丫頭點了點頭，坐在傅念君對面，掃了一眼桌上幾乎不留餘地的盤盞，平靜地說：「還夠吃嗎？」

傅念君放下筷子，「郡王需不需要換一席？」

周毓白將擦手的帕子撂在一旁，動作矜貴又優雅。

「不用。」

芳竹和儀蘭交換了眼色，替二人倒了素酒，便先退到門邊。

「和吏部的張侍郎說了會話，耽誤了些時候，妳等很久了？」周毓白對她解釋。

傅念君咬了咬筷子，心裡的情緒有些彆扭。

「郡王，我哥哥的事……」她話說一半，便頓住了。

周毓白臉上有著淡淡的笑意，「是，我完成對妳的承諾了，妳可還滿意？」

他的眼睛一直沒有離開過她，看得傅念君心裡有些發慌。

傅念君迎上他的目光，問道：「然後呢？你想要做什麼？你和我哥哥達成了什麼協定？」

周毓白微微笑了笑，她出現在這裡，不就是最好的解答了？

傅淵不說，便推她來問自己。

「妳這般聰明，應該明白我是為了什麼？」他那對微微上揚的鳳眼，似乎從來沒有哪刻盛過這麼多滿溢的柔情，大約這世上隨意哪個女子見了，都願意為他赴湯蹈火。

這張熠熠生輝的臉，讓傅念君覺得此時的他有點陌生。

她在這種灼灼目光之下有些狼狽，瞬間便低頭去吃碗裡不知何時多出來的菜餚。

周毓白笑了一聲。

傅念君當然明白。

「你想讓我爹爹退出樞密院……」

「是。」

他竟然真的能做到！他是不是瘋了？

傅念君只是覺得不可置信。

這是件多困難的事她很清楚，他究竟用什麼辦法扭轉了傅琨的決定？

他還說服了傅淵。

他……

周毓白在她眼睛裡看到了迷惘和不解。

「很難理解？我記得我說過，我們之間，妳只需要走一步，剩下的，讓我來，再難的事我也會解決。只是……」他又笑了笑，「妳不肯相信而已。」

所以不用說，做出來給她看就是了。

周毓白自認也是個自負高傲之人，若是沒有傅念君當日的表白，他或許並不會做到今天這一步。即便心悅傅念君，他也不想罔顧她的意願。

但是後來發現她雖對許多事都很精明，卻對於男女之事並未有那麼多想法。

對她來說，端午金明池小渚之上那一句「喜歡你」是個結束，是她對自己心意的確認和了斷。

可是她卻沒有問過他。

對周毓白來說，那才是開始。

所以不管她所認為的現實有多難，一步步地做，總會有可以解決的一天。

「你真的也……喜歡我？」傅念君有些懵，看著周毓白的眼神帶了幾分古怪。

喜歡她難道是件什麼聳人聽聞、難以置信的大事不成？

周毓白挑了挑眉，「妳覺得我表現得不明顯？」任何有眼睛的人都能看出來。

傅念君想問問是從什麼時候開始的呢？但是轉念一想，她自己都說不上來是什麼時候喜歡上他的。

「我只是覺得……很奇怪。」她低聲囁喏。作為傅念君來說，她很少會表現出這樣的情態。

周毓白好笑道：「妳心中還有什麼顧忌不妨說出來。妳既心悅我，我也一樣，成親後便沒有夫妻感情不睦這一說，而在家族背景上，我阻止傅相進樞密院，可見我並不貪圖他背後的權勢，除開這一點，傅相身為肱骨棟樑，與我爹爹關係親密，拋棄君臣之別，我們兩家也算是門當戶對。這樣……妳還有什麼藉口呢？」他眼底笑意漸濃。像是無論她說什麼出來，他都能去一一解決。

他有耐心，他不怕等，他也沒有強取豪奪，卻像一隻慢慢吐絲的蛛，織一張讓她無處可逃的天羅地網。

傅念君愣神地看著周毓白。她說的都是事實，在他這裡卻是藉口了。

「我這樣的名聲，你堂堂壽春郡王，怎、怎麼可能……」

她不是沒有想過嫁給他。有時候甚至儀蘭在她耳邊念叨得多了，傅念君也會自覺膩味地想，難道我回到這三十年前來，就是來尋他的？

但是很快她就會覺得自己真是矯情。

這世上幾乎每一件事都比兒女私情來得重要。

周毓白左手的手指輕輕地扣在光可鑑人的桌面上，右手托著腮說道：「從自己身上找不到藉口，便從我身上來找？宮裡的事妳大可放心，我阿娘可不是張淑妃。」

皇后舒娘娘的脾性連民間也多有傳聞，賢良溫和，知書達理，傅念君自然不會擔心她不同意，而是她擔心舒娘娘並沒有權力決定周毓白的婚事。

「連妳爹爹這樣的頑石也能水滴石穿，旁的，難道還會更難？」周毓白反問她：「何況我這個不被看好的王爺，荒唐的事偶一為之，也不是什麼壞事。」

傅念君垂下的目光盯著自己襟前的結扣，彷彿只能聽見自己心跳如擂鼓的聲音。

真的可以嗎？她嫁給周毓白……

手上突然一暖，是他握住了自己的手。

溫和而纏綿的檀木清香在鼻尖縈繞。傅念君覺得這氣息真是讓人難以逃脫。

「妳不是一向膽大麼？」

他今日心情很好，往常冷冷清清的謫仙作風不復存在，彷彿只是一個凡塵間再普通不過的凡夫俗子。即便在他臉上看不出任何的變化，但是他的緊張和期待依然透過跳動的脈搏，傳到了傅念君的手心。

她一直沒有想過，周毓白還有這樣一面。

原來她和他都一樣，從來沒有那麼多的少年老成。

傅念君覺得有些心亂，便微微掙開周毓白的手，起身走到窗邊。涼風徐徐，遠遠望去，窗外的汴水依然奔騰，像她所熟悉的一般無二，三十年後，這條河一直仍是如此。

她確實沒有自己想像中那麼無所顧忌。

她不害怕無法預知的未來，卻害怕已經注定的未來。

到底人定勝天能夠做到幾分，傅念君並沒有多少把握。

她一個人的時候，總想著抱著那份孤勇一路向前，但是和周毓白一起……

「我不知道……」她說著。

周毓白倒是表現地十分淡然，「每個小娘子或許都會有這樣的心情，何必想那麼多呢。人生不過是，及時行樂而已。」

他一眼就看穿了傅念君並不是對自己和他沒有信心，她只是一時無法接受成親這件事。

傅念君想說，其實她也是成過親的，上輩子的時候……

但是當時其實並沒有這些情緒，會心跳如鼓，會忐忑不安，會患得患失。

她問周毓白：「你沒有想過，你以後，或許會碰到那個……」

「那個比我小十幾歲的『未來妻子』？」周毓白打斷她，「其實我並不好奇，我早就說過，不可能的。」他走到她身後，少年骨節分明的手掌扣在窗樞上，他就站在她身後，她甚至能夠感受他溫熱的鼻息噴在自己的後頸。

靠得太近了……傅念君第一次感覺到，周毓白也有這樣炙熱的氣息。

她微微嘆了口氣，心想不如聽他一次吧。他都為了自己做到這樣的地步了，她還能說什麼呢？怕是他們之間，早都還不清了。

她轉過身，與周毓白面對面，不再逃避，抬眸嚴肅道：「你布置這樣的局，有信心圓得回來嗎？」

周毓白無謂地將視線投向窗外，「誰知道呢？但是總要試一試的。起碼現在來說，一切都很好。」他不是沒有想過如果失敗了會怎麼樣，但是他不可能因為一個未知的結果，就束縛住自己的腳步。

傅念君所知的他的結局也並不好，但那又怎樣？

就像老天宣判你最後會輸，難道你就不去試嗎？

人生本來就是充滿了突破和意外。

傅念君這個身高正好能夠望到他秀美纖長的脖頸，和其上形狀漂亮的喉結。

她突然也安心下來了。是啊，她沒有道理讓他把一切都準備好了遞到自己面前來。

這就真的太矯情了。

他是個這樣美好的人，喜歡他，應當是件好事，而不是什麼負擔。年少時的感情，並沒有誰說一定要埋在記憶裡封存，他這樣瞭解她，她也瞭解他，他們成為夫妻，當是最合契的佳偶。

這樣想著，傅念君便也不再多思慮什麼，陡然便伸手將周毓白的領襟握住，一把便扯到了自己眼前來。

周毓白有微微的錯愕，隨即眼底就是了然的笑意，他也並不掙扎，由著她去。

傅念君微微顫抖的手透露了她心底的緊張。

「既然如此，那就請郡王快快去我家提親吧。」她仰著頭，眼睛裡光芒閃爍，十分動人。大約天下女子十分柔媚之色，此時有七、八分都在她眼裡。

周毓白自覺有些招架不住，他笑著垂眸，望進她眼底，「很快就去，妳先別急。」

傅念君臉頰微燙，卻又不想輸他一成，她確實怕夜長夢多，更怕這一切轉瞬即逝。

她輕輕踮起腳，嘴唇大約堪堪碰到周毓白的下巴，卻又沒有真的碰到。

「我不過是怕郡王出爾反爾……」吐氣如蘭，便是再心如鋼鐵的人怕是也吃不消。

而周毓白更是從來不以君子言行約束自己。

「面對傅二娘子，我可當真不敢。」

他說著便將手扣住她的後腰，朝身前一攏，將她往自己懷裡輕輕一送，傅念君的唇便結結實實地貼上了他光潔的下巴。

還未來得及等她有何反應，周毓白就低下頭將自己的唇印在了她的唇上。

傅念君並沒有掙扎，倒是很出乎意料地反客為主，堪堪碰了一下，她竟是轉身一推，將周毓白反身抵在了窗柩上，兩隻手摟住他的脖子，立刻在他反應不及時，就張開小嘴在他的薄唇上咬了一口。

周毓白知道她古怪，見她「非禮」自己倒是無所謂，只是這一口……

還真是結結實實地疼。

周毓白擰著好看的眉毛，還來不及體味一下溫香軟玉的滋味，某人就吃吃笑著離開了他。

「能夠親近一下壽春郡王，是我佔便宜了。」傅念君的眼睛裡又有了久違的調皮神色，還用手指輕輕挑了挑他的下巴，像羽毛溫溫軟軟地一樣撓進人心裡去。

她不願意吃虧。

金明池那一次，是她沒有準備好，總算能在今天討回來了。

周毓白挑眉，「我是皇子，妳可知這是什麼罪？」

傅念君有恃無恐，「壽春郡王莫非是第一日聽說我的大名？不是傅相家的嫡長女，此生最最好男色？」她說著手指便不規矩地爬上了他瑩白的臉頰。

或許是這樣的天光這樣的風景，給了她這樣的膽子。

她只是想著，此生也能做一回「傅饒華」，算是無憾了。

「尤其最好這一口。郎豔獨絕，如今想來，與君一比，其他人真是凡夫俗子，草木愚夫……」

聽她越說越不正經，周毓白也不與她廢話，重新低頭貼上了這張喋喋不休的小嘴。

幾番輾轉，周毓白顧及到場合不合適，也不敢盡興，很快就放開了這個今日非禮調戲自己幾回的「好色」小娘子。

「我倒真是要謝謝我母親，給我生了這副容貌。」他低笑，想起了第一回遇到她時的情景，挑眉道：「『大宋美男冊』之魁首？」

傅念君：「……」他若不提，她倒是早忘了那荒唐的畫冊。

見他眼中滿是揶揄，她也有些尷尬，只好順坡而下，「殿下自然是豔壓群芳。」

那東西是傅饒華的，又不是她的，她也沒什麼抹不開面子。

周毓白抬手擰了擰她的鼻子。「可真是多謝誇獎了。」

而芳竹和儀蘭在門邊守得膽戰心驚的。她們不敢探頭去看，也不敢真的走遠，偶爾這麼瞄一眼，就像做賊一樣心虛。

半晌都沒聽裡面叫人伺候，儀蘭很不放心。

倒是芳竹眼睛尖，拉著儀蘭小聲道：「兩個人，他們……」

她做了個手勢，食指和中指糾纏成一個。

「那樣，這樣，在一塊兒了！」

儀蘭嚇了一大跳，她雖然一直覺得周毓白會成為自家姑爺，可是也不能這麼出格吧，要是被人知道了，那怎麼了得。

「不成啊！也太胡鬧了吧！」儀蘭作勢要弄出點聲音提醒一下裡屋的人。

芳竹一把拉住她，咕噥道：「得了吧，娘子還沒妳機靈呢？再說了，壽春郡王身邊的侍衛妳又不是沒見過，就是郭達都身手不凡，有他們護著，有誰能瞧見了去？」

芳竹倒是頭腦很清醒，完全沒有儀蘭的擔心。

再說，誰佔誰便宜還不一定呢，她倒是覺得娘子一定要抓住機會。

傅念君也終於在周毓白的完全配合下，放棄了繼續做登徒子的念頭。人家被調戲了也不反抗，自然調戲的人就會覺得少了幾分趣味。

周毓白靠在窗柩上，眼睛望著窗外出神，側顏十分完美，從耳廓到下巴尖的線條都無可挑剔。

傅念君站在他身側，看著看著就突然想到了一件事。

「我爹爹不進樞密院，那若是與西夏真的打起來，誰來主持大局？」

周毓白說：「妳大概聽說過狄將軍。」

傅念君確實知道這位狄將軍，但是三十年後，大放異彩的是他的兒孫輩，這位狄鳴老將軍聽說年輕時驍勇一時，功勳卓著，似乎為官倒不是很出色。

「我知道，日後的狄家軍將不可小覷。」

周毓白挑了挑眉沒說話。

傅念君也蹙眉，「郡王為什麼不來問問我？若是押錯了籌碼，可如何是好？」

周毓白轉頭，卻是岔開了話題：「妳的稱呼，是否該改一改了？」

傅念君臉色微紅。

在周毓白尚且沒有表明身分之前，她倒是喊過兩次「七郎」。時人都願意以家族排行來稱呼，原本也不能算作不敬。可是他這樣正經八百地說，傅念君倒是覺得這兩個字咀嚼起來有別樣的曖昧了。

「七、七郎……我沒在說這個……」

周毓白笑了笑，「我說過不會再問妳這些事，便肯定不問。從前我把妳視作我的謀士，而今是妻子，自然是不同的。」

傅念君心道，話說得這樣好聽，可她確實會擔心啊。

他繼續說：「何況這世間因果本就是相輔相成，我若惦記著那三十年後的『果』，豈非捨本逐末，忽視了如今的『因』？」幕後之人幾次交鋒都輸給他，不就是因為太過仰賴先知未來。未來或許可預測，可他周毓白卻並不能被預測。

所以他只要跟從自己的想法和心意就行了。

傅念君微微嘆了口氣，朝周毓白無奈道：「這番話如此有道理，我竟是無從反駁了。」

周毓白捏了捏她的臉，眉眼生春，說道：「時過境遷，從前妳總想著找到我話裡的漏洞來證明妳是正確的，現在妳既心悅我，要與我結百年之好，自然處處覺得自己未來的夫君有道理。」

傅念君故作訝然：「原來我竟同世間所有女子一樣，這般盲目麼？」

她今日說的俏皮話可不止這樣一句，周毓白自然是縱容她。

「是因為在下有讓妳盲目的資本。」他配合她，指指自己的臉，朝她微微一笑。

傅念君也繃不住了，心裡的喜悅蔓延開來。

周毓白拉起她的手，覺得她的手心比自己燙一些，「近日或許我沒有那麼多工夫出來見妳，妳自己在府中當心些……」

「朝上有大事？」

周毓白點頭，「大約這幾日，封王的旨意就會下來了。」

其實也不算早，拖到了現在才給周毓琛周毓白兄弟封王。

周毓白因為太湖治水本就是有功在身的，相反周毓琛因為同傅梨華那件事，多少讓皇帝不快。

原本傅念君所知道的情況，周毓白封王是在周毓琛之後的，但是如今二人境況相反，倒是周毓琛落了下乘。但想來張淑妃少不得在朝中打點，又在房裡吹枕頭風，有驚無險的，兄弟二人總算一起討到了親王的封號。

「還有妳哥哥的親事，很快就會定下來。可想而知，到時候張淑妃肯定又要鬧騰，妳且不用管這些，好自替妳哥哥籌備迎娶新嫂子就好。」

周毓白自然有後續的安排，傅念君卻擔心他。

「到底張淑妃手上握著皇城司，你的安排要了斷乾淨，叫她抓住把柄，怕是不好對付。」

周毓白將她的手攥了攥。

「她最該憂心的事是，煮熟的鴨子都飛了，她哪裡再去尋個好媳婦。」

傅念君聽他這麼說，立刻便明白了。「你要塞誰過去？你早挑好了是不是？」

周毓白低頭微微笑，傅念君覺得他每回這樣，總有一種說不出的狡猾來。

可是卻又這樣賞心悅目。

「替妳報個仇，連夫人的女兒，盧家小娘子。」

盧拂柔……傅念君知道他說的是上回連夫人串通張淑妃，原本想害自己，卻成就了傅梨華去做妾的那一次。她也故意拿眼睛去瞟他，笑道：「七郎是這樣睚眥必報的性子？」

周毓白倒是很坦然，「連夫人與張淑妃蛇鼠一窩，讓她們做了親家，也算是別有樂趣，給她們下半生添些樂子。而我六哥與盧小娘子本性都不壞，性格也都溫和，我覺得挺合適。」

傅念君拽著他腰間垂下的玉佩輕輕搖晃，柔聲說：「七郎是做紅娘做慣了？你覺得合適，若是東平郡王覺得不合適，可還能換？」周毓白由著她把自己的玉佩差點拽下來，說道：「做慣了搭鵲橋的喜鵲，才能輪到自己，姑且就算是苦盡甘來吧。」

傅念君笑他：「但願別落個偷雞不成蝕把米的境地。」

周毓白只是看著她，「已經偷到了。」

傅念君一下子哽住了。她發現，在言語上，她還是調戲不了他。

13 坦白招認

和周毓白別過，傅念君就自行回府了。

芳竹和儀蘭兩個丫頭不老實，尤其是芳竹，坐在車上笑得滿臉曖昧。

依照傅念君的臉皮，倒是從來不會被貼身丫頭寒磣了去，倒是大大方方地開口問她：「怎麼？眼睛有毛病，不如叫個郎中來看看？」

芳竹嘻嘻笑著歪在了儀蘭懷裡，「我是替娘子高興的，瞧娘子這一頓飯吃的，氣色更好了呢。」

儀蘭要去捂她的嘴，「胡說什麼呀妳……」

傅念君搖頭失笑，「我是覺得菜色不錯，不若妳去好好學了每日弄給我吃？尤其是蟹黃饅頭……」芳竹立刻苦了臉不敢說話，誰要去做後廚裡膀大腰圓的廚娘啊。

回到了傅家，不出傅念君意外，管家已經等了她許久，說是傅琨請她去書房。

傅念君心裡有些微微地發沉，適才輕鬆愉悅的心情煙消雲散。她大約能猜到傅琨要和自己說什麼。

扣響了格扇，傅念君忐忑地邁進了父親的書房。

她還能記得第一次來傅琨書房的時候，端著蟹釀橙，他對著自己露出親切溫和的笑容。

那是她第一次喚他爹爹。

而今，又到了秋季蟹肥的日子，她來這裡，已經快一年了。

傅念君收回神思，看到傅琨正站在糊著麻紙的窗前負手而立，身形比之一年前看來有些蕭索和清瘦。

這一年，確實發生了很多事。

「來了啊……」傅琨轉過頭，依然是對她笑了笑。

「爹爹……」傅念君喚了一聲，心裡卻有點酸楚。

「怎麼這副模樣？」傅琨反而很輕鬆的樣子，直接開門見山道：「妳素來聰慧，有些話即便我和妳哥哥不說妳也明白……妳今日出去，是去見他了吧？」

這個他是誰，不言而喻。傅念君突然不知道該怎麼回答。

傅琨卻兀自說著：「壽春郡王是個很聰明很優秀的年輕人，我也知道，他與我傅家又素有淵源，你們……」他拖了拖尾音，傅念君一顆心隨即被提到了嗓子眼。

「很合適。」

她怎麼也想不到傅琨會說出這三個字。

傅念君在羞怯之前先是震驚。

「爹爹，您、您說這個……是什麼意思……」

「別怕。」傅琨道：「我是認真地和妳商量這件事的。但是在談親事之前，我依舊想親口確實一下，念君，妳心悅他，是吧？」

傅念君頓了頓，垂眸想了想，最後還是緩緩點點頭，坦誠道：「是。」

她乾脆地面對自己的內心，不再想要找藉口搪塞。

傅琨長舒一口氣，「妳這孩子，又何必呢……我是妳爹爹，有什麼話，早可以告訴我的。」

傅念君現在說「是」，是因為局勢讓她可以說是。在那之前，傅琨幾次試探，她都是一口咬定與周毓白斷無男女之情。

傅念君也道：「爹爹，我是您的女兒，但您也是我的爹爹。我長大了，知道有些時候該如何抉擇，從前我真的……不敢想。」

傅琨微笑，看著她的目光中除了慈祥還有隱隱的驕傲，「念君，妳若為男子，必定勝過我與妳哥哥。」對於這樣的誇獎，傅念君有些受寵若驚，忙道：「爹爹怎麼說這樣的話，我只是閨閣女兒，一切都要仰賴父兄。」

傅琨嘆了口氣，彷彿是放下了肩膀上千斤重的負擔，「是啊，我是你們的父親，是你們的父親……」為了孩子們，或許他真的該放棄一些東西。

何況這一代的孩子們成長得如此出乎他的意料。

他自己退居二線似乎也並無不可。

有時候傅琨也會覺得是自己太過自私了。他想要完成自己的抱負，哪怕是肝腦塗地、嘔心瀝血在所不惜，也要為這個國家，為信賴他的官家做一番大事。可是他從來沒有想過，他這樣做，並不是他一個人的事，他的孩子，整個傅家，也一直在配合他做這樣的事。

哪怕對他們來說，這其實根本就是一種勉強。

他不是一個孑然一身孤膽之士，他只是一樣被俗世凡塵牽絆的普通人而已。

傅琨對女兒剖白：「念君，爹爹不會再像先前那樣固執，本來妳就是我最寵愛的孩子，如果可以，我希望妳能夠能到幸福，這是我作為父親的義務。」他抬手打斷傅念君想插話的意圖，「當然這對我而言也並不是什麼犧牲，壽春郡王的見識和膽量此次確實讓我刮目相看。未來，如果是妳成為他的妻子，你們只會，相得益彰。」

這話就說得很直白了。

周毓白若是登基，傅念君絕對有資格和他共享江山。

傅念君被這話愣住了，她竟從來不知道傅琨對自己的看法是這樣高！

「當然，說那些還太遠，要與皇室結親並非易事，但是有爹爹在，便不會讓妳再受到委屈。」

傅念君心中酸楚，她也明白，其實傅琨肯放棄軍權，多少也是有一點成全她和周毓白的意思在裡頭。

傅念君肅容，傅琨這話，其實和周毓白和她說的是一個意思。

傅琨蹙眉，「念君，妳不是一般的小娘子，我也不介意告訴妳，即便我不入樞密院，和西夏的一場硬仗可能在所難免。無論誰成為主事，近來朝堂上將不可避免地迎來一場波動……」

這一場戰事，或許會引出很多的牛鬼蛇神。

傅琨也是在提醒她，或許周毓白來不及向傅家提親了。

這些她倒是不在乎，她只希望他們平安。

「爹爹，您和哥哥一定要千萬小心！」

傅念君怕幕後之人趁機再有動作，畢竟這樣的機會，她怎麼想都覺得對方不可能放過。

傅琨點頭，神情轉為輕鬆，「自然，我還等著喝妳嫂子的茶。」

這是他第一次明確地認可傅淵的親事了吧。傅念君由衷替傅淵和錢婧華感到開心。

從道義上來說，她覺得周毓白和傅淵這樣籌謀，未免對錢婧華有些不尊重，可是私心上來講，她卻是贊成的。因為只有她知道，錢婧華從此會有一段截然不同的人生。

她並不能保證她一定會比前世過得更好，起碼卻不會更壞了。

§§§

時序入秋，東京城裡的喜事不斷，除了先前讓人大為讚嘆孫計相風骨佳的孫二娘子與落第蘇學子的親事，百姓們茶餘飯後很快就又添了一筆談資。

傅相家中那位年輕的探花郎傅東閣，竟是與吳越錢家的小娘子定親了！

尋常百姓們也只會讚嘆一句郎才女貌天作之合，畢竟對於他們來說，豪門富戶聯姻還能有什麼別的花頭？反正都是他們高不可攀的人物。

就算這位錢小娘子曾經和人在街頭打架，人家那也是叫有性格，不能叫潑婦的。

但是東京城裡有許多世家貴族、達官顯貴，反應可就大了。

簡直不能說是震驚，可以說是覺得荒唐。

與張淑妃交好的幾位郡君、國夫人也都早就知曉，只等東平郡王封了親王銜，聖上就會賜婚，將錢婧華指給他。這話沒有明說，但是有些眼力的夫人都有數，否則人家錢婧華進京來大半年，又是那般身家品貌，怎麼可能無人說親？

眼下人家卻是和傅相的長子定了親，這又算是怎麼回事？還真有人敢和皇家搶親啊？

有人說，曾聽宮內小黃門說看見傅相素衣素鞋跪在聖上的福寧殿前，就是豁出老臉為了替兒子求娶這門親事。

也有人說，是錢家小娘子先傾心相許，與傅東閣是情投意合，不願委屈己身求富貴，要死要活地逼家中改主意。

更有人說，吳越錢氏開罪了聖上，聖上不願意聘他家女兒為媳，這才轉而賜婚給傅相，平衡朝堂勢力。

每種說法都似乎有那麼些道理，可誰也不能論證真假。

但是結果反正就這樣定了。

被認作是準王妃的錢婧華，就這樣搖身一變，成了傅相的兒媳婦。

沒有人知道張淑妃撒了多大的氣，苦心經營許久，竟是為他人做了嫁衣。

可是她沒有辦法，促成周毓琛封王的人，正是傅琨。

人家是朝堂上的權相，一人之下萬人之上，門生遍布，他要使點心眼，誰敢和他別苗頭。

皇帝也對傅相大為不滿，張淑妃便也趁機想吹枕頭風，說說傅琨的壞話，誰知卻換來了皇帝的不悅。因為皇帝在乎的不是錢婧華能否成為自己的兒媳，他是氣傅琨與錢家聯姻，到底想幹什麼？他不是一向是清流麼，怎麼敢去和吳越錢家結親。

皇帝很是矛盾。

一方面，他是極信任傅琨的，覺得有傅琨替他看著錢家，錢家也不敢出大紕漏。

另一方面，傅琨這樣做沒有提前和自己知會，有錢家這樣的親家在，他便不合適再把軍政大權交到傅琨手上。御史台已經連上了幾本摺子質疑傅相用意，在此關頭與吳越錢家結親，居心不良。

傅琨對自己說的，當然是因為傅淵同錢婧華早有聯繫，錢豫甚至還將傅淵贈送給錢婧華的步搖拿到傅家，請他做主。

他也想成全了兒子，並且告罪自己有負聖恩，不敢再執掌樞密院，甚至同平章事一職，也願暫且解職。

皇帝當然大為光火，言辭下令斥責了他。

可是斥責完了，依然還是賜了婚。他們君臣幾十年，互相扶持，從皇帝還是太子時，傅琨就與他交好，而之後聖上聽了身邊內監桓盈的勸解和分析，也認可了傅琨這是想急流勇退之意。

人年紀大了，也不能怪他膽小不經事。

傅相畢竟連孫子都還沒抱上呢，聽說家中渾家一直也不省心，給他添了不少麻煩，弄得傅淵遲遲娶不上妻。

這般從人情角度一勸，皇帝就心軟了，他本身就是個重情之人。

而當然這個桓盈，便是周毓白的人。

如此皇帝雖然失望，氣了兩天到底還是圓了傅琨這個面子。

因此張淑妃這個不識大事的婦人幾次三番編派傅相以勢壓人、圖謀不軌時，皇帝便不樂意聽了。在他看來，那錢婧華便不是什麼好人選，人家心中都有了人，還聘來做皇室兒媳，這是打自己的臉。

聖上如此一發怒，張淑妃也鬧不清皇帝的意圖了，再不敢提錢家。

錢家的把柄她還握在手裡，誰知托人傳話之時，錢家卻一改往常態度，硬氣得很，也不知是不是攀上了傅琨就有恃無恐。

說到底，張淑妃能拿捏的就只有一個連夫人。

她還向兒子哭訴，說到底是幾十年夫妻之情，竟還不上他與傅相的君臣之誼，又埋怨錢家牆頭草，出爾反爾。

周毓琛反倒鬆了口氣，反過來勸她：「這也是沒有緣分，都拖了這麼久，中間出了這麼多岔子，想來她也不適合做我的妻子，阿娘也該想開些。當初妳想與錢家聯姻，是不想讓七弟捷足先登，如今他也並未與錢家聯姻啊。」張淑妃被頭腦清醒的兒子一勸，倒是也有點醒悟過來了。

其實這個結局也不錯。

傅琨那人，是官家信重之人，是個忠心不肯偏頗的純臣，日後誰做了皇帝，他都會盡心輔佐。所以錢家這金山，不是他們現在沒沾上，而是等周毓琛登基了，日後一樣還是可以歸他們所用。錢婧華的作用，也就不是那麼重要了。

張淑妃拉著兒子的手，氣勢滿滿地說：「阿娘再給你挑更好的。」

周毓琛只能連連苦笑。

接下來的喜事，便是兩位王爺的共同進封。

如傅念君所知的前世一樣。

東平郡王冊封為齊王，而周毓白冊封為淮王，並且下令為他們重新整修府邸。

驟然聽到淮王這個封號，還是讓傅念君從心底泛上來一些不適應。

她料想到周毓白這些日子應該很忙，畢竟封了親王，他們從此也便與諸位兄長們平起平坐了。

禮部也發下告示，正式為兩位王爺選妃，新一輪的采選會在明年春末完畢。

也就是說，最遲到明年春末，兩位王爺都會成親。

原本這會兒他們的親事都該定下了，但是此前發生了種種意外，倒是拖到了現在，只能小範圍地進行一次采選。

這也算是件振奮人心的大事，有女兒的世家公族們也可以摩拳擦掌，眼紅耳熱、真刀真槍地搏一搏未來富貴了。

§§§

對於像肥羊一樣待宰的兩位王爺，傅念君並未投入太多關注，她專心操辦著傅淵與錢婧華成親時的各項繁瑣事宜。若有不方便她這個晚輩出面的，傅琨甚至還請了自己族裡的一位嬸娘周氏從旁協助，一切都還算井井有條。

傅琨的這一妻一妾，一個被送到了庵堂，一個被關在家中，府裡人倒是覺得還好，但這周氏三不五時就會有幾句話來勸傅念君。

這位嬸娘什麼都好，就是心腸軟，德行好，是十裡八鄉的善心人，否則傅琨也不會請她來幫忙操辦傅淵的婚事。

傅念君給她面子，權把這些話左耳進右耳出了。

什麼到底那是你們的母親，家中辦婚事，不能夠沒有主母操持，也不能讓妳爹爹和哥哥在賓客和錢家面前丟臉等等……傅念君心中好笑，將姚氏放出來，那才是讓傅家丟臉。

許多人往往並不清楚內情，他們只是想踩著一個道德的至高點，可以有一個勸誡說服他人的機會而已。

姚氏在庵堂裡很好，每半月就會有人來向傅念君稟告她的消息，吃食用度，皆沒有虧待，已經算是傅家仁至義盡了。

而這日傅念君和周氏清點了一次庫房，準備聘禮，從花園中取道時，竟聽到了孩童的哭泣聲。

這幾日周氏也很少老生常談了，轉而關懷一下傅念君的親事。她雖實為熱心，但總是與她糾纏這些話，到底也讓人招架不住，因此傅念君應付她的話也是有一搭沒一搭。

兩人停下腳步去看，卻是見到了院中有兩個孩子，似乎發生了些不愉快，一個矮小的女童正捧著臉大哭。

傅念君蹙眉，疾步走了過去。

「這是怎麼了?」

傅念君一出現，幾個侍女就誠惶誠恐地行禮。

傅念君蹲下身子，問面前女童：「漫漫，妳怎麼了?告訴姊姊。」

傅溶見到傅念君出現，臉色就煞白了起來，偷偷地用手心蹭著衣服，不敢說話了。

漫漫邊哭邊伸出一根小手指，指向傅溶，泣不成聲。

傅溶已經算是個少年了，傅淵在他這個年紀，早就考中了秀才準備考舉人，可他到如今連童生都未考過，如今竟是會在家中欺負比自己小那麼多的妹妹。

傅念君站起身，盯著傅溶的臉色十分嚴肅，「六哥兒，我希望聽你解釋一下。」

「也、也沒什麼……」傅溶低下頭，囁喏著說。

他現在怕傅琨，怕傅淵，也怕傅念君，因此越發膽小。

從前他被姚氏寵著，偶爾也會無法無天，但到底是男孩子，接觸後宅的機會沒有傅梨華這樣多，年紀又小，總算沒有完全被她們母女帶歪，加上後來傅淵的嚴厲管教，他也被移到單獨的院落裡安心讀書。他怎麼會這樣欺負一個小不點？

傅念君牽了漫漫的手，朝一臉尷尬的周氏道：「讓嬸娘看笑話了，弟妹不懂事，我好好與他們說說。」

周氏道：「有二娘子這樣的長姊，是小郎君和小娘子的福氣。」

傅念君倒是確實出乎周氏意料，把他們挪了地方，似乎要揪著這場兄妹打鬧，問出個是非對錯來了。在周氏看來難免覺得小題大作，孩子們打打鬧鬧磕磕碰碰長大，哪有這麼多原因，這有什麼好審的？

但是傅念君確實審出了一些東西來。

原來傅溶竟偷偷地溜出府去見了傅梨華。

傅梨華自上回在姚家當面戳破了姚家二夫人和姚三娘那事後，也算是與她們徹底結了仇。方老夫人和姚安信接連一病不起，也更沒有人肯管她，她被重新送回林家，和遲遲盼不到進崔家門的林小娘子，又開始了天天雞飛狗跳的日子。

方老夫人的大姊、傅梨華的親姨祖母大方氏，也看她越來越眼睛不是眼睛，鼻子不是鼻子。

姚家送傅梨華過去時撂下的話也很難聽，說什麼哪家能有林家的福氣，有兩個等著嫁給人做妾的小娘子，可真是好盼頭云云。這話惡毒地差點氣死大方氏，一包氣也只能往傅梨華身上撒，憑什麼傅家的小娘子也要弄到他們家來！

可傅梨華確實無人再可依靠，因此當傅溶出現在林家門口時，她恨不得抱住弟弟哭上三天三夜。她直言當初會有這樣的荒唐行徑，都是淺玉姨娘在姚氏面前挑唆，否則她怎麼敢生出那樣的膽子，落得如此下場。

傅溶是個沒有什麼主見的人，見親姊姊哭成這樣，恨不得以身代之，但是除了給傅梨華掏些私房錢出來，他也什麼都做不到了。

他懷著滿肚子怨氣回家，正好在路上看到淺玉姨娘的獨女漫漫。原本就是個不受寵的庶女，她生母又這樣害他母親和姊姊，傅溶氣上心頭，就推搡辱罵了幾句漫漫，哪知就那麼巧被傅念君看到了。

「誰帶你去林家的？」傅念君一針見血地問出了這個問題。

傅溶抖了抖身子。

治理傅家，傅念君再不敢有一絲怠慢，尤其是現在這個當口，淺玉的院落不是尋常人都能進去的，連漫漫也很難和她見到面。而傅溶也是一樣，傅念君就是怕他被傅梨華和姚氏重新帶歪，灌輸一些仇恨思想。

她下過令，所以絕對不敢有人領傅溶出門的。

他好好的書不念，卻想到溜出府去見傅梨華，說沒人挑唆怎麼可能！

傅溶到底撐不住，傅念君問了幾句，就險些垂下淚來。

「二姊別告訴爹爹，別告訴三哥，我說，我說……是傅寧，是他領我去的……」

雖然是他懇求傅寧，但是他卻不敢說出實話，只知將責任推到傅寧身上去就是。

傅寧現在偶爾還會來府中伴讀，但是他就像個不存在的人一樣，府中人人無視他。不能說不尊重，只是當做看不見，哪怕傅寧再想像之前一樣急於表現才華，他也沒有機會了。

傅溶當然知道，這是因為傅琨和傅淵不喜歡他。父兄不喜歡傅寧為什麼還要將他留在自己身邊，他不想知道，他只知道傅寧肯定不是他兄長的人，他是可以求的。

幾次軟磨硬泡之下，傅寧才同意帶他去看望自己的親姊姊。

傅寧……這個名字已經有很長一段時間沒有在傅念君的生活中出現過了。

最初幕後之人原本是想用他取代傅淵，讓傅琨對他投以青眼，最後達到利用他執掌傅家的目的。但是這步棋在最早就被傅念君破壞了，而傅淵出於布局上的考量，便不鹹不淡地吊著傅寧，既不讓他離去，也不讓他得勢，這樣的安排，使幕後之人不敢輕易用他。

這麼長時間了，尤其是陸婉容現在都已經定親回到洛陽去備嫁，傅念君幾乎可以肯定，傅寧已經成為了一顆廢棋，毫無半點利用價值。

像今次這樣的蠢事，顯然只可能是他自己擅做主張。或許他心中還存著一點希望，即便討好不了傅琨和傅淵，這個六郎傅溶還能有點用處。

但是顯然敵我勢力相差太懸殊，傅溶第一時間就會選擇拉他出來擋刀。

拉出了一個擋箭牌，傅溶忐忑地望著傅念君，希望她不要再重罰自己。

「好，我知道了，這件事我會處理，你先回去讀書吧。」

傅溶心下一喜，「那就多謝二姊了。」

望著他陡然煥發生機的臉龐，傅念君一時有些悵然。傅溶其實和傅淵長得也頗像，可見幾年後也是玉樹臨風的俊俏郎君，但他骨子裡，卻更偏向姚氏。

手下的人，從來都不是他們關心的重點，旁人都是可以隨意拿來犧牲的。

傅溶離開後，傅念君就去見了被丫頭們哄著在旁邊吃糕點的漫漫。

小丫頭甩著兩隻腳坐在椅子上，已經不哭了，眼睛還是像兔子一樣紅，額頭上有一小塊鼓鼓的包，應該是傅溶推搡她時磕出來的。

傅念君吩咐人去拿膏藥過來，坐在她身邊，伸手摸了摸她的頭。漫漫朝她看過來，一雙眼睛閃出笑意，十分俏皮。她確實生得玉雪可愛，笑起來的模樣，很像傅念君。

「莫說十三娘子得娘子眼緣呢，看著確實像親姊妹一樣。」

儀蘭也挺喜歡漫漫的，覺得她挺懂事的，又不嬌氣，一哄就好了。

芳竹倒是在旁撇撇嘴，嘀咕道：「誰人能像我們娘子？又不是人人有娘子的造化……」

她家娘子可是要做王妃的！就十三娘子這庶出的身分，又有那樣一個娘，拍馬也趕不上。

傅念君確實覺得這孩子挺合眼緣的，畢竟誰看到一個縮小版的自己，都會覺得可愛，但也不至於喜歡到要將她領在身邊，漫漫自己有親生母親，輪不到她來疼愛。

漫漫小手攥了一塊糕點遞給傅念君，彷彿是感謝她救了自己，笑瞇瞇地說：

「姊姊，吃。」

傅念君接過來，笑了笑，「漫漫一會兒想去哪兒玩？」

漫漫卻搖搖頭，眼神有些黯淡，「想娘。」

她已經好幾天沒有見到親娘了。

傅念君說：「好，一會兒領妳去見妳娘親。」

漫漫一聽，立刻便興奮了，又開心地抓了兩塊糕點，見她們都在看自己，還不好意思扭扭捏捏地說著：「給娘的。」

傅念君在心中感嘆，孩子們幼時都是好的，只盼他們的母親能真的將他們好好教養才是。

傅念君領著漫漫到了淺玉姨娘的院落。這裡只有少數幾個僕人，安靜得很。

漫漫一來就攪擾了這平靜，歡天喜地地撒開傅念君的手往前跑去，滿嘴「娘、娘」地喊著。

淺玉身邊唯一的老僕季婆婆迎了出來，興奮又詫異道：「十三娘子……」

傅念君允諾十日才讓淺玉見漫漫一面，這會兒還沒到十天呢。

可等季婆婆見到在院中亭亭而立的傅念君時，臉色一下就變了。

漫漫被季婆婆抱在懷裡，還掏出了握在手裡的糕點獻寶，「姊姊給的，好吃，婆婆吃。」

還要往季婆婆嘴裡塞。季婆婆哪裡敢吃，誠惶誠恐地給傅念君行禮。

傅念君微笑著睇過這頭髮花白的老婆子。

季婆婆嚇出了一身冷汗，心道這二娘子一對眼睛好生厲害，竟像是經過千錘百煉一般，叫人生畏。

淺玉此時正披散著頭髮靠在床上歇息，臉色蒼白。

當時傅念君說她生病，自然是藉口，可這些日子來擔驚受怕，又思念女兒，倒確實是生了病。

傅念君知道她這是心病，算來吊她的時間也差不多夠久了，今日正好藉這個機會把話問問清楚。

「娘，娘，妳怎麼樣了……」漫漫很懂事，貼在床頭用手心去捂淺玉的額頭。

她只知道她發熱時娘就會這樣。

淺玉看著女兒，心疼道：「乖孩子，讓娘好好看看，好好看看……」她一下就瞧見了漫漫頭上的腫塊，立時心如刀割，「這是哪裡來的？」

漫漫搖頭，「是我自己摔跤。」她越這樣懂事，淺玉就越心酸，眼淚便控制不住地落了滿襟。

季婆婆忙要上去替她擦，主僕三人擠做一團。

傅念君冷眼看著，摸了摸下巴，倒是第一次覺得自己做了那話本子裡十惡不赦的壞人，專門拆散人家母女，喪盡天良……

過了半晌，淺玉也知道不能一直這樣冷落傅念君，便紅著眼要起身。

「二娘子，謝謝您今日帶漫漫過來，妾求您了，往後、往後就讓她跟著妾吧……」

一副傅念君不答應就要立刻跪下的樣子。

傅念君倒是不覺得淺玉這張臉和自己的親娘大姚氏像在哪裡。

即便她不知道大姚氏的長相，但是就這姿態，她也知道大姚氏是絕對不會做出來的。

傅念君抬手打斷她，「姨娘且住，這話好商量，我有些話來問妳。」

淺玉一聽，心中立刻死灰復燃，沒有孩子在身邊，她這些日子活得就如行屍走肉一樣，再也受不了了。「二娘子請問，妾一定知無不言。」

傅念君看了一眼還眨著大眼睛的漫漫，笑道：「在漫漫面前，妳能說明白？」

淺玉立刻示意季婆婆：「帶她出去玩。」

屋裡只剩淺玉和傅念君兩人。

傅念君看了看桌上冷掉的茶水，和杯底還留有茶垢的茶杯，頓時也沒有了想喝茶的欲望，心道這淺玉姨娘過日子還真是挺馬虎的。

「二娘子想問妾什麼？」

淺玉趿著鞋下床，也不敢在傅念君面前坐下，就這麼侷促地站著。

無論過了多久，她依舊是這般小家子氣的樣子。

傅念君只得說：「姨娘不必如此見外，先坐吧。」

淺玉這才忐忑地坐下了，只敢沾一半凳子。

「姨娘想必也知道我的來意，更明白我為何會那麼殘忍分開妳們母女，十日才讓妳們見一面。」

傅念君淡淡地說著，眼見著淺玉的臉色一點一點轉白。

「我先前一直沒有證據，只是今日湊巧，六哥兒被人偷偷地放了去見傅家從前的那位四娘子。妳猜她說什麼？她說都是淺玉姨娘從中挑唆，害她犯下大錯。」

淺玉嚇得就要跪在地上，立刻被傅念君眼疾手快地扶住。

「姨娘怎可跪我，豈不是折煞了我。」

淺玉自然也明白自己是失了分寸，重新坐回去，一臉焦急地道：「二娘子，您不能聽了她的話，就、就這樣誤會妾啊……」

傅念君抬手打斷她，「或許姨娘還不太瞭解我的個性，其實有沒有她這句話作為證據，對我來說並不重要。」

傅念君微微笑了笑，看在淺玉眼睛裡卻覺得毛骨悚然。

「姨娘難道不知道，其實在我下令將妳禁足在這裡開始，我就已經認定了妳是個不安分的人麼？寧可錯殺，不可放過，我的心腸並不是那麼好，漫漫是我傅家人，可妳，卻未必是。」

她的眼神在淺玉臉上掃過，只見她臉色變了又變，越來越驚恐。

這就是給她宣判了？淺玉覺得渾身冰涼，通體生寒，這個二娘子，怎麼這樣可怕！

傅念君心中感嘆，權力這東西還真是好用，生殺予奪完全毫無道理，怪道這麼多人都要為權勢拚個頭破血流，但她對付個淺玉，還用不著什麼計謀。

「冤、冤枉……冤枉……」淺玉來來回回只能重複嚼著這幾個字。

傅念君道：「漫漫是我爹爹的女兒，妳今日也看到了，我不會讓她受些許委屈。妳若還拿她做藉口滿足妳的私心，不肯老實交代，恐怕就真的再也見不到她了。若妳還想搏一搏，索性把妳那些見不得人的心思大大方方講出來，或許我能酌情讓妳們母女團聚。」

淺玉狠狠地咬著下唇，緩緩道：「二娘子，確實好手段……」

「我沒有什麼手段，不過是求個家宅安寧。」傅念君平靜地說：「姨娘是跟著我外祖母和母親長大的，人人都說妳是承了我母親和外祖母的恩，但凡旁人還能說一、兩句她們的壞話，到妳這裡就是其心可誅。但是妳在我面前大可不必如此，人人都有私心和貪念，若妳有什麼不平的，不妨說出來，我知道，在傅家這些年，妳大概也不好過吧……」

淺玉沒有料想到傅念君會說出這樣的話，驚愕地盯著眼前小娘子無比貌美的臉蛋。

她若是肯定是自己在背後作梗，難道不是該大罵她沒有良心是白眼狼嗎？怎麼會和自己說這些？

淺玉嘆了口氣，手攥緊了自己的衣襬。

「是，我是不願意……二娘子，妳沒說錯。」她終於承認：「我不是生來就給人做奴婢的，我爹爹是個秀才，我從小也是跟著他念書識字的，只是後來家道中落，我險些被人牙子賣進青樓，是梅老夫人救了我，因我同妳母親生得有幾分像，老夫人就格外照顧我，讓我同夫人一道長大，後來一起嫁來了傅家。這些，我都不敢忘記。只是、只是我沒有想到，夫人會去得那麼早，她臨走前拉著我的手，讓我跟了老爺，那是她第一次用這樣的神情和態度和我說話。」

淺玉說的，都是傅念君不可能知道的陳年往事。

「我怎麼可能不應呢？夫人也知道我不願意，可是她與老爺情深愛篤，不忍心老爺一個人形單影隻地留在世上思念她，便想著留下我這個『替代品』，偶爾老爺見了心裡還能寬解一二，但是二娘子，替代品始終是替代品，我也知道我自己是個什麼身分。」

傅念君倒是有點意外淺玉是這樣的想法。

旁人家的妾室不安分，多半是因為得不到丈夫的關注，心中妒恨，可淺玉卻早對傅琨沒有念想，也從來不往他跟前湊，她的不平之氣只是因為不甘心一輩子做人的替身而已。

「我願意用我的這輩子去成全夫人和老夫人對我的恩情，但是有了漫漫以後……」

淺玉留下眼淚來，很快卻又自己伸手抹掉了。

傅念君其實多少能理解這種在絕望之中滋生的母愛，就像她小時候陸婉容對她一樣，因為生活已經無所期望，孩子的出現，就是唯一讓她們覺得自己還活著的證明。

淺玉說：「二娘子也看到了，漫漫長得很像您。我怕，真的很怕，怕的是以後……」

「怕她和妳一樣，今後成為我的替代品。」傅念君截斷她的話。

淺玉點點頭。

竟是這個緣故。

傅念君微微皺眉，「妳這猜測沒有道理，漫漫是我的妹妹，雖為庶出，但身為傅家女，爹爹也不會忍心讓她去做妾……」

淺玉抹了抹臉，遲疑道：「其實是我曾經遇到的一江湖術士，他曾為我與漫漫批命，說她今後貴不可言，只是、只是道路有些艱難……」她邊說著邊小心翼翼地偷覷了傅念君一眼。

傅念君簡直要被她氣笑了。這淺玉姨娘一直不著調她是知道的，只是怎麼也不會料到竟會因為江湖術士之言就生出了歪心思。

「不會癥結在我吧？」傅念君問了一句，淺玉的反應卻是如遭雷擊。

她在傅念君面前更是惶恐，「二娘子，前、前陣子我又碰到了那位江湖術士，他、他也沒多說什麼，只是說我們府上尊卑不分，倫理不明……」她絮絮叨叨地說了一堆，傅念君算是聽明白了。術士指的是傅念君奪掌家之權後，姚氏被架空，主母不再有威懾力這一點，而淺玉一心為女，覺得漫漫的那樁「大好親事」要靠姚氏來提點。

也不知姚氏是否病急亂投醫，一貫被她看不上的淺玉，她竟也願意許以承諾。

畢竟淺玉只是個妾，而姚氏才是有資格決定漫漫未來的人。

淺玉知道，漫漫長得再像傅念君，她也不是傅念君，傅琨不可能為她的婚事像傅念君一樣操心，思索再三，她便索性投了姚氏。

正好她也一直害怕傅念君，之前傅琨說是讓她掌家，其實她根本不敢有什麼自己的決定，一切都是傅念君說了算。傅念君越這般，淺玉就越像是見到了當年的大姚氏。

兩害相權取其輕，她最後便做下了這個決定。

傅念君不能指望淺玉能有多少見識，哪怕她內心自視甚高，少時也確實是受詩書薰陶長大的，但是多年後宅閉塞惶恐的生活，已經叫她的判斷能力徹底減弱了。

傅念君幾乎可以肯定，那個術士應當是幕後之人安排的。

但是他怎麼會想到用淺玉母女來做筏？

傅念君望著惴惴不安的淺玉，淺玉沒有等到如她所料地大聲責罵呵斥，更是心裡焦急成一片。

「姨娘，那術士可曾說過漫漫有何貴不可言之處？」

淺玉臉色大變，結巴道：「他、他都是胡說的，二娘子，我、我們不敢想……」

她這表情分明就是想過很多次的，而且還很信以為真。

「說吧，我說了不會生氣的。」傅念君從剛才到現在，臉上都沒有露出一點惱怒之色。

淺玉才支吾道：「他說漫漫……也有機會能嫁入皇室……」

傅念君確實有些驚住了。

淺玉連忙解釋：「二娘子，並非是妾心貪高，我是斷斷不敢做此想的，只是想讓漫漫今後能有個更好的前程，那大師當真很是靈驗……」

淺玉當然不敢想。嫁進宗室和嫁進皇家並不是一個意思，宗室有爵無權，甚至不如清貴世家，皇家便是狹義指當今聖上的自家人。

各位皇子都已成年，淺玉的想頭可能是落在皇孫身上。

只是她但凡能好好想一想，就會發現這其實並不太靠譜。

現在只有肅王和滕王生了兒子，肅王的兒子周紹雍年紀不合適，而滕王的孩子就更沒有聯姻的必要了，滕王是個傻子啊。

傅念君驚的卻不是這個，而是腦海裡一些從前忽略的東西，驟然復甦了。

傅念君很快就想到了，他那位比他小許多歲的王妃，難道就是漫漫？

周毓白。

她越想越覺得心驚，也越覺得有可能。

在三十年後，傅家破落後，她並沒有聽說過任何關於淺玉和漫漫的消息。傅饒華、陸氏生的傅月華，還有嫁人後過得不太好的傅允華，她都多少有些印象，畢竟這些都是她的姑祖母。那麼漫漫去哪兒了？

現在想想，或許極有可能是因為她成了淮王妃，蹤跡被隱藏了。

淺玉碰到的江湖術士是幕後之人的安排，他一定知道漫漫是未來的淮王妃，所以想從這裡下手。這也就不難解釋，他怎麼會千方百計這樣挑唆一個後宅沒什麼用的妾室了。

所有疑點都可以理通順了，傅念君甚至能記得很久之前在街上偶遇齊昭若，他對漫漫格外怪異、讓人生疑的態度。

因為他知道，那就是他的生母和外祖母。

想到了這些事，再這樣看淺玉的臉，傅念君也忍不住身上的惡寒。

這感覺太古怪了。

「二娘子……」

淺玉見她臉色驟變，心裡也是害怕極了，只是為了能夠將漫漫重新要回到自己身邊，她也管不了那麼多了。她撲通一聲跪在傅念君跟前，泫然欲泣。

「二娘子，妾知道錯了，真的知道錯了，只是漫漫還小，她離不開親娘啊……」

傅念君回過神來，見她又在自己跟前又哭又跪的，心裡一陣不耐煩。

愚笨之人總是教不好，淺玉就不會想想那個術士的來歷？或許她也想過了，但是對方身後的主子，是能夠預知未來的，隨便說幾件會發生的事，也足夠讓這個淺玉心服口服了。

「好了，姨娘起來吧，這件事不簡單，我現在要查出那術士背後謀害我傅家之人，妳好好說話，配合一下。」

淺玉愣了愣，「謀、謀害傅家？」

有這麼嚴重？

傅念君冷笑，「如何對姚氏獻策，也是他的主意吧？敢干預傅家內宅之事，難道還不是別有所圖。」雖然那些事都是淺玉主動和他說，問他討計謀的，但是傅念君這樣一講，她也覺得有幾分道理。

傅念君細細地問了一遍對方的身高相貌還有特殊之處。

「最近，他還有和妳聯繫嗎？」

淺玉搖搖頭，「自妾身來了這裡，與外頭再無半點聯繫了。」

傅念君擰眉，行跡暴露，對方便收手了？

傅念君道：「姨娘，我可以還妳自由，也可以讓漫漫回歸到妳身邊，但是妳要幫我做件事。」

淺玉心中大定，這次見面，實在是出乎她意料。

「二娘子請說，無論什麼，妾都會做的。」

「過幾日我就讓妳恢復自由身，妳要想辦法重新聯繫上他。」

淺玉點點頭，「妾一定會盡力的。」頓了頓又問：「是過幾日？」

傅念君簡直要被她氣笑了，「妳犯了錯，府裡的人都知道，總得給我幾日找個替罪羊。還有，今日我與妳之間的對話，斷不能讓第三個人知道，否則，漫漫她……」

淺玉忙不迭地點頭，「明白。」

傅念君想了想，「那位季婆婆，恐怕有段日子不能侍奉在姨娘身邊了。」

淺玉面露難色，終究卻咬牙應了下來，「二娘子要用什麼人，請儘管用吧。」

傅念君仍舊不太信任她，而且那季婆婆顯然是有幾分心計的，太聰明的下僕在她身邊放著，傅念君不放心。

這裡說完了話，漫漫也被季婆婆領著來找娘了。

傅念君望著她的小臉，點頭道：「今日陪妳姨娘在這裡用過晚膳，再回去吧。」

主僕三人都因為這句話驚喜不已。漫漫更是朝傅念君綻出了一個極甜的笑容。

傅念君望著這張和自己那麼像的小臉，心裡的滋味很是難言。

不知是不是她多想了，前世的周毓白娶漫漫，會不會是和這張臉有什麼關係呢？

§§§

傅念君從淺玉的院落裡出來，就回去自己屋裡喝了幾杯溫茶。

芳竹忍不住在一旁嘀咕：「淺玉姨娘也太不會待客了，連口茶都不給娘子備著。」

傅念君不想計較這些，只對她道：「去看看哥哥回來了沒，我有事要和他說。」

傅念君要和傅淵說的，不是旁的，就是傅寧今日做的這事。

傅甯一直都是傅淵在料理，傅念君覺得這樣也好，若是先前就由她出面，反而狠不下心來。

傅淵回來後聽她說了這事，只與傅念君道：「既然如此，也不用他做六哥兒的伴讀了，給些銀錢讓他回去吧。」

傅念君有點不放心，「哥哥可覺得放心？」

傅淵倒是很平靜，「這麼長時間沒有動靜，對方要不就是另有安排，要不就是不敢妄動，這樣的情況下，讓他回去也無甚不可，說不定也能探探虛實。」

傅念君只道：「那就哥哥做主吧。」在她私心裡，她倒是希望傅寧的事就此了結了，從此往後他就只做個平凡的讀書人，再也不要捲入本來就不該屬於他的朝堂鬥爭。

兄妹兩人簡短地說完了，傅念君就順便領傅淵去看準備的彩禮，馬上就要下聘了。

「哥哥可覺得不錯？還是要再添點？」

大姚氏的嫁妝豐厚，傅淵的彩禮自然也不會輕。

何況山西梅家和他們的親舅舅姚隨聽說他要成親，不知道送了多少好東西來。

傅淵見她笑得不懷好意，只一本正經道：「妳拿主意就好。」

傅念君板著臉，故作嚴肅：「是你娶媳婦，怎麼要我拿主意？」

傅淵索性不理她，傅念君自然把他這模樣理解為不好意思。傅淵隨口問了她幾句最近是誰在幫她的忙。傅念君這才想起來自己剛才領了漫漫去淺玉那裡，忽略了那位嬸娘周氏，此時她應當被人送回去了。

「多虧周嬸嬸來幫忙，要不然趕上過幾日大姊出嫁，府裡真是忙不過來。」

傅淵與她這樣閒扯了幾句，兄妹倆才算分開各自回去安置。

傅家和錢家的親事進行得很快，兩家也是怕了從前那些拖拖拉拉的各種麻煩，這個當口又正好是傅允華出嫁的日子，只能雙管齊下，兩頭開工，傅念君忙管家務，經常累得沾床就睡。

傅允華的親事定下有一陣了，四房裡金氏卻一直不消停，偏要趁亂擠到這時候來。

她一直就嫌傅允華這門親不好，一會兒又說這幾個月沒好日子，一會兒又嫌棄公中給的嫁妝太少，就是纏夾不清地想拿好處。

直到發生了傅梨華那件事，也算敲山震虎，傅允華終於能嫁出去了。

她都十八歲了。

相較而言，二房裡陸氏就低調得多，籌備兒子傅瀾的親事也沒有驚動公中。她當然有錢，陸家怎麼可能沒錢，何況傅念君聽說她幾乎已經將老家那裡的鋪子田莊都收回到了手上，轉交給陸成遙了。

傅家接連有喜事發生，不得不說，就連傅琨連日來鬱鬱寡歡的心情也暢快了幾分。

因著與錢家的這樁親事，他到底得罪了皇帝，雖然早已能預料，但是朝堂上百官的冷遇多少也讓他心情欠佳。他倒不在乎從前那些獻殷勤拍馬屁的人轉了風向，而是因為人人都知道傅相大約是無緣樞密院了，自然就多去投靠參知政事王永澄。王永澄一向在戰事上主和，傅琨怕他從中參一腳，又鬧得皇帝舉棋不定。

想到那位嚴陣以待的狄將軍，傅琨琢磨著，皇帝大約這幾日就該做下決定了。

到了傅允華成親這日，傅琨也湊興喝了幾杯酒，給全了四房面子。傅念君實在對四房眾人沒有什麼好感，好在嫁女不比娶婦，她也不需要張羅什麼，幾乎只是跟著陸氏吃筵席時談天說地。淺玉姨娘也趁著這個機會「病癒」了，能夠跟著討杯喜酒喝，她不敢忘記答應過傅念君的事，瞧見她時眉眼中的懼色更濃了。

陸氏還跟傅念君打趣：「妳是什麼母大蟲化身，竟連妳爹爹的妾室見了妳都怕成這樣。」

「小人畏威不畏德，嬸娘懂的。」傅念君朝她眨眨眼。

陸氏搖頭失笑。

錢婧華曾給傅念君通過信，說是很想討傅家一杯喜酒吃。

她是傅允華的救命恩人，於情於理，傅允華和金氏都該向她下帖子。

只是傅允華出嫁這日，她卻也沒有出現。小娘子家臉皮薄，錢家也不可能這麼冒失。

但是傅念君到底與她相交多時，明白她那信中的意思，於是傅允華成親後第二天，就提了喜餅等東西藉口去了錢家。

錢家在京中也有宅子，因此她不需要回江南去待嫁。

錢婧華比之先前更嬌豔了些，看起來心情不錯。

「妳母親沒有過來麼？」傅念君好奇道。

錢婧華低了低頭，只道：「母親身體有恙，我、我姑母還在……」

傅念君想到了她母親的身世，便也不再多問，想到她是不方便出現在京城裡的。

錢婧華叫她來，支支吾吾地半晌也不說話，看起來很是羞答答的。

傅念君好笑道：「妳馬上要做我嫂子了，還有什麼不能同我說？」

錢婧華輕輕推了傅念君一下，滿面紅霞，「妳胡說什麼。」

見這樣子，想來她是對這婚事很滿意的。

傅念君心裡不由嘀咕，傅淵整日一張冷冰冰的臉，卻沒想到這般受歡迎，也不知錢婧華對他的心思有多久了。錢婧華躑躅了半晌，終於還是忍不住問了出口。

原來她不過是婚期惶恐，生怕傅淵不喜歡她，想問問傅念君他到底是怎麼想的。

傅念君搖頭嘆息，傅淵的心思又幾時肯告訴自己了，她幾番試探，也沒個準數。

她只道：「這親事是我哥哥主動促成的，妳說他心裡有沒有妳？」

「當真？」錢婧華立刻喜笑顏開，一張臉神采飛揚起來，讓人挪不開視線。

「自然當真。」傅念君認真道：「妳且時時保持這般笑容，我哥哥就是千年的寒冰，也定然叫妳給捂化了。」

錢婧華見傅念君取笑自己，紅著臉要去掐她，兩個人嬉笑了一會兒才算打住。

錢婧華心裡總算也定了下來。

她卻又突然轉為滿面愁容，「我倒還好，可盧姊姊那裡，親事卻一波三折的。」

盧拂柔？傅念君想到了周毓白所言，說她將會成為周毓琛的妻子，日後的齊王妃。

只是錢婧華現在怕是還不知道。

只聽錢婧華又惋惜地感嘆了幾聲，卻又道：「不過說起來，崔家也不是什麼頂頂好的人家，那位崔五郎……」她看了一眼傅念君，篤定道：「有眼不識金鑲玉，可見也不是什麼人物。」

傅念君笑道：「妳不用顧及著我就這樣編派人家，實事求是，崔五郎也算尚可。」

他不過是迂了些，自以為是了些，起碼就品德才學而言，還算過得去。

錢婧華本就是個活潑性子，如今心裡又暢快著，便多嘴和傅念君聊起了她近來聽到的消息傳聞。「妳可知近來那裴四娘常常出入宮裡？」她邊說邊朝傅念君眨眼睛。

傅念君手裡剝著一個橘子，配合道：「什麼緣故。」

「她呀，常常在皇后娘娘跟前湊，還能為什麼，想做淮王妃唄。」

傅念君手裡一頓。

錢婧華是不知道她和周毓白的事的，哪怕從前周毓白和她傳出過什麼來，但因為和傅念君傳出過什麼的男子太多了，實在是難以讓人判斷真假，錢婧華索性一概不信。

「是麼……」傅念君淡淡地應了：「上回同妳在盧家倒是見了她一面。」

錢婧華點頭，「我是覺得她生得不如盧七娘好看，只是為人靈巧，長輩們大概都喜歡。不過比起來，盧家想必也有點那個想頭……」

傅念君撇了撇嘴，笑道：「這樣說來，正好一人一個分給兩位新晉的親王，不是正好？」

錢婧華噗嗤笑了出來，「妳就沒想法？」

傅念君也不想真的撒謊騙她，她能有什麼想法？

畢竟她若說出自己和周毓白是兩情相悅，錢婧華估計要以為她發了瘋。

錢婧華見傅念君面露尷尬，以為是戳到了她的痛處，只道：「外頭人不知道妳的好，將妳傳成這樣，若是皇后娘娘見到妳，定然會喜歡妳的。不如妳過幾日同我一道進宮？正好皇后娘娘賞賜了東西給我添妝，還未去謝恩。」

皇后舒娘娘是個和藹的女人，很喜歡這些鮮亮的小姑娘，因此哪怕當時張淑妃視錢婧華為兒媳婦，舒娘娘也並未對她有何芥蒂，與其他經常出入後宮的小娘子們一視同仁。

原本以傅念君的家世，也當是其中一員，只是從前那位的作為實在是丟臉丟得刻骨銘心，到現在太后都還記得傅相有個不懂規矩、令人生厭的閨女。

「不用了。」傅念君打斷錢婧華的好心，主動扯開了話題，談到了先前蘇計相府上的婚事。孫二娘子與她們也有幾面之緣，為人也不如她大姊那般，因此她們兩人都封去了賀儀。

說到了孫二娘子和蘇選齋，便難免要提到齊昭若。

關於他的傳聞，可說是比那坊間的故事話本子都精彩。

傅念君這才知道他已經離京一段時日了，不是因為抵抗母親的指婚，聽說是去到軍中歷練。

傅念君不知他想做什麼，但是她曉得，齊循那件事發生的時候，他是趕回來過的。

他到底是什麼心思傅念君不想去猜，他有沒有同邠國長公主達成什麼協定也不得而知，好在邠國長公主沒再來尋自己的麻煩，傅念君就極力地想忽略這個人的存在，哪怕很多事她非常想知道，也只有齊昭若能替自己解答，例如關於漫漫……

可她就是不再想和他扯上半點關係。

與錢婧華隨意扯了幾句，傅念君就想告辭了，可是錢婧華卻不肯放她走，直說要讓她留在錢家陪自己一晚。

她實在是精力旺盛，傅念君拗不過她，便同意了，打發下人回府去取自己的東西，打算留宿在錢家。

這一夜倒也是尋常，錢婧華的哥哥錢豫過來看了她們一次，男女有別，也不敢多留。晚上兩個人躺在一起的時候，錢婧華卻沒頭沒腦地對傅念君嘆氣道：

「妳覺不覺得我哥哥有些古怪？」

傅念君心裡轉著的卻是，這錢家果真有錢，這糊帳子的綃紗，京裡有賣嗎？

她輕輕啊了一聲，只道：「哪裡古怪？」

錢婧華側翻了身，對著傅念君語氣嚴肅：「我瞭解我哥哥，念君，他對妳有些不同。」

傅念君不以為意地笑道：「我當什麼，畢竟我生得好看，他又不曉得我的底細，便往我臉上多瞧了幾眼，妳也吃醋？」聽她這樣調侃自己，錢婧華咯咯笑著要去扭她的臉，「我倒要來看看妳有多厚的臉皮。」

「我說的是真的，妳也生得好看，我不信我哥哥對妳沒有別的想頭。」

錢婧華默了默，也不知是不是在害羞，傅念君等了半晌才聽到她說：

「總歸我們這樣的家庭是不可能換親的。我哥哥是君子，他那點想法，或許他自己都沒意識到，生生就給斷了吧……」

傅念君覺得她還真是喜歡往自己身上攬責，八字也沒一撇的事，都能如此唏噓不已。

「我說未來新嫂子，妳還是先想想討好小姑才是正理吧。」

錢婧華嘻嘻笑著把一條腿壓到她身上去，「這不就是在討好妳？」

傅念君心中哀嘆，自己被壓一壓也就算了，錢婧華這性子啊……

她實在難以想像傅淵那個冰塊一樣的人被錢婧華這樣一條腿壓在身下。

她現在是真覺得這一對是天作之合了。

15 風波再起

第二天起來傅念君就腰痠背痛的，說什麼也不肯多留，在錢婧華滿是歉意的目光中坐上了小馬車回家。只是也不知是不是這畜生和人一樣認地方睡覺，走到半路上，這馬突然0不肯走了，蹶著蹄子在路中間撒氣。

傅念君出行向來簡單，這架兩輪小馬車也簡樸，只有這匹老馬拉著，走得慢不說，常常要看牠脾氣。郭達苦著臉給傅念君訴苦：「難道是錢家的飼料太金貴，這畜生吃慣了咱們府裡那差勁的，就吃不慣鬧脾氣了？」

傅念君：「……」

後面已經有行人漸漸聚攏過來了，芳竹也替傅念君著急，催促郭達：「快些讓這畜生挪開道路才是。」

「姑奶奶。」郭達沒好氣地抱怨：「我和牠又不是同類，我也想和牠好好交流啊。妳瞧瞧這，比伺候大爺還難……」

「你！」芳竹氣得柳眉倒豎，手指尖差點抵到郭達臉上去。

傅念君只好道：「我先下來吧，牠不肯走，稍微往旁邊拖一拖，總不能因為我們擋了後頭行人。」她才剛跳下馬車，耳邊就有達達的馬蹄聲傳來。

傅念君撇頭去看，只見過來一匹通體雪白的神駿，其上之人，正是她最最不想見到的齊昭若。

所謂冤家路窄，滿京城難道沒別條道了？

傅念君立刻偏過頭去，期望他並沒有看到自己。

但是齊昭若卻在他們幾步遠處就拉緊了轡繩，一個漂亮地翻身躍下地來。

他只是走到車邊，擰眉看著那匹鬧脾氣的老馬，對郭達道：「勞駕，可否讓我來試試？」

負責趕車的郭達和車後跟著的大牛大虎俱是一愣，隨即便戒心大起。

齊昭若卻是沒有向傅念君投去一眼，只是凝神盯著那馬，似乎在觀察牠到底有何不妥。

郭達不肯相讓，反而凝神屏氣，似乎隨時準備手下有動作。

傅念君卻朝他輕輕地搖了搖頭，郭達收了腳步，便自覺地退後半步。

只這瞬息的動作，就落入了齊昭若眼中。他能夠看出來，這人是個會武的。

齊昭若不動聲色，只上去撫了撫那馬的鬃毛。

傅念君並不知他是否真的懂得馭馬。昨天錢婧華才提到他，他竟然就回京了？

傅念君微微擰眉。

齊昭若只有側臉朝著傅念君，目不斜視，彷彿真是路上遇到，就順便替人解決麻煩，絲毫不做出任何熟稔之態。傅念君瞧不清楚他的用意。

他比先前黑了些，一張常常被人比作就是妙齡女子敷粉都不如的小白臉，倒是曬成了健康的麥褐色，整個人看起來多了幾分英武。看來他確實去軍中歷練了。

芳竹輕輕在傅念君耳邊抖著嗓子問：「娘、娘子，這怎麼是好？」

傅念君看了她一眼，「慌什麼？」

齊昭若並未向這裡投來關注，只是耐心地摸著馬鬃、馬尾，還蹲下身去察看馬蹄。

傅念君瞥了一眼他適才騎的那匹駿馬，那畜生正昂首挺胸，不可一世地睨著路上行人，還不客氣地朝她的方向打了個響鼻。

傅念君心道，莫非這傢伙還真是個懂馬的。

彷彿是為了印證她的猜想，那匹老馬也不知是被齊昭若怎麼擺弄的，竟是肯好好地抬起脖子走路了。郭達忙將牠趕到路邊，抱著牠碩大的馬頭安撫。

傅念君還聽見齊昭若叮囑他：「……城東那家馬蹄鐵並不適合老馬，舊曹門街的張家鋪子是幾十年老店了，倘或可以去試試。」交代完了，齊昭若轉過身來，這才朝傅念君點了點頭。

傅念君不知他心中是如何想的，只覺得他眼裡看來還是藏了幾分緊張。

兩人見面就是尷尬，不如少說話。

「多謝齊郎君援手。」

平白欠了他這樣一個人情，該道謝還是要道謝的。

「無妨。」齊昭若竟也寡言少語起來，似乎是意識到她的冷淡，他也並沒有再說什麼，轉身上了自己的馬，臨去前投下一眼，就拍馬離開了。

芳竹扶著傅念君上車，見郭達還在那裡有一搭沒一搭地撫著馬鬃，便不由輕聲啐道：「做馬夫的，卻不如那王孫公子……」

傅念君已經進車了，郭達卻聽到了，不滿地回身道：「我說妳這個丫頭，分不分是非黑白？我是專門的馬夫麼？」

芳竹也是心直口快，說話不過腦子。對啊，郭達是周毓白派來傅念君身邊保護她和通信的，他本來就不擅長這些。郭達重重地哼了一聲，心底嘀咕，還不是妳這位好娘子吩咐我養馬，前十幾年我都是在習武，半路出家，能成這樣就不錯了。

芳竹漲紅著臉，瞪大了一雙眼道：「知道您身分高貴，究竟什麼時候能走了？」

郭達一甩馬鞭，不打一聲招呼就催馬前行，芳竹還沒坐穩，半個身子露在門外，被他這樣一下，整個人差點跌個仰倒。

「他、他……」她氣得要命。

傅念君只微笑道：「好好地又在大街上鬥什麼嘴。」

「才沒有呢。」芳竹小姑娘忿忿地咬了咬牙。她隨即又忐忑地望了傅念君一眼，「娘子，今天我們碰到了齊郎君，會不會……」

「會什麼？」

傅念君一個眼神飛了過去，芳竹立刻嚇得閉嘴了。

「不過是路上偶遇，妳這般心虛的樣子是怎麼回事？」

芳竹訕訕道：「我、我是怕郭達他們胡說嘛……」

傅念君看了一眼並不能擋住多少的馬車青簾，似笑非笑道：「他大概會聽到了。」

芳竹立刻噤聲，低頭扭著手不敢言語。她心裡七上八下，禍從口出，自己是不是給娘子惹禍了啊？看來還得好好叮囑郭達，不許對淮王亂說話。

傅念君倒是覺得沒什麼，齊昭若是無意也好，刻意也罷，郭達去告訴周毓白也好，不告訴也罷，總歸她和齊昭若的事，周毓白是早就清楚了的。

§§§

回到傅家，並未隨傅念君去錢家的儀蘭已經恭候多時了。

「娘子，旁的事也沒什麼，就是上午周家夫人來尋妳，似乎有事要說。」

傅念君頓了頓，周氏？

「有事怎麼前幾日籌備三哥聘禮時不說？她可有說何時再來？」

儀蘭給傅念君上了茶，「她說是請娘子幫忙的，若是娘子肯見她，就再讓人去叫她。」

傅念君道：「大約又是攤上了什麼熱心腸的好事，嬸子前些日子也辛苦了，這點面子我不會不給她，明日就請她過來喝茶吧。」

儀蘭是早就猜到會有這一日的。

從前也就罷了，沒多少人曉得傅念君是傅家後宅的執掌人，但是這一回，傅家接連幾件喜事都是傅念君出面料理的，淺玉又對她表現出這樣個態度，周氏那樣的人自然就清楚明白了。既然有權在手，便就會有有所求之人登門，哪怕她自己都還是個尚未出閣的小娘子。

第二日周氏來了，果真是有事請求傅念君。

「……在二娘子面前，我這個做嬸子的也就不藏著掖著，有話直說了。不知道二娘子還記得不記得那個叫傅寧的後生？」

傅寧的輩分，在傅念君面前，確實是後生。

原來這周氏和傅寧的母親宋氏交好。

傅寧回家去後，竟是渾渾噩噩生了一場病，最後也不知是他與宋氏怎麼說的，宋氏竟不顧一對盲了的雙目，親自求到了周氏的面前，希望她能到傅念君面前求求情，能再給傅寧一次機會。

「傅寧他母親，也是與我十幾年交情了。他們娘倆從小就過得苦，孤兒寡母的好不容易到現在，那宋氏又是看不見東西的，還要兒子照顧，著實可憐。那孩子讀書好，難得有機會在六郎身邊做個伴讀，聽說前陣子也蒙傅相青眼相看，這大好前程眼看就在前面了。二娘子妳說，這是不是太可惜了……」傅念君只是低頭喝茶，心道這周氏又來這裡發揮她無處安放的同情心了。

她連傅寧究竟犯了什麼錯都不知道，就敢這樣求到她面上，也不過是看她年紀小，知道她在長輩面前抹不開面子罷了。何況她必定自認她來傅家幫忙還是傅琨授意，傅念君不敢違拗。

「二娘子？」周氏覺得她的表情很是古怪。

傅念君放下茶杯，直接道：「這事，我怕是不能答應嬸子。」

周氏也真的是不瞭解她這個人。

她傅念君別的沒什麼，臉皮可以說是很厚，完全不會有抹不開面子的時候。

她施施然道：「其一，傅寧是我三哥處置的，嬸子問我，我沒理由管。其二，嬸子的話錯了，我雖與他不熟，卻也知道他是正經讀書人，今後要做天子門生的，他的前程是官家和自己給的，怎麼能和傅家有關係？嬸子這話說錯了，若是傳了出去，豈不是讓人以為我爹爹有什麼本事給人指路賜前程了？」她一下子把話拔到這個高度，周氏一個後宅婦人哪裡能接得上話。

周氏斷沒有那個意思，說是求傅琨給傅寧開後門，這樣的話傳出去是抹黑傅琨，她可真是沒臉再登這個門了。「怎、怎麼會呢，二娘子誤會了，我只是說，傅寧那孩子得過傅相幾日指點，也算是有緣分……」

「自然是有緣分。」傅念君點點頭，「我爹爹平時就愛好指點後輩，這不桃李滿天下麼？嬸子未曾見我們這傅家門前來來往往的淨是學生？」傅琨竟也是強行被女兒安上了這個愛好，天知道他近一年來忙得根本連自己兒子都沒空管教。

周氏徹底沒話說了。她活了這麼幾十年，竟是說不過一個小娘子。

一番話下來，傅念君一點面子都沒給她留，周氏心裡不高興，卻又沒奈何，傅念君倒是很熱情地讓人送她出門，甚至取了廚房裡今日新鮮的海貨讓她帶回去。

周氏直到出了傅家的大門才醒悟過來，是了，這傅家早就是這個傅二娘子做主了，小小年紀，管家比姚夫人還厲害，自己勸不動她也是應該啊。

屋裡芳竹悄悄地向傅念君豎起了大拇指，「娘子，厲害。」

這個周氏，熱情和同情心氾濫，並不是什麼奸惡之人，還不值得傅念君花什麼心思，她只是稍微有些在意傅寧和宋氏……

宋氏這個人，是她前世的祖母，當然自己出生的時候，她已經去世很多年了。但是傅寧卻不太願意提起這位祖母。今日聽周氏說，兩人當是母子情深才對。

這一點，讓她十分在意。

「娘子，娘子……」這會兒是儀蘭在喚她。

「怎麼？」傅念君挑眉，「又有一個周嬸子要我幫忙？」

儀蘭要笑不笑的，但又很快收斂神色，「不是的，是我送周夫人出去，遇到三郎君回府了……」

「他去哪裡了？」

「是姚家。回來時似乎面色不善，聽門房說，郎君一回來就問相公可在書房，似乎是有事，娘子要不要去看看？」

傅念君知道傅淵是不太願意去姚家的。姚家後宅論起來比傅家都差勁多了，那個當家夫人李氏上次也是讓兩兄妹好好見識到了她不輸姚氏的自私自利，但是到底她們誤打誤撞解開了傅念君與齊循之事，傅淵兄妹倆商量過後便不打算追究，反正方老夫人現在臥病在床，聽說整日對李氏指桑罵槐的，也夠她們受的了。

怕就怕她們再出么蛾子。

傅念君去傅淵院子裡找他，順便慣常做了些點心端過去。

傅淵沒有意外她過來。

「可是外祖家又有什麼事？哥哥可否與我說一說？」

傅淵擰眉，輕輕嘆了口氣道：「原本姚家的事不想讓妳知道的，但是某些人的行為，還真該讓妳聽聽，世上還會有這樣的事。」傅淵看來是氣得不輕，連這樣的話都說出來了。

仔細一問，才知道原來果然是那位李氏和姚三娘不肯消停。

話說上回齊循退回傅家的八字是姚三娘的，傅琨礙於岳家情面，也沒戳破，只原封不動地送了回去。

姚家祠堂裡一場大鬧，姚安信和方老夫人夫妻兩個相繼病倒，傅梨華還被送回了林家，李氏和姚三娘也被方老夫人懲戒，想來是諸事妥穩了。

可是沒想到，那姚三娘先前出府，竟是正好遇到了與齊昭若同遊京城的齊循，她這才曉得親娘說的好人才是什麼意思，竟是一眼就瞧中了他，回去就哀求李氏想辦法。

她是篤定了自己和這位齊小將軍有緣的。

李氏也不知哪根筋搭錯，別的不學，偏要去步她那小姑子姚氏的後塵。

於是母女倆一合計，竟派人把這事鬧到了鎮寧去，要叫齊節度使一家負責。

齊家那裡，本來齊昭若都將邠國長公主勸服了，齊循也因為自作主張退還八字，這親事自然是不好再談下去。齊循的母親正是忐忑怎麼傅家也沒點動靜，倒是等來了姚家的人。

鬧得那鎮守軍中人人都曉得，左衛將軍齊循這是沾上了桃花債。

原來那李氏的人過去一頓纏夾，說是姚三娘的庚帖被齊家要了去，又被齊循不顧長輩臉面私自再退了回去，齊家是不肯認這門親了。

齊家沒經過正經媒人，私藏姚三娘庚帖，這是其一；齊循又再次私自退回，將姚家人玩弄於鼓掌之間，這是其二。

條理分明，樁樁件件說得清清楚楚，甚至抬出了邠國長公主這尊大佛，要問他們好好討個說法。壞就壞在邠國長公主與方老夫人見面，何時何處，李氏早就打聽了清楚，甚至還有半真半假的人證，說是齊家不認，就要告到公堂上去。

話都說得這般重了，就不像是純粹來鬧事的了。

那齊家也是有頭有臉的，而姚家也是武烈侯府，都是武將家族，要說兩家的家世，也算是合宜，但是從沒有兩家量媒說是鬧到這樣地步的，畢竟罕見。

因此大家都紛紛議論，猜測這其中的真假。

齊家也覺得頭疼，要說傅家找上門來倒還好說，這姚家算是怎麼回事？

齊延揪著兒子的耳朵逼問，問他究竟在京城裡背著他們做什麼了？

問得齊循也是手足無措，連聲辯解說沒有。

偏姚家佔著道理，方老夫人和邠國長公主串通的事不能見光，姚家是不怕撕破臉皮，但是齊家怕啊。這件事是齊家理虧，偷偷私藏了未嫁小娘子的八字，不論是傅念君還是姚三娘，他們這樣做就是有違道德，打定著拿捏人家小娘子名聲的主意。

這件事沒有辦法風過水無痕。

齊家要耍賴不認，首先要傅家配合。

因此齊延夫妻也顧不得丟臉不丟臉，直接先讓人送信去了傅家，言辭懇切熱忱。

齊循終究還是覺得應當自己再去一趟京城。

而齊昭若這些日子都住在他家中，自然也很快知道了整件事。

難怪齊昭若就這樣回京了，傅念君如此想道。

「我今早收到那信，立刻就去了姚家，一問之下竟真的……」傅淵連連冷笑，臉色黑如鍋底。

傅念君還在腦中細細梳理這件事情，一時沒有回傅淵。

傅淵見她愣神，挑眉問：「怎麼？」

傅念君做恍然狀，只搖頭問他：「那三哥打算怎麼做？」

傅淵冷笑，反問她：「反正都是像吃一隻蒼蠅，怎麼吃都是噁心，我還能怎麼做？」

傅念君忍不住笑出來，沒想到有朝一日飽讀詩書的傅淵會用這樣粗俗的比喻。

可這件事確實就像吃蒼蠅一樣噁心。

本就是傅家的無妄之災，卻因為方老夫人和李氏的搗亂，如今他們只能二選一，要麼認可姚家的說法，那麼自然齊家只能認栽，畢竟原本他們就不是光明磊落作派，加上邠國長公主的抽手，他們就只能結下這門親事。

或者傅家是認可齊家的說法，替齊家全了面子，將他們私自拿了庚帖一事矢口否認，齊家當然會感激不盡。只是這樣做，無異於讓傅淵兄妹倒過頭來，去幫助坑害自家之人。

憑什麼？泥人尚有三分土性子，他們姓齊的接二連三欺辱上門，傅淵自問沒有這麼好脾氣，還要自損門楣去幫他們解決麻煩。

傅念君搖頭苦笑，「她們何必用這種法子，好好去同齊家說親就是了。」

傅淵說：「妳當武烈侯府還是當年？若是我們的嫡親表妹還好說，舅舅與齊大人同是節度使，齊家背後有齊駙馬和邠國長公主這樣的皇親，而舅舅也有我們家和梅家，但李氏的女兒，沾得上什麼？」

傅琨有時候不好出面，但是傅淵已經將態度擺得很明了，他是不認方老夫人這個外祖母的，就更別說她的兒媳和孫女了。何況姚三娘也不是天仙一樣人物，生得遠不如傅梨華標致，配齊循真真是高攀了。

「哥哥先不用急，這件事也沒有到迫在眉睫的時候，等看看爹爹是什麼意思。要我說……」

她展顏笑了笑，「她們都是在耍無賴，不如我們也耍耍無賴。」

傅淵擰眉，等著她繼續說下去。

「她們糾纏的不過是庚帖那事，仗著的，就是只有齊、傅、姚三家知道，比著的，是誰怕丟面子。姚家不怕，齊家怕，他們以為我們也一樣怕，其實呢，我根本不在乎。」傅念君聳聳肩，「我的名聲放在那裡，又不是白璧無瑕，根本不在乎再添這樣一筆可有可無、捕風捉影的事，裝傻到底，難道他們還能逼著我們選邊站？」

傅淵微微愕然了一下，但是轉念一想，這還真是傅念君的解決方式。

聽來好像是毫無章法，荒謬可笑，可有時候奇招才好用。

他咳了咳道：「我們就說不知道那庚帖的事，由著他們去鬧，他們確實不能逼我們，但是當時齊循來我們家中，很多人都見到了，又該怎麼說？」

傅念君投給了他一個「這你還要問」的眼神，「難道不是他傾慕我想來結親的？爹爹認為他不懂禮數就立刻給辭了，他也沒有臉面繼續留在京裡，很快就回家了，不是這樣麼？」

傅淵嗆了一下，差點都替她覺得臉紅了，「妳還真是……」

傅琨和傅淵都是君子，但傅念君不是，這件事裡誰都該付出代價，唯獨傅家和她不必。

至於對方都遇到怎麼樣的麻煩，這不是她該關心的。

傅念君說著：「旁人家的事，沒有必要樁樁件件都費哥哥和爹爹的心神，不值得。」

傅淵望著她的眼睛，最後竟是勾了勾嘴唇，朝她道：「幸而妳是女兒家，也……太不厚道了。」

傅念君哈哈笑了一聲，像他拱手道：「小女子心術不正，傅東閣還請多多包涵了。」

傅淵上下掃視了她一圈，岔開話題：「妳昨夜歇在錢家了？妳們感情雖好，以後還是不要……」傅念君迫不及待地打斷他：「我懂，我懂，再也沒有下一次了。」

錢婧華的睡相，真是一言難盡。

傅淵皺眉，以為是發生了什麼事。

傅念君嘆了口氣，嘀咕道：「你以後就知道了。」

順便向傅淵投去了格外同情的一眼。

傅念君並不清楚具體傅淵會怎麼處理這件事，但是她有七、八成篤定他會接受自己的建議。

正好傅淵也不想再讓她同姚家打交道了，一直都強調這是他的分內之事，因此這件事傅念君不必要再去插手。

§§§

「昨夜裡又下雨了，真冷啊，瞧這地上，打滑了好幾個人了。」

「冬天又要來了，可不是下一場雨就涼一回麼。」

「冬日一來，就只能盼年節了，年節裡熱鬧，好吃的又多，就是忙得很……」

「妳就知道吃！」

廊下丫頭們在細聲輕笑著說話，傅念君卻獨自坐在屋內，面前擺放著紙筆。

她是在仔細想著前世記憶裡，關於成泰三十年的那場戰事。

這場戰爭如今已經不是她能夠預料的了。

她記憶中成泰三十年的戰爭是以大宋慘敗而告終。

但是當時的情況與如今可說是大相逕庭了，她對這場戰事所知不周，但是據說當時朝廷已經與西夏議和，而西夏卻出爾反爾，當眾斬殺使臣，在延州軍民正準備慶賀和平，防禦鬆懈之際偷襲延州。而當時的樞相還是文博，最後皇帝震怒，貶謫了無數將官。

但是今生，很多事情都不一樣了。

傅琨大權在握，即便他不打算入主樞密院，但是顯然如今的議和過程已經大大耽擱，朝臣由傅琨領頭，據理力爭，恐怕議和的可能性很小。也就是說這一次不會像前世一般，完全是無準備之仗。

一年多前開始，朝廷似乎就已經開始厲兵秣馬，傅琨、周毓白也都知道，這場戰事是怎麼也逃不了的。

而甚至齊昭若，他在此刻進鎮寧軍磨礪，傅念君心中多少肯定，他是會往疆場去的。

戰事吃緊，前線升官，他太需要功勞來穩固自己的地位了。

他和自己不一樣，傅念君有父兄相護，而齊昭若似乎突然便開竅了，他在如今，作為男人，一個不被強勢的母親左右的男人，一樣要去拚搏前程、掌握權力，最後才有本事同幕後之人抗衡。

而傅念君其實對這場戰事抱著比較樂觀的態度。

畢竟還有周毓白……

前世周毓白因為屢屢受人算計，此際應當是左右掣肘的境況，而等這場戰事畢，他也很快將迎來圈禁十年的生活……但是這一次，傅念君知道，他一定不會坐視他父親的江山被西夏人的鐵蹄踐踏，也一定不會由著邊境軍民像牛羊一樣被殘酷屠宰。

傅念君學了很多縱橫韜略之事，她學過識人、用人知人，卻對兵法之道並不擅長。

她只能選擇，相信他們。

傅念君用紙筆將記憶裡還能想到的線索寫在紙上，想著下次見到周毓白或許可以問一問他。

而這夜也終於沒有再下雨，天氣卻依然是寒涼。

傅念君讓值夜的儀蘭睡到外屋去，不必要在冰冷的地上打地鋪了。

她自己迷迷糊糊地睡下，卻總睡得不踏實，夢裡似乎總有人在和她說話，又聽不真切。

她驟然睜眼，滿頭冷汗地望向自己床邊。

今夜沒有月色照進窗戶，屋裡一片濃重的黑色。她呼了口氣，覺得自己是太疑神疑鬼了。

可是就在下個瞬間，她見到床邊似乎有個影子一閃，她心中大驚！夏帳早被撤下來了，她確定自己沒有眼花。

傅念君下意識就往枕頭下摸去，可是摸了半天，都是空無一物。

她這才想起來，在枕頭下藏匕首是她上輩子的習慣，因為害怕庶長兄和那些姨娘的加害，她不敢掉以輕心。來到這裡之後，她哪裡還需要在枕頭下放匕首！

突然有道涼涼的嗓音在她耳邊輕聲說：「別叫，是我。」

傅念君渾身一震，齊昭若！

他、他怎麼敢！

他竟然敢在半夜摸到她房裡？

他瘋了嗎……

傅念君冷靜下來，死死咬住自己的下唇。她知道如今他武功高，自己和兩個丫頭絕對不是他的對手，現在喊出來，若是護衛們衝進內院，就徹底鬧大了。

「你想幹什麼？」她壓低了自己的聲音，依然仰躺在床上。

齊昭若的聲音似乎在她耳邊輕笑，「可惜今夜無半點月光，不能看清傅二娘子臉上的表情。」

傅念君剛才甚至都感覺不到他呼吸的氣息，可是現在她終於察覺到了涼意，應當是他從屋外攜帶而來。

「你究竟想做什麼？」傅念君聲音中怒意明顯：「想將我逼死大可不必用這種方式！」

明明兩天前在街上遇到時他還像個正常人，誰知道他今晚又發什麼瘋！

齊昭若在黑暗中深深地擰著眉頭，她永遠都是這樣想自己。

他無聲地苦笑。「我想妳同我去一個地方。」

傅念君冷笑，他同她一起要去的地方？是十八層烈獄吧！

「你請人的方式就是這樣？」

「這確實不是請，因為妳一定要去。」他理所當然地說。

傅念君恨得直想捶床，可到底還是忍住了。

「難道妳不想知道我們兩人之間，究竟有何宿命的糾葛麼？」

齊昭若突然說了這樣一句，傅念君忽然間安靜了。

「老君山的靜元觀中祝真人，近日出關了。」

傅念君自然知道靜元觀，其實她一直相信這塵世間有高人存在。

就如那法華寺的三無老和尚，就曾指點過她兩句話。

但是高人都各有脾性。傅念君再派人去時，就聽說那老和尚已經偷偷溜出寺，說是雲遊四方做苦行僧去了。他膽子小，當日就說過隨意洩露天機，是要被上蒼處罰的，恐怕是急急忙忙避難去了。所以齊昭若命好碰到一個樂於助人的高人也未必。

「不去。」但傅念君還是一口否決。她不想和齊昭若有任何接觸。

天機如何，高人如何，人定勝天，她早就在一條屬於她自己的路上無法回頭了。前塵過往，她亦不想再追究。但顯然齊昭若不是這麼想的，回夢香帶他回去的夢境太真實，也太讓人在意，他意識到解開他心結的關鍵在於傅念君，又怎肯輕易放棄。

「妳總會答應的。」他說道。傅念君冷道：「再用綁的麼？反正你不是第一次做這樣的事了。」

16 三天之約

齊昭若已經不期待傅念君給自己什麼好臉色了，但是祝怡安那邊，他一定要帶她去。

「三天，我給妳三天時間，怎麼向家裡交代妳可以自行決定。三天後，如果沒有消息，我會用自己的方式……」

傅念君聽他說到這裡，頭皮一麻。

在她眼裡，這人根本就是個瘋子，沒有理智，沒有道德，什麼都做得出來。

齊昭若道：「妳才剛從齊循那件事中脫身，這麼快又想重蹈覆轍麼？」

他笑了一聲，「我比妳更豁得出去，本來，我們就是一起死的，我還怕什麼呢？」

他所能做的更瘋狂的事，或許她根本無從想像。

他謀逆、弒主、心狠手辣。因為周毓白，他如今可以遏制住血液裡的瘋狂，可是傅念君卻一遍遍地將他逼入深谷。

他和她原本就是注定糾纏難解的宿命的傀儡，他可以毀了自己，也可以毀了她。

大家一起身敗名裂，也不過是提早結束這場糾葛罷了。

若說這世上，能剋傅念君的人，說來說去，或許真的只有眼前這個人了。

她咬牙，再也忍不住坐起身，將頭下的枕頭擲了出去。

在黑夜裡，他卻十分靈敏，一把抓住了那個枕頭，阻止了它落到地上發出巨大聲響。

傅念君在將它扔出去的那一刻就清醒了。

她逼迫自己冷靜下來。

齊昭若並不是要她做別的事，只是讓他去靜元觀中拜訪那位祝真人。

「好，我可以答應你。」她這麼說著，似乎很容易就因為他的威脅退步了。

但是齊昭若卻彷彿能夠看穿了她的想法一樣。

「妳想先去告訴我七哥吧？」他的語氣聽起來透著暮秋涼涼的寒意，「兩日前妳的那個車夫，那樣的身手不可能只是為一個小娘子趕車的。他是我七哥派在妳身邊的人吧？他對妳，倒確實上心。」

黑暗中傅念君看不清他的表情，但是想來應是十分古怪。

「我與他的事，不勞尊駕費心。」她冷冷地道。

齊昭若接口：「妳可以派人去通知他，我只要妳晚一天讓他知曉便可。我要的，只是一個答案，這個答案……或許在妳身上。」

傅念君閉了閉眼，他把話都說得這麼明白了，她無從拒絕。

「好。」

兩人就此達成協議。

她只願那位祝真人當真是有本事能掐會算，解開他們前世今生的困惑。

齊昭若沒有再說話，傅念君都要差點以為他已經走了。

他又突然低聲說了一句：「妳好好睡吧。」

伴隨著窗戶細微的聲響過後，屋裡再次陷入寂靜。

傅念君重新躺回去，心亂如麻。

她最怕的事情，就是和齊昭若糾纏不清。前世今生，他一直都是那把能夠輕易擊潰她、傷害她的利刃。

閉上眼睛，她腦中浮現的第一個人是周毓白。

清淺笑著的他，蹙眉凝神的他，高遠淡然的他……

傅念君嘆了口氣。

她發覺自己有點想念他。

§§§

第二天醒來的時候，不出意外地傅念君起得晚了，同樣起晚了的還有睡在外屋的儀蘭，她扭著脖子向傅念君告罪：「昨夜也不知道怎麼睡得這樣沉，一醒來渾身都疼，娘子請恕罪……」

傅念君不語，沒讓她知道昨夜的真相。

芳竹也在旁道：「許是天氣乍涼，大家都不習慣吧。我瞧娘子也睡得沉，一晚上枕頭睡得落到地上了都不知道……」

是齊昭若放在那裡的。

兩個丫頭一言一語地說著，芳竹還埋怨起平日打掃的小丫頭們：

「窗戶也不關嚴實，漏開這麼大一條縫，要是娘子吹了冷風魇著了，可怎麼辦？」

儀蘭滿臉的尷尬，覺得都是自己失職：「一會兒我去給娘子煮一碗薑糖水祛祛寒吧。」

傅念君只覺得頭疼。

三天內，她要想個藉口出門。

從東京汴梁到西京洛陽路程並不太遠，選擇走陸路，大約四百里。若是如上回周毓白派人急召齊昭若回京，快馬一天有餘便到了。只是傅念君出行必是坐馬車，再好的良駒也不可能一天之內趕到，少不得要走個兩、三天。

出門一趟來回也得好些時日，怎麼和傅琨、傅淵交代是個問題。

傅念君仔細想了想，府裡倒真還有一個人能夠幫她的忙。

陸氏。

陸婉容已經回洛陽去備嫁了，這是最好也最妥帖的藉口，能夠讓傅念君去往洛陽。

只是陸氏這人太聰明，怎麼和她說是個問題。

下午的時候，傅念君便去了一趟陸氏院子裡。

陸氏是個聰明人，卻又從來不彰顯她的聰明。

她見到傅念君這般猶豫不定的態度和臉色，便說：「妳求我的事，我都會盡力幫忙，若妳不想讓我知道因由，我也不會追問，但是只一樁，妳自己做下的決定，妳只能自己負責。」

傅念君心中一鬆，立刻保證：「這和嬸娘無關，只需過了我哥哥那一關，其餘的，我自然有安排。」

陸氏搖頭嘆氣，「妳是個聰明人，我做不了妳的主，只盼妳哥哥能被妳糊弄過這一遭了。」

§§§

傅淵知道這事後，第一反應就是覺得傅念君不正常。

「好好的為什麼要去洛陽？」

傅念君鎮定道：「嬸娘應該同哥哥說了，三娘念叨我已久，趁冬日來前，我也能去見見她，正好嬸娘的母親七十冥誕快到了，她走不開，我便替她走一趟。」

古古怪怪的，傅淵多看了她一眼，陸婉容就要嫁給傅瀾，往後有的是時間能讓她們看個夠。

「女兒家出門，需得兄長護送才算妥當，我如今走不開……」

「四哥哥自然也會同去的。」

傅念君先將傅瀾推出去做擋箭牌，當然傅瀾能不能同她一道上路，三天後傅淵自然就知道了。

傅淵睨了她一眼，涼涼地道：「妳是看家中好不容易太平些，再也坐不住想出去玩吧？」

傅念君一副被人說中心事的樣子，反而低頭支吾道：「當然不是這樣的，反正隔幾天我就回來了嘛……」她少見地放軟了語氣，帶了幾分撒嬌意味。

傅琨是很容易被這一套打動的，傅念君一直都很清楚目標，攻克這塊冰山才是首要任務。

好在一番軟磨硬泡，傅淵最終也只能嘆了口氣，「好吧，但妳一定要注意安全。」

雖然出行的打算倉促，但是好在傅念君掌管傅家後宅，傅琨和傅淵首肯了，也再沒有什麼人掣肘她。衣服首飾什麼的，傅念君只讓儀蘭挑了幾件輕省便捷的，她沒有那麼多心思管這些。

儀蘭穩重些，她打算只帶儀蘭，留著芳竹看家。

護衛等人，也只帶她信任的大牛大虎幾人，並不用郭達，他還要留著給周毓白傳信。

她出門這事準備得很快，三日後就由傅瀾護送出了城。

傅瀾得到過他母親的命令，再三叮囑傅念君一定要小心，還指派了兩個手下，都是洛陽人氏，認路也會些拳腳，皆是陸氏信任的人。

傅淵不知道傅瀾其實只送她出城，在城門口二人就要分別，傅瀾要去往開封府陽武縣會友。

「四哥哥放心吧，我自有分寸。」

二人別過之後，傅念君一行人便匆匆上了官道。

從東京汴梁到西京洛陽的官道，可說是大宋最繁華熱鬧的一條官道了。傅家長輩們放心她一人出來，也是因為這條路上實在是不會出什麼危險，來往富戶官眷，百姓旅人比比皆是，傅家的車馬在其中實在不算顯眼。

而沿路的驛館城鎮，更是靠著這條往來密切的官道經營得很是風光，不僅物資東西齊備，且住宿條件半點不輸東京城內。

連儀蘭都不由感嘆，這裡富庶繁華之景，怕是偏遠之地的州府都不能比。

行了半日之後，那路上追過來幾個人，馬蹄飛揚，衣著光鮮，路上行人見怪不怪，心知肚明是出城的富戶公子。

那幾人近了傅家一行人就放慢了腳步，只緩緩跟在後面，不遠也不近。

不是齊昭若又是誰。

大牛大虎自然是認得他的，第一時間就過來告訴了儀蘭。

儀蘭心中駭然，對傅念君道：「娘子，怎麼這般巧，會遇到他……」

傅念君瞧了她一眼，直接道：「並不巧，因為是我與他約好的。」

傅念君覺得這丫頭的表情似乎是下一刻就要昏厥過去了。

傅念君正色，對儀蘭嚴肅道：「儀蘭，妳素來穩重，我仰仗妳一直都多過芳竹。我也知道妳忠心，今日之事，我與他並非妳所想的那樣……具體的我不能明說，但是我去洛陽的目的，是要上一趟老君山，去靜元觀中拜會一位道長，這事不宜聲張，妳和大牛大虎一定要幫我守住祕密。」

儀蘭被她這樣的神色所感染，立刻便自覺任重道遠，恨不得拋頭顱灑熱血來表一表自己的忠心。

「娘子放心，我們都聽您吩咐。」但是轉念一想，她又小聲問了一句：「所以您不讓郭達一起來？」

傅念君搖頭，「這件事我不打算瞞他。」

這個他，自然是指周毓白。

儀蘭便放心了，她知道傅念君有許多祕密，許多不能同她們這些下人奴婢說的事，她自然不可能繼續追問。她要想的是，如何瞞住那些其餘的馬夫護衛。

行了大半日路，傅念君一行人終於在一個熱鬧的鎮上落腳，尋到了一處不錯的酒樓用飯，那些馬兒也得休息。

而齊昭若自然也跟了進來。他並不與傅家之人打招呼，只是遠遠地一個人坐著。

儀蘭機靈，悄悄地去門外看了一眼，回來與傅念君稟告：「只剩一匹馬了。」

也就是說，齊昭若已經將兩個隨從都趕了回去，打算隻身上路。

他似乎習慣了獨來獨往，從前的齊昭若必定是排場非凡，前呼後擁。如今他卻是不管去哪裡，都是一個人。

又關她什麼事。

傅念君不想去理會他是一人還是帶著下人，只淡淡地說：「吃飯吧。」

吃完飯後休息片刻，一行人原本打算繼續趕路，卻不巧遇上天上又下雨了。本來這時節就多雨，卻不見得多大，路上又平坦，但是傅念君還是吩咐先緩一緩進程，讓車夫去修檢馬車和馬匹。

雨天出行，最忌諱的是在前不著村後不著店的地方出問題。

這樣一等，看時間也不早了，傅念君索性就決定在這裡住下，明天再繼續前進。

她並不嬌氣，只是也不想太過委屈自己，尤其這並非她本意，而是在旁人脅迫之下。

儀蘭忐忑道：「是否要去告知齊郎君一聲……」

傅念君睨了她一眼，「他與我們有何關係？」

儀蘭噎了噎，心道娘子如今討厭他可真是到了無以復加的地步。

這間客店是鎮上最大的，前頭是飯莊，後面是旅舍，因為下雨，接待了不少旅人，多是東京往來洛陽的富戶人家，女眷也不在少數。

傅念君無意在這樣魚龍混雜的地方結交什麼人，但是同住一個屋簷下，也耐不住自來熟的人。因為房間不夠，傅念君便吩咐下人騰挪一間出來，給了晚來過路的一隊人馬。

那隊人也是婦孺為主，其中有個年紀與傅念君相仿的小娘子，姓陳。這陳小娘子十分熱情，因為這點恩惠謝了傅念君好幾次，與她攀談不休，還要拿糕點給她吃。

傅念君這次出門十分低調，衣服首飾穿得很普通，護衛也不多，也沒有兄弟同行，在對方看來似乎很是「可憐」。

這位不知是哪家富戶出身的小娘子惻隱之心氾濫，甚至還要將傅念君引見給家人。

傅念君拒絕了三回，她才悻悻作罷。

「我們也是去洛陽的？姊姊孤身上路，不如和我們同行？」

她打蛇不死，又有新的念頭，十分熱情地邀請傅念君。

「不必了。」傅念君微笑，「這路上太平，去洛陽也很近，並無什麼隱患。何況貴府人多車多，行路也不甚方便，我就不拖貴府後腿了。」

「不會不會，」陳小娘子聽不得這樣的話，忙道：「我們會等妳的，大家一起走能互相照應些不是麼？」

傅念君其實是嫌棄他們走得慢，她可是要趕路的好麼，畢竟馬車後頭跟著個隨時會提刀砍人的閻王好不好。

今天是不得已，若是她每天這樣慢慢騰騰地晃悠，齊昭若怕是不能放過自己。

「真的不用了。」

傅念君再三拒絕，用了十二分的力氣才把這個熱情地過分的小姑娘推出了房門。

§§§

因為前一夜睡得早，第二天傅念君起得便也早一些，想著能夠早些出發。

雨還是淅淅瀝瀝地下著。她站在屋外廊下看著院裡的幾顆歪脖子老樹。

鳥兒都開始在枝丫上啼叫，許是餓了一夜，急不可耐地想找食物吃。

大概過會兒就會放晴了。

儀蘭給傅念君兜披風，怕她著涼。

「都準備好了？」傅念君側首問她。

儀蘭說道：「昨兒夜裡隨心有點發熱，今早就起得晚了些。」儀蘭有點尷尬，哪裡有讓主子等的道理。

隨心是傅瀾指派給傅念君的人，是陸氏忠僕的家生子。

傅念君點點頭，「妳去前面灶上替他煮碗熱薑茶吃，叫他忍一忍，很快就到了。」

儀蘭道：「娘子當真是心善。」

儀蘭暫且離開，傅念君也打算再站一會兒就轉身回房去，誰知旁邊卻突然出現了齊昭若的身影。

他裹挾著冷雨氣息緩步走來，一張豔若桃李的臉看著卻很有生氣，衣裳微微潮濕，也不知是在這樣的天氣去哪裡鍛煉身體的。

他見到她起來了，似乎腳步微微一頓。自然他昨夜也只能留在這裡過夜。

他走近傅念君，望了一眼雨勢，只道：「很快就能停了。」

傅念君只是嗯了一聲，似乎沒有什麼和他搭話的興趣。

他卻不在意，路過她身邊兀自說著：「用些熱粥吧，天氣涼。我換完衣服，就可以出發了。」

他的語調清冷，卻說著這樣的話。他換不換衣裳和她有什麼關係？傅念君怎麼聽都不舒服。

她冷淡地回應：「齊郎君自己顧著自己就好，我的事不用操心，還有，也請別忘了你的馬。」

齊昭若微微回頭擰眉，似乎不懂她這話什麼意思。

傅念君想來便有些生氣，也不知那馬夫是怎麼回事，昨天竟連齊昭若的馬也一起餵了，用的是她的銀子！他根本連這都想不起來吧，當慣了王孫公子，只要動動嘴皮子，哪裡會記得他那匹良駒有沒有人餵。

傅念君不欲解釋，轉身跨過門檻，卻因這門檻修得高，又被雨水打濕，難免腳底有些打滑。

「當心。」齊昭若下意識便要伸手去扶。

傅念君已經站穩了腳，他那隻手立時就無處安放起來。

傅念君掃了那隻手一眼，眼神很是冷漠，兀自跨進門了。

這間客舍很大，傅念君的房間在東側二樓，她進門就看見趴在樓梯上虎視眈眈的陳小娘子，一雙眼睛正炯炯有神地盯著她和齊昭若。

齊昭若自然不會在乎一個路人看他，自回自己在北側後面的廂房去了。

傅念君走近樓梯，那陳小娘子的目光就隨著她移動。

最後竟是餓虎撲羊般跳到傅念君身邊，「姊姊，那個好看的少年郎，就是妳的情郎吧？」

傅念君：「……」她真的要用很大的力氣才能控制住自己額邊的青筋別亂跳。

很長時間了，都是她氣得別人無話可說，獨孤求敗之際這位半路殺出的程咬金，倒是讓她感受到了那種滋味。

傅念君問她：「妳怎麼起得這樣早？令堂呢？」

陳小娘子卻像沒聽見一樣，回味地盯著齊昭若離去的方向，半晌後才激動道：「昨天我就注意到了，生得這樣好看的人本來就少見，他一直盯著姊姊妳看，真的，我看到了！」

「妳看錯了。」傅念君冷淡道。

「沒有！真的！雖然他是一個人，但顯然是跟著妳的隊伍而來，天呀！」

她好像想到了一些什麼，眼中迸發出一些讓人胡亂起雞皮疙瘩的光芒。

「妳想錯了。」傅念君又說。

「沒有！」陳小娘子再次否認，緊緊跟著傅念君的步伐，又一次強勢地擠進了她的臥房。

傅念君真不知道這樣一個嬌滴滴的女兒家，怎麼也會起得那麼早，還十分無聊地躲在門後聽人說話。

「我曉得的，姊姊一定是想同他私奔……我家有個表姊就是這樣，我姨父不同意，他們兩個就私奔，那位俏郎君一定是在等這樣的機會是不是？你們到了洛陽就會有下一步？」

她對於這樣的故事熱情高漲，似乎作為見證人是件萬分光榮的事。

傅念君自己倒了茶，喝了一口，問她：「妳要不要？」

「謝謝。」陳小娘子笑容燦爛地接過傅念君喝了一口的茶杯一飲而盡。

這孩子……才一夜而已，她也太不見外了。

傅念君無奈道：「妳是尋常那些戲曲看多了吧，哪裡有這麼多故事。我與他認識，卻是互相不待見的，路上恰巧遇到而已。」

陳小娘子一副不信的樣子，「戲曲未必有生活中的精彩呢。我覺得，他一定是喜歡妳的。」

她得出了這樣一個結論。

傅念君搖頭苦笑，「妳從何得出的結論。」

陳小娘子就是個天真爛漫的孩子，她言辭咄咄，十分肯定：「像你們這樣好看的人不在一起，還有天理嗎？」

竟是這個理由。

因為皮相之故麼？

傅念君想到了周毓白。

她想，但凡見過了周毓白的人，就一定不會覺得齊昭若是這世上生得最好之人吧。

很快她又鄙夷起自己這個念頭來，也是被陳小娘子帶虛榮了，她比較周毓白和齊昭若做什麼。「好了，我和他沒有什麼，妳不要再想了，快回去睡會兒吧，我們就要上路了，在這裡就要告辭了。」陳小娘子很是惋惜，再次詢問她在洛陽落腳之處，傅念君哪裡肯告訴她實話。

陳小娘子便報上了自己的家門，得到了傅念君會去拜訪的肯定回答，才依依不捨地離開。

儀蘭回來看到，也嘖嘖稱奇，只道這個小娘子倒是與傅念君投緣。

「哪裡就是投緣了，強扯來的緣分罷了。」

完全是對方熱情得可怕。

儀蘭笑道：「強扯的緣分也是緣分啊，總是老天肯給機會。」

有些人，就是怎麼樣都無緣。傅念君倒是覺得儀蘭說話越來越有道理。

是啊，強扯緣分的，可不止這陳小娘子一人。

收拾妥當，一行人又重新上路。一路疾馳，日暮時分就已經快到洛陽。

傅念君早就打算好了，她脫身去老君山的事不能讓傅家和陸家知道，因此便只能想個不太高明的金蟬脫殼之策。

他們在洛陽城不遠處的城鎮裡歇下，傅念君便開始稱病。

齊昭若會帶她去往靜元觀，而儀蘭則分飾兩人，假扮自己「生兩天病」。

畢竟老君山不在洛陽城內，這樣一來也省去了來回麻煩。這種法子很容易被戳穿，但是這一行本來人就不多，而且都是傅念君精心挑選過的，不說他們不敢私自進她的房間，就是發現有貓膩，也無人敢說出心中的疑惑。

「掩耳盜鈴罷了。」傅念君對儀蘭這樣感慨。

和齊昭若同路是件不讓人那麼愉快的事情，傅念君早就有所準備扮了個四不像的男裝，往臉上抹些香灰，看起來倒是也能遮掩一二。

就是齊昭若見到她這副打扮，一副很是嫌惡的樣子。

傅念君以為這段路她會騎馬，誰知他卻臨時去租了一輛小馬車，僱了一個村裡的老車夫。

傅念君其實會騎馬，只是騎術不佳，見他既然做了準備，自然也沒有說什麼。

一路無話，兩人趕了一個多時辰的路，很快就到了老君山山腳下。

上山的路並不難走，齊昭若也刻意放慢了腳步等傅念君。

傅念君許久沒出來走動，倒是覺得這一路風景還不錯，雖然同行的這個人讓她覺得很煩很破壞心情，但是好在他沒那麼不識趣來打擾自己。

兩人到了靜元觀中，差不多便是晚膳時分。

兩個機靈的小道童早就備好了素齋，並告知齊昭若：「明日一早師祖就出關了，兩位居士可稍等等。」傅念君從來不知靜元觀是這樣一個地方，便如青山深處的隱士居所，只有松木為友，仙鶴為伴，竟無半點人煙，當真似方外之地。

傅念君好奇問：「貴觀中沒有別的訪客？」

那小道童朝傅念君笑了笑，「半月前起，師祖就吩咐我們不再接待山下客人了。」

傅念君點點頭。

齊昭若打斷她：「先去吃點東西吧。」

傅念君洗漱完畢，換了衣裳，散著頭髮回到了自己的房間。

這裡的客室安靜整潔，構造也循了前唐遺風，席地而坐，傅念君能夠看到門外漸漸爬上樹梢的月亮。今天的天氣就很好，明天大概也是一樣。

她聽到門外木制地板上有腳步聲傳來，回頭去看，卻是齊昭若。

傅念君蹙眉。齊昭若卻面帶尷尬，他手裡正拿著一個竹筒。

「淨明早上新磨的豆漿，他說給妳嘗嘗。」

淨明是方才招待傅念君的小道童，生得圓圓滾滾十分可愛，頭上還像模像樣紮了兩個道髻，傅念君覺得逗趣，還朝他多笑了幾下。

「他為何不親自來？」

齊昭若的臉色似乎變了變，沉默了兩息才道：「他說妳總是朝他笑，笑得他靈根不穩。他還要修行。」

傅念君無語。

小小年紀，倒是會懂得抗拒凡塵美色了。

傅念君接過竹筒，朝他點點頭，「多謝了。」

齊昭若背著手，卻似乎還不打算離去。

「還有事？」傅念君警惕望著他道。

齊昭若只是沉默地盯著她，讓傅念君覺得這氣氛驟然間便緊張起來了。

「妳知道……要打仗了嗎？」他突然問出了這樣一句話。

傅念君不知他用意何在，或許只是隨口一問，或許是心存試探，更或許是，有些話他只能說給自己聽。

他們兩個，都是三十年後的人。

「知道。」傅念君應道：「但是關於戰事，我想你應該比我記得清楚。」

齊昭若勾了勾唇角，對她道：「妳不用對我防備如此之深。以目前來說，我們的目標是一致的，我所做的事都只是為了找出幕後之人，報前世今生之仇。」

他眼中閃過一絲戾氣，卻又很快斂去。他的語氣又變了：「我如今，是求傅二娘子相助。上次我對妳的態度，確實是我的錯，我不期望妳原諒我，但是我的歉意，應當向妳表示出來。」他說罷，竟是朝傅念君作揖不起。

說不驚訝是假的，傅念君從沒有想過會從他嘴裡聽到這樣的話。

其實他道歉不道歉都沒有關係，傅念君自認不是個有高尚情操的人，她和他本來就沒有交情，更不是朋友。

「齊郎君大可不必如此。」傅念君說著：「我既然肯答應過來，便也想見見你所說的這位祝真人。你說得不錯，我們兩個都為前世記憶所苦，這樁樁件件似夢似幻的事情，總是尋無所源，若是能夠得高人點撥一二，或許對我們都會有助益。」

齊昭若聽她這樣冷靜從容地說出了這幾句話，心中便自覺是他自己狹隘了。

可是這一路上，她那冷若冰霜的樣子，實在是讓他太在乎。

他也不知道，自己竟然會有這樣向人低頭的一天。

他說道：「妳很厲害，傅家原本是該傾頹的，如今卻有這般境地，實屬不易。」

傅念君道：「還未到最後，誰又能言成敗，我只做我能做的。我想，你也是如此。」

你也是如此。

齊昭若卻是笑了一聲，有些自嘲道：「我卻不知我該如何了，我的父親……非兄非父。妳知道的，我身無長物，沒有什麼能夠助他的。」

如果說傅念君是很好地融入了這個身分，漸漸真正成為傅琨的女兒、傅淵的妹妹，一家人慢慢齊心共進，那麼齊昭若就完全是同她背道而馳。他這個人本來就是個太鮮明的存在，而他似乎也不知道圓融地與「齊昭若」磨合，反而漸漸把自己和從前那個他完全割裂開來了。

他果真活得很是迷茫。

傅念君默了默，只道：「我想問你一句，他……落到後來那樣的結局，是否是因為這場戰事？」這個他，自然是指周毓白。

齊昭若自己靠坐在了門邊，淡淡地說：「並不全是吧，我知道的並不是很清楚。他與我，從來便沒有什麼話說。」

他這話裡的惆悵，讓人很容易聯想到他大概有個並不愉快的童年。

傅念君從未想過有一日她能和殺了自己的仇人，這樣開誠公布地談論這樣的事。就好像他們兩個人保有著什麼共同的祕密。

齊昭若繼續說著周毓白的事：「我其實並不比妳瞭解他深。這場戰事對他日後固然有影響，但是如今我卻無論如何也不覺得他會重蹈覆轍。」他低頭垂眸，似是感嘆般：「這世上能讓他輸的，或許只有他自己吧……」

他越來越知道周毓白是什麼樣的人，就越覺得自己從前想得簡單。

傅念君心中咯噔一下，卻第一次這麼贊同齊昭若這句話。前世的那個周毓白到底是怎麼做怎麼想的，他們無法猜測，甚至換句話說，如今的周毓白或許也未必知道。依照他如今的應變和布局能力，怎麼會被算計到如此狼狽的地步？

她也一直想不通。

「佛家雲三千世界，或許真是有道理的吧，不過瞬息之間，或許你已非你，我已非我，他也不再是他了。」齊昭若無意說著。

傅念君其實早有這樣的感覺，或許她並不只是影響現實的唯一因素。

到底換一種場景，一切都沒有改變的話，按著她所知的路進行下去，她還會喜歡周毓白嗎？

或者說，她喜歡的還是一樣的他麼？

這樣的問題不能深思，想多了便容易同齊昭若一樣陷進魔障裡。

傅念君甩開這念頭，再找他確認一件事：「那你的生母……是我的小妹嗎？」

齊昭若沉默了一下，才緩緩道：「是。」

傅念君心裡終於確定了。他的童年似乎並不開心，與父母相處也並不好，傅念君無意再強行去窺人私隱，便不再追問了。

齊昭若卻道：「妳若想知道我從前的事，我可以告訴妳。」

「不必了。」傅念君拒絕。

聽祕密往往是要付出代價的，她對於他的前塵之事也沒有什麼興趣。

「我只要確定這一件事就夠了。」

確定這件事，才能說明淺玉姨娘和漫漫母女是對方可能下手的隱患。

「妳呢？」齊昭若突然問她：「妳的父母親，都已經妥善解決了？」

傅念君臉色變了變，直接道：「時辰不早了，請齊郎君回去休息吧。」

很不客氣的逐客令。

她不想和他你一句我一句地聊個沒完。

齊昭若站起身來，也不在乎她的陡然變臉，只是點點頭道：「那妳早些休息。」說罷便離開了。

古怪。

傅念君躺下以後，想的卻是，周毓白現在該是已經知道她在這裡的事情了吧？

他最近在做什麼？是不是已和那位裴四娘談婚論嫁？還是去他母親宮裡日日看著嬌豔美麗各不相同的小娘子們？

這般想著，她才算昏昏沉沉地睡了過去。

§§§

第二天晨起，傅念君依然是男裝打扮。

在這道觀之中她也不敢起得太晚，沒有等淨明來叫她，就已經自行收拾妥當了。

祝怡安已經出關。

傅念君自然是第一次見到他，只覺得這人精神矍鑠，只是瘦得有些過分，或許剛出關的高人都是這般吧。

祝怡安卻對她表現得相當慈藹。

齊昭若與祝怡安見過禮，便向他介紹道：「這位就是傅二娘子了。」

傅念君突然生出一種古怪的錯覺，她和齊昭若就像是輪流找這祝真人看診的病人一樣。

他覺得病治得不錯，就一定要她也來。因為這種病，只有他們兩個人得了。

她忍不住勾了勾唇，抬眼見到祝怡安臉上也對她露出了溫和的笑意。

祝怡安為他們兩人烹茶。

清茶怡人，傅念君深覺這老君山上的山泉頗得仙風，清冽地難以形容。

「齊小友，貧道可否同傅居士單獨說幾句話？」祝怡安說著。

齊昭若自然應可，留下傅念君一人。

傅念君對著祝怡安，覺得這老道一雙眼睛明亮透徹，竟是能直接望進人心。

「居士從方才起應對貧道便十分淡然。貧道可否問一句，可是曾遇過他人批命？」

傅念君點頭，「確實遇過一位老僧，直言我是不受天命之人。」

祝怡安微笑，「可有後話？」

「並無。」傅念君坦誠：「他只叫我做回自己，掌握命運，後來他就……」她微微蹙了蹙眉，「逃走了。」

俗話說跑得了和尚跑不了廟，可那三無老和尚卻覺得自己犯了口業，連廟也不要了。

祝怡安微笑著替她又沏了一杯茶，「不錯，齊居士與傅居士的未來，都是不可測算。貧道幫助二位的，只能是從二位心底最初的記憶出發，追本溯源。齊居士心中有個心結，因過去而苦未來，傅居士想必也知道。」

傅念君遲疑。

心底的記憶？

她並不認識幕後之人，前世之時也不認識周紹敏，何談追本溯源？

「不知道長有何指教？」

「指教不敢當。」祝怡安從袖中掏出一個小小的香爐。「這是最後一點回夢香，貧道能耐有限，這東西並不如我師父制的巧妙，但是想來也能幫妳回憶起些什麼。」

傅念君將信將疑，只覺得這得道高人暫態便入了神棍之流。

她問：「他也試過？」

祝怡安點頭。

「那道長可為他解惑？」

「無解，何談解惑。」祝怡安指指那香爐，「其中答案只有二位居士自己知道。」

他所做的，就是遵從師命，用這種方式幫一幫他們。

高人果然都古怪。看破不說破難道是他們之間的約定俗成？

傅念君手裡捧著香爐回到自己的房間。

竟然讓她此刻在這裡睡覺？

這山間叢林茂密，她的這間房此時還隱在一片幽暗之中。

傅念君躺下之後點燃那香，心裡揣測齊昭若是不是被這道長蠱惑了，也許靜元觀根本是個殺人越貨的黑道觀？那個生得極為可愛的淨明小道童，也是個小魔頭？

傅念君和衣躺下，這樣胡亂地想著，不知不覺竟也閉上眼，漸漸失神地睡了過去。

迷迷糊糊間，她只覺這香倒是還挺好聞的，如有松柏之清新，又兼檀木之厚重。

傅念君並不太經常做夢。

說實話，她其實很有些害怕那似真似幻的夢境。

上一次，傅念君夢到了她在稚童時期遇到的周毓白，幼時那淺淡到被她遺忘的記憶，就以那種直接的方式曾重新展現在她的腦海，逼迫她想起久遠的記憶。

因此這一回即便點了這所謂的回夢香，傅念君也只覺得或許是再如上回一樣……

故人和回憶，會以無法預判和猝不及防的方式出現。

即便入夢，她也保留著一分清醒。

可是她很快就發現自己錯了。

這是哪裡呢？

她覺得自己彷彿站在雕樑畫棟的廡廊下，周圍人聲鼎沸，而面前院子裡擺著數十盆濃豔逼人的牡丹花，襯著陽光，灼灼明麗，耀花了人眼。

賞牡丹，她何曾擺出過這樣的陣仗？

她陡然一驚，並不是因為這陌生的場景，而是因為那萬紫千紅的朵朵牡丹之中，卻有一盆格外顯眼。

淡淡的碧綠色。

歐家碧。

這三個字幾乎立刻在她腦海中浮現。

之前在傅家，她曾失口與陸婉容等幾個小娘子說起過這罕見的歐家碧牡丹。

她並未有太多的反應，就見到對面跑過來一個短手短腳的孩子，大概五、六歲大。他脫開手往自己跑過來，似乎嘴裡喊著的是……

阿娘。

傅念君正想迎過去，可她來不及等他跑近，也來不及看清他的面容，眼前就立刻被一陣濃黑遮蓋。

她驟然清醒，坐起身來。

很短的夢，她甚至沒有機會開口說話，就只有這樣短短的兩個片段。

可是這兩個片段，卻足夠將她嚇出一身冷汗。

傅念君擦了一把額頭上沁出的汗珠，捧起已經燃盡的回夢香，拉開了門。

齊昭若正垂腿坐在她門前的廊下，漫不經心地用石子朝著不遠處的枝椏射過去。

他準頭很好，很快就有一隻鳥叫了一聲，撲著搧著翅膀飛走了。

他轉過來，見到傅念君此般情況，蹙眉道：「妳別驚慌，只是個夢。」

只是個夢嗎？

傅念君急聲問他：「我睡了多久？祝真人呢？」

「還不到一個時辰。他還在茶室……」

傅念君忙轉頭便往茶室而去，齊昭若立刻跟上。

傅念君捧著香爐到祝怡安面前，誠懇道：「真人可還有這香？」

祝怡安搖頭，「沒有了，傅居士，妳要不要先喝口茶。」

傅念君冷靜了一下，「太短了，時間太短了，我看不清。」

「就是這樣的。」齊昭若從門口進來插話道：「我用了三日，來來回回都只有一個畫面，倉促又短暫。」

祝怡安道：「貧道修為不夠，做的回夢香功效太短，即便用上多少次，兩位居士看到的都是一樣的結果。」

傅念君抿了抿唇，一直挺直的脊背有些鬆下了。

祝怡安見她此狀，微笑道：「看來傅居士是有所得。」

總算不枉費他的心血。

齊昭若坐到傅念君旁邊，用一種聽來可以稱得上是安慰的語氣道：

「不用覺得奇怪，我同妳一樣，覺得這夢……太不真實。」他苦笑道：「佛家講究輪迴，這麼多前世今生，指不定便是見到了什麼無關緊要的。」

他是覺得傅念君或許同他一樣，見到了可怕的場景而覺得害怕。

畢竟她還是個年輕的小娘子呢。

或者說，她難道夢到的是自己殺她那一夜？齊昭若微微變了變臉色，下意識就去偷看傅念君的神色，發現她只是兀自怔忡地盯著手指，他才稍稍放心了些。

祝怡安搖頭嘆氣，再一次強調：「齊小友，貧道上回便說過，你們所見到的，是你們心底最難忘、最深刻的本源，或者說那是影響你們最深的人或事，並非是什麼偶然。」

齊昭若看到的是自己滿手鮮血，用一把金弓殺了一個人。

若叫他現在說，他倒是會說，他最後悔的，或許是當日殺了傅念君。

但是用金弓在重重甲冑兵士之中射殺的人，他自問沒有，也自知前後這兩輩子加起來，不可能那般風光。他想相信祝怡安的話，又無論如何都覺得解釋不通。

「傅居士，妳夢到了什麼？」祝怡安問道。

「牡丹……還有孩子……」傅念君擰眉。

她所見到的，也並非是她所以為的前世。

沒有傅寧，沒有陸婉容，也沒有周毓白。

故人和舊事，都沒有。

她幾乎也要像齊昭若一樣，去懷疑這夢境的真實了。

可是她知道……

「那不是前世。」她突然說道。

齊昭若微微頓了頓。祝怡安也蹙眉盯著她。

「我看到了……」一盆綠牡丹。」她輕輕地說著：「那綠牡丹，喚作歐家碧。」

她抬眼看了一下齊昭若，他的神情依然如故，而他對面的祝怡安，也一樣是不解。

是了，齊昭若又非愛花惜花之人，怎麼會知道這個。

她嘆道：「歐家碧是多年後的花種，價值千金。如今沒有，從前也不會有。所以，那又怎會是前世。」

齊昭若聞言如遭雷擊。而祝怡安則是閉目寧神，在想什麼無人可知。

「妳……妳確定？」齊昭若問了一聲。

傅念君點頭，「我還看到了一個孩子，他喚我做母親。」

「他是誰？」

傅念君搖頭。

祝怡安睜開眼睛，眸中對這小娘子流露出欣賞之情。

她很細心，在短短的一、兩個畫面之間，她大概就已經確定了答案。

齊昭若轉頭問祝怡安：「回夢香還有沒有給旁人試過？」

祝怡安頓了頓，輕輕點了點頭，「兩年前我有個俗家弟子，因為未入道門，自然是俗世之人，他用過之後，只道記得自己做夢，卻是不記得夢見過什麼了。」

傅念君頓悟：「便如傳言中的孟婆湯一般，前世之事，已與今生無所瓜葛，所以並非每個人都能夠看到並記起。」

祝怡安點頭，「傅居士之聰慧，世間少有，所以這香，只有你們二人可用啊。」

齊昭若攥緊了手心，心下道，並不止，恐怕還有那幕後之人。

「二位的命數已非常人，貧道可以打作個比方，旁人的一世一命結束了，便是結束，而你二人，這塵世糾葛卻並未斷絕。」

所以他們能夠用回夢香看到那個場景，他們也可以保留死之前的記憶。

會是這個原因嗎？

其實祝怡安也不知道答案。

他一直都說，答案只有齊昭若和傅念君自己知道。

傅念君微微偏轉過頭，定定地看著齊昭若，問道：「妳有沒有想過，我們經歷的那個……或許也不是前世。」

或許從一開始他們就想錯了。

之前因為三無老和尚的點撥，傅念君就有七、八成相信，自己或許本來就是這個「傅念君」，而非是三十年後傅寧的女兒傅念君。

而齊昭若，是不是也很可能同自己一樣，根本不是周紹敏呢？

相反，他才真是「齊昭若」本人。

可能他們一直認為的就是錯的，並非是他們兩人借屍還魂，強佔了前人的身體，而是原本那兩人強佔了他們的身體。

然後一切回歸本源，他們重新開始自己的人生，將錯誤被打亂的人生撥回正道。

這才是撥亂反正。

傅念君覺得自己的腦袋一陣陣生疼。

為什麼會這樣？

如果她想得沒有錯，那麼造成她和齊昭若雙雙魂魄錯位的原因，又是什麼呢？

總不可能無緣無故，上天便挑了他們兩人？

而促成他們回來的契機又是什麼？

她覺得一切都在她無法揣度的範圍之內。

若是把這些想法說出來，她自己都會覺得她是個瘋子。

根據這個推斷，這麼說來，那回夢香，帶她看見的，是這個「傅念君」的記憶，綠牡丹，和叫她母親的孩子……

就是說，或許沒有這一場顛來倒去的宿命糾纏，她的未來會經歷那樣的事……

或者是，已經經歷過，卻又被人強行扭轉……

她不知道，真的不知道……

「妳怎麼樣了？」齊昭若的聲音在她耳邊響起。

傅念君察覺到眼前有陰影晃過，是齊昭若的手。

他見傅念君陡然之間臉色慘白，額頭上布滿冷汗，也微微擰起了眉頭。

她到底發現了什麼？

「傅居士雖聰慧，卻經不住這般折騰自己。」祝怡安也勸道：「若是為了一時心結這樣逼迫自己，倒是不值得了。」

傅念君沒有辦法將自己混亂的想法原原本本地表達出來。

她自己都難以讓自己信服。

「妳別想了。」齊昭若突然對她道，還遞了一杯茶過去，「先喝點水吧。」

他竟沒有逼迫她。

傅念君只是心亂如麻，抬頭望著他道：「你能仔細把你夢到的和我說一說麼？」

齊昭若點點頭，將那個自己近日來回憶過無數遍的場景告訴了她。

「你說你殺的那個人是誰，看不清麼？」傅念君問他。

齊昭若搖頭，「一片模糊。」

總不可能是妳，他在心裡暗暗說道。

傅念君凝神，繼續整理腦中繁複的思路。

祝怡安已經讓淨明小道童拿來了一瓶丹藥，「這是貧道自己煉製的養氣丸，對凝神清心有很好的功效，傅居士若再為夢境自苦，不妨一試。」

傅念君接過來，誠懇地道了謝。

這時卻又有一個小道士來叩門稟告：「師父，觀前來了一群人……」

他面露難色，忐忑道：「似乎還是先前那幾個，就是上回來尋齊居士的人……」

齊昭若和傅念君立刻反應過來了。

是周毓白的人。

祝怡安摸了摸鬍子，瞇了瞇眼，也並不多問什麼，便道：「貴人造訪，何妨相迎。」

小道士應了聲，便去請人。

祝怡安朝傅念君和齊昭若點點頭，說道：「既是二位之客，便也是貧道之客，二位自便吧。」

而此時傅念君的神思早已飛出了門。齊昭若見她轉瞬間被吸引了注意力的樣子，眸光暗了一暗。

§§§

山下的客人們被請到了觀中，在幽靜的樹木環繞之中，正站著一人。

傅念君第一次見他這樣穿，窄袖馬靴，腰纏番束帶，身後的披風似乎已經解下，完全是貴族公子遊獵時的瀟灑裝束。

傅念君望著他，他也望過來。

脫去了寬袍廣袖，換上時人並不喜歡的前唐仿胡服的騎裝，傅念君卻覺得，再沒有人能穿出周毓白的風姿。文武張弛之道，似在他身上彙聚中和，無比圓融。

周毓白遲遲不見她走過來，便只好自己走了過來。

「才幾日沒有見到，就不認識了麼？」

傅念君正站在臺階上，恰好身高能夠與他齊平，直直地望進他的雙眸。

周毓白笑道：「騎馬來的，生怕晚了……」他說著，視線便落到了傅念君的身後，眸中光芒從溫和逐漸變為凌厲。

傅念君側頭，看到是齊昭若。

「七哥。」齊昭若淡淡地朝他打了個招呼。周毓白點點頭，但是神態依然很是冷漠。

他們二人之間，如今再相見，就是這般情況。

齊昭若自嘲地想，算什麼呢，他難道真的要去和自己的父親爭一個女人麼？

大抵這世上最荒唐的事也不過如此了。

他往傅念君看了一眼，卻朝周毓白道：「觀中清淨，也無旁人，你們說一會兒話，沒有人會來打擾。」說罷轉頭便走了。

周毓白眉間微微顯現出一道淺淺的痕跡。

不知是因為齊昭若的態度，還是因為齊昭若這個人。

傅念君卻是時刻注意著他臉上的變化。她好些日子沒見到他了，再相見，他現在已是淮王。

她輕抬手指，撫上了他的眉心，想去撫平這道痕跡。

周毓白一把握住了傅念君的手，將她拉下臺階，兩人並肩走到樹蔭底下。

「為何要同他一起來這裡？」周毓白問她，手卻沒有放開。

傅念君輕輕掙了掙，他卻不肯鬆開。她噗嗤一笑，適才心中的悵惘轉為甜蜜。

「某人吃醋了？」

周毓白嘆道：「我在妳眼中便是那霸道的？我是擔心妳。」

傅念君心裡暖融融的，她搖搖頭，「有些事，我也很想弄個清楚。」

「可有進展？」

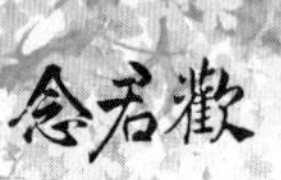

傅念君嘆了口氣，眉宇間染上了輕愁。

周毓白見她此狀，便動手將她攬到懷裡，伸手摟住了她纖細的肩膀。

「別怕。」

只是這樣輕輕的兩個字，便如蠹蟲一樣鑽進了傅念君的耳朵裡，一直鑽到她心裡。叫她滿腹愁腸頓時也能喚作柔情蜜意。

傅念君勾了勾唇角，在周毓白懷中不肯老實，又活潑地調皮起來。

她悄悄伸出一隻素白小手，輕輕在周毓白腰間擰了擰。

他人看著瘦，寬肩窄腰，那腰間卻很難擰動。

周毓白鬆開她，建議道：「何必挑個不好下手之處。」

她睃了他一眼，只道：「若是可以，我倒是寧願來擰一擰淮王殿下的這張臉。」

周毓白是聰明人，立時便察覺出她這神態不對勁。

女兒家即便再聰慧機靈，入了情關，難免就有些鑽了牛角尖。

「妳都聽說了什麼？」

「什麼也沒有聽說啊。」她頓了頓，眼神促狹，「沒有聽說過那位給殿下遞信的裴四娘子的任何事……」

周毓白微微笑了笑，抬手摸了摸她的髮髻。

「妳放心，她什麼也不是。」

她能有什麼不放心的？她只是同他開玩笑，他卻一點都不配合，叫她也不好真的虎起臉來吃醋了。

傅念君輕輕嘆了口氣，收了那些俏皮話，見周毓白眼下還有淡淡的青黑色，顯然是風塵僕僕而來，也不由心疼道：「最近你身邊之事可還好？這樣貿然出京，不會有問題吧？」

周毓白見到她後，自然便沒有疲累之感了。

「一切都好，妳不用擔心，再等等，很快的……」

很快，他就能去傅家提親了。

傅念君聽懂了他的未盡之語，臉上也泛起了羞赧的紅暈。

周毓白低頭瞧見了，手便落到了她的臉頰上。

傅念君聽到他在自己耳畔低語：「這裡是清淨之地，實在是不能隨便失了規矩……」

傅念君疑惑，是說她失了規矩麼？她哪裡失什麼規矩了？

她抬起一雙眼，周毓白的無奈就落進了她的眼裡。

「想親親妳，卻是不行的。」

原來是說這個！傅念君臉色陡然飛紅。

她輕輕咳了一聲，問他：「你吃飯了沒有？累不累？我去讓淨明弄些飯食來吧……」

他一路倉促趕來，又親自爬上了老君山，想來該是乏得很。傅念君有點懊惱自己怎麼能拉著他在這裡說那麼久的話。

淨明把飯食端上來的時候，一雙眼依然瞪得很大，直勾勾盯著周毓白。

饒是周毓白再好的風度，在他這樣的注視之下也有些不自在。

傅念君笑著去捏了捏那孩子頭上的髻兒，說道：「昨天的豆漿真是好，不知小道長可還有剩下的？」淨明轉了轉眼珠子，一本正經道：「有是有的，請居士跟我來吧。」

傅念君朝周毓白使了個眼色，就跟他出去了。

周毓白還能隱隱聽見淨明不滿的抱怨：「居士之手，能否從貧道的頭上移開了？

「……妳別揪了！」

傅念君自廚房取了新鮮的豆漿，要給淨明銅錢，他卻怎麼也不肯收。

「師祖說了，我們修道之人，怎麼能被銅臭玷汙了，快快收手，不要過來。」

他一本正經地擺手退後，彷彿傅念君如洪水猛獸一般。

傅念君朝他笑了笑，頓時就想到自己夢中那孩子。

也不知道那朝自己喊娘的孩子，有沒有生得這樣玉雪可愛。

「居士也不要再朝貧道笑了。」淨明嫩生生的嚴肅聲音又響起。

傅念君笑道：「我又不是山裡的狐狸精，不會來壞小道長道行的，你別怕。」

淨明看了她一眼，「那可說不一定……」

傅念君作勢又要去捏他，淨明尖叫一聲躲開了，自己往門外邊跑邊念叨著：

「紅粉骷髏，紅粉骷髏，放過我吧放過我吧，去害另兩位年輕居士就好呀……」

傅念君拿著豆漿回了客室，周毓白已經吃得差不多了。

「這是那孩子弄的，很香甜。」她把竹筒放在周毓白面前。

「多謝。」周毓白對她微笑，隨即道：「許久沒有吃過這樣的珍饈了。」

傅念君看了一眼他面前的菜色，十分普通，山裡的蔬菜雖鮮嫩，卻也不至於比東京城裡的更美味才是。她疑惑地看了他一眼。

「與妳這般相處，卻是難得。」

這才顯得這頓飯難能可貴啊。

周毓白心中也不免俗地想，從前每回同她相見，她那兩個貼身丫頭就虎視眈眈地蹲在一旁。

只有金明池小渚之上那一回兩人能夠獨處，只是當時他二人受傷又狼狽，也未曾心意相通，哪裡有今日這般滋味。

外面就是松竹林海，兩人對面而坐，再無旁人。

傅念君將碗盞收拾了放到門外，才重新坐回到周毓白面前。

他瞧著她道：「我手底下人來報，妳的人馬走到洛陽城外旅舍歇腳，卻再沒有動靜。」

她也真是膽子大，這樣不管不顧就跑出來了。

傅念君苦笑，「確實不是很高明的法子，但願儀蘭能撐到我回去。」

周毓白挑了挑眉，喝了一口豆漿，才道：「他昨日……可有為難妳？」

傅念君搖頭，「他對我有所求，自然不會為難我。」

她將昨天到今日發生的事都略略告訴了他，最後想了想，把回夢香之事也一併說了。

只是關於她心中的猜測，依舊有所保留。

畢竟周毓白不是她和齊昭若，他或許無法體會到他們的矛盾。

「有些意思。」他撐著下巴看著傅念君，輕輕地說著。

「如果是你……你會信麼？」她忐忑問他道。

周毓白望著她道：「妳希望我信麼？」

或許他也會覺得祝怡安是個神棍？

周毓白輕輕嘆了口氣，覺得她的心或許依然如浮萍般不定。

這回答……

「我只知道妳就是妳，哪裡管什麼前世和今生。」周毓白說著：「就算找不到幕後之人，就算妳永遠找不到背後的真相，妳也依然是妳，會是我的妻子，與我生兒育女，白頭偕老。」

他竟然也會說出這樣的話……

這樣的承諾。

傅念君低下頭，心想自己當真是越來越沒有用了，只因為他這番話就抑制不住自己的情緒。

「我們不是活在過去，也不是未來，是活在當下，妳都明白的，我知道，妳只是怕了。」

周毓白緩和的聲音就像流水一樣將傅念君團團圍住。

他不知何時已經坐到了她身邊。

18 三千世界

「別怕。」

周毓白的手覆蓋上了傅念君放在膝頭的手。

「沒有什麼事遇到了是我們不能一起想辦法的……」他話音輕柔，讓人聽了無比安心。

傅念君點點頭，轉身投入他的懷抱，緊緊地擁住了他的腰肢。

是啊，她只是怕，怕失去自己，也怕失去他。

周毓白永遠有本事能讓傅念君很快地恢復情緒。

如果說齊昭若是這世上最能夠毀了她的人，那麼周毓白一定是這世上唯一能救她的人。

傅念君靠在周毓白肩頭緩緩嘆氣。

雖然她帶著記憶，可他一直都不是個被自己保護的存在，相反的，即便他對過去和未來一無所知，他卻總是能夠及時地保護她。

為他們兩人在一起付出努力的人，也是他。

「昨天……你的那個『好兒子』說了，其實他的母親，我所知的淮王妃……就是我的妹妹漫漫。」想了許久，傅念君還是決定把這話說了出來。

周毓白的身形明顯僵了僵。

傅念君鬆開手，去看他的表情。

果真是很精彩。

「就是那朵妳說我年過三十後才開的桃花麼？」他似笑非笑地看著她。

傅念君輕輕推了他一下，「誰能知道她是我現在的妹妹……」

周毓白見她因為梳著男子髮式，露出了可愛精緻的耳朵，輪廓圓潤細巧，耳垂也極為誘人，便忍不住伸手去捏了捏。

他道：「總歸是誰都好，今生我的妻子是誰，沒有人比妳更清楚了。」

傅念君握住他的手腕去制止，怕癢地扭著脖子躲避。

「不是，不是這個，是有件事，要同你說……你聽我講……」見她左右支絀，周毓白自然見好就收。

傅念君要和他講的正是淺玉姨娘一事。她覺得幕後之人是早已知曉漫漫將會成為周毓白日後的妻子，所以才派人充作江湖術士去給淺玉算命，引她入套，讓淺玉做了那些事。

周毓白聽她細細說完，臉上的表情也漸漸高深莫測起來。

傅念君說：「我已經讓淺玉姨娘試圖重新去聯絡那個術士了，只是到現在還沒有消息……」

周毓白道：「妳認為幕後之人知道妳妹妹同我今後有關係，才拿她母女做筏的？」

傅念君點點頭，「否則還有什麼旁的解釋？」

周毓白搖頭笑著輕輕扯過她一條手臂，傅念君幾乎整個人就是偎在他懷中了。

這個姿勢太過親密。

何況是在這個地方，沒有旁人，他們兩人這樣……倒像是特地來幽會似的。

傅念君輕輕掙了掙，他卻一條手臂橫過她的肩膀，將適才喝剩下的裝豆漿的竹筒拿到了手邊。

「妳把事情想複雜了。」周毓白說道。

傅念君側頭看他，「那淮王殿下有何高見？」

周毓白說：「高見不敢，只是一點猜測，請傅二娘子指教。」

他將手指在那豆漿之中蘸了蘸，便在桌上比畫起來。

「還記得上元節那日，妳同我說過的話麼？言猶在耳，斷不敢忘。」

他這最後八個字卻硬是嚼出了一種纏綿的味道，氣息噴在她頸邊，惹得傅念君的耳朵又莫名紅了起來。

周毓白在桌上畫了長長的一條線。

「妳看，這是現在，這是三十年後。」

他將直線中間又畫了兩道豎的，這其中一段，就代表著三十年的時光。

他用這種方式來做演示。

「若妳真是三十年後之人，那麼妳此際回到現在，既改變了傅家，也改變了我，有因便有果，很多事就不會再發生，當然妳的妹子也不可能成為我的妻子……好，這是假定的情況。」

他輕輕將後半段線抹去。

重頭再來，等於抹去歷史，創造新的結果。

「但是，如果幕後之人的境況同妳一樣，他能預知後事，便應該知道我不值得他下功夫。而若他就是我最後失敗的主因，這便又解釋不通了，就像雞生蛋蛋生雞一樣無解。這是當日妳我就發現的矛盾。

「所以唯一的解釋，他所預知的未來，並非是妳和齊昭若知道的那個。」

他和他們，並非來自於相同的三十年後。

傅念君踟躕了一下，猶豫地點點頭。

周毓白重新在「現在」這個節點後，畫了兩條分岔的線。

傅念君便若有所思。

「其次，妳仔細想一想，我今生已被妳影響，且不管什麼旁的，我的孩子，自然只可能從妳肚子裡出來，那齊昭若又是怎麼回事呢？」

傅念君臉一紅。他怎麼突然就說起了孩子。

「他既然未被生出來，就不可能回來，這一直是個最大最直接的矛盾所在，根本解釋不通。」

周毓白用手一抹，徹底抹掉了桌上的痕跡。

再次推翻了剛才的構想。

即便傅念君和幕後之人是看到了不同的未來，做了對當下的預判，也無法解釋周毓白後世的兒子會成為如今的表弟這一事實。

只有當這條時間線是完整且不受影響的情況下，周紹敏才有機會變成齊昭若。

而今這條線已經不可能完整了。

因為周毓白，是絕對不可能再娶漫漫。

周毓白低頭看了一眼傅念君，輕笑道：「所以，妳相信佛家所云，三千世界麼？」

三千世界……傅念君昨天在齊昭若嘴裡也聽到了這個詞。

其實齊昭若自己也想不通吧，無論如何解釋發現都是矛盾的話，只能盡量去找一個合理的、能夠說服自己的理由。

傅念君抬頭望著周毓白。但是他，總是能連旁人一起說服。

「無妨，只妳我二人在此，不妨荒謬地來猜一猜。」周毓白笑了笑，神色十分淡然。「其實也不能完全理解為佛家的三千世界，小千、中千、大千世界互相包容組合，不是凡胎肉體可見，但是妳應該能夠明白我的意思……」

「我知道。」傅念君雙眸亮閃閃的，說道：「就像鏡中世界，是你，卻又不是你……」

白馬非馬。

周毓白笑了。

她這比喻倒也是巧妙。她確實就像是從鏡中走出來的一般啊。

周毓白垂眸，淡淡地說：「或許是吧，幕後之人經歷的那一輩子，就像是我成功的那一面鏡子，而妳和齊昭若，則是在我失敗的那一面鏡中。」

傅念君心中大駭，卻無可反駁。

她覺得周毓白這樣一說，就將她心中的迷惘彷徨，全部都解釋清楚了。

它沒有帶她回到屬於她的三十年前，她看到的，或許是屬於幕後之人的那一世。

回夢香，回夢香……

而齊昭若，也是一樣。

互相交錯，互相影響，卻未必是相同的人，相同的事了……

這三十年前，或許其實有很多地方都和傅念君所知道的不一樣，有些也並非是因為她和齊昭若帶來的影響，只是她一葉障目，沒有看見，也並不知道而已。

周毓白將手覆在了她的額頭之上，傅念君只覺得一股舒心的暖意，從額間鑽入了心底。

他的溫度比祝真人的養氣丸更能讓人安定心神。

「妳看，即便我們照鏡子，我們的右手，卻是鏡中人的左手，無法一模一樣。所以，妳所經歷的事，和幕後之人經歷的事，未必便能決定我今日之成敗，這命數並沒有誰能來定。念君，妳要相信我，我不會輸的，我們好好過下去，因為一切，都不一樣了。」

他輕聲承諾，微微笑著，傅念君卻只能癡癡地仰頭盯著他的眼睛。

那雙眼睛依然是眼角微揚，風采過人，眼珠裡流轉著淡淡的琥珀之色。

他怎麼能這麼清醒透徹呢？

原來周毓白不是相信人定勝天，而是他知道，幕後之人此際根本決定不了還沒有發生的事。

他不信命，他只信自己。

傅念君這才發現自己有時真是幼稚得可怕。一直以來，她以為是她的影響讓周毓白能夠順利地解決了許多麻煩，而其實，是她把自己想得太過重要了。

或許，她不過只是誘發他醒悟的一個契機罷了。

他本來就有能力做到一切。

而她曾經糾結於宿命、不想嫁給他這樣的想法，這麼看來就像成了一場笑話。

他是這樣完美的人，誰會不想與他共度一生呢？

似乎是感受到這視線裡的熱烈，周毓白舒了口氣，也很滿意，垂首輕輕將嘴唇印在她光潔飽滿的額頭上。「不過是一些胡言亂語，妳聽聽就罷了。」他說的是那些推斷。

「我卻喜歡將胡言亂語當真的。」傅念君認真道。

她指的卻是他那些承諾。

「那就當真好了。」

周毓白如今對她，便不會說個「不」字。

他擰了下她的鼻子，「原先讓妳不要再插手這些事，只要等著我就好，就是不想和妳說這些。可是妳卻喜歡自苦，跑這麼老遠來找不痛快。」

傅念君低了低頭，心中也明白齊昭若的威脅當然只是一部分，她也並非這麼容易遭人脅迫，只是很想全一全自己的夙念罷了。何況有一部分原因，她真的害怕周毓白不敵幕後之人，今生下場依舊淒慘。

哪裡知道，他只需要一番話，就能讓自己徹底撥雲見月。

「我也是……放不下嘛……」她低聲囁喏，模樣更接近於撒嬌。

周毓白在她低頭的瞬間眼中閃過一絲冰冷，他知道，麻煩的是齊昭若。

但是這些話，他也不會完完整整去告訴他。

到底該怎麼處置齊昭若，他一直在想一個妥善的法子……

傅念君低著頭想的卻是，她現在也終於能夠體會，為什麼齊昭若尚且對周毓白懷著幾分彆扭的父子情，而周毓白卻似乎半點都沒有將他放在心上。

因為他篤信著，自己本來就不算是他的父親。

娶漫漫、生下周紹敏、腿殘的周毓白……永遠都不會在這個世上存在了。

他只是他，眼前的這個人，是她傅念君喜歡的人。

周毓白想起來要將最初的話題結束。他將傅念君的肩膀微微推開一些，直視她道：「我說那麼多，是想向妳解釋一個道理。妳父親姨娘和妳妹妹的事，應當是妳太過神化那幕後之人。我只問最簡單的一個問題，對方難道能夠操縱淺玉姨娘殺了妳麼？」

「自然不可能。」傅念君否認，淺玉也就敢躲在暗處使些小手段了，還都是別人教她的。她如今見了傅念君就如老鼠見了貓一樣，借她十個膽子，她都不敢來謀害自己。

周毓白說道：「所以他為何要用這樣一顆棋子？為了威脅我麼？可是現在的我，並不會在乎一個與我無親無故的小姑娘。到我三十歲開那朵『桃花』，尚且還有十來年呢。」

一語驚醒夢中人。

是啊，傅念君覺得自己如今真是越來越笨了，與周毓白一比，就更是如此。

她或許只是習慣了下意識把所有事都往幕後之人身上推。

幕後之人和她與齊昭若並不是一樣的，他所知的未來，周毓白既然成功當上了皇帝，便不太可能娶這樣一位比自己小十來歲的庶出小娘子。

要說是論傅琨的地位，他還有個嫡出的女兒呢……

傅念君腦中一麻，覺得有什麼東西在腦海中一閃而過。

周毓白的聲音又響起：「我沒有見過妳妹妹，妳且與我說說，她有何過人之處？」

傅念君仔細想了想，漫漫除了比尋常小姑娘漂亮些懂事些，並沒有別的過人之處，念書寫字都只能說是才智平平，膽子還十分小。

要說唯一讓人能夠讓府中人記住她談論她的一點，就是……

「不算什麼過人之處，就是有一點，她長得很像我，連當時柳姑姑都說，她和我小時候一模一樣。淺玉姨娘少年時就是因為生得像我阿娘，才被我外祖母搭救，養在了梅家……」

周毓白眼神中閃過了然的笑意，往傅念君明豔俏麗的小臉上飛快地睃了一圈。

只這一眼，他雖未明確表示，眼底的笑意卻擋不住。這笑意中還帶了幾分曖昧。

「看來這就是問題所在了。」

傅念君陡然便將方才腦海中那個一閃而過的念頭重新抓住了，她有些失態地捏住了周毓白的衣袖，用了大力氣的小手連指骨都分明可見。

「你、你是說，幕後之人並不是因為知道漫漫將來會嫁給你，才用了淺玉姨娘做棋子，可、可能只是因為我……但是這和我有什麼關係呢……」後半句越說聲音便越低。

「是啊，有什麼關係呢？」

周毓白見她突然露出的窘迫，輕聲低笑，伸手將她落下的一綹髮絲別在耳後。

傅念君心裡撲通撲通地跳得厲害，她心中有個想法，卻怎麼也開不了口。

她心道，若是說出來，他是不是會覺得她太過輕浮呢？

這般不自量力的……

「妳想到了什麼？願不願意告訴我聽聽？」

他的話音語調極纏綿，傅念君竟在其中聽出了幾分引誘之意。

這傢伙！她紅著臉將他推開了遠些，覺得自己都無法好好呼吸了。

她決絕否認：「我沒有想到什麼！」

周毓白笑了一聲，「那我來說吧。會不會有一種可能，是在幕後之人的那一世，妳，才是我的王妃呢？」

傅念君咬了咬唇。她也想到了，但是她說不出口。

「看吧，這樣就說得通了。」周毓白繼續道：「他向淺玉姨娘和妳妹妹下手的原因不在於我，而在於妳。」他頓了頓，「否則，他為何那麼多次想要殺了妳？」

幕後之人的目標是打敗周毓白，卻又沒有要他死。

幾次三番流入險境的，都是傅念君。

相比而言，齊昭若一直安穩無恙，可傅念君呢？幕後之人對於傅念君的不肯放手，對於齊昭若的不聞不問，或許根本不是因為傅念君能夠預知未來，而是在他的記憶中，她是那個與周毓白關係密切之人，甚至可能做過一些事，讓他覺得忌憚。忌憚到他一旦發現這個傅念君不再是那個荒唐古怪的「傅饒華」，他就一定要殺了她。

傅念君心中咯噔一下。她往更深一步地去想，那術士對淺玉姨娘說漫漫將來有貴不可言、王妃之命，可能正是幕後之人的打算……

周毓白失敗的那一世，長得很像自己的漫漫成為淮王妃，或許正是幕後之人促成的！

她先前的猜測，是將結果和原因顛倒了個兒。

周毓白見她臉色忽變，應當也是想通了。

他握住她的右手，包裹在自己手心。

「嚇到了？」他低低地詢問。

傅念君搖搖頭，吁了一口氣，「只是覺得……匪夷所思罷了。」

是啊，當真是匪夷所思。

先前她已經覺得她腦子裡那些念頭荒謬了，可是周毓白說的，何止荒謬。

只是他卻能將一切都這樣清晰明白地串聯起來，將傅念君無法解釋的幾個點全都清清楚楚地解釋了。就算適才那一番話再不可思議，傅念君也漸漸信了。

周毓白嘆了口氣，伸手捏了捏她的臉。

「還記得那個和樂樓的東家胡廣源麼？」

傅念君想起來了，「傅寧……」

「是。」周毓白點頭，「我懷疑，淺玉姨娘和妳妹妹這事，是他下令做的。傅寧已經失去了在傅家做棋子的作用，便必須補一個上去，這是他的主人給他布置的任務。」

傅念君眼睛一亮，「他現在在哪？」

周毓白搖搖頭，「不在京中……但是妳放心，一定會找到他的。」

胡廣源或許是意識到自己暴露，躲了有段日子了，讓張九承氣得跳腳。

「好了，別想了。」周毓白對傅念君勸道：「我剛才說的話，總是無法證明的，除非現在就找到幕後之人，你們三個坐在一起平平和和地商討一下。」
傅念君嗔了他一眼，「胡說什麼。」
「所以，既然無法找到證據來證明，索性便撒手別去管了。路是在人的腳下，永遠往後看，如何能認清前方的路？」
傅念君笑道：「七郎好口才，什麼樣的話都能叫你說得這般有道理，總之你說什麼……我都是聽你的。」最後一句話，她自己說來都有些不好意思。
周毓白笑了笑，輕道：「果真是賢慧。」
說了這樣久的話，傅念君怕他累了，問他要不要休息，周毓白卻搖搖頭，「再過一會兒，我們就下山吧。」
傅念君也覺得不能再多留了，她點點頭，「待我去向祝真人道謝之後……」
與此同時，兩人在這裡說著話，齊昭若卻是依然坐在廊下玩著手裡的石子，偶爾用它們去擊打調皮的飛鳥。
他不知道自己心裡是什麼滋味，他只想著，適才那兩人之間只是短短的一個對視，他自己就無法融入進去。
這種無力感讓他覺得很挫敗。
身後有腳步聲響起，他轉過頭，自然不是他想見之人。
而是一身道袍，手拿拂塵，正含笑看著他的祝怡安。
祝怡安笑了一下，「齊小友眼中失望之色甚濃。」
齊昭若苦笑，「真人就不要取笑我了。」
祝怡安嘆了口氣，「凡塵之間，皆是癡男怨女，源自於心中妄念而已。齊小友若是有一天看淡了，自然心結可解。」

齊昭若笑道：「真人之語，彷彿是要渡我一心向道了。」

祝怡安只是微笑不語。

「回夢香助了傅居士有所得，只是卻未必和齊小友有關了。」

齊昭若擰眉不解，「真人這又是什麼意？難道不是真人說她乃是我的心結所在，我才將她帶來此處……」莫非這牛鼻子老道見圓不回謊，開始胡言亂語誆他了？

祝怡安呵呵地笑，「她是你心結所在，卻不代表你是她的心結。」

人家所求所想，或許根本不在他的身上。

齊昭若不耐煩聽這些，「真人又何必和我打這些啞謎，我只是求一個答案罷了。」

祝怡安搖頭嘆息。二人還沒說上幾句，淨明小道童就蹬蹬地跑了過來，對祝怡安道：「師祖，傅居士在茶室等您了，她說要向您辭行。」

祝怡安點頭，垂眸看了一眼齊昭若。

「齊小友……」

齊昭若站起身拍拍衣服，「真人去吧，我去見見我……那位朋友。」

齊昭若其實心裡也明白，他總不可能永遠避著周毓白，男人大丈夫，本來就是要堂堂正正。

祝怡安在後望著齊昭若先一步離去的背影，嘆息著對淨明道：「他此身氣勢雖凌厲出眾，卻帶凶煞，如何壓得住那得天獨厚坐擁王氣之人……說到底，不過是放不下，想搏一搏罷了……」

只是恐怕齊昭若自己都沒有意識到，他還年輕，不肯服輸。

淨明輕輕地咦了一聲，跟在祝怡安身邊，大眼睛眨呀眨。

「坐擁王氣之人？師祖是說剛上山那位居士麼？哇……他莫非是……」

祝怡安朝他做了個噤聲的手勢，「不可說不可說，未能篤定之事，皆屬妄言。」

淨明哦了一聲，好奇道：「不過他和齊居士，他們又怎麼了呢？」

祝怡安伸手打了一下那孩子的腦袋，說道：「這麼多問題……你年紀還小，不要再問了，免得擾了靈台，壞了修為。」他才那麼點大，哪裡曉得凡塵俗世之人的恩愛情仇。

淨明捂了頭，心裡埋怨著，等他們三個快快下山，他自然還是個得天獨厚愛修行的小道士，哪裡會這樣三番四次差點壞了修為。

說到底都怨那個傅居士。

§§§

齊昭若才剛剛走到客室門口，就見到屋內的周毓白已經準備好了茶水，自己盤膝飲茶，眼前還有一個茶杯。

「來了？」他話問出口，卻沒有抬眼。

齊昭若嗯了一聲。

「坐吧。」周毓白指指對面，「你我表兄弟，從小一起長大，何至於如此。」

齊昭若心裡一陣彆扭，踟躕了下，卻還是坐了下去。

他默了默，還是主動向周毓白道：「今次的事情，我的安排是唐突了些……」

他在周毓白面前，總會不自覺地表現得像個討父親歡心的孩子。做錯了什麼事，似乎主動承認了，對方便不會生氣。

齊昭若自己彷彿也意識到了，又立刻咬牙頓住。

周毓白微笑，「你大可不必如此。不必要對我這般態度……我始終是你的表哥。」他亦頓了頓，說道：「只是表哥。」

齊昭若沒有說話。周毓白和他之間似乎有一堵厚厚的城牆，誰都無法越過。

周毓白親自幫他也倒了一杯茶，語音淡然，一如他一貫的氣派。

「我知道你心中對我是怎麼的看法，但是阿若，從此往後，我希望你能夠往前看，而非拘泥於過往。我是你的表哥，也只能是表哥，或許你對我曾有過不同的惦念，但是我希望你能醒悟過來，一切行動主張，先考慮到你自己和家族。」

齊昭若勾唇道：「她都告訴你了……」

是啊，她當然會告訴他。

他們兩人，隨便哪個人來看，都能看出來他們之間早已經心意相通，根本容不下旁人半點插足。

周毓白語調一轉：「對她，我希望你也能一樣，你的前塵之事，別再拖她下水。」

他說這句話的時候，眸中的光芒是齊昭若從未見過的冰冷。

齊昭若冷笑了一聲，「畢竟你曾救過我性命，論理論情，我都該答應七哥的要求才是。」

周毓白知道他滿身傲氣，當下卻活得辛苦。

「西北很可能就要用兵了，朝廷正值用人之際，我希望你能想明白自己該做什麼。」

齊昭若諷道：「那我要謝謝七哥的提拔和提醒？」

「我不是為了你。」周毓白說道：「姑母總是在做糊塗事，齊家要站邊肅王府，這是齊家的事，但是你還能有選擇。富貴榮華，前十幾年都是跟著父母享受的，若是未來行差踏錯一步，他們的罪責，你更要共同承擔，你既為人子女，就不可能恣意而活。」

這話齊昭若其實心裡明白得很。但是他對邠國長公主沒有感情，對於齊家，也沒有多大的興趣，他從軍確實是像周毓白所說的，只是在為自己爭籌碼。

「榮華富貴？」齊昭若嗤笑了一聲，「我真的享受到了麼？」

周毓白輕輕地將茶杯倒扣在桌上，抬眼看著他一副桀驁不馴的樣子。

他竟不受教到這種程度。

「你還是個孩子麼？篤信這世上還能隨你獨善其身，由你隨心所欲？」

就是從前的齊昭若，怕是也不會這樣。

這樣的話，齊昭若從來沒有聽他說過，上一世作為父親的周毓白，和這一世作為表哥的周毓白，都沒有說過。

他記憶中的父親對他最多的態度便是漠然，而今生，周毓白永遠充當著一個親切的表哥。

「你不願娶妻，不願多個負累，可是天下間的事，不是你去逃避就能樁樁件件都避開。你是齊昭若，就必須做好齊昭若。我本以為你還算聰明，別讓我後悔救下你一條命。」

周毓白目光幽幽，冷靜地直視他。

任性也該有個限度。

周毓白很明白齊昭若的想法，他身上有著難得一見的孤勇和決絕，若是他將這份氣度用在上陣殺敵上，必然會成就一個出色的將領。

但是他心中放不開對前世和幕後之人的仇恨糾纏，將破釜沉舟的勇氣都放在與幕後之人決一死戰上。

可是他同時又不得其法。

這世上的事情哪裡有那麼簡單的？

周毓白也想隨心所欲，他若以皇家之勢威壓，早可以定下傅念君為妻，可為什麼要用這麼大的圈子來完成自己的願望？

因為他要考慮太多東西，家國、朝堂、父母……

從前的齊昭若只是個錦繡紈絝，他能闖的最大的禍就是上街欺男霸女，可就是因為現在這個不是，所以才更讓人擔憂。他是一把兩面開鋒的利刃，冰冷又危險，很難讓人握住。

對面的齊昭若只是笑了笑，抬手仰頭就大口飲盡了手中的茶，姿態爽朗好似江湖浪子。

「觀中無酒，只這茶，卻也無比苦澀。」

他放下杯子，視線與周毓白對上。

「我不如七哥聰明，更不如七哥會審時度勢，權衡利弊，沒有人教過我這些。我從小只知道，要得到想要的東西，只能拚了命去爭搶，要想做到的事情，就一定要死磕到底。」

19 不是敵人

齊昭若的視線轉向門外，悵惘地嘆了口氣，「我答應你，會盡力調和齊家與邠國長公主的立場問題，而京中之事，有七哥在，我想也確實不必我來費心了。」

他的固執需要建立在一定的權力之上，如今的他，確實同幕後之人並沒有資格一戰。

周毓白遠比他更能掌握對方。

齊昭若知道，今天過後，他們在此喝了這茶，就不再是敵人。

不是敵人，卻又不是朋友。

他身後有齊家和邠國長公主，就永遠不可能是周毓白的朋友。

周毓白的眉眼鬆了鬆，說道：「阿若，這天下必然不止是一個人的天下，我希望，你有些耐心。」對方讓步，他自然也能讓步。

若齊昭若真有本事，將來他會得到自己想要的權力和地位。

齊昭若勾唇，「那就多謝七哥了。」

話說完了，兩人之間的氣氛卻比先前更緊張。微妙又尷尬。

齊昭若起身，說著：「明日我就會啟程回鎮寧軍軍中去。」

周毓白淡淡道：「阿若。」

齊昭若頓了腳步。他聽到周毓白說著：「你只欠過我一條命，今日過後，我也不會再提。」

「只有一條麼？」

齊昭若沒有回頭。

「是。」周毓白道。

只欠一條命，就是幕後之人做局害他時，救過他的那一次。

齊昭若明白這其中意思。

周毓白希望自己別將他視為父親，他對自己沒有生養之恩，也希望齊昭若不要因為這個而再對他態度有異。

「我明白了……七哥……保重。」說罷便大步離去了。

§§§

傅念君也和祝怡安告辭了。

祝怡安沒有多問她什麼，也無意干涉她的想法和決定，只是道：「傅居士是聰慧之人，原本就無需貧道的指手畫腳。居士此去，只盼儘早能尋覓良緣，放下過去。」

傅念君紅著臉向他道了謝，出門沒有走過幾步，就險些撞到了匆匆而來的齊昭若。

傅念君下意識便往後疾退了兩步。齊昭若見她反應如此之大，只能在心底苦笑。

傅念君神色回復，朝他點點頭。

「抱歉，此次這樣讓妳過來。」齊昭若說了讓傅念君意外的一句話。

「呃……」傅念君也有些發愣，他這是哪裡不正常了？「我也沒有幫到你什麼。」

齊昭若搖搖頭，「已經夠了。」他說完，就再也不看她一眼，兀自與傅念君錯身而過。

看他來的方向，應當是單獨去見周毓白了？傅念君覺得他那離去時的表情有些古怪。

回到客室後，周毓白也並未說他與齊昭若都說了些什麼，只道往後，他大概不會再這樣魯莽了。

傅念君有時十分調皮，要他說說看到底是擺出父親的架子還是表哥的架子勸說齊昭若的。雖然實際上也差不多是那樣，只是她用這樣不懷好意的方式取笑，總是讓周毓白頗覺無奈。

「什麼話都是妳說的，我何曾承認過自己有個這樣大的孩子……」

傅念君皺了皺鼻子，表示不太贊同。

周毓白看著她微微嘆氣，想到了齊昭若彆扭古怪的性子，便突然對傅念君道：「往後若是妳我有了孩子，需得好好教養才是……」

傅念君臉一紅，「堂堂淮王殿下，幾時學會說這種孟浪輕浮之語了。」

周毓白笑了笑，「是我的不是了，那往後再不說好不好？」

傅念君嘀咕了一句，模樣極似不滿，轉開眼去不肯看他。

女兒心思何其難解，誰又曉得她這般是什麼意思。

周毓白卻伸手去捏了捏她的耳垂，笑道：「我自然明白的，等賜婚之後，我才有資格說這話是不是？」沒名沒分，她只會覺得自己是在輕薄她。

傅念君輕輕啐了他一口。

心裡想道，他都鬧出這樣大的動靜了，往後就是收不住場，怕是傅琨也不會輕饒他。

兩人又說笑了幾句，正是有著說不完的話，這裡又正好無人打擾，恨不得把這輩子的話都說給對方聽了。

門外又響起了腳步聲，傅念君回過神，自己離周毓白遠了些，正襟危坐。

周毓白瞧她這副模樣，暗自輕笑。

是淨明。

原來他是來告訴他們，齊昭若已經匆匆下山了。

傅念君微微吃驚，此時出發，他要連夜趕路回東京不成？

她轉眼去看周毓白，見他似乎是早已知曉一般。

「多謝小道長，我們知道了。」周毓白對淨明微微一笑。

淨明又是瞪大了眼睛望著他，望得周毓白一陣迷惘。他便又補了一句：「豆漿很好喝，多謝了。」

淨明愣愣的還是盯著他，傅念君忍不住噗嗤一聲笑了出來。

淨明突然就不好意思了，扭頭蹬蹬地跑了，他心道，乖乖，這就是師祖所說坐擁王氣之人，難道不該配個虎背熊腰威武兇猛的身體才合適嗎？那一笑起來，竟是比過了那天上仙人吧。

屋裡傅念君似笑非笑地望著一臉不解的周毓白，說道：「你為何朝他笑？這孩子膽小，怕是心裡在嘀咕著這狐狸精也有化作男人的呢……」

周毓白道：「這是什麼緣故？」

傅念君便說了先前拿豆漿時與這小道童的趣事。

周毓白配合她道：「那往後，我便不笑就是。」

傅念君嗔怪他：「殿下若是不笑，還如何穩坐《大宋美男冊》的魁首？」

說完了傅念君才想到正事。

「他既走了，我們也該下山了，瞧瞧時辰，晚上約莫能到我讓儀蘭他們投宿的旅舍。」

周毓白對她挑了挑眉，竟是出人意表道：「機會難得，我們其實倒也能夠再叨擾一晚。」

傅念君哈哈笑起來，「那您就自己留宿吧，我與祝真人已經打過了招呼，實在沒這個臉皮再叨擾人家清靜。」

周毓白自然也不可能為了與她多相處一夜就要留在這裡，兩人見天色不早了，便打定主意下山。

傅念君收拾好東西，周毓白也同祝怡安見過禮，領著一直候在觀門口的郭巡等護衛幾人離去。

他們臨走前，淨明倒是還給他心目中的「狐狸精」和「神仙中人」喜滋滋地準備了豆漿和乾糧，給他們在路上吃。

§§

下山後，傅念君便只能跟著周毓白他們一行人騎馬，行路也快些。

傅念君見著郭巡還有些不好意思，郭巡給她套好馬鞍，興奮地拍了拍馬屁股，說道：「娘子放心，這匹馬性子好，溫馴得很，郎君早給妳備著的，一路都沒有敢騎呢……」

陳進在旁涼涼地插嘴道：「你話太多了，郎君過來了啊。」

郭巡嘿嘿地傻笑了兩聲，打哈哈走開了。

傅念君摸了摸馬鬃，心裡卻是說不出的熨帖。

周毓白驅馬到了她身邊，說道：「妳若不放心，可與我共乘一騎。」

傅念君忙道：「自然不行。」又補充了一句：「我騎術還好的。」

周毓白輕輕笑了笑，眉眼之間皆是溫柔。

傅念君此時是男裝打扮，與他共乘一騎，豈不是要讓人誤會成斷袖風流了。

她坐在馬背上正了正髮髻，認真問他道：「看起來還可以嗎？」

周毓白往她臉上看了一眼，握拳在自己嘴邊低聲咳了一下，說道：「不錯。」

明眸善睞，秋瞳剪水，哪裡有半點男子氣概了。掩耳盜鈴，她高興就好。

傅念君看到了他唇邊的笑意，咕噥道：「這有什麼好笑……」

周毓白說：「妳放心，這些人都是我的親信，何況妳若有心，就會記得他們都是妳見過的，男裝女裝哪裡有區別。」對他們來說，她已經是他們的主母了。

傅念君微微抿唇笑了笑，這才一揚馬鞭，驅馬前行。眾人趕到那旅舍時，天已經微微擦黑了。

傅念君準備按照說好的去叩儀蘭的窗。

只是她卻先走到周毓白身邊，問道：「這麼晚了，你難道還要繼續趕路嗎？」

她看身後那幾個護衛，似乎並沒有歇下的打算。

周毓白頓了頓，微笑道：「自然是要留宿在此。」

傅念君歡欣地笑了一下，「那就好。」

待她離去後，郭巡才走上前，同周毓白道：「郎君今夜當真歇在此處？」

他們原本計畫起碼要再趕三分之一的路，歇在沿途驛館就是，明日中午時分便可回到東京。

歇在這裡的話……郭巡四下望了一圈，人多眼雜。

「歇下吧。」周毓白只是淡淡地吩咐，「這樣她心裡也能安定些。」

這是他給出的解釋。

郭巡瞧著自家郎君遠去的背影嘖嘖地讚嘆，他身後的陳進跳出來，竟把郭巡心底的話也說了出來：「咱們郎君這一頭紮進溫柔鄉，是徹底出不來了啊……」

郭巡啐了他一口，把那句話還給他：「就你話多！快餵馬去！」

陳進苦著臉道：「我又不是馬夫……」

§§§

傅念君一身塵土，急著回房去，可是在窗下敲了好幾下，都不見儀蘭有回音。

她早就和儀蘭說好的，最遲今日日暮，她一定會回來，讓她一定要守在房中。

何況剛才路過馬房粗粗看了一眼，傅家的車馬並未離開。

短短一夜，難道還能發生什麼變故？

傅念君心中警惕，卻聽裡面一陣急促的腳步聲傳來。

「……沒有沒有，陳娘子大概聽錯了！」

「沒有聽錯，真的有人敲窗戶！」

說罷，那窗戶竟被人從裡面一把大力推開了。

這窗離地不過半人高，傅念君的位置，正好與那推窗之人來了個臉對臉。

兩人面面相覷。

傅念君：「……」這是怎生樣的孽緣，才能在哪裡都碰得到她？

竟是那個路上遇到的格外熱情的陳小娘子，而她背後，此時正站著一臉生無可戀的儀蘭。

難怪儀蘭不來給自己開窗，竟是這個道理。

「姊姊妳回來了！快進來快進來！」陳小娘子竟是熱情地伸出手想搭把手。

與其這樣，還不如直接走正門，傅念君想著。

她嘆了口氣，也不想問這孩子怎麼會出現在她房裡，先踮著石塊爬上了窗沿。

正好外頭有個打雜的漢子路過，隱隱見到朦朧的夜色裡有個身影在爬窗戶，當下提著燈籠就叫了一聲：「什麼人在那裡！」

傅念君還未及回應，就聽陳小娘子飛快地做出了答覆。

她大罵道：「要你來管本姑奶奶！」

差點震聾了傅念君。

那漢子暗自啐了口，覺得自己剛才彷若看到的是個男子身影，卻又是個小娘子在叫罵，想著八成是私會的野鴛鴦，也沒他啥事，咕噥了一聲就走開了。

陳小娘子扶傅念君跳進了室內，還殷勤地替傅念君拍了拍衣裳，笑道：

「姊姊偷跑出去玩，被我抓到了吧？」

傅念君無奈地嘆了口氣，將視線轉向儀蘭。

儀蘭也是一張苦瓜臉，「娘子，今天傍晚，陳小娘子她……」

「我來說吧。」陳小娘子興奮道：「也合該是我同姊姊有緣，竟是又投宿到同一家旅舍來了。我在此見到妳家中車架，心中便十分激動，想著一定要來同妳打個招呼，誰知這位姊姊卻攔我攔得這般狠，不許我進門，還說妳生病了，病得不能見人。」她忿忿道：「我們才分別兩日，怎麼就病得這般急，我自然不放心，就、就……」

她說著也覺得不好意思，低下了頭訥訥不敢言語。

儀蘭接口，不滿道：「就闖了進來。」

原來是這樣。那她自然就發現了傅念君不在房內的事實。

儀蘭怕她出去亂說，也怕她不走，兩人就這麼耗著，陳小娘子也算機靈，看儀蘭神色就曉得傅念君是偷溜出去了，不多時定會回來，用完了晚膳就坐在這裡等她。

「姊姊，妳快同我說說，妳溜出去是做什麼大事的？」她眼睛閃閃發光。

儀蘭幾乎是要哭給她看了，強調道：「陳小娘子，求您了，千萬不可把這事說出去啊。」

陳小娘子嘟嘴道：「我曉得了，妳已經說過幾十遍了。」

實在是她這人讓人信不過，長了一副會隨便往外說的臉。

「莫非姊姊是和那個人……」陳小娘子眼睛一亮。

傅念君想到了她趴在樓梯口偷看她和齊昭若說話的樣子。

「當然不是。」她否認道。

陳小娘子卻笑得古怪，心中認定：她否認得那麼快就是有鬼。

「難道說，他還在窗外？」

作勢竟是又要去開窗，嚇得儀蘭差點要給她跪下了。

傅念君覺得頭疼，拉住了陳小娘子道：「陳妹妹，我能先沐浴更衣麼？妳看我這個樣子……」確實有點髒。

「好啊好啊，那我一會兒再來。」她雀躍地說道。

竟然還有一會兒？

傅念君望著她歡天喜地離去的背影，只能無奈地嘆氣。

儀蘭伺候傅念君沐浴更衣，聽她說到周毓白也在此處，也不由有些驚訝道：「殿下對娘子當真是上心，這樣就不管不顧地趕過來了……」

傅念君笑了笑。

儀蘭幫她隨意梳了梳頭，便去廚房裡端了早備著的雞絲粥過來。

外面的飲食粗糙，儀蘭便自己掏了銀錢開小灶，一直用砂鍋在灶上溫著，等傅念君回來吃。

傅念君喝了一口便道：「還是妳的手藝好。」她想到了周毓白，便問：「還有多的麼？我怕……」

儀蘭明白她的意思，「還有著呢，娘子想給殿下送些去？」

傅念君不置可否，說道：「妳送點過去吧。」

他這樣金尊玉貴的人，窩在這間不大的旅舍裡，他們這行人又錯過了飯點，怕是只有灶上的冷饅頭可以將就了。依照周毓白的性格，必然也不會大動干戈讓屬下重新去灶上要熱飯菜。

儀蘭偷笑了下，「娘子，這樣的活我可不敢攬，我去端來，順便探聽一下他們住哪家房，還是娘子自己送過去吧。」

傅念君笑道：「妳怎麼也如此促狹起來了，快去吧。」

她也沒什麼不好意思的了，心裡只想著怕他餓壞了。

儀蘭才剛出門，陳小娘子就又不請自來。

「好香啊……」她一進門就猛吸著鼻子。

傅念君還有半碗沒有吃完，先擱下了勺子，向她道：「還不睡麼？」

陳小娘子帶來了一些自家的糕點，開心道：「怕姊姊一路餓著，給妳嘗嘗，這是我母親親手做的，我和我阿弟都很喜歡……」

她十分熱情，傅念君便也嘗了嘗，瞧她一直盯著自己的碗，便笑道：

「如果妳不嫌棄，可以試試。」

陳小娘子有點侷促，「當然不是嫌棄，就是、就是……」她也會覺得不好意思。

只是再不好意思，她也小小地嘗了一口，然後又是一口，再一口……

陳小娘子也沒想幫她吃完的，只是一不留神就覺得碗見底了，忙收住胃口向傅念君道歉。

傅念君倒是不介意，反正自己也吃飽了。

「沒事的，只是半碗粥而已。」傅念君晃了晃手裡的糕點，「咱們扯平了。」

陳小娘子覺得自己真是越來越喜歡她了，眼睛晶晶亮地盯著傅念君，小聲同她說道：

「姊姊，我剛剛從妳這裡出去時，就見到了一隊人，大約也是來投宿的……」

傅念君挑了挑眉，果然聽她道：「那位主人模樣的少年郎，妳曉得不曉得，當真是姿容無雙啊！」

就知道。

傅念君哭笑不得，雖然一方面她很樂意聽見旁人這般誇周毓白，可另一方面，這陳小娘子閃閃發光的眼睛，讓她多少有些在意。

周毓白出門才真該帶上斗笠帷帽才是。

陳小娘子用盡了她這輩子所知道的所有能用來讚揚的、美好的話，來誇讚那位短短驚鴻一瞥的少年郎。她還總結道：「竟是比上回同姊姊說話的那位還要勝三分。不單指長相，是氣度，氣度完全不一樣……就像天上走下來的仙人一般，真是幸運啊，這一路上，怎麼就碰到了這麼多美少年呢……」她兀自神往，傅念君卻嗆了一下。

儀蘭終於端著粥回來了，見到陳小娘子又出現了，也是十分頭大。

陳小娘子又聞到了那粥香，咦了一聲，不解道：「姊姊沒吃飽，還要再吃嗎？」

儀蘭立刻放下了手裡的東西，忙向她道：「陳小娘子還不去歇下麼？明日還要起來趕路呢。」

這麼明顯的逐客令。

陳小娘子眼睛在那粥碗和傅念君之間來回睃了一圈，顯得十分狐疑。

儀蘭見她不動，一咬牙，就直接用手去「請」了。出門在外，她覺得瞧這位小娘子的風度，大概也不是高門大戶出來的，就也管不得在傅家的規矩了，還是學芳竹一樣偶爾「撒撒潑」有用。

「陳娘子，我們娘子真的累了，您就行行好吧……」

「咦？」被儀蘭推著肩膀走的陳小娘子十分不情願，還扒著門框留言：「姊姊，明日一起吃早飯吧……」

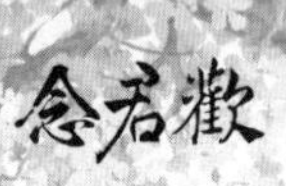

儀蘭關上格扇，終於長舒了一口氣，「也不知是哪家難纏的小娘子……」

傅念君說道：「明日去打聽打聽她家來頭。」

儀蘭應了，擔憂道：「她會不會出去亂說？」

「暫且看來還不至於，她不知道我的身分，又沒有證據，只要不是京中望族之後，想來她說的話也沒有什麼分量。」

但是她又覺得不放心。

畢竟她既見到了齊昭若也見到了周毓白，也不知那雙眼睛是怎麼長的。

為了安全起見，她還是要查一查這陳家。

「娘子，粥快涼了，您先去給殿下送去吧。」

傅念君這才想起來，再晚怕是周毓白要睡了。

她端著粥來到周毓白房門口，陳進依然還是守著。見到是她，二話不說，連通報也省了，直接替她開了門，還一臉古怪的笑意。

傅念君狐疑地盯了他一眼，端著粥進去了。

外間沒有人，傅念君將東西放下，想著他或許在內室裡睡著了？

意隨心動，她倒是從來沒有見過他睡覺的樣子，便探頭往裡面看了看。

床上無人，倒是燭火掩映間，她看到了繡著歲寒三友的屏風後面……

「替我把衣服拿過來吧。」裡面的人突然說道。

傅念君嚇了一跳，那水流嘩嘩的聲音鑽進她耳朵裡。

他竟然在沐浴！

傅念君臉色立刻漲得通紅，暗自咬牙，這個陳進，真是壞透了。

再怎麼樣，她都是個沒出閣的小娘子，他也太胡來！

傅念君踟躕再三，卻還是踏進了內室，一身乾淨的袍服正擺在床頭。

她想著，就這樣把衣裳掛在屏風上，他應該也不會察覺吧，然後自己再悄悄地退出去。

傅念君咬了咬下唇，便動手取過了那身衣服。

周毓白的衣裳上透露著一陣淡淡的檀香，那衣裳的料子舒適，平整光滑，雖不繁複華麗，卻是極適合他的淺色。她甚至能想像他穿上這衣裳時的模樣，出塵絕世，風姿無雙。

就如那陳小娘子說的一樣。

傅念君抱著這衣服，竟是有些怔忡，低頭不由自主地嗅了嗅。

等意識到自己在做什麼時，她嚇得差點將手裡的衣服扔在地上。

她怎麼能做這種事呢？簡直、簡直是太丟臉了。

她手忙腳亂地將衣服掛在了那屏風之上，努力去忽略那嘩嘩的水聲。

「等一下。」裡面的人又在說話了。

熱氣蒸騰，傅念君覺得自己的腦袋大概也像被放在蒸籠裡蒸過了一樣，她剛剛為什麼不走呢？

「把那條布巾遞給我吧。」她聽見他說著，語氣平靜。

他是不是還以為自己是陳進？

一聲更為響亮的水聲，傅念君覺得人影有一下的晃動。

是他沐浴完站起來了！

傅念君簡直想尖叫，同時也得花一部分力氣控制自己的眼睛別往那裡看。她一咬牙，看到了旁邊架子上垂著一條寬大的布巾，當即也沒有想什麼，將它扯過來匆匆就往浴桶方向拋過去，遮他個嚴嚴實實才好。

傅念君努力讓自己快點忘記剛才驚鴻一瞥之間看到的他的……身體。

她用手給滾燙的臉搧風，快步往後退去。

「念君，妳別跑。」他突然出聲。

傅念君退到屏風後，徹底愣住了。

不跑才是笨蛋吧？

她眼睛轉了轉，便打算躡手躡腳地往外溜去。

「我還沒穿好衣裳，妳再跑我就只能這樣出來抓妳了……」他冷靜地說著。

聽聲音，他似乎正在擦身體。

傅念君整個臉繼續燒起來，覺得自己前後兩輩子加起來也沒這麼狼狽過。她死死咬著唇不敢說話也不敢動作。

一方面，她覺得不承認自己是傅念君，他或許就會覺得他說錯了？那他便斷斷不敢真的光著身子跑出來。他一定也要面子，總不能平白叫陳進他們幾個大老粗，伺候他擦身體穿衣裳吧。

可另一方面，她又真的害怕他的威脅，心想要是他事後來興師問罪，那她豈不是做賊心虛？她不是故意跑來偷看的

而且她又沒真的看到什麼。

她的腳尖在地上磨磨蹭蹭的，正在努力讓不能思考的腦子想法子。

須臾間，周毓白已經衣裳不整地走了出來。

他鬆鬆垮垮地穿著那件廣袖大袍，領襟也凌亂敞開著，露出一段十分誘人的脖子和鎖骨，頭髮依舊滴著水，根本沒有好好絞乾。

他這樣子和平時相差太多了。

映襯著滿室蒸騰氤氳的水汽，他臉上也帶著沐浴過後的緋紅，一雙鳳眼更是像被山泉洗過一樣明澈動人，就這樣定定地望著她。

美人出浴，果真風情無限。

傅念君突然心如擂鼓，聯想到早前淨明小道士的話。

多糟糕，狐狸精多是專門來壞人道行的。

周毓白自然是怕她耐不住害臊真的跑了，哪裡敢好好收拾自己，連腰帶也沒有繫，就來抓這個這麼大膽子敢窺探皇子沐浴的小賊。

此時見她正是羞窘地紅透了一張臉，一雙眼睛水汪汪地凝視著自己，視線中的癡迷更是明顯。

她這番模樣亦是少見，周毓白只覺得她那視線落在自己身上哪裡，哪裡便似被火苗舔過一般難耐。這「小賊」的目光太過不老實。

周毓白的喉結不由自主地上下滾動一下，傅念君迷離的眼神便又盯著那喉結。

周毓白往前一步，只覺得再也忍不住，將她抵在自己和屏風之間。

他低頭笑道：「妳跑什麼，都已經偷看了，何不看完？」

傅念君緊張地把手往身邊去扒拉，抓住了床頭綾帳上垂下的絲條，握在手裡攥得死緊。

「我我我……我沒偷看。」她緊張地舌頭打結，「你早知道是我？」

周毓白瞇了瞇眼，「陳進他們不敢進來，何況妳這樣的身影投在屏風上，我再認不出，豈不是不長眼睛？」原來她早就暴露了，虧她還做了這麼多無謂的掩飾。

她窈窕的身影映在屏風上，躡手躡腳的樣子又十分可愛，周毓白便忍不住使了個壞。

「所以你故意使喚我替你拿衣服！」傅念君氣道。

周毓白輕笑了一聲，傅念君氣不過，去踩他的腳。周毓白下意識要避，傅念君沒有站穩，便微微往後仰去。

這扇屏風也不可能吃得住她這樣的力道。

「當心。」周毓白順勢一把摟住了她的腰，把她帶到了自己懷裡。

她也才剛剛沐浴過，身上馥郁的香氣就這樣毫不防備地鑽進了他鼻中。

兩人的氣息糾纏在一起。

傅念君靠在他胸口，隔著薄薄的衣服聽到了一聲一聲的心跳。

不是她的心跳……

怎麼跳得這樣快？

傅念君微微仰頭，與他的落下的視線膠著，他那白日裡瞧來極淡的眸色，此時更顯深濃。

傅念君心尖一顫，抬起手心貼在了他心臟之處，心中念叨，他竟也有這樣灼熱的溫度。

清雅如謫仙人一般的他，竟是也有這樣血液沸騰奔流的時候……

傅念君微微笑起來，心中一口氣突然便順了。

原來不是只有她在他面前狼狽地丟盔卸甲找不著北。

不是只有她，這樣被美色所惑……

他們倆，都是一樣的潰不成軍。

周毓白也抬手覆住了她扣在自己胸口的手，微笑著輕輕將她的手拉起，放到唇邊吻了吻。

用唇將滾燙的烙印直接烙進傅念君心裡。

倏然間，一滴水珠從他額髮間落下，滴落在傅念君手背上。

她驟然清醒，推他道：「你快將頭髮擦乾，別得了風寒。」

天氣已經涼了，他不能這樣不管不顧。

傅念君忙摸了摸他的衣服，有些地方果然也被頭髮上的水沾濕。

「妳幫我擦擦吧……」他的聲音婉轉，少了平素的清冷，竟是似乎帶了幾分撒嬌的意味。

傅念君睨了他一眼，忙去拿過另一塊布巾，展開去替他擦拭頭髮。

周毓白坐在床頭的矮方凳之上，十分配合她的動作。

20 郎君出浴

傅念君輕柔地替周毓白絞著頭髮，比對待自己還要小心，生怕手下力道大，將他給扯痛了。

被她這樣溫柔地呵護對待，心中不免喟嘆一聲，他竟生出一種熟悉的滋味來，彷彿他與她已經是成親數年的恩愛夫妻一樣。

只是怕這樣的夜晚太匆匆。

傅念君一直從髮根將這把頭髮攏下，直到髮尾，還是細細地擦拭著，絲毫不覺得繁瑣無趣。

不自然的，鼻尖那陣陣縈繞的清香，也不斷叫她的心跳失序。

周毓白怕她手疼，見差不多了，就拉過她的手溫柔道：「可以了。」

傅念君說：「我再幫你梳一梳吧。」

不久之前，儀蘭才幫她梳過，現在，她來幫他。

她的動作細心又溫柔，周毓白笑著調侃：「比府中僕婦和單昀的手藝好多了，往後便勞煩傅二娘子天天為我梳頭了。」

傅念君臉一紅，咕噥道：「我又不是專門的梳頭娘子。」

周毓白反手握住了她的手，認真道：「妳當然不是。」

他把她看作妻子。

結髮之妻。

「我很開心。」他輕聲說。

傅念君輕哼了一聲，想到了剛才的事情，也取笑道：「因為有我這個梳頭丫鬟很開心。」

他卻說著：「是因為妳不怕我而開心。」

「我為什麼要怕你？」傅念君奇怪，隨即也促狹地望了他一眼，「誰會怕你這樣的俏郎君？我看啊，你應當怕我才是。」她笑聲如銀鈴，帶著幾分揶揄。

周毓白眼神溫和，嘆道：「妳真是像個什麼都不懂的孩子。」

他輕輕伸手，將傅念君擁在自己懷裡，兩人輕輕靠著，她似乎能夠聽見那一聲一聲有力而急速的心跳聲。她突然有了些慌亂，像個手足無措的孩子。

他卻還是說：「只是稍微抱一下，我不會對妳怎麼樣的，妳別怕……」是安撫，也像是撒嬌。

她突然覺得好慌張。

周毓白抬手，傅念君下意識地縮了縮，只見他的手在她的肩膀上停了停。

「妳的頭髮。」他這麼說。

頭髮而已，這有什麼的？

傅念君也還治其人之身，輕輕拈了他肩上的一根頭髮，調皮說：「你也有呀，是要和我的比比麼？我覺著你的頭髮比我養得好。」

「又胡說了。」周毓白嗔她不解風情。

他抬手將她手裡的一根頭髮拿過來，與自己手裡的拈在一起，指尖輕輕繞了繞，兩根頭髮便纏在一起，打了個細細的結。

他的手指是男人中少見的修長勻稱，這樣的動作絲毫不顯得笨拙，那兩根細到幾乎看不見的頭髮，傅念君覺得就是她也做不到這樣。

而緊隨其後的，是他這個動作的含義，使她心口像捱了一記重拳，傅念君心神一蕩，跟著便不可遏制地湧起了滿腔甜蜜。

結髮為夫妻。

男女雙方，在婚禮之中，將雙方的頭髮各自剪下一縷，用同心結綁好，從此兩人同心，恩愛不移。

周毓白也覺得自己的念頭似乎有些癡了，笑了笑便將兩根頭髮絲吹了去。

「呀。」傅念君反倒是想伸手去撈，到底掌心還是一團空。

見她似乎還要去找，周毓白忙拉住她，笑說：「可不是犯傻了，妳我以後，是堂堂正正能夠做這件事的，如今……是我唐突了。」

但傅念君不覺得唐突。此時此刻，兩人相望，她明白他的心意和承諾就好。

她笑了笑，伸手調皮地拽了拽他的髮尾，歪頭說：

「本來是給你送粥來的，可瞧我們都在做什麼？盡顧著玩了，這粥此際大概都涼了，別吃了。」

她這樣含嬌帶怯的眸子望他一眼，就讓周毓白頓時覺得那粥必然是山珍海味都比不過。

「我要吃的。」他說道。

傅念君有點不同意：「我還是再去熱熱吧……」

他卻先她一步出去端了那碗粥起來，似乎怕她搶一般。

好在那砂鍋裡溫著的粥還有一絲溫度，打開蓋子，香味滿室。

周毓白看了她一眼，傅念君微窘，按下他的肩頭讓他坐下。

「是儀蘭做的，味道不錯，就想著給你送些來，不是我要特地……」

周毓白望著眼前烏髮披垂，眉眼生春的少女，她這一副嬌嬌神態，媚從骨生，從前哪裡會有。

他忍不住低頭微微笑了笑。他不後悔，也算是為往後打下良好的基礎了吧。

「想必沒有妳做的好吃。」他淺淺地嘗了一口。

傅念君說著：「你若想吃，明天我可以……」

不是她誇口，她做的東西確實很好吃。但感覺這樣太主動了，她又忙收住話頭。

周毓白卻望著她點頭道：「好啊，我期盼著嘗嘗妳的手藝。」

傅念君咬了咬唇，心裡卻不自覺因為他這句話雀躍起來。

「那你吃吧，我要回去了，儀蘭該擔心了。」

也不知是不是剛才透支了太多力氣，她此刻說話都是軟綿綿的。

「好，早點歇息吧。」

傅念君彆扭了一下，才說：「你也是。」隨即匆匆打開門走了，沒有回頭看他一眼。

周毓白望著眼前的粥，一時有些悵惘，第一次突然覺得，少了她的氣息，這屋裡就冷得那麼讓人不習慣。

門外依然守著的陳進都守到打瞌睡了，突然被關門聲嚇了一跳，只見一個人影裹挾著淡淡的香氣飄然遠去，連招呼也沒有再和他打。

他望了望那背影，又望了望門，繼續坐下撿起落在旁邊的冷饅頭，拍拍灰，開始扯著吃。

「還以為今夜不出來了呢……」他暗自嘀咕。

隨即又覺得這樣冒犯了郎君和傅二娘子，狠狠捶了一下自己的頭。

「是餓傻了吧！」

他鬱悶地低頭看了一眼手上的冷饅頭，想到了剛才傅二娘子端進去的香噴噴吃食，嘆了口氣，狠狠一口咬上了饅頭，覺得差點崩了牙。

§§§

傅念君終於回來了，儀蘭一直等著她，見她久久不歸，心中也很著急，都差點要去敲門了，只是想到娘子素來就有分寸，想來也不會出事，這才生生忍住。

這會兒她見到傅念君此般如水模樣，心裡哪有什麼不明白的，雖然大宋民風開化，但到底傅念君身為傅氏嫡女，不能做出太出格的事來。儀蘭想說什麼，最終還是忍住了。

傅念君躺在床上，向儀蘭吩咐道：「明日早些叫我起身……」

儀蘭一頓，「為何？娘子有事？」左右明天都是能夠到洛陽的，也不用起得太早。

傅念君也沒有回她的話。

儀蘭心裡帶著疑惑，一直等不到答案，閉了眼沒一會兒就迷迷糊糊地睡了過去。

傅念君卻一直都沒有睡好，她腦子裡轉的，都是剛才的場景和周毓白的樣子，他說的話，好像每一句都在她耳邊盤旋……

傅念君臉一紅，心想自己真是魔怔了，掐了一把大腿才努力逼自己入睡。

第二日，儀蘭果真很早就叫醒了傅念君，天色只微微亮，傅念君便穿好了衣裳道：

「帶我去廚房……」

儀蘭望著她眼下的青影，訝然道：「娘子要吃什麼，交代我去就是了，這裡的廚房不比府裡，雜亂得很……」

傅念君只是想著昨天答應他的，要替他做些吃食，晚了恐怕他們已經離去。

這時二人聽到一聲馬兒嘶鳴之聲，在安靜的夜裡格外清晰。

「這麼早，不知是誰家……」

儀蘭說著，突然頓住了，看著傅念君變化的神色立刻驚醒過來，不敢耽擱，說道：「娘子，我這去看看……」

不多時，她就回來了，遺憾地朝傅念君道：「娘子，是他們，已經離去了……」

「是麼……」傅念君朝她笑了笑，「是挺早的。」

儀蘭在心裡嘆了口氣，她覺得傅念君此刻的神情很是沮喪，忙勸慰道：「娘子很快就能和殿下在京中見面的。」

傅念君沒有言語，縮回腳回到床上，對她道：「那就再睡一會兒吧。」

儀蘭心中感慨，再聰慧灑脫的女子，陷入情愛之後，也與普通人無異了啊。

只是傅念君躺回去後，哪裡還睡得著，等到天色發白，旅舍的人陸陸續續都起身了，她才也跟著起身。

陳小娘子一大早便精神抖擻地過來敲傅念君的房門，說是要踐行諾言，和她一起用早飯。

她見傅念君神色鬱鬱，不由奇怪道：「姊姊怎麼了，沒睡好麼？是昨夜做了噩夢麼？」

「不是。」傅念君對她微笑，指著儀蘭新端來的熱粥，「快吃吧，該涼了。」

兩人一道吃早膳，席間陳小娘子也絲毫沒有遵守「食不言寢不語」的規矩，開心地說著她覺得十分有意思的趣事。

她雖話多，有時卻著實逗趣，天真爛漫，傅念君不得不承認，一頓飯下來，倒也不會覺得她多煩。

陳小娘子離開後，儀蘭便來向她稟告，只說讓大牛大虎打聽清楚了，這陳小娘子一家是洛陽的富戶，去京裡是看望他家夫人一位生了重病的老叔公。

暫時聽起來沒有任何問題。

傅念君說道：「好吧，先別管這些了，打點東西，上路吧，先讓大牛快馬去陸家通知一下。」

一行人收拾齊整到了旅舍門口，正好也碰到陳小娘子一家。傅念君見到了她的母親，是一位富態平和的女子，尋常貴夫人打扮，梳著高髻，雖不如女兒陳小娘子生得好看，看起來卻是個溫柔的人。

一起的還有陳小娘子的弟弟，大概七、八歲模樣的一個孩童。

陳小娘子在一旁讓弟弟叫人，指著傅念君道：「綀奴兒，快叫姊姊！」

那小名叫「綀奴兒」的孩子卻縮到母親身後，只敢露出一雙眼睛，偷偷盯著傅念君瞧。

傅念君注意到他戴著一頂小帽子，現在的孩童少有這種打扮，看起來有幾分古怪。他生得與陳小娘子也不大像，皮膚很白，鼻梁挺拔高聳，眼睛卻生得很有特色，十分漂亮的單眼皮，比周毓白的鳳眼更顯狹長飛揚，只是那眼睛的位置卻略高於常人。

倒也不會看著不協調，有一種十分奇異獨特的漂亮。

「你這孩子！」陳小娘子咕噥了一聲，見傅念君一直盯著綀奴兒的帽子看，便笑嘻嘻地一把扯了下來，竟是一個閃亮的光頭。

陳小娘子笑著摸摸弟弟的光頭，引來那孩子不滿的哼唧。

「這小傢伙的腦袋可圓了！」

陳小娘子像炫耀一樣把弟弟的頭給傅念君看。

「舒兒，妳……快放開妳弟弟。」陳家夫人忍不住出聲制止調皮的女兒。

陳小娘子閨名喚作靈舒，也是傅念君今早與她一道用早飯時才知道的。

綀奴兒倒也不生氣，更像是不肯和這個姊姊一般見識，只是輕哼了一聲將頭擺到一邊，可是視線卻又似乎在偷瞄傅念君。

「真沒禮貌！」陳小娘子對著弟弟插腰道。

傅念君笑了笑，對她道：「沒事的。」

看起來是極為正常的一家人，只除了那孩子的樣貌有些特殊。

傅念君同母子三人告辭，便先一步登上了馬車離去。

儀蘭在車上也說著陳家那位小公子，當作個新鮮趣聞與傅念君談論：

「身體髮膚受之父母，小時也就罷了，都這樣大了，怎麼會有人家將孩兒的頭髮都剃光？倒是從前我聽人說，窮苦鄉野地方有的孩子長蝨子，沒法子便在冬日裡剃禿瓢。只這陳家自然也不是那等人家，莫非是那小公子得了什麼病？」儀蘭說著倒是把自己嚇了一跳，「生得這樣好看，若是如此也太可惜了……」

傅念君說道：「不要瞎猜了，我瞧著陳小郎雖生得皮膚白，卻不像是生病。」

「娘子有沒有覺得那位小公子長得……」儀蘭偏了偏頭，似乎找不到合適的詞來形容：「很有些說不出來的味道。」

「不像漢人。」傅念君說出了她心中的想法。

儀蘭驚愕了一下，就聽傅念君說著：「罷了，反正以後也不會再見面了。」

儀蘭點點頭，也就不再去想那母子三人了。

其實傅念君剛才就發現了，陳家小公子那種長相，像極了從前的鮮卑人，而鮮卑族在前唐時就幾乎已經消亡。如今說胡人，大家便會想到佔據了燕雲十六州的遼國契丹人，契丹人擁有回紇和鮮卑人的長相，與漢人的面貌並不相近，體型也更高大。

但是僅憑這一點，不能就說人家是契丹人，何況這和傅念君也沒有任何關係。

一行人到了洛陽城外，陸家已經派人來接了。

傅念君第一次來拜訪位於洛陽的陸家老宅，這裡是陸氏的娘家，也即將成為陸婉容的娘家。

陸婉容已經等候了多時，急不可耐地翹首盼望著。

兩人見面，她便拉著傅念君的手不肯鬆開。

「原來算著日子早該到了，我都差點想出城去接妳了，怎麼晚了這樣兩日？」

傅念君解釋，是在城外生了兩天病，不想帶著病氣來拜訪，便多休息了一下。

陸婉容見她神色確實疲累，便也不追究這話的真假，只說一定要讓她在陸家歇息好才算完。

傅念君倒是不急著回東京，只是她卻也不太喜歡在陸家。

陸婉容回來備嫁，府上卻並無看到多喜慶的氣氛，更讓人詬病的一點是，傅念君來做客，第一時間卻不得去拜見陸婉容的父母。

陸婉容只是這樣淡淡地和傅念君道：「爹爹和姑母鬧翻了，連同我大哥一起恨上了。他如今厭恨這個家裡，最近躲到別莊上釣魚寫詩去了，家中庶務都交給我叔父打理。」

傅念君知道陸家分崩離析，卻沒有想到已經到了這樣嚴重的地步。

但是她知道，陸成遙和陸婉容兄妹總算沒有糊塗，跟著陸氏行事，陸家和他們才不至於像她所知的一樣，被陸三老爺拖累進爭儲的泥潭裡。

「我知道爹爹的心思。」陸婉容說著：「他太希望陸家能夠回到朝堂上去，有前朝時那樣威風的陣仗，只是如今的天下，早就變了，現在哪裡還是世家說話的年代？仗著出身就能高人一等的時候已過去了……再過幾年，等哥哥立住了，或許他就明白了吧。」

子不言父母是非，依照陸婉容的性格都能說出這樣的話，看來回來這些日子，沒少受陸家夫婦的擠兌。

先前陸家因為幕後之人的安排，原本會走上肅王那條船。只是如今時過境遷，肅王大概也未必想用他們，陸三老爺就是想投靠也無門了。陸婉容這些天聽的最多的，就是他們對傅琨、對陸氏、對陸成遙的不滿……

傅念君不再提這些，讓陸婉容給自己展示一下她準備著的嫁妝。

現在唯一能讓她開心的，大概就是很快會到來、帶她脫離泥潭的婚事。

固然傅瀾和陸婉容之間或許並不存在愛情，但是長久以來表兄妹之間的感情，大概也足以支撐他們相互扶持，相攜一生了。

比起這世上許多盲婚啞嫁、聽從父母之命成婚的男女，他們已經算是很幸運。

「妳三哥也快成親了吧？」陸婉容面上帶著笑容，似乎一點都不為往昔之事所苦。

傅念君點點頭，「比你們早一些，他和錢小娘子年紀都不小了，再拖過年去，又要長一歲。」

陸婉容微微笑了笑，「錢小娘子是個好女孩。」

傅念君在心裡微微嘆了口氣。

她們往後同住傅家，就是妯娌了。錢婧華那裡她倒不擔心，就盼陸婉容是真的放下了。

傅念君握了握陸婉容的手，篤定道：「妳也是好女孩，上天必不會薄待妳們……」

「念君……」陸婉容神色動容，竟是說道：「我這一生，前十六年都是懵懵懂懂活過來的，或許很多事，都是從遇到妳的那刻開始改變的……」

傅念君聽了，也有些酸楚。她希望陸婉容能夠幸福。

「……妳放心，我不再像從前那樣不懂事，我知道我該怎麼做。」

陸婉容眼神堅毅，其中的決心讓人難以忽視。

「好。」傅念君點點頭。

陸婉容噗嗤笑出聲來，「妳來了，我很開心，咱們說些好的。既然都到洛陽了，明日可想出去玩玩？白馬寺是一定要去的，還有天王院，妳不是對牡丹很是精通麼？」

傅念君笑道：「這個時節，哪裡還有牡丹？」

「沒有牡丹也是值得去的，妳想吃什麼？儘管說來，我必然一盡地主之誼……」

傅念君自然不會沒有來過洛陽，只是這次是同陸婉容一道，自然是任由她做東，兩人結伴同遊，倒是並不在乎目的地是哪裡。

在洛陽同遊了兩、三日，在傅念君看來，覺得陸婉容的心情也比之前好了不少，她便有了些歸意。原本也是找藉口出門，替陸氏辦完事，也算是達到了目的。

這日兩人正好去了洛陽著名的董園。

董園是個風景十分秀美的遊憩園林，夏日時熱鬧非凡，遊客不絕，即便如今快入冬了，遊人並不少。

董園的特點是「亭台花木，不為行列」，布局方式模仿自然，取山林之勝。三堂相望，過小橋流水又有一高臺，毫無一覽無餘之感，是十分高妙的障景手法。

園中又時有文人豪爵辦宴飲，西有大池，除了大可十圍的古樹外，四周還有水噴瀉於池中，朝夕如飛瀑，池水卻不溢出，涼爽宜人。

她們就圍著這片湖池散步，偶有能遇見同遊園中的婦人女眷。傅念君提及歸去之意，陸婉容聽了，多少就有些失落。

傅念君笑道：「很快妳就能嫁去我家裡了，咱們時時能見面的。」

陸婉容輕輕嘆了口氣，拉著她的手道：「妳何須說這樣的話來騙我。妳我同歲，我要出嫁，難道妳沒有出嫁的一日？」

傅念君頓時便有些語塞了。

陸婉容擰眉道：「妳爹爹對妳的親事可有屬意？妳我這般年紀，並不算早了……」

若非遭遇退婚一事，傅念君此時早就該嫁去崔家了。眼看翻過年去，她的年齡又要長一歲。

傅念君笑了笑，「不急，即便是不嫁，我爹爹也並不會說什麼。」

陸婉容道：「那也是，傅相寵愛妳勝過許多父親。」她這語氣中的確是充滿了羨慕。

傅念君不想提及她的傷感之事，便岔開話題，兩人循著小徑穿過半片竹林，打算去前頭的寸碧亭看看景。

誰知才剛踏出竹林沒幾步，茂密的綠樹叢中就鑽出一個人影。

他似乎也沒見到前方有人，一下就撞上了跟在陸婉容身後的詹婆婆身上。

詹婆婆沒怎麼樣，只是「我的娘哎」叫了一聲，倒是那個身影，撲通一下往後摔了去。

傅念君定睛一看，竟是前些日子偶遇到的陳家小公子，名喚「練奴兒」的那個。

陸婉容一向是個溫和的性格，吩咐丫頭僕婦：

「好好將這孩子攙起來吧，問問是哪家的，給他爹娘送回去……」

陳小郎從地上快手快腳地爬起來，摸索著他頭頂上不翼而飛的帽子。

傅念君見到了，先一步撿起來，遞到他面前，問道：「你怎麼在這兒？」

陳小郎看了她一眼，也不說話，將自己的帽子拿回來戴在頭上。

陸婉容走到傅念君身邊，奇道：「竟不知妳在洛陽還有故舊？這孩子是誰家的呢？」

陸婉容雖然往他頭上多看了幾眼，卻也不會當著這麼多人的面問。

傅念君回她：「路上認識的，只知道他家中姓陳。」

陳小郎往陸婉容也看了幾眼，隨即視線就落在了傅念君的手上。

傅念君抬手看了看，覺得自己的手很正常，笑道：「怎麼了？」

陳小郎抿了抿嘴，竟是酷酷地伸出了一隻雪白的小手。

傅念君明白這意思。

這是要她拉。

這孩子看著一點都不親人，很是冷冷地愛耍酷，竟是很喜歡自己麼？

她握住他的手，只覺得這隻手冷得過分。

她蹲下身子，問他道：「你姊姊呢？你家人可都在園中？你是偷偷跑出來玩的麼？」

他只是搖搖頭。

陸婉容身後的另一個僕婦想勸傅念君放開他的手，畢竟誰知道是哪家不乾不淨的髒孩子，擔心平白髒了傅二娘子的手。她便忍不住咕噥了一聲：「別是個啞巴吧。」

陸婉容向後警告地看了一眼，吩咐道：「你們四處去找找，看有沒有姓陳的人家今日來遊園。」

傅念君拉著一言不發的陳小郎到了不遠處的寸碧亭中，那孩子一直都在偷看她，就像那天一樣。

她覺得他手心出了汗，便拿出了自己的帕子替他擦手。

陸婉容坐到她身邊，也打趣道：「他竟和妳這般投緣嗎？」

傅念君也說不好，他和他的姊姊都是極古怪的。

但若說是對方刻意接近她，目的何在呢？此時她看不出來，暫且只能先這麼著。

「姊姊要回東京了麼？」一直沒有說話的陳小郎終於開口了，證明自己不是個啞巴。

他的聲音卻不像一般孩子一樣軟糯天真，反而有種不符合年紀的沙啞低沉。

這樣一個孩子，卻有這麼一把嗓音。

倒不是不好聽，就是古怪。

陸婉容同情地看了他一眼，就同他這長相一樣。

傅念君道：「自然，我是要回家的。綀奴兒……我可以這樣叫你吧？我不知你的大名叫什麼。」

「我叫陳靈之。」他說道，隨即頓了頓，「是之乎者也的之。」

傅念君和陸婉容都聽笑了。

陸婉容吩咐下人把準備好的糕點都送了上來，陳靈之也只是微微踟躕了一下，便吃起來。

去探消息的下人一直沒有回來，傅念君與陸婉容便只好從他這裡問。他的家人怎麼都不著急呢？這樣一個孩子丟了。

陳靈之只是淡淡地拍拍手說：「我家人並不知道我來這裡。」

傅念君和陸婉容都怔住了。陸婉容派出去的僕婦此時正好也回來了，滿頭大汗地稟告道：「娘子，園中今日並沒有姓陳的人家來遊玩。」

陸婉容的視線不由轉向安之若素的陳靈之，滿臉狐疑。

傅念君卻更快明白過來，頭疼道：「你是……離家出走？」

陳靈之點點頭，交代道：「我看到有一個人影很像妳，所以跟進來的……」

原來是這個緣故。

陸婉容看著桌上快被他吃完的糕點，神情複雜。

難怪他看起來那麼餓。

傅念君倒是沒有太訝異他的驚世駭俗，畢竟這孩子看外貌就不普通。當日只覺得他縮在母親身後，看起來一副很是膽怯的模樣，其實呢，竟是個膽大包天敢逃家的孩子。

21 離家出走

「你為什麼要離家出走？」傅念君問他。她並沒有把他再當作一個孩子看。畢竟十歲左右的年紀，其實很多事情和道理都懂了，在她自己十歲時，就是這樣。

陳靈之的眸光閃了閃，看向了對面的陸婉容。

傅念君很解其意，說道：「這是可以相信的人。」說罷揮退了儀蘭等下人，讓他們站遠些。

陸婉容暗暗稱奇，重新打量了一番這孩子。愛裝大人的孩子很多，這樣真像大人的卻不多。

陳靈之說著：「我爹娘要將我送到蜀中去，我不願意，就跑出來了。」

這是陳家的家事，傅念君自覺不該過問，知道個因由便好。

「我想他們必然也有他們的理由，你告訴我你家在哪，我們送你回去。」

陳靈之卻搖搖頭，細長的眉毛似乎表現出一種淡淡的不屑。

他說著：「我知道的，我長得不像我爹娘，不像我姊姊，甚至不像漢人，早幾年就有風言風語傳進我家，他們能忍到現在把我送走，已經算是仁慈了。」

陸婉容只是仔細盯著他的臉看。陳靈之抬眸與她對視，直接道：「這位姊姊也是這麼想吧。」

陸婉容尷尬地笑了笑，「怎麼會？我與我爹娘也長得不像，這不算什麼，想是你對你爹娘有什麼誤會。」

陳靈之聳聳肩，表情很無謂。

傅念君嘆了口氣，這孩子咬死了不鬆口，外面的天色也不早了，她只能和陸婉容商量：「只得將他先帶回陸家，之後再派人去城裡姓陳的人家找了……」

陸婉容也沒有別的更好的法子。

「可是這洛陽城裡姓陳的人家太多了，他家又並非官宦之家，怕是不好找……」

這裡是東京倒是好辦，但這裡是洛陽，只有陸婉容有資格幫他。

傅念君覺得自己這一路上遇到這兩姊弟，算是倒了大楣。

「那把他扔在這兒吧。」傅念君望天道。

陸婉容嚇了一跳，隨即帶了微微指責的口吻道：「念君，妳怎麼能有這種想法？」

傅念君無奈地看了她一眼。

看吧，她也想多一事不如少一事，但是做人的良心總是過意不去的。

陳靈之倒是也算配合，肯跟她們走，坐在車裡時還說著：「我兩日沒有睡個安穩覺了。」

他心知肚明她們多半會去找他父母，但是不知道是太看輕她們，還是太高看自己，也沒有當回事。

離家出走成這樣的，他是傅念君見到的第一個。

回到陸家，陸婉容自然吩咐了下人給他收拾一間房出來。

陳靈之大概也是知道陸家的，進門之時並沒有什麼詫異，到了人家家中舉止表現也算妥當。

好在陸婉容的父母如今住在別莊上，沒有惹出多大的麻煩。

陸婉容更是吩咐人連夜去城裡姓陳的人家，問詢誰家丟了孩子的。

一直到了第二日上午，陸家終於得到了消息。

而這一邊，陳靈之一晚上更是睡得安安穩穩，早上起來還胃口大開，吃完後更是饒有興致地在陸家花園裡逛了逛。

陸婉容比傅念君更擔心，也操心了一夜沒有睡好，起來見他這樣輕鬆，反倒有些奇怪了。

「他真是離家出走的？」

傅念君嘆道：「他大概是離家出走膩了，想通過我們回家呢。」

陸婉容噎了一下，細想之後覺得頗有道理。

傅念君擰眉，表情嚴肅，該注意的事情一定不能忽略。她對陸婉容道：「防人之心不可無，雖然只是個孩子，但是難保旁人用他做餌，志在妳我。陳家的事情一定要打聽清楚，若他們日後有結交的意思，也還是推脫了乾淨。」

陸婉容點頭，「我自然明白的。」

陳靈之不知什麼時候又轉悠到他們面前來了。他換了一身衣服，手和臉也洗乾淨，因為一夜好眠，顯得精神熠熠的。

陸婉容瞧著這孩子，也忍不住悄聲對傅念君道：「怪道他自己都說他長得不像漢人，瞧著一股異域風情，長大後怕是不得了。」

傅念君看他手長腳長的，怕是過幾年躥個子，更是要叫人吃驚了。

陳靈之走到傅念君面前，捏了捏自己的臉，問道：「姊姊是不是也覺得我像契丹人？」

傅念君道：「你怎麼會這樣以為？」

「因為妳老是盯著我的臉看。」他看起來有點不開心。

傅念君笑道：「看你自然是因為你好看，你再大幾歲，自然看你的姑娘就更多了。」

他輕輕撇過頭去，似乎有些不好意思。

終於有消息來了。城中一戶姓陳的富戶，很像傅念君描述的陳靈之家人。

等去了消息，陳家夫人很快就帶著女兒趕了過來。

再見陳小娘子，傅念君也沒有什麼意外，對方一時也來不及展現她的熱情，先朝著不懂事的弟弟就按住了腦門教訓。「冤家！你這個冤家！要急死我們！」她看起來是真的為弟弟擔心。

陳靈之只是恢復了最初傅念君見到的模樣，沒有什麼話說，低眉順眼之間卻藏了些倔意。

陳家夫人只坐在旁邊垂淚，整個人看起來很憔悴，來回嘴裡就是不住地向陸婉容道謝。

陸婉容倒是在一旁被她謝得手足無措的。

傅念君在一旁打量著這母女二人的情意真假。

究竟和這家人再次扯上關係是巧合還是對方的刻意，她真的沒有數。

陳小娘子訓完了弟弟，才抹了抹臉和傅念君打招呼。

「傅姊姊，對不住，再一次和妳見面，竟然是這種場合……」她漲紅著臉，確實很不好意思。

這當中自然有一部分原因是由於陸家。

「原來妳是陸家的親戚，我、我當時……我沒規矩慣了，妳別介意。」

陳小娘子不敢再同傅念君像先前那樣口無遮攔了。

這也是情有可原的。

尋常人家的小娘子，規矩自然不及大戶人家，她當著這麼多人的面就訓斥弟弟，這般看來確實教養一般。從當時到現在，陳小娘子的表現，都還算符合自己的身分。

傅念君也不由想著自己在東京是否勾心鬥角慣了，才時時刻刻這樣疑心別人。

陳家母女顯然因為門楣關係，在陸家也不敢多待，再三謝過了，就要帶著陳靈之告辭。

陸婉容看出她們著實侷促，也不敢說什麼留飯的話，只是替相處了一天的陳靈之求情。

「令郎年紀小，難免如此，夫人請不要怪責他了。他在我家中，十分得體有禮貌，都是夫人教養得好。」

這話陳家夫人聽了心裡高興，看陸婉容又是如此和顏悅色沒有架子的樣子，連連點頭。

陳靈之倒是臨走前還和傅念君說了幾句話。

他嘟著嘴，「我知道妳們要找我爹娘的，我不怪妳們。」

傅念君道：「你也是早知道你一定會回家的啊。」

他看了傅念君一眼。

「妳真的不能帶我回東京麼？」

傅念君微笑著搖搖頭。

「好吧。」

他說著，很無奈地要走，隨即又轉回到她面前，狹長的眼睛裡閃出認真的光芒：

「後會有期。」

傅念君覺得這姊弟倆可真是有意思，那個是話癆，這一個倒是小小年紀說話精簡，故作深沉。

陸婉容和傅念君兩人親自送母子三人出了二門。

陸婉容在往回走的路上和傅念君說起了這陳家的底細：「陳家老爺從前一直是從商的，似乎並不是洛陽人氏，大概從別處逃難來的，發家艱難，一步步做到如今，眼下開了家不小的綢緞舖，也算是城中的體面人家了。」

傅念君點點頭，「他家夫人呢？來歷也清白？」

陸婉容點點頭，「陳家夫人是東京人，是前朝某位落沒了的三品官員家中的婢生子，這樣的身家，與陳老爺也算相配。」

傅念君嗯了一聲，陸家在洛陽的人脈關係非她自己能及，陸婉容打聽到這些，想必不會有假。既然是清白正經的人家，或許確實是她想多了。

陳家這件事不過是個小插曲，傅念君又住了兩天，便提出要回家。

陸婉容雖然不捨，卻也不能強留她在家中，親自送她到了城門外才依依地惜別。

這回去的路上就太平多了，天公作美，天氣也很好，路上腳程也不算慢。

眼看馬上就要進東京城了，在路上的酒樓歇下吃飯時，儀蘭正和傅念君笑話大牛大虎：

「早起兩人便不安生，非說對方多吃了自己一個饅頭，越活越回去了！娘子，妳看這頓飯給他們加兩個包子如何？免得他們兩個又鬧不愉快。」

傅念君也笑道：「在陸家是餓著他們了？去吧，跟他們說，回頭到家裡了讓大廚房做頓好的，犒賞這一路上大家的辛勞。若是他們不喜歡，就找外頭的酒樓訂桌席面，你們自己商議吧。」

儀蘭嗔道：「娘子這樣也太大手大腳了，我們都是奴婢，哪裡用得著這麼精細……」

傅念君說：「你們跟了我這麼久，幾頓飯我還是請得起的。」

吃完了飯，一行人繼續上路，快到東京城門口了，驛道上的車馬也多了起來，走走停停的，馬車就有些顛簸。

午後太陽也挺曬人，儀蘭見傅念君在車中憋得臉色通紅，又被顛得難受，便朝外頭趕車的車夫吩咐：「老徐，這回一路上怎麼這樣顛？娘子身子嬌貴，注意一些吧。」

老徐「哎喲」了一聲，苦著臉對儀蘭道：「好姑娘啊，我駕車幾十年，您還信不過我的技術麼？怎麼能讓娘子覺得不適？就是這路不好啊……」

儀蘭才不想聽他找藉口，撇撇嘴，表情不以為然。

傅念君想讓她別為難老徐，卻又聽老徐輕輕咕噥了一聲道：

「不過這車吃重也確實不太對勁，趕著這車覺得不趁手啊……」

儀蘭揮下了簾子，朝傅念君道：「不是埋怨路，便是埋怨車……」

她不喜歡這些老僕，半點差使不動，嘴裡還總是有很多話說，倒是還不如郭達，芳竹尋常與他鬥嘴，輕話重話說幾句也不見他真的動氣，哪裡像這些老油子，半句話就能給你接十句出來。

傅念君微微笑了笑，卻不知想到了什麼，陡然間變了臉色道：「前面找個地方停一下，休整片刻。」儀蘭不明所以。

老徐將車趕到了一處人並不多的地方，傅念君由儀蘭扶著下車來。她神色冷肅，只是沉眉盯著她自己這輛馬車。

「娘子可發現什麼不尋常之處？」儀蘭見她這樣，自己也緊張起來了。

傅念君吩咐大牛大虎：「你們去看看車底下有無異樣。」她擰著眉，輕聲說著：「但願是我自己想多了。」

莫名失蹤的饅頭，與平素不大一樣的車重……

會不會是車底下有人？

大牛大虎兩人抽了準備好的木棍，也有些忐忑地接近了車底。

若是真有歹人，他們就打算立刻揮棍迎上。

兩人在車旁趴著，似乎果真聽到了一聲細微的響動，兩人對視一眼，立刻就要用手上的木棍去抄車底。大牛還氣勢十足地喊了一聲：「好個賊人，看棍！」

「是我是我！」車底下立刻有人聲傳出。

一時間眾人也沒聽出是誰，大牛就說：「管你是哪個！」

手上動作不停。

「等一下！」傅念君喝止他們。她倒是有些聽出來這聲音是誰了。

她扶額微微嘆氣，說道：「將他弄出來，仔細別傷了人。」

大牛大虎面面相覷，連儀蘭也完全是一副搞不清楚狀況的樣子。

車底下一陣動作，隨著木片落地的聲響，馬上爬出一個人影來。

那人身形矮小，站起來拍了拍身上的灰土，正了正帽子，很淡然地掃視了一圈目瞪口呆的人。

不是陳家那個小公子陳靈之又是誰。

「你、你……」儀蘭顫著一根手指指著他，說不出話來。

陳靈之卻看著大牛大虎手裡的棍棒，抬眸看了一眼傅念君道：「這也太粗魯了。」

這熊孩子！眾人心裡不由都轉著同一個念頭。誰要和他討論粗魯不粗魯，他難道對自己出現在這裡沒有任何解釋嗎？

這陳家到底是怎麼回事？

傅念君的臉色也很不好看，她盯著陳靈之，說道：「你究竟躲在我車底下幹什麼？」

陳靈之摸了摸自己的肚子，朝傅念君癟了癟嘴道：

「肚子餓，姊姊能不能給些吃的再問？」

傅念君覺得自己要是他親姊姊，大概早就控制不住拳頭，親自招呼這小子了。

她無奈地嘆了口氣，對儀蘭道：「去拿些吃的和水給他。」

馬車移到了路邊，陳靈之坐在原本老徐的馬車座位上，垂著兩隻腳，滿心歡喜地吃著儀蘭給他拿的糕點。

傅念君站在地面上，其餘的人都站得稍微遠些在休憩。

等陳靈之終於吃得告一段落了，傅念君才終於說道：

「吃飽了？那你是不是可以交代一下，到底是因為什麼又偷跑出來？」

陳靈之古怪地看了她一眼，「姊姊突然糊塗了，我不是說過麼，我不去蜀中。」

傅念君氣笑了，「所以就再離家出走一次？你怎麼出來的？又是怎麼鑽到我馬車底下去？」

陳靈之抬起了自己的手給傅念君看，他的手上有淺淺的傷痕，似乎是攀爬拉拽留下的痕跡。

他朝她笑了笑，「他們關不住我。」

所以他這是要展示他手上功夫好了？

傅念君挑了挑眉，「你用什麼法子溜進陸家的？」

陳靈之想了想，老實道：「去陸家住的一晚上，其實夠做挺多事的。」

他根本是早有預謀……

傅念君也不想問他是怎麼鑽進自己馬車了，他肯定一早就想好了要跟自己走，去陸家或許根本也就是方便今日行事。自己倒是不察，被這樣個小鬼算計了一道。

難怪先前的「後會有期」聽起來這般奇怪。

陳靈之吃飽了，輕輕打了個嗝，好整以暇地問傅念君：「姊姊要把我送回去嗎？都已經到汴梁了。」

傅念君說著：「你當沒人治得了你？去了汴梁，我也可以再將你送回去。」

陳靈之也不怵她，反而分析地頭頭是道：「妳送我回去，路上我還是能跑的，姊姊何必唬我，妳不敢擔這樣的責任。所以最妥當的法子，妳一定會派人回洛陽去通知我家裡，一來一回又要幾天，即便我再被抓回去，也是值得了。」

他倒想得美。

傅念君抱臂斜睨他，「你去東京的目的，不是要等著你家裡人來抓你的吧？你說說看，究竟還想怎麼鬧？」不是每個調皮搗蛋的孩子都長了張調皮搗蛋的臉，起碼就這個陳靈之來說，是傅念君少見的棘手。

陳靈之的眼神有一陣迷茫，他抿抿嘴道：「其實我也沒想那麼多，暫且只顧著眼前吧，走一步看一步。」

最讓人頭疼的就是這個年紀的男孩子，人憎狗厭的。

傅念君道：「你就這樣相信我？你知道我是誰？東京城裡魚龍混雜，你這樣年紀又細皮嫩肉的孩子，賣了也值幾個大錢。」

陳靈之嫌棄地看了傅念君一眼道：「姊姊當我是那不懂事的小孩呢，賣去給人牙子倒不如綁了我賣回給我爹娘，我爹雖不豪富，這點錢總是有的。」

「行吧。」傅念君說著：「那就滿足你的願望。」

她也不是一般人，回頭就衝大牛大虎道：「給我把這小子綁起來。」

陳靈之望著逼近自己的兩名粗壯大漢，嚇得張大了嘴，「妳、妳不會是說真的吧？」

傅念君冷冷地勾了勾唇，「你看我像說假的？」

她說綁，就是真的綁。

陳靈之終於覺得他還不如鑽在車底來得輕鬆。

綁就綁吧，這個不知是大牛還是大虎的粗莽壯漢，把他裹得像粽子一樣，丟在了放置行李的木板車上，來往這麼多人馬，都像看怪物一樣看著不停扭動的陳靈之。

大牛還很好心地向路人解釋：「是我家小郎君，不聽話得很，他姊姊罰他調皮。」

眾人聽到了都是哈哈一樂，說這姊姊大概是親的，笑得陳靈之臉色青一陣白一陣。

直到進了繁忙的東京城內街，陳靈之才被轉移到了傅念君車裡。

傅念君抬了抬眼皮，對他笑道：「看吧，還是不要隨便相信陌生人得好。」

陳靈之表現得很委屈，輕輕哼了一聲，偏過頭去。

傅念君先將他安置在她在外的一個小院，如今由阿青守著，帶著幾條大狗的那裡。

傅念君不忘威脅他：「若是你不肯聽話，我這幾條狗可不認人。」

陳靈之瞪大著一雙眼睛，很是不解，「妳、妳竟然愛養這樣的大狗？女、女孩子家……」

傅念君忍不住敲了一下他的頭。「所以，聽話一點。」

傅念君留下了大牛大虎護著他，自己先回了家。

原本也想帶他回傅家，後來想想，無法同傅琨父子交代，便先留著他吧，要緊的是先派人去洛陽通知他家裡。

傅念君回到傅家，家中也無甚變化，她出去這幾日，後宅裡風平浪靜。

唯有一件事，讓看家的芳竹無論怎樣也要第一時間告訴傅念君。

她神采奕奕，攔都攔不住說話的渴望，擠眉弄眼迫不及待地向傅念君道：

「娘子可知，三郎君如何處置了姚三娘子那樁事？」

在傅念君去洛陽之前，齊循已經到了東京，姚家派人去齊家鬧那事其實也頗有成效。傅念君給傅淵的建議是傅家既不管也不認，讓他們自己去折騰就好，但是傅淵在接受她這個建議的前提下，卻做出了更出乎她意料的舉動。

這樁八字事件因為姚家的無賴和傅家的撒手不管，齊家只能自認倒楣，畢竟姚家都敢賠上榮安侯府的名聲來賭了。那齊循一家人，在原本倚靠的邠國長公主袖手旁觀的情況下，自然也不願意和姚家拚個兩敗俱傷。

因此，認下這門親事，顯然是最好的選擇。

但是傅淵留了後手，齊家的確要為自己的行動付出代價，而姚家和姚三娘卻不能因為這樣便輕易如願。李氏和姚三娘母女雖然幫傅家解決了麻煩，但她們的初衷並不是為善，她們母女對傅家和傅念君所懷的惡意，並不比方老夫人少。

所以……傅淵在姚、齊兩家親事傳出來的當口，就下了個損招。

傅念君也沒想到傅淵會如此行事，覺得好笑之餘，也發覺傅淵在某些方面或許真是被自己影響了。

這件事情是這樣的：

雖然姚家的李氏和姚三娘以無賴手段贏了齊家一程，而李家也已經服軟，立刻就遣了媒人正式上門提親，但是在這個當口，卻發生了一件事，讓姚家這門親事無法順利進行。

由妙法庵的李道姑伊始，姚三娘的八字就像長腳了一樣，一夜之間就傳遍了街頭巷尾。

到底那八字是真是假沒有人取證過，但是替姚家批過命的相士，和替姚三娘說過親的媒人心裡都有數，這些人都是尋常在大戶人家走動的，即便他們只是模稜良可的一個表情，旁人也能猜出很多東西來。

李道姑說的很多，話裡話外也算是說得比較隱晦，但是簡單總結起來其實就一個意思：姚三娘子恨嫁，姚家早就拿八字不當八字了。別人家小娘子的八字就如同她們的腳一樣不可示人，到了姚家，為了能夠尋得如意郎君，姚家恨不得將姚三娘的八字貼在腦門上，尋到哪個倒楣鬼，就是哪個了。

而現在，這個倒楣鬼自然就是那個齊循。

這件事若是造謠生事，姚家自然可以懲治了李道姑以正視聽，可是問題就在於，姚家不敢。

因為那八字是真的，李道姑說的事情也不全是假，所以他們不敢對峙，不敢揭破，不敢用強硬的態度去解決這件事，他們以為用無賴的方式可以達到目的，但他們的底氣卻經不起推敲。

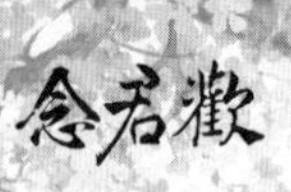

閒言碎語能夠幫助他們制約齊家，也一樣能夠制約他們。傅淵正是利用了這一點。等稍晚些時候傅念君去見傅淵的時候，她也提起了這件事。

傅念君問他：「哥哥這麼做，爹爹知道嗎？」

傅淵只是淡淡地掃了她一眼，說道：「齊循的庚帖退到傅家來，是由爹爹接手的。妳覺得他若不是睜一隻眼閉一隻眼，我敢這樣？」

傅念君輕輕嘖了兩聲，竟是笑著朝傅淵道：「三哥你這是……變壞了啊……」

傅淵只是挑挑眉，也不像從前那樣斥責她無禮，只說道：「還好，以其人之道還治其人之身吧。」

姚家的名聲在坊間可算是不怎麼好聽了，聽說姚三娘聽到了風言風語後就躲在房裡哭，足足哭足了三日，而三日過後，依然是該繡嫁妝繡嫁妝，咬著牙還是要嫁給齊循。

笑話就笑話吧，反正東京城裡不缺笑話，她也就把自己當作這一陣子的笑話就是了。路都是人選的，不肯回頭的人有很多，傅念君也不想與這個名義上的表妹多有接觸，生死有命，姚三娘今後怎麼樣，和她、和傅家，都無關。

這件事到這裡也就為止了。齊家付出了代價，姚家也一樣。

再做下去，損人不利己，也不是傅家父子的風格，所以就此打住，皆大歡喜。

傅念君挖苦傅淵：「三哥用李道姑倒是得心應手的，就不怕惹禍？」

傅淵卻義正嚴辭：「那是妳找的人，我又不是妳，尋常哪裡有那麼多小動作去找這樣的人？」

這就叫倒打一耙吧？傅念君無語地想。

說完了這件事，傅淵倒是還想起別的事來和傅念君算帳。

「妳去洛陽究竟為了何事，四哥兒是在城門外與妳分別的，妳早已知道，卻不告訴我與爹爹，這是何故？」他又重新端起了長兄的架子來訓她。

傅念君解釋：「原本就是這樣安排的，只是我怕爹爹擔心，索性就瞞了爹爹，既然瞞了爹爹，就沒有不瞞哥哥的道理，對不對？免得你二人曉得我一個說一個不說的，心裡不舒坦。」

倒是還是她為了他們父子著想了？一頓歪理。

傅淵冷笑，依然是不相信她的樣子，只是此時也沒有抓住她什麼把柄，只能道：「一路上真的沒有事發生？都還算平安？妳若不肯老實講，我就要派人去查了。」

傅念君想了想，就打算把陳靈之那事稍微同他提一提。

一來她是怕傅淵真的沒事找事，仔細去調查她出門的因由，那麼憑藉他的腦子大概七、八成能猜出來。二來她也知道陳靈之的事瞞也瞞不住，要送他回去肯定要派傅家的護衛。

她說完以後，傅淵就用略帶責備的眼神看了她一眼。

「從前胡鬧也就罷了，現在竟是帶了個孩子回來……」

傅念君有些尷尬，「也不是帶了個孩子，他、他……」

「好了。」傅淵打斷她道：「先讓人去通知他家裡人就是，其餘的，妳自己看著辦。」

他有公務要忙，沒這麼多工夫打點這些小事。

傅念君點點頭，總算是有一種任務交接完畢，得到了東家肯定的輕鬆之感。

而聽說傅念君回家，開心高興、急著想與她見面、僅次於傅琨傅淵父子的人，並不是二房裡陸氏，而是久等傅念君的淺玉姨娘。

淺玉姨娘想著能夠早日和女兒團聚，像從前一樣不再母女分居兩院，因此對於傅念君交代的任務格外上心。從前三天兩頭就願意病病歪歪地喝藥請大夫，這段時間來倒是神采奕奕，精神很好，誰瞧著她都不像是個身體弱的。

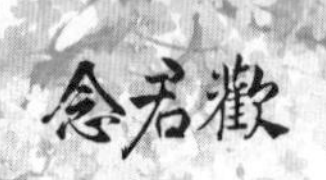

「二娘子，那位江湖術士終於有消息了……」

淺玉姨娘說這話的時候顯得十分激動。她細細地講了對方的情況，以及她打探的情況。

傅念君並不意外從她口中得知，那位江湖術士稍有透露與傅寧曾接觸過。

傅寧是和樂樓老板胡廣源安排的棋子，而胡廣源是幕後之人的心腹。

這和周毓白猜得一樣。

「他可有又幫妳算出什麼來？」

淺玉頓了頓，說道：「也沒有什麼……」

「真的？」傅念君挑了挑眉。

淺玉臉上突然就有些讓人難以理解的表情浮現。

「他、他說了些關於老爺的話……」

傅念君擰了擰眉，仔細揣摩了一下這句話，才有些明白過來。

「二娘子，請妳別誤會，我斷斷沒有那個意思！」淺玉忙澄清道。

她不敢瞞傅念君，可也不敢和她對著來。

傅念君嘆了口氣。

莫說江湖騙子是江湖騙子呢。他大概是誤會淺玉姨娘的心願，是想要向傅琨邀寵了。

22 傅寧之母

對症下藥，本來就是他們那些人慣用的套路。你問什麼，他們就會順藤摸瓜答什麼。

傅念君想著，或許對方用漫漫做筏，也有一部分原因是出於淺玉姨娘對於女兒的執念吧。

而對面淺玉姨娘看著她的眼神很忐忑，傅念君道：「妳與傅寧可有過接觸？」

淺玉姨娘差點嚇破了膽子。「二娘子，妾身是斷斷不敢的。」

傅寧雖是傅家的同宗親戚，可到底是晚輩，並不是五服之內的親屬，年紀又相差了那麼多，淺玉論身分論親疏都不應該同他有任何接觸。

不過她突然間想起了一件事，「二娘子在洛陽之時，似乎傅寧的母親曾登門過……」

她不敢把這事打聽得太清楚，只是聽傅念君似乎看重傅寧這條線，便獻個殷勤主動提及了。

「他的母親？」

傅念君擰眉。傅寧的母親宋氏雙目有疾，有什麼大事要親自到傅家來？

淺玉道：「二娘子不如找門房和管家細細問問。」

傅念君點點頭，凝神想了想，抬頭就看見淺玉正一臉期盼地望著她。

「二娘子，漫漫她……」

傅念君點點頭，她雖然覺得淺玉教養不好漫漫，但是確實不能再把她往絕路上逼。

「我會吩咐下去，讓她回妳身邊，但是我希望姨娘記住，這個家裡，我不想再看到妳那些小動作，再有下一次的話……」

淺玉忙感恩戴德：「多謝二娘子了，妾身不敢的，妾身一定不敢！」

她只要女兒在身邊，就可以什麼也不爭。她經過這次的事早就看明白了，傅念君比當日的姚氏都要厲害，自己還能拿捏她什麼呢？

何況傅念君對待漫漫也是一直秉承著長姊的責任，並沒有她擔憂的打壓和欺辱，既然傅念君能做到如此，她這個做娘的，別說為漫漫退一步，就是退幾千幾百步都是甘願的。

傅念君聽了淺玉姨娘的話，就喚來了管家和門房詢問。

他們皆以為這是樁小事，想著不需要向傅念君稟告，卻誰知她自己問起來了。

原來又是那個「熱心腸」的周氏帶著宋氏來的，兩人沒有拜帖沒有人領，就要叫開門。

宋氏又是個瞎眼有疾的，張嘴就說要見傅琨。

傅家的門房不會仗勢欺人，可也知道輕重，只是客氣地讓人從側門請了進去，由管事婆子陪同喝了一壺茶，就原原本本地送出來了。兩個婦道人家，哪裡有可能真讓她們去書房見傅琨。更何況傅念君不在府中，她們這時候來，本就不妥當。

門房也不是沒眼色的，向傅念君道：「小的也不是不曉事的，想著或許那兩位真有事，便請了三郎君的小廝在當日郎君回府路上問了一嘴。三郎君沒有印象，只吩咐說族中若銀錢不夠，請族公族伯去帳房支取就是。」

這意思就很明白了——以為周氏和宋氏是像從前一樣，來打秋風的。

朝中如今事多，傅琨和傅淵每天都忙得腳不沾地，傅淵還要抽空盯著自己的婚禮，哪裡有工夫將這兩個女人放在心上，如此就過去了。

管家和門房很忐忑，以為是他們做錯了，正要求傅念君的責罰。

傅念君只道：「二位沒做錯，只是周嬸娘到底前段時日幫了我不少忙，過兩日我再遞拜帖請她來吧。」管家和門房心裡才都定了下來，心道二娘子當真是好修養好脾氣，這樣的事還要親自過問，親自見她們。

傅念君卻想是見見宋氏，她到底是因為什麼提出要見傅琨呢？

§§§

這一夜，傅念君在家中並未休息好，她睜開眼就想著陳靈之那孩子。

他實在是個異類，她放心不下。

抽空去了一看，那孩子果真跟著阿青跑出去玩了。

大牛交代他說是什麼沒盡興地逛過瓦子，非要鬧著去轉轉。

傅念君倒不覺得他會溜，畢竟他在這裡好吃好喝，旁的地方……他連銀子都沒拿。

或許是這小子故意留下銀子給傅念君看的。

傅念君讓大牛牽出了阿青養著的一條犬，體型不大的獵犬，拉上街也不至於嚇到人。她讓狗領路，跟著阿青和陳靈之的氣味而去。

大牛找到陳靈之的時候，他正打算戳穿一個賣藝伎人的把戲，阿青在他身邊急得滿頭大汗。

陳靈之被阿青和大牛推著去見車裡的傅念君。他撇撇嘴，朝傅念君咕噥道：

「我又不會溜走，何必看得這麼緊……」

傅念君睨了他一眼，「你最好給我有點離家出走的自覺。」

陳靈之盯著傅念君看了一陣，頭一歪道：「姊姊是傅相公的女兒？」

傅念君挑了挑眉。

陳靈之繼續說：「昨天阿青說漏嘴了。」

傅念君也不想瞞他，本來也瞞不住的。

「我是，所以我不能像在陸家一樣把你帶回去，不方便。」

陳靈之了然地點點頭，然後天外來了一句：

「我姊姊說妳去洛陽，是和一個鮮衣怒馬的少年郎同行的，妳家中不知道吧？」他想了想，「畢竟如果妳真是相爺家的千金，怎麼可能和個男子上路。」

傅念君知道這小子年紀不大，心眼卻不少，哪裡能真的露怯。

「原來你姊姊胡說的本事不是她獨有麼？民不與官鬥，既然你知道我身家不凡，就該曉得嚴重性，若我不喜歡你，早就有法子讓你無法在阿青嘴裡套話。」

既然留他在阿青身邊，她就也沒想著祕密轉移陳靈之什麼的。陳靈之聽完她這句話，反應竟是眼睛一亮，抓到了一個很奇怪的重點：「這麼說來，姊姊妳現在還是挺喜歡我的？」

傅念君：「……」她哪一句話說到了這個？

陳靈之卻拍拍手，很高興的樣子，對她笑了笑，眉眼飛揚。

「我知道了。」

他知道什麼了？

傅念君朝他道：「你玩夠了沒有？可以回去了嗎？」

陳靈之很乖地滾進了馬車，「好，走吧。」

傅念君將他送回去，吩咐大牛大虎很快傅家會來人接替他們的班。

大牛不解：「二娘子，需要這麼多人手麼？」

「有備無患吧。」傅念君嘆了口氣說道。

平白多了這麼個大麻煩，她也不知道該如何處理才算妥當了。

傅念君對於傅寧的事絲毫不敢有所放鬆，因此他的母親宋氏上門這件事雖然根本不算什麼大事，她也確實讓人又去遞了話。

只是，後來宋氏並沒有再次登門，只有周氏再次過來說了點可有可無的話。

不過傅寧卻自己出現了。

傅念君沒有和他直接接觸，她去傅淵那裡的時候，傅寧已經離開。

「他此來是為了什麼事情？」

傅淵知道她一向對傅寧的事情上心，也就點頭示意她先坐下。

其實在傅淵看來，傅寧只是個無足輕重的人物，即便他真是幕後之人安排的棋子，這樣一個名不見經傳的後輩，真的不值得傅琨和他自己多費心思。更何況現在也不能真的肯定傅寧確實是對方的一招後手。無論傅淵怎麼看，他都沒有作為「後手」的價值。

「也沒什麼旁的事情。」

只是說傅寧想求個讀書的機會，傅淵便同意為他寫一封去東山書院的舉薦信，言明若他一年後才學出眾，自然可以考慮提拔他進太學。依照他現在的年紀，必然是要在下屆科舉中考取舉人，才算是年少才俊。

朝廷如今正值用人之際，而培養一個出色的讀書人，不只是傅琨作為丞相的責任，也一樣是傅家作為清流世家的責任，所以即便傅寧不說，傅淵也不可能真的剝奪他的機會。

而傅寧這樣一而再再而三地懇求傅家給機會，倒是更顯得急功近利了。

傅念君心裡有點疑惑，問道：「他這次來，可還有什麼古怪？」

傅淵說著：「他一來就要見爹爹，只是爹爹近來朝事繁忙，昨夜歇在大內，並未回府，我推拒了他。倒是他的反應很奇怪……若要說，他這番底氣是從何而來？」搖頭失笑：「若是從前，他倒還有幾分求人的態度，今日這番，倒像是傅家一定得助他一般。」

彷彿傅琨和傅淵，對他有不可推卸的責任一樣。

其實論傅寧的才學，進太學和考舉人大概都不成問題。只是他這樣表現，不像是求傅家個保障，而像是覺得傅家欠了他，務必就要答應他，不該讓他有任何落第的可能性。

傅淵不解，這人小小年紀，怎麼能輕狂至此？他也覺得自己是完完全全看走了眼，從前覺得傅寧還算是言之有物，雖然偶有虛浮，卻不至於這般。

底氣……

傅寧對於傅家的底氣從何而來？

傅念君蹙眉，她知道，和傅寧有關的事不能放鬆，就算爹爹和哥哥都掉以輕心了，她也不能疏忽。雖然按照周毓白現在的說法，傅寧背後的胡廣源如今了無蹤影，幕後之人也可能暫時收手正在隱藏身分，但是他們平白選中了傅寧，傅念君知道一定不會是偶然。

她現在已經不能仰仗自己的先知了。

如果真就像周毓白說的那樣，她和幕後之人經歷的，其實是完全不同的兩種結局、兩種人生，那麼對方或許在傅寧這件事上，比她知道的更多。

會是什麼事呢？

傅淵見她突然愣神，便說道：「傅寧的事若妳不放心，便派個人跟著他。他是傅家子弟，也受我與爹爹提拔，這樣也沒有什麼不妥。」

即便是再清高的讀書人，這一輩子也不可能說不欠人情，既然欠了，必然要有所付出，傅家也不必覺得這樣不厚道。

傅念君笑了笑，「這倒不必，他也不值得哥哥這樣在意。」

傅寧的事，她也說不出太多的所以然來，只能一點點去摸索了。

她轉開話頭，問道：「爹爹昨日又歇在宮中了嗎？這幾天他實在太累了，西北的戰事……」

傅淵的臉色也微沉，「最近的局勢不太好，官家基本上定了王相公接手樞密院，主理西北軍務。爹爹如今權柄不如他，多插手此事也必然引起不必要的紛爭。可自從前幾日西夏遞來商議國書，朝上眾臣便又開始了一番唇槍舌戰。西夏要求歸還蘭州等五個堡寨才答應議和，這件事……王相公很有可能會答應下來。」

這是朝廷機密，傅念君也是第一次聽他說起這件事，不由大驚道：「五個堡寨？怎麼可能！若是歸還，大宋的邊防何在！」

宋夏邊境修建了許多堡寨，這也是因地制宜的妙手，在河谷通道、山口險隘之處修建堡寨，就如同在橫山以南建立了一道堅不可摧的長城。西夏軍力強大，宋朝軍民就是靠著這些堡寨抵禦他們的鐵蹄，規避正面的迎戰，利用大宋物資豐饒、經濟發達的優點，用持久戰拖垮對方，甚至還能推進堡寨，一點點蠶食爭奪領土。

蘭州等五個堡寨，是西夏早就在大宋之前收入囊中的領土，但是在太宗時期被收復，如今西夏要求「討還」，在政治上並沒有過錯。只是這些地方自古就是漢人的地盤，居民也以漢人為主，早就不堪西夏黨項人的統治，如何肯「回歸」。而且這五個地方對大宋邊防來說十分重要，若是失去了，在軍事上就差了先機，否則西夏人也不會這樣心心念念。

傅念君即便再不通軍事，也知道這事的嚴重性，難怪傅琨急得連覺也不想回來睡了。

參知政事王永澄若是真的做下如此決策，或許朝廷是得到了一時的太平，可對於那些百姓來說，無疑是災難，很可能千秋萬世之後，王永澄一世英名，也都盡喪於此。

「王相公篤信弭兵論已久，他一直堅信邊境軍隊禁不起這一戰。」

傅淵嘆了口氣。

傅念君道：「可是做下這樣的決定，也太冒險。」

傅淵搖搖頭，「國家大事，非妳我可以妄議。」

傅念君想了想，卻提出了另一種看法：「哥哥，有些話我知道不該說，可是作為爹爹的女兒，我覺得我一定要說。」

傅淵擰眉看著她，似乎在等著她一番高論。

但是傅念君心中並沒有高論。她沒有這樣全能，兵法兵書也不是她興趣所在，她只是想提醒傅淵一件事，一件或許他和傅琨都忽略的事。

「哥哥。」傅念君說道：「王相公和爹爹多年政見不和，爹爹主戰，他主和，爹爹激進，他保守，爹爹從前門生眾多，他就閉門謝客，這些……是不是都說明，王相公已經把與爹爹站在對立面，變成了一種習慣？」

傅淵擰眉，眼神中淨是不敢苟同，甚至似乎有些責備她小女兒家不懂事的意味。

「王相公雖與爹爹政見不和，卻絕對不是這樣小肚雞腸之人，妳這樣的揣測未免太過了。」

傅念君應道：「我自然也敬重王相公為人，他老人家是君子，這麼多年，都一直過著樸素簡樸的生活，從來不提拔自家後輩子侄，這樣的風骨品行百年難遇一人。但是我說的無關於品行，而是心中的一些執拗。」或者說得幼稚點，更像是賭氣。

傅念君不想說傅琨的是非，但是換個立場，難道傅琨一定都正確嗎？

如果現在，不是宋夏邊境局勢這樣差，這仗非打不可，在和平年代，像傅琨這樣堅定的主戰派就一定是對的嗎？

難道傅琨敢篤定說他主戰的原因裡，沒有一部分是想同頑固派和王永澄鬥爭？

政治從來就是複雜的，傅念君知道，傅琨在接下來的幾年裡是要主持變法的，他更需要提前為這條路掃除一些障礙。而這場戰事裡，多少能見到些真章。

就像新舊勢力，年輕人與遲暮人之間，不可調和的矛盾。

傅念君不想否認二人品行和德行上的高潔，但人性，永遠是你說不準猜不透的。

王永澄年輕時是出了名的硬骨頭，斷案公正，明鏡高懸，但這種執拗，或許也會不知不覺地滲透到他對朝政和政敵的態度之中來。

傅念君只是想藉這次機會提醒傅淵，或許有沒有那麼一種可能，如果傅琨表現得不那麼激烈、反對得那麼堅定，王永澄就也不會堅持得這麼徹底呢？

傅琨這樣越是越俎代庖想插手西夏軍事，王永澄就越是不想他如意。

傅淵張了張口，先前的話便有些說不出口了。

男人同女人的見解本就有很多本質上的差別，傅念君無疑是個聰明人，也很善於觀察，她說得或許有些道理，但是卻讓人無從下手。

王永澄和傅琨，恐怕不是他們能夠改變的。

傅淵嘆了口氣，對傅念君道：「妳就別管這些事了，朝中這麼多人，總也不會需要我們來想法子，妳放心。」

傅念君點了點頭，也知道這樣的勸說其實無用，正打算離開，卻聽傅淵又不經意地說道：

「妳這幾日準備一下，本來是應該由爹爹告訴妳的……皇后娘娘要見妳，妳進宮一趟。」

傅念君瞪大了雙眼，見到傅淵一副滿不在乎的樣子，似乎正打算理一理書桌，繼續做他手頭未完成的事。

沒有搞錯吧？這樣大的事，他突然就這樣脫口說出來了？一點準備都不讓人有嗎？

「進、進宮……」傅念君不知道該說什麼。

去見皇后娘娘，甚至可能見到太后、張淑妃、徐德妃等人。

傅念君並不怕她們，只是覺得多少有些不舒服。

傅淵看了她一眼，眼中竟含了隱隱的笑意。

「妳怕了？」他不懷好意反問：「還不到怕的時候，放心，皇后娘娘不會吃人。」

傅念君當然知道他指的是什麼。

她舒了口氣道：「我不怕，但是哥哥想想，自從我小時候那樣……之後，家裡可還有請過宮中女官為我教習，這樣貿貿然去見皇后娘娘，我也沒有什麼準備。」

傅家是早絕了把她送進宮的念頭了，何況當時也是太后親自發話，說她「癲狂」，表明了不會再見她，哪裡能想到還會有這一齣呢？

傅淵點頭道：「妳說得有理，明日我便安排一下，想來兩天工夫也夠了。」

傅念君在心裡嘀咕，傅淵這是故意的吧？

兩天工夫，誰能把宮裡那套繁瑣的禮儀學齊備了？若非她有底子，早就對於宮中規矩爛熟於心，豈不是要丟人。

傅淵果真又說：「妳無須太過介懷，皇后娘娘為人很好，不需要這般擔心。何況……她恐怕也只是為了看看妳。」醜媳婦總要見公婆的，周毓白怕是已經對親生母親透露過了。

傅念君撇撇唇，「三哥這是站著說話不腰疼。」

「而妳呢，就是關心則亂。」他回擊。

其實按照傅念君的從容和鎮定，傅淵相信她不需要那套繁瑣的宮規來給自己加成，宮裡出入的貴女不少，哪個真能做到十全十美，不過是傅念君自己先亂了陣腳罷了。

兩兄妹你來我往，誰也不肯輸誰地鬥了幾句嘴，傅念君才終於不忍心繼續打擾傅淵，出了他的書房門。

她回去坐下後仔細想了想，依然是覺得不放心。

周毓白給皇后娘娘說過什麼了呢？她心中沒有底，自己到底該如何表現。

皇家對自己的厭棄是鐵板釘釘，托這些年來傅饒華傅二娘子不斷更新的劣跡，大家時常都能夠記得她丟臉的醜事。即便宮中太后和皇后不記得，也有旁人會記得，兩位當年給傅念君下過怎樣的評語。

而皇子成親，必然是要通過禮部下旨賜婚的，難不成讓皇后娘娘當場打臉，將傅念君的身價抬高一百倍去？

即便她肯，與皇后和周毓白母子並不對付的太后也未必肯。

所以這趟宮中之行，若真是周毓白安排的，傅念君確實有些難以揣摩他的想法。

如此想過，她還是決定給他去封祕信，依然交托給郭達。

芳竹替傅念君送信回來後，一臉的不情願。

傅念君問她：「怎麼，幫我做做事這樣不開心？」

芳竹道：「怎麼可能！娘子，是那個郭達，說上回娘子出門不帶他……我不一樣也沒有去麼，尋我晦氣個什麼勁兒？」

傅念君聽她這樣嘀咕了好幾句，愣了一下，下意識就是朝儀蘭望過去，儀蘭也是一副看好戲的神情盯著芳竹，眼睛亮閃閃的。芳竹好像是感受到了她主僕二人的古怪視線，扭身就往外去，說道：「我先去給娘子端燕窩……」

§§§

傅念君進宮這日，也並沒有什麼特殊之處，只宮裡來了兩位女官和兩位內侍相迎。他們知道這是傅家，也不敢拿喬，只笑臉相對，也並沒有什麼太隆重的地方。

傅念君一早打扮妥當了，就坐馬車出門。

入了大內，便到皇后居住的移清殿等候。

內侍告訴她，皇后娘娘去了觀稼殿做農事，很快就會回來。

太祖皇帝伊始，為了表明勤儉愛民和對農事的重視，在皇宮中設觀稼殿和親蠶宮。在後苑的觀稼殿，皇帝會每年於殿前種稻，秋後收割，皇后無事時也會去做些農事。

今日進宮的貴女並不只有傅念君一位，還有好幾位小娘子，其中便有那位曾經向周毓白示過好的裴家四娘子。

好在錢婧華今日也在，兩人遠遠見面就相視一笑，只是礙於規矩，並不能隨意走動說話。

傅念君眼觀鼻鼻觀心，只耐心等候著舒皇后歸來。

終於，隨著內侍的高聲宣告，舒皇后回到了移清殿。

傅念君聽到她溫和的聲音響起，似乎是對著身邊人說著：

「讓這些孩子晚些過來，卻一回比一回早，倒是讓我遲到了。」

眾小娘子忙道「不敢」。

舒皇后上座坐好，便開始接受眾人的拜見。

到了傅念君，傅念君只聽她用如溫泉水般柔和的嗓音說著：「這是傅相家中的千金了，倒是很多年沒見過了，出落得這樣標致。」

傅念君微微抬頭，見到穿著宮中常服大袖的舒皇后，正面帶微笑地望著自己。她不敢多打量，便恭敬地行了禮。

四周的人神色各異，這些小娘子個個都是七竅玲瓏心，哪裡能不知道這傅二娘子是什麼人物，因此臉上神色都有些怪異。舒皇后就當沒有看見，便吩咐內侍下去準備茶水糕點。

傅念君等坐下後，才敢好好打量這位傳說中的舒皇后。

在她記憶中，最後崇王登基，舒皇后早已在不知哪一年死於後宮。後宮之中，舒皇后、徐德妃、張淑妃，如今三足鼎立的娘娘，都沒有成為最後的贏家。崇王繼位後，緬懷的也是他那位早已過世的母親，對於這位繼母，只是走過場的禮儀罷了。

舒皇后生得自然很美，皮膚白皙溫潤，看起來也很年輕，眉眼之間的溫和柔弱多過於嚴厲，周毓白有六分像她，那雙微揚的鳳眼卻不像。

舒皇后就像外界傳的一樣，脾氣很好，為人仁厚，只是並不太討官家的喜歡罷了。她就像是典型文官之家養出的大家閨秀，卻沒有母儀天下的氣勢。

除了傅念君，其餘的小娘子多是經常出入後宮的，與舒皇后也很熟稔，說起話來自然就活潑些。她們說笑了片刻，見傅念君安靜不語，裴四娘便主動道：「傅娘子怎麼不說說話，娘娘很仁厚，妳不用怕的。」

傅念君對她笑笑，「我聽各位說話很得趣，並非是我怕說錯話被娘娘怪罪，而是欣賞各位妙語連珠，無從插話罷了。」

裴四娘動了動嘴唇，大概沒想到傅念君這樣油滑，最終還是沒說出什麼話來。

她旁邊坐著一位姓江的小娘子，卻馬上道：「傅二娘子客氣了，誰都聽說過傅二娘子極善言辭，哪裡會有接不上話的時候。我們聊詩畫，若妳不喜歡，可以聊些別的。」

這便有些尖刻了。

傅念君知道這一位，江娘子出身不高，在後宮各位主子面前的地位卻不容小覷。因為她曾被會寧殿的張淑妃收作過養女。

大宋風氣，天子會認乾兒子，後宮主位妃嬪也會認乾女兒，這些乾女兒多半與她們自家帶些親屬關係，且出身不高，養在身邊聊以解悶，年紀到了，或者是妃嬪生了自己的孩子無暇照管，便會讓家人接她們出去。

伺候貴人是件麻煩事，真正有身分的女子是不會願意進宮的，但對於出身相對普通些的小娘子來說，這是個絕好的機會。

膽子大的有機會爬上龍床，性格乖的也能得了妃嬪們提拔，指給宗室子弟，端看各人心計和造化。這位江娘子就是張淑妃曾經的乾女兒，自然比別人硬氣些。

只是前年她就被張淑妃送出宮了，現在再往移清殿裡湊，眾人心裡也明白，這是多少存了些想打周毓白主意的意思。

傅念君看出了對方對自己的輕蔑，琴棋書畫這些東西都難不倒她，可傅念君對於這樣在大庭廣眾出風頭，將人家殺得片甲不留的事，並沒有很大興趣。

她對江娘子笑了笑，「我笨嘴拙舌，不然也不會接不上江娘子的話了。我第一次來，自然什麼都要學，怎麼能叫各位遷就我。」這樣的表現不功不過，服軟的另一種解釋就是慫。

江娘子將她上下打量了一番，眼光中的意味有些不明。

裴四娘便又岔開話頭，同舒皇后說到旁的地方去了。

這樣沒過多久，突然有個內侍來報，舒皇后身邊的女官聽了後，臉色有微微的變化，隨即便自己去向舒皇后耳語。

看來是有什麼事發生。

眾人只見舒皇后神色微變，立刻說道：「快去派人找。」

她似乎下意識著急地從座位上站了起來，又瞧見了堂上一個個正瞪著眼睛盯著自己的小娘子們，最終欲言又止，重新坐下。

江娘子賣弄機靈，第一個開口勸道：「娘娘若是有事，可先不用理會我們……若娘娘放心，我們也有能幫上忙的地方的話，我們也願意略盡綿力。」

傅念君見到對面的錢婧華不由自主地翻了個白眼，差點忍不住笑出聲來。

錢婧華對著她時俏皮多了，恐怕這個白眼是忍了很久，終於忍不住了。

她使著眼色彷彿在對傅念君說：這位也太不自量力了，娘娘能有什麼地方需要我們幫忙的？

江娘子這話放在旁人那裡或許都算失儀，舒皇后因為是見著她長大的，倒是也不會和她計較，想了想竟也是首肯道：「這樣也好。是滕王的小世子進宮了，適才走到花園裡，宮人一轉頭，那孩子就沒了影子……」

23 滕王世子

江娘子等幾個人是熟悉宮苑的，顯然不是第一次聽說這位滕王小世子不見人影，臉上並無什麼驚訝之情。她立刻便向舒皇后提議道：

「娘娘，既然如此，就讓我們也去花園裡一起找吧，我與小世子也算是相識，找起來也容易些……」這句話說的，傅念君看連裴四娘都快忍不住翻白眼了，得虧她沒錢婧華大膽，生生忍住了。

舒皇后的目光掃過眾位小娘子，掃過傅念君時卻略微頓了頓，點點頭說道：

「也好。」舒皇后似乎習慣了說這兩個字。

江娘子立刻興致勃勃地轉頭，目光似乎略帶挑釁地掠過了傅念君等人。

在這方面，她似乎又隱隱地顯示出自己曾是張淑妃養女的高人一等之感。她是把這個，當作在舒皇后面前露臉的一場競爭了吧。

傅念君與錢婧華並肩一起往外走，錢婧華小聲嘀咕著：

「或許小世子根本連她是誰都不記得，還以為自己有天大的面子……」

傅念君笑了笑，問她：「我見她對我多有敵意，這是什麼緣故？我與她今日是第一回見面。」

這話問出來，錢婧華腳步頓了頓，神色有些尷尬，說道：

「或許是張淑妃授意……」

傅念君明白過來，江娘子不是針對她，而是針對她和錢婧華。

她們現在可算是張淑妃最討厭的兩個人了吧。

錢婧華就不說了，原本的兒媳婦這樣不翼而飛，張淑妃怎能不咬碎了銀牙。

傅念君呢，本來是張淑妃想用不光彩的法子想算計來給自己兒子做側妃的，誰知最後被傅梨華攪和了，傅家還寧可斷臂，也不肯與張淑妃母子扯上關係。

張淑妃對傅念君，自然也可以說是極其厭憎了。

花園裡到處都是宮人和內侍，大小聲此起彼伏，呼喚著崇王的小世子。

錢婧華悄聲說著：「這孩子喜歡玩捉迷藏，越是鬧得雞飛狗跳越好……」

傅念君想起來了。

就是那個可憐的孩子，讓張淑妃的兩個兒子滕王和齊王，一夜之間手足相殘，兩敗俱傷的導火索。滕王雖然是個癡兒，卻將唯一的兒子疼如眼珠子。

張淑妃不喜歡這個呆傻的長子，便也一併不喜歡這個孫子，心思都在替周毓琛爭儲上，哪裡會再分心像尋常祖母一樣照顧這個小孫子。

傅念君多少也理解這樣的小孩子的心理，進宮請安，卻得不到長輩一點喜愛和關注，自然便想鬧些動靜出來讓人注意。

錢婧華繞著池子邊走，還伸手撥了撥草叢，嘀咕道：「會不會躲在這裡？」

傅念君想到自己的記憶中，錢婧華的悲慘結局還是因為那孩子的死去，心情不由得有點複雜。

「我去那裡看看。」她說著，稍稍與錢婧華拉開了些距離。

這裡並不大，宮中雖然殿宇花草眾多，可四處都有衛兵和宮人內侍，想躲藏起來並不那麼容易。傅念君想著，小孩子即便身量再小，手腳再靈活，也不可能小小年紀就飛簷走壁，躲開自己身邊的人吧……

飛簷走壁。

傅念君忽然想到了些什麼。

探子們查探消息，多選屋頂房樑等地，原因無非是高處不容易被人發現，人的視線都是平的，搜尋最多的就是視線以內及以下的東西，很少有人會選擇往高處去找。

那孩子顯然是習慣同宮人躲貓貓的，很多次也都是自己躲夠了就出現。

或許他躲藏之處，就是一個高處的，尋常人很容易忽視的地方。

傅念君找到了最合適的地方。

眼前有一間房屋，是從前不知哪位太妃居住的殿宇的偏殿，搭了做佛堂使用。

這裡的屋前屋後也有兩個小黃門在搜尋。他們見到傅念君，知道是皇后今日宴請的小娘子，便恭敬道：「這位娘子，這裡都是鎖著的，屋宇陳舊，您小心些。」

傅念君點點頭，「有勞，我自己看看。」

她繞著看了一圈，發現東牆那裡有些古怪，她眯眼看了看，對其中一個小黃門道：

「勞駕能否去搬張梯子來。」

小黃門愣了愣，卻還是以最快的速度去搬了梯子。

傅念君執意自己踏上梯子，他二人在底下扶著，擔憂道：「娘子小心啊！」

傅念君爬了上去，發現這東牆屋簷陰影下，竟是一個窟窿！大概是從前的馬蜂窩被剝離後脫落了，一直沒有被修復，那洞的大小足夠一個女子或孩童鑽入。她想了想，還是矮身爬了進去。

這屋頂之下還有一層低矮的隔層，用於主樑的防水防潮，傅念君發現這裡頭的亮光來自於頭頂瓦片缺失的地方。

這邊就是被人為弄出來的了，她鑽了出去，發現果真是別有洞天。

眼前一個六、七歲圓嘟嘟的孩子，正不可思議地坐在屋頂上盯著自己。

這就是那位滕王世子了。

傅念君拍拍手，有些費力地讓自己在斜坡屋頂上站穩。這裡果真難以發現，前頭綠樹掩映，依稀能夠看到花園裡焦急尋找著的人群。

這孩子就是坐在這裡享受他給別人帶去的麻煩。

「妳是誰?!」他氣呼呼地站起來。

傅念君卻蹲下，說著：「你最好站穩些，別掉下去了，也別想推我下去，畢竟摔死了一命換一命，不太值。」

周紹懿只是盯著她，「妳是怎麼上來的？」

「用梯子。」傅念君拍了拍裙襬上的灰，「你呢？」

周紹懿努努嘴，不肯說，只道：「妳是第一個能在這裡找到我的人。」

「我的榮幸。」傅念君笑了笑，「所以，你能下去了嗎？」

這時候底下的兩個小黃門開始叫喚：「那位娘子，可還好？」

這間屋子的屋頂建造地不同於旁的，側簷幾乎擋住了所有人的視線，他們是不可能看到傅念君和周紹懿的。

「沒事。」傅念君拉起嗓子應了一聲。

「下去吧。」傅念君對那孩子道：「大家都很擔心小世子。」

周紹懿蹙起小眉頭，神色楚楚可憐的，甕聲甕氣地說道：「他們才不會……祖父祖母不喜歡看到我……」

傅念君嘆了口氣，覺得自己最近和小孩子還真是有緣，說道：

「你若總是這樣，下回不小心跌下去摔死了，他們就是哭，或者不哭，你都看不見了，沒法證明他們擔心不擔心你。所以，你可以選擇一個不那麼危險的方法。」

周紹懿瞪大了眼睛，不敢置信地問道：「妳這女人是誰？怎麼敢咒我死？」

「誰也不是。」傅念君往遠處望了一眼，向他伸出手說道：「走吧，這裡太高了，不適合小孩子來。」周紹懿小臉漲得通紅，說道：「我、我這樣下去，不、不是很沒面子？」

傅念君哦了一聲，倒是沒想到這個問題。

就是再小的孩子也會在乎面子。

傅念君想了想說：「你在這裡躲了那麼多次，他們也找不到你，這有什麼意思？還不如你說是自己玩膩了，不想玩了。」周紹懿認真地思考了下，小眉頭緊蹙，「那我下次還怎麼玩？」

「想讓你祖父祖母注意到你，不必用這種方式，畢竟你若不小心受傷了，實在不划算。」

他咬著唇，糾結了一下，然後很有禮貌地問：「那妳會教我？」

傅念君覺得自己在騙神騙鬼忽悠小孩這方面，已經算是很有經驗。

這是個挺可愛的孩子。

她點點頭，笑了笑，「自然。」

底下兩個小黃門等得心焦，兩人面面相覷，一個道：「剛才那位小娘子，真的沒問題嗎？」另一個也遲疑：「應、應該沒事吧……是她自己要上去的啊……」

可是要是出事了他們承擔不起啊！

兩人商量著要去叫人，卻感覺到梯子終於有了抖動。

「下來了下來了！」

只見一大一小兩個身影終於出現了，兩個小黃門才算是放下心來。

一個忙急著跑著去叫人：「找到了找到了！小世子找到了！」

傅念君轉身把這胖乎乎的小子從最後一級梯子上抱下來。

周紹懿有點不好意思地扭著身體，說道：「我可以自己來！」

傅念君把他放下，蹲下身子直視他雙目，嚴肅地問他：「小世子，你能不能告訴我，你到底是怎麼上去的？」

周紹懿想了想，確認了一下：「妳真的不會告訴別人？」

傅念君伸出小指，「拉鉤？」

周紹懿鄭重地和她拉了拉小指。

「那好吧。」

他拉著傅念君到了一棵在院牆夾縫之間的老樹旁邊。

「我爬樹很厲害的。」周紹懿仰高了小臉，指著它說。

傅念君仔細瞧了瞧眼，才覺得這棵樹有些不同尋常。那些樹枝樹丫似乎被人處理過，很容易讓小孩子徒手攀爬上去。

「是誰教你的？」傅念君又問：「就算這間房子不算高，可你這樣小的年紀，還是太危險了。」

這小鬼頭身形靈活，顯然也已經學了些入門拳腳，但是獨自爬樹，這樣的事怎麼也不像崇王世子會做出來的事。

小孩子不辨是非，一定是受了人引導。

周紹懿歪了歪頭道：「是我大哥啊，沒事啦，很安全的……」反而一副傅念君少見多怪的模樣。

他大哥又是指誰？傅念君還想再開口問。

此時被小黃門引來的人群卻已經一大片湧了過來，各種聲音夾雜在一起。

周紹懿尖叫著往傅念君身後躲。

衝在前面的竟然是比小世子正經親戚還擔心的江娘子。

她見到傅念君，衝口就道：「是妳找到他的？」

傅念君搖頭，「是小世子自己出現的。」

江娘子聽她這麼說，臉色才緩了緩，立刻就要去拉周紹懿的手，和顏悅色道：「小世子，跟姑姑走吧。」

周紹懿朝她做了個鬼臉，小手塞進了傅念君的手裡，不客氣道：「妳才不是我姑姑！」

江娘子臉色有點尷尬，隨即便瞪了傅念君一眼。

傅念君倒是不覺得自己贏得了小世子的喜愛就值得炫耀。

她微微用手掌推了推周紹懿的背，讓他投到他那已經快哭出聲的乳母懷裡。

這時候舒皇后的人也來了，讓大家都去移清殿。

這場捉迷藏「遊戲」，總算是結束了。

錢婧華見到江娘子吃癟很高興，悄悄地和傅念君道：「還是妳有本事，這樣難纏的孩子也被妳找到了……」

眾人回到移清殿，張淑妃也已經趕了過來。

她才是周紹懿嫡親的祖母，今次的動靜鬧得這樣大，她不可能不過來看看。

張淑妃的神色很不好看，周紹懿見了她也怯怯地不敢說話。倒是舒皇后打圓場，只說孩子調皮，沒有大礙就好。

舒皇后的年紀比張淑妃小很多，但就身分上來說，張淑妃再得寵，舒皇后才是後宮之主。

張淑妃這麼多年來，其實對舒皇后明面上的禮儀還算過得去，即便她在政治上的才能一塌糊塗，可是在對付男人上，顯然還是有些腦子的。她知道一定不能讓舒皇后的賢良淑德在自己的對比之下，成為籠絡聖上的不二法器。所以兩人共處一室，還算是和氣。

周紹懿乖乖地站在張淑妃面前聆聽教誨，不敢稍有反駁。

舒皇后則把傅念君喚到近前同她說話。

「這次多虧妳了。」舒皇后微笑著對傅念君說道。

傅念君能夠察覺到來自張淑妃的古怪視線，斟酌了一下語句，力求在這兩位面前表現得無功無過。

江娘子一直湊在張淑妃身邊說話，張淑妃卻也沒怎麼理會她，反倒是沒有忍住，插嘴進了傅念君和舒皇后的談話之中。

傅念君彷彿一下之間就成了個香餑餑，兩位貴人的眼睛都盯著她。

舒皇后倒是和藹可親，但是在張淑妃臉上，傅念君卻看出了別有用心。

傅念君知道毀了張淑妃計畫的是自己，對方絕對不會輕易地把此事抹了去。

「倒是傅二娘子有法子，這皮猴兒平日裡誰也不親近，卻是和她投緣了。」張淑妃微笑著和舒皇后說。舒皇后看了一眼眼巴巴盯著傅念君的周紹懿，頓了頓道：「不如讓傅二娘子帶小世子去吃些點心吧，玩了這麼久，大概也餓了。」

張淑妃的臉微微僵了僵，對於舒皇后在她這個正牌祖母面前越俎代庖，表現得有些不豫。

舒皇后一直都是個很會明哲保身的人。而她竟在此刻，看出張淑妃明顯要特別琢磨傅念君的情況下，開口為她解圍。

她想著，莫非真如傳言一般，她和周毓白母子是相中了這個聲名狼藉的傅二？

為什麼？

傅琨現在並沒有拉攏的價值，這裡沒有人比張淑妃這個與聖上最親近的枕邊人更加清楚，最近聖上對傅琨的脾氣可說是相當大了。

之前徐德妃也想打傅家主意的時候，這對母子毫無反應，現在情況急轉，他們反倒跳出來要這個傅二娘子了？

張淑妃不由又開始懷疑起來，傅念君難道還有什麼旁的價值？

她決心試探一下。

張淑妃整了整神色，朝舒皇后說道：「今日我見傅二娘子行止妥當，一點都不似傳聞中那般，想來這麼多年，人總是會開竅的，再不會犯小時候那種毛病。但是，現在她及笄也這麼久了，同她那麼大的小娘子多數都定了親，我看娘娘似乎也很欣賞她，可打算賞個恩典下去？」

舒皇后淡淡地喝了口茶，只是說：

「張娘子何出此言，傅二娘子是傅相的女兒，自然沒有我們來操心的餘地。」

張淑妃接口：「我這裡倒有個人選，娘娘若覺得合適，我可以去同官家提一提。」

舒皇后只是但笑不語。她這副做派，張淑妃早就清楚得很了，因此只自顧自往下說：

「我素來便愛操心這些晚輩的事，見到有好的後輩便不忍心，娘娘瞧著，覺得肅王府裡的雍兒可還好？」

這話鋒陡轉。

「雍兒……」舒皇后被她嗆了一下，「他、他的年紀，比傅二娘子小一些吧……」

「女子大一些，自然也有大一些的好處。」張淑妃說：「雍兒孩子心性重，正需要個穩妥的妻子。今日瞧著，傅二娘子倒是極穩重的，也大不了多少……」

舒皇后聽她這樣說完，竟是擺出了一副仔細思量的模樣。

「說得也有些道理，只是畢竟這件事，要看他們兩家的意思……」

見舒皇后這種態度，張淑妃反而迷茫了。

難道真是她想錯了？舒皇后其實並不是看中了傅念君做兒媳婦？

她怎麼就還認真考慮起來了？

§§§

傅念君應言帶著周紹懿下去吃東西，而周紹懿嫌那些小娘子煩，只肯讓傅念君陪著他，其餘的人，隨便她們愛幹什麼幹什麼去。

周紹懿一本正經地問她：「姑姑，妳剛才和我說的，都是真的嗎？妳有辦法讓祖父祖母更喜歡我呢？」他睜著一對圓溜溜的大眼睛，表情很認真。

傅念君剛才多半是有些哄著他，聽他這麼正式地問自己，倒是一時也不敢信口胡說，怕他信了去。看著他圓圓滾滾的臉，她反問道：「小世子，你爹爹和娘親喜歡你、心疼你嗎？」

周紹懿點頭，「當然，爹爹最好了，我要什麼他都會給我的。爹爹最厲害了……娘親也是，她總是對我那麼好，連我犯錯了也不會責罵我……」

傅念君在心裡嘆了口氣，伸手摸了摸他的頭。

在她自己也沒反應過來的時候，她竟然摸了滕王世子的頭。

「所以你看，你不用討好他們，他們就會喜歡你心疼你，這是沒有什麼道理的。你爹爹的時間全都用來心疼你了，官家的時間就全用來心疼你爹爹，這是一個順序，所以並不是你的皇祖父不喜歡你。」

但周紹懿覺得聽來聽去，好像這論調有哪裡不對。他嚷道：「可是翁翁他不喜歡我爹爹啊！」

難道這就是問題所在？

小朋友瞪大了眼睛，好像陷入了一個非常深沉的問題之中。

傅念君只道：「並非是官家不喜歡滕王殿下，或許……你可以去問問你爹爹，怎麼能夠改善一下他們的關係。」

周紹懿癟了癟嘴，不滿道：「這就是妳教我的方法？」

傅念君握住他的肩膀，看著他認真道：「小世子，世上有很多事，根源不在於你，所以你不能從自己身上找問題。」

周紹懿咦了一聲，開始嘀咕：「這怎麼和先生說的不一樣……」

吾日三省吾身，一直以來，長輩和先生都會教導孩子從自身找原因，但其實呢？

周紹懿現在還小，所以他不明白。很快過個兩年，他就會懂了。他的父親和別人不一樣，現在此刻在他眼中無所不能的父親，不過是個被他祖父祖母嫌棄的傻子，他們永遠也不可能喜歡他。

所以他們也不喜歡他這個孫子。

傅念君現在告訴他這些話的目的，多少也存了個別的心思。

滕王府上如果多少願意親近一下宮裡，多少能夠嘗試著改善一下這麼多年來同宮中的關係，是不是他們被幕後之人當作第一顆棋子犧牲的可能性，也會相應減少？

傅念君沒有辦法控制崇王府，她所能做的，只能是透過影響別人去改變進程。

周紹懿掰著手指嘀嘀咕咕，大概是還沒想明白，突然聽到了一陣笛聲。他立刻興奮地跑到窗邊，趴在窗沿上高呼：「是七叔，是我七叔！」

傅念君愣了愣，心中有些微的暖意。

她走到周紹懿身邊，將他面前的窗徹底打開。

笛聲清越，更加清晰。

只是在這裡，自然是見不到任何人影的。

「走吧，走吧，我們去找七叔！」周紹懿很興奮，拉著傅念君的手就要往外跑。

傅念君有點尷尬，忙拖住這孩子，「不行，小世子，不太方便。」

「為什麼？」周紹懿反問她。

傅念君頓時有點語塞，「你自己過去吧。」

周紹懿卻不肯死心，嘟囔著要扯她的袖子。

這時一個看起來很溫和的宮人上前道：「傅娘子若無事，就陪小世子出去走走吧……」

傅念君看了一眼她的臉色，發現她格外鎮靜，心下已然有些明瞭。

「從這裡出去？」傅念君好笑地指了指大門。

那宮人偷偷地抿嘴笑了笑。

「看傅二娘子喜歡了。」

那宮人領著傅念君和周紹懿從偏門走出去。

這裡的花園屬於移清殿，因此尋常人也不敢多涉足，安靜得很。

舒皇后不喜歡鋪張，所以在這邊伺候的下人也並不算太多，保留著幾分野趣。

「七叔！看！我七叔！」

周紹懿臉色紅紅的，激動地晃了晃傅念君的手，指著不遠處小亭之中挺拔的身影。

他像是個急於炫耀的孩子，十分認真又驕傲地問傅念君：

「好看吧？」

傅念君噎了一下。

好在周紹懿也沒有真的想得到她的答案，很快就鬆開了手，往亭中的身影衝了過去。

周毓白轉身，放下手裡的笛子，伸手正好摟住飛撲過來的周紹懿。他畢竟力氣大，將周紹懿提起來轉了一圈，那孩子開心地尖叫起來。

傅念君瞧著心裡一陣柔軟。

周毓白把周紹懿放在地上，拍了拍他的頭，朝緩步走來的傅念君微微地笑了笑，眼中光芒閃耀。兩人目光交纏，再無旁人。

那天晚上在客棧裡的場景，陡然就紛紛跳入了傅念君的腦海裡，讓她不由一陣臉紅。

周紹懿自然看不出來這二人的貓膩，興奮地和周毓白介紹：

「七叔，這個姑姑，你看你看！多好看……」他形容他們兩個，大概只有「好看」這個詞了。

周毓白拉著他的手，被他扯著走到傅念君身邊。

「我知道。」他說著：「我認識你這個姑姑。」

他微微地朝傅念君笑，笑容裡盛滿了暖意。

周紹懿咦了一聲，突然就有點失落。

周毓白摸了摸他的腦袋，對旁邊看熱鬧的宮人道：「先帶小世子去旁邊吧。」

周紹懿很不滿他想趕走自己，抗議道：「七叔，你和我搶姑姑！她是我先看見的。」

周毓白一本正經回答：「恐怕是我先哪。」

周紹懿不開心，覺得他怎麼能這樣耍賴，扭著小身子哼哼唧唧地不肯走，直到那宮人在他耳邊說了什麼，他才算乖巧下來。

他們離去後，傅念君才蹙眉對周毓白道：「你就不怕他回去同張淑妃說什麼？」

「說妳我相識？」周毓白道：「不怕。」

傅念君無言以對。他還真是夠膽大的，一點規矩都不講。這是宮裡，他母親的寢宮，他作為一個已經成年出宮建府的皇子，怎麼膽敢安排在這裡和自己會面。

「你找我想說什麼？」

周毓白卻說：「只是想見見妳。」

他什麼時候這樣會說話了？

傅念君臉頰滾燙起來，完全不受自己控制。

她輕咳了一聲，覺得在這樣的場合實在沒有心思同他說這樣的話，只說起周紹懿的事：「今天我找到小世子的時候，發現他是躲在屋頂上。他才那麼小，哪裡想得到這些，顯然是有人教唆的。」她不敢說這事一定會與小世子最後的死有聯繫，但是防患未然，她不願意放棄這一點點線索。

周毓白望著她，「妳很關心這孩子？」

傅念君反問：「你不關心麼？」

周毓白只道：「懿兒是個好孩子……要說的話，他只和大哥家中的雍兒走得近些。」

他似乎知道她想要問什麼，一下就說出了重點。

傅念君明白過來，周紹懿口中說的大哥，應當就是他的大堂兄周紹雍了。

她記得周紹雍這個人，一直是個跳脫活潑的性子，像是做得出這種事情來的。

「這件事還是很危險的，若有下次，小世子出點什麼事的話，那就太……」

周毓白認識她這麼久了，打量她的神色，就明白她這個表情，多半是心中又有預兆，且這次是關於周紹懿的。

他說：「我明白了，他們兩個，我都會盯著些的。」

傅念君心不在焉地點點頭。

周毓白伸手握住了她的右手，傅念君嚇了一跳，忙轉頭四下看了看，很快輕輕地掙開他。

周毓白從來不會勉強她，清冽的嗓音只是說著：

「念君，再等等……」

再等等。

傅念君知道他要自己等什麼。她不知道他的計畫，更不知道自己該如何配合，他們兩人之間的緣分，一直都是周毓白一力促成的刻意。

傅念君揚起下巴，直視面前這雙漂亮的眼睛，裡頭瀲灩的光芒讓她心中柔軟得不可思議。

「我……我知道。剛才，張淑妃在裡面同舒娘娘說話，我總覺得她對我不會就這樣善罷甘休……你我的親事……」她頓了頓，「何況還有裴四娘和江娘子。」

周毓白笑道：「她們算什麼『何況』呢？不過張淑妃，我們的事，倒是確實要她幫點忙了。」

傅念君不解，周毓白卻笑得十分狡黠。

他伸手彈了一下她的額心。「怎麼幾天沒見，變得這樣呆了？」

傅念君摸了摸自己的額頭，說道：「哪裡是呆了，我在想一些事。」

「想什麼不能同我說？」

周毓白扯了扯她的衣袖，示意她走到亭中，這裡擺著一套十分精緻的茶具，看起來是他私人慣用的。堂堂淮王殿下，此時正挽著袖子替她烹茶。而她只是盯著他的手腕，看著他嫻熟的動作出神。

周毓白將茶杯放在她跟前，才道：「家裡近來有什麼事？我見妳神思有些不屬。」

傅念君搖搖頭，說道：「不是家裡的事，是我在洛陽的時候，遇到了一家人，那家的孩子也是個調皮的，一路跟著我回京來了……」

周毓白說著：「妳總是在為旁人的事情操心，多少也要想想自己。」

他倒是希望她活得自私一些。

「何況世上偶然的事很少，妳也素來是個謹慎小心之人，這個陳家，我會讓單昀和張先生去調查一下，寧可白費功夫。」

傅念君回答：「我知道你近來事忙，其實也不必這樣……」

周毓白的眼睛似笑非笑地往她這裡瞧了一眼。

「與我說這樣見外的話？妳看，若我不來見妳，很快妳大概都會忘了我是誰了。」

傅念君微微笑了笑，心裡也鬆了鬆。

其實說到底，今天進宮來，她也沒有表面上這樣鎮定。

同周毓白兩情相悅是一回事，可是兩個人之間的阻礙，又是另一回事。

其實見到舒皇后之後，傅念君也並沒有想法，覺得自己離他，離他的母親、他的家庭更近一些。或許他也知道這點吧，冒這樣大的險還是要和自己見面。

有時候，可能僅僅是一個表情，一句話，都能給她帶來格外的鎮定效果。

傅念君拍了拍自己的臉，一口將杯子裡的茶喝乾淨。

她朝周毓白點點頭，不吝誇讚。

「很好。」

「謝謝。」

傅念君俏皮地說：「能讓淮王殿下親自烹茶招待的人，想來我也算是得天獨厚了。」

周毓白只是又替她續上了茶，說著：「能得傅二娘子一句誇讚，才是在下的榮幸。」

傅念君將手托著腮，十分認真地打量他，語調輕快：「殿下聽到的誇讚還少麼？小娘子們怕是想盡了天下最動聽的詞語，也難以表達她們對您情意的十之一二。」

周毓白搖頭，「這樣的飛醋從何而來？可有道理？」

「誰說很多事情一定要有道理的？」她笑著反問。

周毓白見她情緒好一些了，心裡才算放心了一點。他最近要忙的事太多，連將她騙出來見一面的機會都很少，他真希望時間能夠過得再快一些。

傅念君覺得他比之前似乎瘦了些許，問他：

「朝中之事再忙，七郎也該惦記著下自己的身體，我爹爹最近也瘦了許多……」

周毓白咳了一聲，只道：「我確實是無礙，令尊倒還真是……挺執著的。」

出乎他意料地執著。

傅念君知道他指的是傅琨和王永澄槓上了這件事。即便他不入樞密院，也依然不想放任這戰事不管。

周毓白說著：「還好今早收到了西夏的國書，這戰事在今年冬天大概是不會挑起了，對方的意思是休戰，先讓彼此雙方也能過個舒服的年。」他頓了頓，「傅相也能休息些日子，養好身子……來年再戰。」

傅念君沒忍住，噗嗤一聲笑出來。她從來沒有聽過這個看起來清清冷冷像神仙一樣做派的人，嘴裡說出這樣調侃的話來。

對方還是自己的父親。

她本該生氣的，可是板起臉來，又覺得他說得很對。

「西夏人還算是有些人性，到年底了，百姓們更想要得到平靜生活。」

周毓白聽了她這話，端著茶杯的手頓了頓，眼中閃過一絲光芒。

西夏人真的會這麼想？

依照西北物資匱乏的情況，他們能否太太平平地熬過這個冬天不向大宋動手，一切都未可知。

他從來沒有皇帝和大多數朝臣想的那樣樂觀。

只是他作為一個不能越俎代庖，干涉朝政太多的皇子，無法用自己的方法去解決這件事。

他依然需要仰賴許多並不光彩的手段。

這些事他不想讓傅念君知道，便引開了話題：「趁著有時間，妳兄長的婚事也能順利進行，但願傅相看在新媳婦的面子上，也願意多休息幾天。」

傅念君控住不住嘴角上彎的弧度，只好警告他：「你快夠了……」

這裡兩人正談得高興，那邊卻突然有人聲傳來，卻是兩、三個小娘子清脆的嗓音。

傅念君忙朝周毓白望過去。周毓白倒是反應平靜，只是站起身，望了望那人聲的方向。

傅念君正想瞧他打算用怎樣的法子處理時，卻聽他淡淡道：「我們躲一躲吧……」

傅念君：「……」淮王殿下也未免太……

她無奈地跟著站起來，只見丰神俊朗的淮王殿下正四下打量著亭子周圍茂密的矮樹叢，尋找合適的藏身之地。

傅念君暗道：所以說不光彩的事少做，到了眼前，才知道什麼叫尷尬。

兩人躲在一棵樹冠茂密、三人合抱的樹下，也虧舒娘娘偏愛茂盛的花草，移清殿的花園裡這才有了躲藏之地，只是若走近了，對方恐怕還是會發現。

而傅念君覺得身邊那人身上淡淡的檀香味，毫不客氣地正往自己鼻子裡鑽，不由微微側過頭，想盡力逃避這種讓她心慌的氣味。周毓白卻不知是無意還是故意的，搭在她肩頭的手雖然很規矩，沒有一點越軌，卻總讓她覺得燙如烙鐵，整個人都不自在起來。

過來的人不是旁人，正是江娘子幾個。

尤其是江娘子，不客氣地揮開擋路的宮人，大步流星地朝那小亭而去。

怎麼可能呢！明明她的人看到淮王殿下往移清殿來了，為什麼她等了這麼久卻什麼都沒候到？

只有可能是因為今天她們這些小娘子都在，他為了避嫌，躲在在娘娘的後花園中不肯出來？

山不來就我，我去就山。

江娘子覺得無論如何，有機會在眼前，她總得搏一搏。

若是像裴四娘那樣端著，如何可能有得到淮王青睞的一天？

她不屑地想，周毓白長到這個年紀，不知見過多少像裴四娘這樣所謂的世家千金了，個個都端著架子還想勾男人，也太天真了。

她從小跟著張淑妃在會寧殿裡長大，張淑妃沒有盡心教養過她，但耳濡目染之下，她倒是學了些張淑妃對付皇帝的皮毛。連這全天下最尊貴的男人都能被張淑妃征服，那麼她學的總歸沒有錯吧？

或許人家淮王殿下正好喜歡快人快語、爽利調皮的性子呢？

這樣思量著，江娘子是鐵了心要將周毓白從這裡抓出來了。

這裡本就不大，江娘子見到那茶水還溫著，就更篤定剛才周毓白在這裡喝過茶。

她眼如鷹隼，四下掃視了一圈，竟是一步步朝傅念君他們躲藏的方向而來。

傅念君心裡捏了把汗。

其實她倒還真是挺佩服這位的，那強烈的企圖心和勢在必得的決心差點都要寫在臉上了。

可世上並不是人人都是張淑妃，也沒有那樣的巧合和宿命安排遇到當年的聖上。江娘子從她身上學的東西，怕是就連對付普通男人都有些困難。

至於周毓白……傅念君悄悄偷看了他一眼。

怎麼他一點都不緊張不慌張，依然一副平靜無波的神情。

不怕被江娘子發現麼？

他倒是沒什麼，可自己呢，傅念君不怕事，但是江娘子這樣的蠢貨，她實在懶得應付。

她還記得她在白馬寺中，許的願就是希望今後不要再同蠢貨打交道了，尤其是被他們視為敵人。她都不知道是對方累，還是她更累。

傅念君的小手悄悄沿著周毓白的衣縫往上，在他腰際處拉了拉，想藉此提醒他。

誰知他不動聲色，卻只是將她的手籠在手中，一起藏在了袖子裡，就沒有後文了。

這人……

眼看江娘子越走越近，傅念君微微掙扎了一下，周毓白卻轉頭朝她笑了笑，手指貼在唇邊，做了個噤聲的手勢。

兩人幾乎臉貼臉靠在一起，他的鼻息讓人無法忽視，讓傅念君的羞意一直從心底燒到臉上去。

這傢伙分明是刻意的，他太知道利用自己的長處了，讓人無法對他生氣。

江娘子正轉身，似乎已經打算離去。

這時候周毓白的手不知是有意還是無意，卻輕輕地摩挲著傅念君的掌心。本來就蹲了這麼長時間，他還這樣不肯放過自己。

傅念君想躲，卻避不過，猛然就覺得腰腿間一陣痠麻，控制不住微微後仰。周毓白眼疾手快，立刻拖住她的後腰，可是她腳下依然發出了一聲踩動枯葉的輕響。

那邊江娘子狐疑大起，忙掉頭走過來，傅念君暗道，這下可不好了。

她心裡念頭轉得快，心想著若實在不行，等會兒就一把將身邊這個罪魁禍首推出去就是了。江娘子見了周毓白，想必也能臉紅耳熱一陣，最好神識渙散，不知今夕何夕才叫妙。

正當江娘子離他們還有三、四步路時，突然從二人頭頂的樹上就躥下了一隻大貓，喵嗚叫了一聲，兇狠地落在了江娘子面前。

江娘子立刻被牠嚇得倒退兩步，臉上露出驚恐之色。

正好這時宮人也在她身後喚她：「娘子，娘子……皇后娘娘傳召您……」

江娘子這才怯怯往後挪了幾步，轉頭離開了。

那大貓見贏了，才懶洋洋甩了甩尾巴，得意地離去了。

等到人聲遠去，傅念君才被周毓白扶著站了起來。她有些惱怒地推開了他的手臂。

周毓白卻依然是一副清淡高遠的表情，好像剛才的事半點都沒有放在心上。

就他會唬人！

「當心。」周毓白擔心她腿腳發麻，握住了她的小臂。

傅念君輕聲說：「多虧那隻貓。」

那隻貓是舒皇后的愛寵，脾氣大得很，平時就是見了周毓白也是愛搭不理的。

周毓白古怪地咳了一聲，眼睛竟是往樹上瞟了一眼，說道：「下來吧。」

傅念君愕然，他讓誰下來？

話音剛落，單昀就從那棵大樹上翻身跳了下來，朝他們兩人拱了拱手。

傅念君哪裡還有什麼不明白的。

他竟然一直都躲在這裡……那她剛剛和周毓白兩人的種種行止，不是都被他看在眼裡了？

傅念君當真是覺得無地自容，恨不得現在立刻消失。

那主僕二人倒是一貫的安之若素，單昀還說著：「郎君，娘娘那隻貓和屬下一起在樹上待了這麼久，扔下來的時機可還算合適？」

他還被牠撓了好幾道血痕呢。

傅念君：「……」他們真夠無聊的！

她轉身要走，周毓白拉住她的手腕。傅念君轉身，一根一根掰開他的手指，說道：「殿下這是做什麼？剛才他們說娘娘傳召，若別人都去了我沒去，這怕是不好說吧。」

周毓白笑道：「妳別惱，單昀不是外人。」

傅念君根本不敢去看單昀的臉色，她現在只覺得自己在周毓白面前表現的，怎麼都像個笑話。

「你、你放開我……」她氣惱地掙脫他的手，便轉身跑走了。

周毓白有些留戀掌心的溫度，心裡不免也有點不豫，若是沒那個江娘子的攪局，他還能和她多說一會兒話。哪怕就是幾句，對於現在連見個面都不容易的他們來說，也是極大的慰藉了。

「郎君，是不是屬下說錯了什麼話？」單昀一臉無辜地問周毓白。

周毓白望了他一眼，不答反問：「單護衛，你師父在世時，可有說過幾時讓你成親合適？」

單昀小時候是跟著一個不世出的高僧學功夫的，他視師父如生父，時時謹記他的教誨。

單昀想了想，「師父未曾說過。」

「看來是時候了。」周毓白只是背著手，施施然道：「也總不能不解風情一輩子。」

單昀張了張嘴，說不出一個字來。他跟著周毓白這麼多年，竟然能聽到他對自己說出這樣的話來？

郎君果然是，變得太多了。

他望了一眼已經消失的傅二娘子離去的方向，不勝唏噓地想，還不知以後會怎麼樣呢……

§§§

回到了移清殿中，周紹懿聽說已經讓乳母帶去歇覺了，剩下的這些小娘子們，個個都重新梳洗打扮過，依然俏美照人。

眾人也不知皇后與張淑妃談了些什麼，只覺得二人在她們身上的目光多有流連。

大家又坐下重新說了會兒話，主要由裴四娘和江娘子接話湊趣，如傅念君和錢婧華這般，只是應和著人群，想著快些把今日應付過去。

等到舒皇后賜了食，眾人隨意用過幾口後，今日這場小宴才算是結束。

傅念君不由感概，那些十天半個月就進宮來的小娘子們，當真是好修養好耐性。

錢婧華在上車前拉住傅念君說話。她嚴肅道：「念君，適才我總覺得舒娘娘和張淑妃話中有話，且張淑妃幾次目光都留在妳身上，妳且當心點。怕是今日這場，不過是個開始。」

錢婧華也是個敏銳之人，傅念君點頭，「我明白的，兵來將擋，只能見機行事了。」

錢婧華頓了頓，「我要待在家中備嫁，怕是不能再隨意出入大內，若是下回妳獨自進宮，一定要小心些。」

傅念君想到了周毓白適才說的話，若是西夏與大宋決定暫時休戰，怕是這個冬天裡，各懷心思的牛鬼蛇神又要出來了。

她伸手握了握錢婧華的手，「放心吧，未來小嫂子，妳只要安心等著嫁給我哥哥就是。」

錢婧華紅了臉，作勢要去擰她，「我和妳好好說正事，妳卻來調侃我……」

傅念君握住她的肩膀，將她轉個身面對馬車，笑著說：「我會記著妳的好的，小嫂子。」

§§§

錢婧華沒有料錯，張淑妃和舒皇后之間確實有事。

這件事，也確實同那些小娘子有關。

其實張淑妃最初倒也沒想到會這樣，她試探舒皇后不過是一時興起，沒成想，舒皇后挺會順竿子爬的。

舒皇后竟親自去向聖上提了關於周紹雍的婚事。

本來各家都在準備春日裡齊王妃和淮王妃的采選，但因為這段時日西北局勢緊張，眾家也不敢太逾矩，只敢默默等著宮裡的風向，好熬到春日裡。

恰好這日皇帝興頭好，想著先前因為西夏戰事，宮裡一片愁雲慘澹，不僅他自己不敢寫寫詩作作畫聽聽絲竹管弦，連帶著他的老娘妻妾一堆人，都只能看著御史台的眼色不敢行動，生怕這幫成日生事的言官又在他耳邊念叨。

如今西夏暫時服軟，雙方商量好了暫且鳴金收兵，皇帝也大大地鬆了一口氣，正想著藉機舉辦幾場內宴，也能好好迎一迎即將到來的新年，迎來成泰三十年這個意義非凡的時刻。

是的，到明年，當今聖上就登基滿三十年了。

若是西夏乖覺不鬧事，這一年裡必然會有舉國歡慶的盛大儀式和慶典。

舒皇后很少會對皇帝提建議，因為她總是把後宮管理得十分井井有條，沒什麼需要皇帝操心之處。

「雍兒也已經到年紀了……」皇帝喃喃地念著，心情有些複雜。

周紹雍是他的長孫，雖然他不喜歡肅王一家子，但那到底是他的長孫，而他的長孫都已經到了要成親的年紀。

「是啊。」舒皇后說著：「張淑妃的意思，是覺得傅相家中的嫡長女很適合，那孩子也是可憐，婚事實在多舛……」

她略略提了幾句，皇帝就想起了傅琨家中還有一個到這年紀還未定親的女兒。

依照現在的情況來看，以傅念君的名聲，她是絕無機會在春日的采選中脫穎而出，嫁給皇帝愛重的兩個小兒子的。周紹雍作為宗室子弟，身分比兩位王爺低一些，配傅念君也算合宜。

聽到這是張淑妃的意思，皇帝也默了默。

傅琨這些日子以來實在是讓他不喜，只是礙於君臣這麼多年的情分在，對傅琨也始終是包容多過責怪。他的女兒……其實皇帝早就已經忘了這個傅二娘子當年是怎麼丟人的了。

他問舒皇后：「那梓童意下如何？」

舒皇后笑道：「官家，咱們雖是皇家，即便愛重這些孩子，也不能枉顧他們家裡人的想法。我這裡倒有個想法，不如這樣……」

舒皇后的意思，正好恰恰戳中了皇帝的心思。他越聽越滿意。

早在前朝時，唐玄宗為兒子選婦，便令各大臣自薦家中女兒，才藝、相貌、人品種種，並非通過禮部商議，而是讓她們先親自進宮一趟。

這種方式多少逾越了禮制，卻給了雙方婚姻極大的自主。

恰好春日裡也要采選，舒皇后的意思，不如先讓各家小娘子進宮赴宴，好好考量一下人品德行，讓眾人心裡也有個數，不至於現在貿貿然就替周紹雍和傅念君做主。

正好宗室裡的幾個孩子，也可以在春日裡一併下旨賜婚。於禮法之上，也就過得去了。

皇帝摸著鬍子，覺得十分滿意。

這種非常貼近民間嫁娶的方式讓他覺得別有趣味，在朝堂上勞心勞力的這幾個月，實在讓他不耐煩，非常期待回歸到先前的生活。就像一個大家長一樣，後輩子侄和樂融融，共用天倫之樂。

這樣的事，皇帝沒有理由拒絕。宮裡要多辦幾場內宴，也算不上鋪張浪費十惡不赦的大事。如此便是同意了。

舒皇后見這一切算是按照自己的計畫順利進行了，才算是鬆了口氣。回到移清殿後，她喃喃與身邊人道：「為了那孩子，我也算是盡力了……」

她身邊宮人回道：「殿下必然會記得您的恩情。」

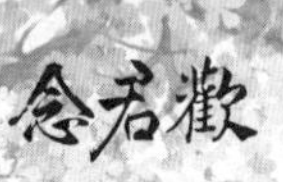

舒皇后苦笑，她何需自己的孩子來銘記恩情呢？

所有的母親，都是願意為了孩子付出一切。

這麼多年了，她一直是個軟弱的母親，他長到這麼大，多少次都是靠著自己化險為夷，卻從來沒有對自己提出過任何請求。只有這一次。

既然那是他心尖上的女子，她這個做母親的，便無論如何都要成全他。

若是那位傅二娘子真有這樣聰明優秀，也必然無須事先通氣，她當然能夠通過考驗。

畢竟那將是有資格和她引以為傲的兒子並肩站立的女子。

畢竟那是周毓白都親口誇讚的女子。

其實，經過今日這第一次會面，舒皇后也篤信不疑了。

§§§

而張淑妃那裡知道了舒皇后的提議，心裡的疑惑大於不滿。

她到底是什麼意思呢？這樣費盡心思的，是為了保護誰？還是為了提拔誰？

參與春日采選的人家並不多，周毓琛和周毓白的妻子注定在其中產生，舒皇后若真看中了哪個，何必這樣拐彎，直接定下了就是。

難道是害怕自己和她搶？

張淑妃越想越覺得有可能。

不過舒皇后提出要先考校這些小娘子，張淑妃這裡也是認同的，畢竟對於有可能成為自己兒媳婦的小娘子，每個母親都恨不得能夠擦亮眼睛，將她們裡裡外外看個透徹。

更何況，這裡還有一個大好處。

公平。

也就是說，她先前打算讓江菱歌成為舒皇后的兒媳，困難就減輕了不少。

她覺得，只要江菱歌爭氣些，表現優異，再加上自己在官家面前的體面，說上幾句好話，哄得官家一高興，說不定當場就決定江菱歌做日後的淮王妃了。

張淑妃這般想著，心裡自然忍不住有些激動起來。

她雖然看不上江菱歌，但是就像一個麻煩，丟到對方手下去添添堵也是好的。經過這幾回的失手，連到嘴的鴨子都飛了之後，張淑妃也算是改變了策略。

她可以擁有一個普通的兒媳，但是舒皇后，必然也不能擁有一個身分更出色的兒媳。

這件事原本只是由張淑妃提起話頭，再經過舒皇后順勢操作，竟是從替周紹雍相看妻子出發，成為了後宮裡皇后與淑妃兩方，為了各自兒子的又一場新戰爭。

25 家破人亡

傅家這裡，傅念君在入宮的第二日後，又去看了待在別院居住的陳靈之。

他對於自己被看管起來十分不滿，對傅念君擺著一張皺包子臉，不肯說話。

傅念君吩咐傅家的護衛在膳食用度方面不能虧待他。

有吃有喝，就是不能亂跑。

「我又不是來坐牢的。」他嘀咕著。

「也不是來玩的。」傅念君說道。

傅念君見到他沒有戴帽子的頭頂已經長出了一截髮茬，便伸手去摸了摸。

陳靈之自己也伸手撓了撓頭頂。沒有人替他刮頭皮，他很快就又長出了新的頭髮。

「你家裡人替你剪光頭，是因為你的頭髮……」傅念君望著他的頭皮說。

陳靈之沒有否認，點點頭道：「因為我的頭髮是鬈的。」他的眼睛黯淡了一下，補充了一句：

「天生的。」

傅念君不知該如何接話，倒是陳靈之自己聳了聳肩，說道：「所以他們都說我是胡人。」

西夏人、契丹人、吐蕃人……

總之不是漢人。

傅念君彈了一個腦瓜崩兒給他，說道：「嘴長在別人身上，你管不住，你管住自己就是。胡人漢人，你若天天糾結這些，日子怕是也過得沒趣味。」
陳靈之努努嘴，不服氣道：「我沒糾結。」
傅念君說著：「反正很快你家裡人就要來接你了，你就再熬幾天吧。」
陳靈之又擺出了一副喪氣臉，「姊姊妳也……太狠心了……」
傅念君笑了笑，對這小子的示弱視若無睹。
她冷靜道：「沒用的，即便你再撒嬌，我也依舊是這副鐵石心腸。」
陳靈之吐了吐舌頭，朝她做了個鬼臉。
兩人有一搭沒一搭地說了幾句話，儀蘭就匆匆地進門來，朝傅念君使了個眼色。
看儀蘭的表情，是有事情發生。
傅念君同她走出去，儀蘭忙道：「三郎君派人來叫娘子回去，只說是十萬火急的事……」
傅念君微微擰眉，只說：「妳先別慌，我們馬上回去。」

§§§

回到傅家，傅念君逕自去了傅淵處。
不知何時開始，總是往傅琨書房跑的自己，如今倒是來傅淵書房的次數更頻繁。
傅淵沒有像往常一樣，跟座冰山似的坐在書桌後，或是站在書桌後，竟是負手在屋子裡來回踱步。就是剛和錢婧華定親的時候，也沒見他有過這種神態。
很少有能讓傅淵陷入焦躁的事情。
傅淵抬頭，就見到她呆傻傻地站在門口，不由道：
「妳傻站著幹什麼？」

「我是等哥哥走完了，好尋個地方站。」

傅淵擰眉，也不像往常一樣同她逞口舌之能，只道：

「我有件事要告訴妳，關於妳收留的那個孩子，關於陳家。」

傅念君心中頓時就有不好的預感湧現。

「哥哥是查到了什麼？」

傅淵定定地看了她一眼，舒了口氣，面色沉重。

「原先我沒有當一回事，派出去調查的人也沒有很著急趕路，到洛陽的那天，他們才打聽到，陳家……在前一天晚上，就被滅門了。」

傅念君的手一抖，眼睫顫了顫。

「滅門……」她喃喃地重複了一遍這兩個字。

怎麼會這樣？突然之間，乍聞這樣的消息，實在讓人無所適從。

「消息屬實嗎？」她只能再一遍確認。

那麼多條人命啊……

可是傅淵依舊在她的目光中，輕輕點了點頭。

傅念君只覺得通體冰寒，想到了那曾與她有過幾面之緣的陳家夫人、囉嗦的陳小娘子，竟是早就化作了世間亡魂。

傅淵繼續說：「我的人在洛陽調查了兩日，確認了陳家的事，官府還未有說法，而唯一可知的線索，只有妳提及過的陸家……」

是了，陸家！

傅念君問道：「陳家出事前可曾與陸家聯繫過？」

陳靈之最後離家出走，是在陸家找到的，那麼想當然，他再次失蹤，陳家夫人一定會先去陸家登門拜訪。而這件事發生到離陳家出事，想來不過幾日，官府為了取證，一定會調查到陸家。把陸婉容拖進這場無妄之災，說起來還是自己的錯。傅念君心中悔意頓生，臉上的神色也顯得有些焦躁。

「妳別怕。」傅淵的聲音響起：「陸家不至於應付不來，何況陸家也說了，陳家夫人並不曾上門第二次，只是後來又派人去詢問過有否見到他家小公子。不止陸家，城裡其他人家也都被問過。」要感謝陳靈之的淘氣，被陳家夫人派人詢問過的人家不在少數。

所以陸家也沒有什麼特殊之處。

傅念君定了定神，沒有連累到陸家就好……

「哥哥。」她問傅淵：「洛陽官府打算如何結案？陳靈之呢，被上報的身分是失蹤還是死亡？」

傅淵道：「今天剛傳來的消息，一切都有待觀望，或許沒有妳想的那樣嚴重。」

這話當然只是安慰她的。傅念君太清楚事情不會如此簡單。

或許陳家滅門慘案現在看來，很像是陳老爺年輕時行走江湖所結的仇家來尋仇，但是傅念君總有一種感覺，或許更有可能，與陳靈之有關。

到底是湊巧，還是必然呢？

「哥哥現在打算怎麼做？」她望向傅淵。

傅淵沉眉道：「妳比我清楚，那個孩子，怕是個棘手的麻煩……」

若是尋常的案件，當然由傅家派人，甚至是讓開封府官府護送陳靈之回洛陽，才是最妥當的。雖然有些殘忍，可他不得不去面對，畢竟作為陳家唯一僅存的男丁，這是他的責任。

但如果不是呢？傅念君不敢想像，或許對方會漸漸地查到陸家，查到自己，再查到傅家，如果再追殺上門，那她就是給家人惹禍了。

怎麼樣都是個燙手山芋。

傅淵先替傅念君做了決定：

「那個孩子，先轉移到母親的名下的莊子上去，在城郊那裡有一處，地方小，但是清淨。洛陽那邊，我會隨時等消息，不過這個噩耗，還是由妳告訴他，比較合適……」

傅念君點點頭。傅淵彷彿知道她在想什麼，走到了她面前，拍拍她的肩膀道：

「別內疚。妳沒有做錯，這都是上蒼的安排。」

傅念君第一次這樣感受到傅淵作為兄長的擔當和責任。

他並沒有對她惹來的麻煩有一句怨言，而是切實地提供了可行的方法和建議。

「我……」傅念君吸了口氣，抬頭直視進傅淵一向冷淡如冰的雙眸，認真道：「謝謝你，哥哥。」除了謝謝，她也不知道還能說些什麼。

傅淵望著她，說著：「我們是兄妹，道謝就不必了。」他頓了頓，隨即無言地望了望天，無奈道：「只要妳往後少惹點禍事出來，就算是祖宗保佑了……」

傅淵現在說話可是越來越不像從前的他了。

傅念君忍不住勾了勾唇角，只是想到那陳家的事，就又覺得似一塊沉甸甸的大石壓在心上，再也笑不出來。

按照傅淵的安排，陳靈之被轉移到東京城郊大姚氏名下的一個小莊子裡。這裡原是她準備送給自己乳母的，老人家不肯要，後來一直放在傅淵手下。他兄妹二人產業頗豐，也沒有誰在意過這個小地方。

陳靈之被迫遠離東京城的繁華熱鬧，自然不開心。

只是這日見到傅念君神色肅穆，還讓儀蘭給他遞上了一套黑衣，陳靈之就是再淘氣胡鬧，也知道此際是有事發生了。

「傅姊姊，到、到底是怎麼了……」

陳靈之心中惶恐，一雙眼睛四下睃視，像隻失怙的小獸一樣緊張又忐忑。

「我知道我要說的事情或許你無法接受。」傅念君冷靜道：「但是你必須要做好準備，很多事情都等著你去面對……」

傅念君決定告訴他這個噩耗時，就能夠想像到這孩子的反應。

說完，他足足愣了半刻鐘，才擠出一個比哭還難看的笑。

「姊姊是騙我的吧？這個玩笑，一點都不好笑……」

傅念君微微嘆了口氣，只說：「我知道你需要時間……」

陳靈之不肯相信，掙扎著要起身出門，一直不肯回家的他，現在倒是迫不及待地想回家了。

「我不相信，怎麼可能，怎麼可能呢……」

他眼睛通紅，滿臉是淚，根本不聽人說話，就衝出門去要尋馬匹。

傅念君示意一直在旁盯著的大牛，大牛這才動手，將陳靈之一下敲暈了過去。

傅念君吩咐儀蘭和大牛：「今天你們兩個先留在這裡，照管一下他的心緒，明日我再過來。」

她還有很多話，只能問陳靈之。而儀蘭秉性溫柔，由她在這裡照顧陳靈之，自己也能算放心些。

坐在回家的牛車上，傅念君只覺得一陣頭疼。陳家的這件事，無緣無故就砸到了他們的頭上。若說要幫陳家昭雪、調查命案，傅念君自問沒有這樣的善心和興趣，但是陳靈之又該怎樣安頓呢？

陳家的事情或許就像一個漩渦一樣，一旦一隻腳踏進去，興許就再也無法抽身了。

傅念君嘆氣，想著可能真就像傅淵說的一樣，一切都是蒼天的安排吧。

§§§

第二天一早，傅念君就早早地過來了。也不知道那小子怎麼樣了。

儀蘭憂愁地向她稟告：「……看著樣子還是不大好，昨天到現在，也沒吃下什麼東西，只說要回家，娘子妳看……」

傅念君朝她點點頭，「嗯，妳辛苦了，我來和他說吧。」

傅念君推門進屋，見到半明不暗的房裡，陳靈之只是縮著一雙腳靠坐在床上，沒有動作，也沒有反應。身上倒是換上了傅念君給他準備的黑衣。

看來是願意相信事實了。

傅念君嘆了口氣，她固然對這孩子算不上喜歡，卻不至於一點同情心也沒有。

她將他低垂的腦袋拍了拍，說道：「我知道這世上並沒有真正感同身受這回事，因此我說再多安慰的話，可能此時對你來說也是隔靴搔癢、站著說話不腰疼。練奴兒，你家中遭遇的噩耗，我也覺得很遺憾，但是眼下，你要清楚，你是陳家唯一的男丁了。你家中這場禍事來得蹊蹺，若是你自己不冷靜下來，我也無法幫你；你若執意回洛陽，可能讓陳家唯一的獨苗一樣羊入虎口，你明白嗎？」

陳靈之終於動了動，默默抬起頭，眼睛無神地望向傅念君。

傅念君繼續說：「你家中具體的情況，我哥哥已經派人隨時跟進，一旦有消息，我會立刻告訴你。現在，我需要你告訴我，在離開洛陽前，你家中是否有什麼不尋常？」

陳靈之重新將頭埋回胳膊裡，悶聲道：「我不知道。」

傅念君握住他的肩膀，讓他抬起頭來，見這孩子臉上淚痕未乾，只是一副狼狽的模樣。

傅念君用隨身帶著的手帕去替他擦拭。

她並不擅長做一個知心大姊姊，她能做的，只有引導他振作起來。

「我先前聽你說過，你家人計畫送你去蜀中，你不肯去，這才離家出走。你要仔細想想明白，是否你父母早已有預感家中會遭此大難，所以才計畫將你送走？還有先前你們來京城裡探親的親戚，是哪一家？」

陳靈之眨了眨眼，半晌，只是盯著傅念君喃喃道：「我爹娘，真的死了麼……」

傅念君呼息窒了窒，回道：「也還未必。」

「我、我不信，我不知道，我要去找他們，還有我姊姊。他們是因為生我的氣才這樣的吧？對不對？」

傅念君擰眉，緊緊地箍住這孩子的肩膀，提高嗓音呵斥道：

「陳靈之！你清醒一點！」

她望著那孩子控訴的眼神，知道他在想什麼。她自己也死過親人，知道陷入絕望時的感受，可是他比自己好，起碼他現在還活著。

傅念君冷道：「你不用埋怨我冷血，你要知道，我，和我家人，不欠你們什麼。我大可以將你扔在街上一了百了，但我還大費周章將你帶到這裡，是為了什麼？是，你年紀小，卻不代表你就可以從你家裡一直任性到外頭來，你也該長大了！」

她疾言厲色，用最不客氣的話說出了最殘忍的事實。

大事臨頭，逃避和任性是最讓人不齒的行為，這孩子必須要長大。

陳靈之臉色煞白，只是緊張地望著傅念君。

「我、我……」他斷斷續續地說不出來什麼。

傅念君斂眉，放緩了語氣：「遭逢大難，你的心情難以調適，我可以瞭解，這也值得同情。但是……」她語氣又轉厲：「但你家滅門之禍，卻不是你在這裡給我任性的理由。」

「我沒有！」陳靈之咬牙吼道：「誰會用這種事、這種事……當作任性的理由……」

他的眼睛紅得像兔子一樣，彷彿傅念君這一句話就踩到了他的痛處，大大侮辱了他一樣。

「沒有就好，只有保證你的安全後，我們才能下手去調查你家裡的事，試著找找是否還有你的親人在世。」

傅念君說完後，陳靈之就像突然間啞火了樣，只是愣愣地道：

「真的？」

傅念君點點頭，「我既把你撿回來了，自然會負責到底，不會說丟就丟。」

聽起來就像是阿青養的那幾條狗一樣。

陳靈之抹了把臉，總算是能好好說話了。

沒錯，一切都還未必，或許他的爹娘姊姊都還沒死呢？

這希望瞬間就又像沒入大海的火星，陳靈之也知道，自己有些癡心妄想。

但如果他們是真的死了，他該怎麼辦？

他心中一沉，隨即又立刻燃起熊熊火焰。

那他一定會手刃仇人！

陳靈之仰頭喝光了傅念君給自己倒的茶，舔了舔終於濕潤的唇瓣，才開始說起了自家的事。

其實當時他是偷聽到父母要送他去蜀中的。陳老爺和陳家夫人甚至為此有所爭吵，陳靈之聽到以後，就留了心眼，後來他母親帶他們姊弟到東京探親，陳靈之從未見過這位舅爺，而且母親的表現也格外古怪。他打聽了一下，知道那位舅爺是做南北通貨的，他見到自家送去的豐厚禮品便大約猜出來，這是他母親央求人家護送他西去。

天下這樣多的地方，卻偏要把他往千山萬水之外的西南送。

陳靈之心中賭氣，在東京時就起了離家念頭。

後來在路上碰到傅念君，他聽姊姊陳靈舒所言，也覺得攀上傅念君是個極好的機會。

傅念君為人和善聰明，又是孤身上路，沒有長輩僕從累贅，如果他想辦法再躲回東京城去，他爹娘一定想不到。畢竟最危險的地方就是最安全的地方。

他也打算好了，東京城裡反正還有那位舅爺，他沒飯吃了，想來也不至於餓死。

於是就有了先前在洛陽的種種事端。他先是故意同父親起了口角，照例又同家中賭氣「離家出走」，實際上是為了摸清陸家和傅念君的車隊。

等到他母親來帶他回家，他也不動聲色，待傅念君離去前，才又偷偷地鑽進他早已做過手腳的馬車底下，真正「離家出走」一次，來到了東京。

可是如今再細細回想那些日子裡，父母的種種表現和神情，陳靈之才明白，他們想送自己去蜀中，恐怕就是為了避禍吧。

傅念君也終於肯定了，陳家滅門之事，癥結就出在陳靈之身上。

因此他離開洛陽後，陳家也並未大肆尋找，反而有意收斂風聲，同時去好幾家相熟的人家打聽，讓人誤以為陳小公子又調皮不著家，混淆視聽。

可其實呢，傅念君一直就覺得，陳家最先應該懷疑到的，應該就是自己。如果她是陳靈之的母親，肯定第一反應就是去陸家，先打聽傅念君的下落。

所以傅念君推測，陳家應當是確認陳靈之跟著自己的車隊走了，如此將計就計，讓他離開洛陽。那麼現在，不能讓陳靈之回洛陽的決定是對的。

傅念君思索過一圈，問他道：「那位舅爺姓甚名誰，你可還記得？他家產業在何處？」

陳靈之努力地回想了一下，只說那人似乎是姓章，家裡住在馬行街東側巷尾的牌坊之內，對面有一私家園林，還挺氣派。

傅念君回憶了一下，對那裡有些印象，是前朝裡市瓦解而來，官民雜處，商住相間，確實符合陳靈之所言對方的身分。

陳靈之提議：「傅姊姊，我想再去一次章舅爺家中……」

「不行。」傅念君立刻打斷他，嚴肅道：「你現在不能離開這裡。那邊也不安全。」

傅念君為人謹慎，和幕後之人鬥智鬥勇那麼久，也慣常不會輕視對手。她下意識覺得，陳家良民之家，還算是富戶員外，對方能夠這麼斬盡殺絕，不怕官府追究，恐怕底子很硬，決計不能冒險硬碰硬。

現在陳靈之絕對不能露面，起碼不能在東京城露面。如果他真是關鍵所在，對方應該正費盡心思在找他。

傅念君又重新從頭到腳打量了一遍陳靈之，陳靈之被她看得很奇怪。

「你看我……幹什麼？」

傅念君不確定地問他：「你身上可有什麼你父母千叮萬囑要你保管的東西？或者是什麼印記符號？」

她現在就是看他的腦袋都覺得古怪。

陳靈之頓了頓，才用一種聽起來有些喪氣的語調道：

「傅姊姊，妳是不是……話本子看多了，以為我身上會有什麼『藏寶圖』之類的祕密？」他先前在瓦子裡看的一齣戲，大概就講了這麼個故事。

傅念君訕訕道：「怎麼會……」人家剛經歷人生中最大的打擊，傅念君實在也沒有興致同他開玩笑，不打算繼續追問下去。那個姓章的，自然將作為最新的線索調查下去。

她伸手摸了摸陳靈之的頭，說道：「別怕，你先休息吧……」

陳靈之垂下眼睫，輕輕地嗯了一聲。傅念君淡淡地嘆了口氣，轉身欲走。

「妳不能……不走麼？」陳靈之突然在她背後低聲請求。

傅念君腳步頓了頓，只道：「我會讓儀蘭留下來陪你，我還有很多事要做。你別怕，有空我就會過來。」

陳靈之有些沮喪，哦了一聲，翻身轉向了床內側。

他或許是真把自己當作姊姊了吧，傅念君想著。

可是她終究不是他的姊姊，她不是一個能夠留下來用言語和行動安慰他的姊姊，她還有更多事情要去做。

（未完待續）

國家圖書館出版品預行編目資料

念君歡 / 村口的沙包著. -- 初版. -- 臺北市：春光, 城邦文化出版：家庭傳媒城邦分公司發行, 民109.01
冊；　公分

ISBN 978-957-9439-75-6（卷4：平裝）. --

857.7　　108019089

念君歡〔卷四〕

作　　者／村口的沙包
企劃選書人／李曉芳
責 任 編 輯／王雪莉

版權行政暨數位業務專員／陳玉鈴
資深版權專員／許儀盈
行 銷 企 劃／陳姿億
行銷業務經理／李振東
副 總 編 輯／王雪莉
發　行　人／何飛鵬
法 律 顧 問／元禾法律事務所　王子文律師
出　　　版／春光出版
臺北市 104 中山區民生東路二段 141 號 8 樓
電話：(02) 2500-7008　傳真：(02) 2502-7676
部落格：http://stareast.pixnet.net/blog E-mail：stareast_service@cite.com.tw
發　　　行／英屬蓋曼群島商家庭傳媒股份有限公司城邦分公司
臺北市中山區民生東路二段 141 號11 樓
書虫客服服務專線：(02) 2500-7718 / (02) 2500-7719
24小時傳真服務：(02) 2500-1990 / (02) 2500-1991
服務時間：週一至週五上午9:30～12:00，下午13:30～17:00
郵撥帳號：19863813　戶名：書虫股份有限公司
讀者服務信箱E-mail: service@readingclub.com.tw
歡迎光臨城邦讀書花園 網址：www.cite.com.tw
香港發行所／城邦（香港）出版集團有限公司
香港灣仔駱克道 193 號東超商業中心 1 樓
電話：(852) 2508-6231　　傳真：(852) 2578-9337
E-mail : hkcite@biznetvigator.com
馬新發行所／城邦（馬新）出版集團　Cite(M)Sdn. Bhd
41, Jalan Radin Anum, Bandar Baru Sri Petaling,
57000 Kuala Lumpur, Malaysia.
Tel: (603) 90578822 Fax:(603) 90576622　E-mail:cite@cite.com.my

封 面 設 計／Ancy Pi
插 畫 繪 製／容境
內 頁 排 版／極翔企業有限公司
印　　　刷／高典印刷有限公司

■ 2020 年（民 109）1 月 2 日初版　　Printed in Taiwan

售價／320元

城邦讀書花園
www.cite.com.tw

本著作物繁體中文版通過閱文集團上海玄霆娛樂信息科技有限公司 www.qidian.com，授予城邦文化股份事業有限公司春光出版獨家發行。

ISBN　978-957-9439-75-6

請於此處用膠水黏貼

【念君歡截角蒐集活動——忠實讀者好禮相送！】

]日起至 2020 年 1 月 15 日止，完成以下活動步驟，就可參加「《念君歡》截角
蒐集活動」活動。

前 50 名寄回的忠實讀者（以郵戳日期順序為憑），春光出版將會提供神祕小禮
物給你唷！

數量有限，行動要快～

活動步驟：

1. 裁下《念君歡》系列**任兩集**之書腰折口截角（集數不得重複），並連同春光回函卡寄回。
2. 將本回函卡的讀者資料都完整填妥。
3. 將裁下的兩張「截角」和本回函卡一起寄回春光出版，即完成活動。（建議把小卡放入回函卡中，再將四邊用膠水黏貼封好即可寄回。）

春光出版將依照回函卡收件郵戳日期，依序贈送前 50 名忠實讀者，越早寄回，
越早收到春光神祕小禮物喔！

〔注意事項〕

1. 本活動限台、澎、金、馬地區讀者。　2. 春光出版保留活動修改變更權利。

您的個人資料

姓名：____________________　性別：☐男　☐女

地址：____

電話：____________________ email：____________________

為提供訂購、行銷、客戶管理或其他合於營業登記項目或章程所定業務之目的，英屬蓋曼群
島商家庭傳媒（股）公司城邦分公司，

於本集團之營運期間及地區內，將以電郵、傳真、電話、簡訊、郵寄或其他公告方式利用您
提供之資料（資料類別：C001、C002、

C003、C011 等）。利用對象除本集團外，亦可能包括相關服務的協力機構。如您有依個資法
第三條或其他需服務之處，得致電本公

司客服中心電話 (02)25007718 請求協助。相關資料如為非必要項目，不提供亦不影響您的權
益。

1. C001 辨識個人者：如消費者之姓名、地址、電話、電子郵件等資訊。 2. C002 辨識財務者：
如信用卡或轉帳帳戶資訊。

3. C003 政府資料中之辨識者：如身分證字號或護照號碼（外國人）。 4. C011 個人描述：如
性別、國籍、出生年月日。

請於此處用膠水黏貼